REVIEW

열일곱 살에, 학교 도서관에서 처음 캐드펠 수사 시리즈를 읽었는데 완전히 푹 빠지고 말았다. 어떻게 21세기 한국의 고등학생이 12세기 영국의 수도사에게 친밀감을 느낄 수 있었을까? 책을 펼치면 캐드펠 수사가 가꾸는 허브밭의 싱그러운 향이 미풍에 실려 오는 것만 같았고, 부지불식간에 이웃처럼 정이 든 마을 사람들이 삶의 우여곡절을 겪을 때는 함께 탄식했다. 그 생생한 경험을 통해 역사와 문학을 동시에 사랑하게 되었는지도 모르겠다.

서른다섯 살이 되어 캐드펠 시리즈를 다시 읽고 싶어졌는데, 혹시 두 번째로 읽었을 때의 감회가 예전만 못할까 걱정했었다. 기우 중의 기우였다. 열일곱 살에 발견하지 못했던 부분들을 잔뜩 발견하며 읽을 수 있었고, 역사추리소설을 추천하는 자리에서 매번 자신 있게 추천하곤 했다. 소박하고 담백하게 시작해 역사의 큰 톱니바퀴와 힘 있게 맞물려 들어가는 이 놀라운 이야기에 대해 말할 때 현없이 행복했다.

엘리스 피터스가 육십대 중반에 이처럼 대단한 시리즈를 시작했다는 것을 떠올리면 마음에 환한 빛이 든다. 먼 길을 다녀와 켜켜이 쌓인 지혜를 품고 유적지를 직접 걸으며 작품을 구상했을 작가를 상상하고 만다. 멋진 일은 언제든 시작될 수 있고, 심혈을 다해 빚은 이야기는 시간과 공간을 뛰어넘는다는 것을 보물 같은 작품들을 통해 믿게 되었다.

정세랑
소설가

REVIEW

엘리스 피터스는
가장 뛰어난 추리소설 작가다.

UMBERTO ECO
움베르토 에코

캐드펠 수사는 한 세기를
완벽하게 구가한 셜록 홈스에
비견되는 창조물이다.

LOS ANGELES TIMES
BOOK REVIEW
LA 타임스 북 리뷰

이보다 더 매력적이고 인상적인 탐정은
찾기 어려울 것이다.

SUNDAY TIMES
선데이 타임스

서스펜스와 역사소설이 혼합된
유쾌하고 독창적인 작품.

LONDON EVENING
STANDARD
런던 이브닝 스탠더드

시리즈가 추가될 때마다 기쁨을 느낀다.
연대기 시리즈가 계속 이어지기를 바란다.

USA TODAY
USA 투데이

캐드펠 수사는 분명 범죄소설의
컬트적 인물이 될 것이다.

FINANCIAL TIMES
파이낸셜 타임스

엘리스 피터스의 미스터리는 역사적 디테일,
마을과 수도원의 중세 생활상, 생생한
캐릭터 묘사, 우아하고 문학적인 문체 등
이야기 그 자체로 즐거움을 선사한다.

THE WASHINGTON POST
워싱턴 포스트

스타일과 격조를 갖춘 미스터리로
멋지게 포장된 뛰어난 역사소설.

THE CINCINNATI POST
신시내티 포스트

엘리스 피터스는 중세인들의 삶을 상세하고
설득력 있게 재현함으로써, 독자들을
강력하게 흡인하여 교묘하게 짜여진
중세의 어두운 미로 속으로 데려간다.

YORKSHIRE POST
요크셔 포스트

고전적인 의미의
선과 악이 격투를 벌이는 역작.

CHICAGO SUN-TIMES
시카고 선 타임스

캐드펠 수사의 참회

BROTHER CADFAEL'S PENANCE

BROTHER CADFAEL'S PENANCE
Copyright © 1994 by Ellis Peters
All rights reserved.

Korean translation copyright © 2025 by Bookhouse Publishers Co.
Korean edition is published by arrangement with
Intercontinental Literary Agency(ILA) through EYA(Eric Yang Agency).

이 책의 한국어판 저작권은 에릭양 에이전시를 통해 Intercontinental Literary Agency(ILA)와
독점 계약한 (주)북하우스 퍼블리셔스에 있습니다. 저작권법에 의해 한국 내에서 보호를 받는
저작물이므로 무단 전재와 무단 복제를 금합니다.

캐드펠 수사의 참회

엘리스 피터스 장편소설
김훈 옮김

북하우스

CADFAEL

중세 웨일스

1 아를레흐웨드
2 아르본
3 흘레인
4 흐로스
5 디프린 클루이드
6 마일로르
7 컨흘라이스
8 펜흘린
9 메카인
10 아르수이스틀리
11 마일리에니드
12 엘바일

CADFAEL

슈롭셔와 웨일스 국경지대

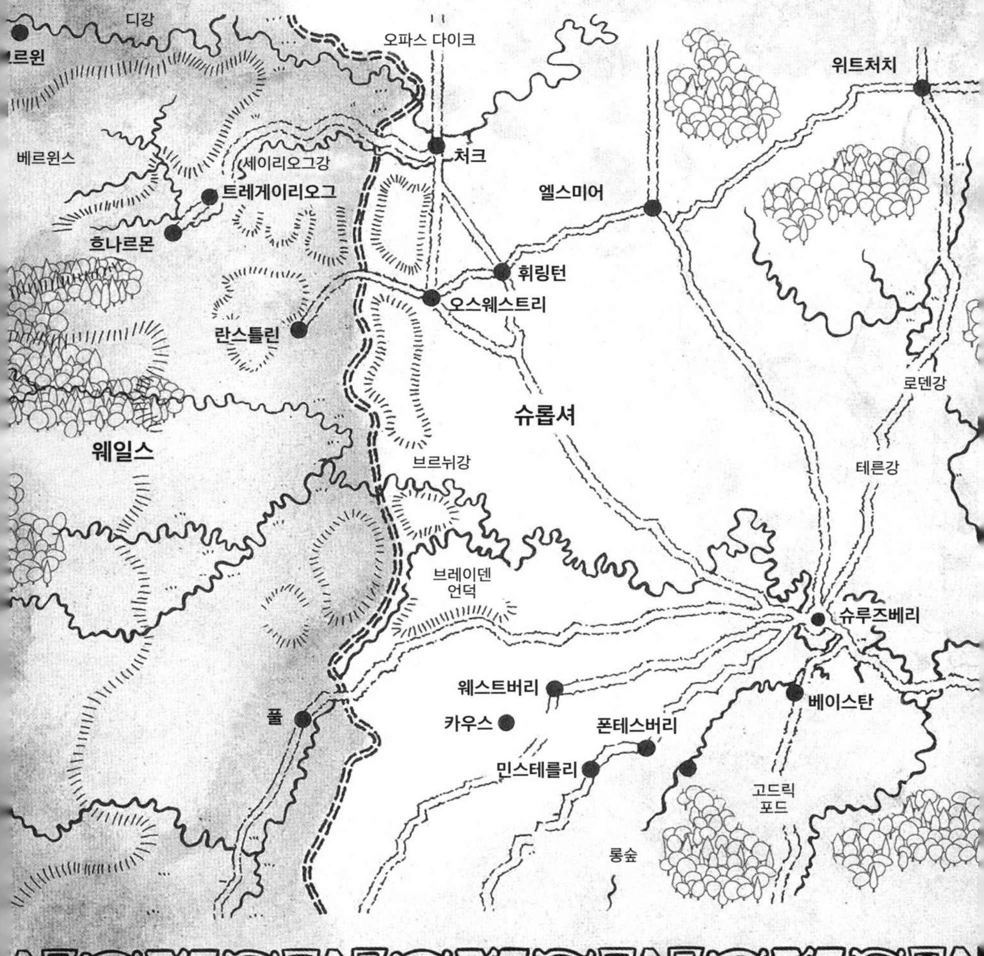

CADFAEL

슈롭셔주 슈루즈베리

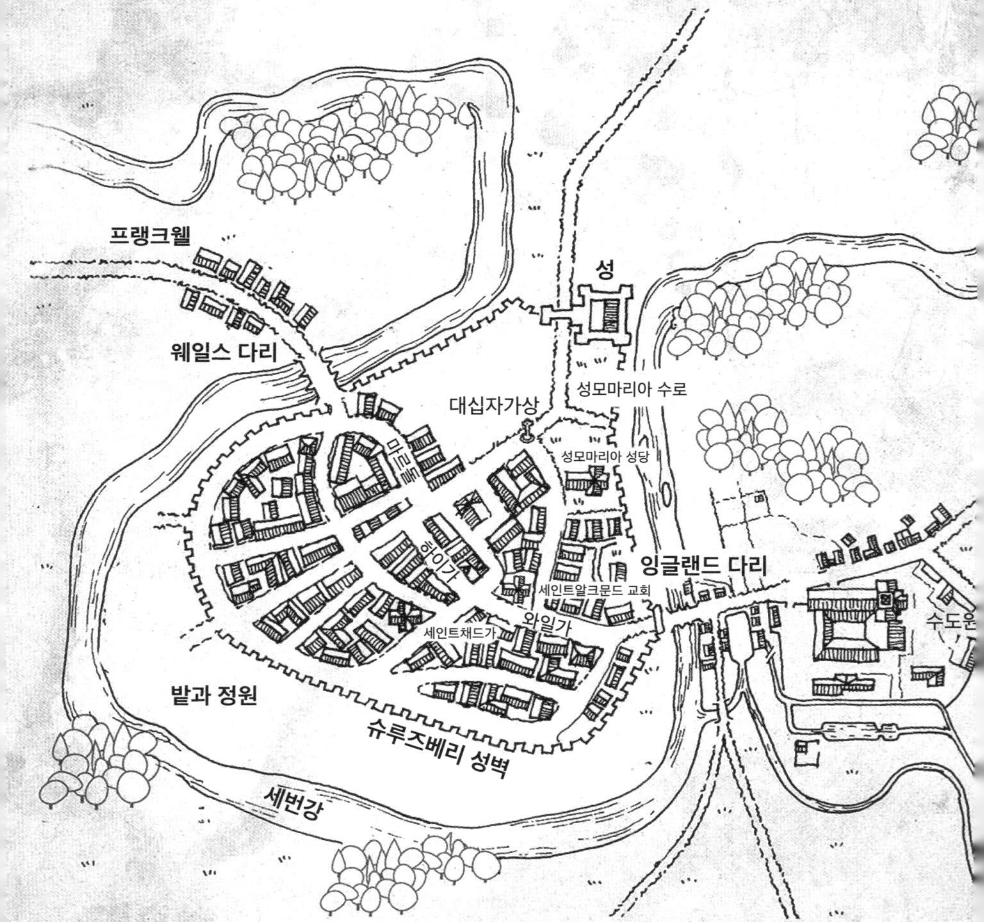

CADFAEL

슈루즈베리
성 베드로 성 바오로 수도원

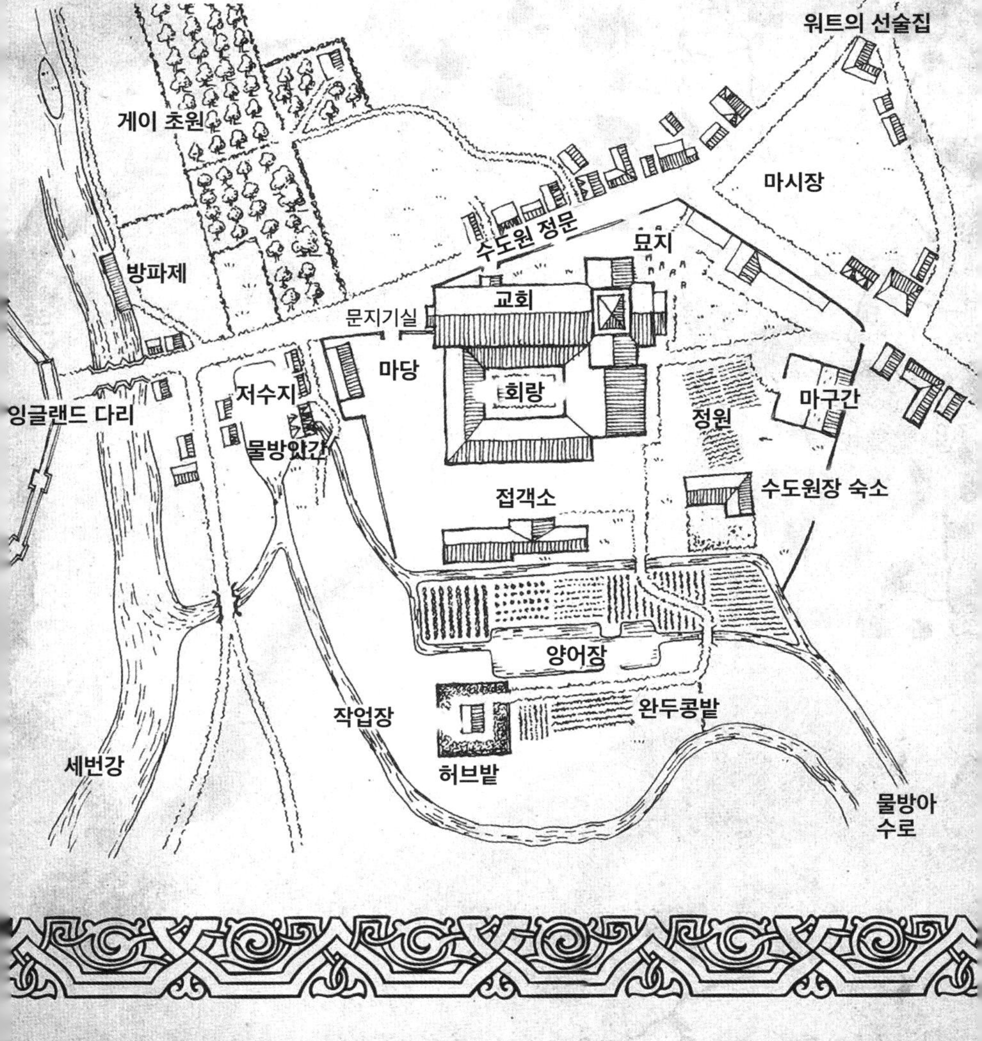

일러두기. 주석은 모두 한국어판 주다.

중세 지도
4

캐드펠 수사의 참회
11

주
388

1

 11월 초 어느 날 정오 직후, 레스터셔 백작의 사자가 안장주머니 속에 지난 석 달 치의 소식을 채워 넣고 세번강 다리를 건너 슈루즈베리 시내에 들어섰다.
 슈루즈베리 사람들도 소식은 대강 알고 있었다. 하지만 로베르 보몽 백작이 런던에서 보내주는 소식은 슈롭셔의 행정 장관이 개인적으로 입수하는 정보들보다 훨씬 상세하고 정확했다. 젊은 행정 장관 휴 베링어와 처음 만난 순간부터, 백작은 그를 잉글랜드 내전의 광기 속에서 제정신을 잃지 않은 이 중 하나로 점찍어둔 터였다. 오랜 전쟁으로 스티븐 왕[1]과 모드 황후[2]의 진영은 탈진 상태에 이르렀지만, 불행히도 양쪽 모두 현실을 제대로 직시하지 못하고 있었다. 로베르는 사람들이 곧 이성을 되찾아 소모적인 전쟁에 종지부를 찍을 날이 오리라 생각하였으니, 휴 베링어처럼 유능한 젊은이들에게 꾸준히 정보를 제공하는 것은 이에 대한 대비책의 하나였다. 내전이 서서히 종막을 향해 내달아가는 서기 1145년, 내내 암울했던 잉글랜드에도 어렴풋하게나마 희망의 빛이 밝아오는 듯했다. 아직 확신할 수는 없으나, 왕좌를 두고 치열하게 각축을 벌이던 두 사촌도 이제 차츰 무력감을 느끼고 싸움을 해결할 다른 방도를 찾는 조짐이 뚜렷했다.

백작의 소식을 갖고 온 사자는 전에도 같은 심부름을 해보았기에, 다리를 건너 구불구불한 와일가를 따라 올라간 뒤 대십자상을 돌아 성문으로 가는 길을 잘 알고 있었다. 성의 경비병들은 그가 지닌 백작의 견장을 확인한 뒤 두말 않고 그를 통과시켰다. 휴가 소식을 듣고 성안의 병기고에서 마중을 나왔다. 검은 머리를 휘날리며 좁은 아치문을 통과한 그는 손의 먼지를 털면서 사자를 안으로 데리고 들어가 지난 석 달간의 소식에 귀를 기울였다.

"최근 가벼운 훈풍이 일고 있습니다." 접객소 곁방에서 젊은 사자가 안장 자루의 내용물을 탁자에 꺼내놓으며 입을 열었다. "우리 주군께서 열심히 그 냄새를 맡고 계시지요. 하지만 이런 움직임은 처음이라 신중에 신중을 기해야 합니다. 이 바람이 쉽사리 언제 그칠지 모르거든요. 템스강 골짜기에 있는 성들이 왕에게 넘어간 사건뿐 아니라 동방에서 일어나고 있는 일과도 관련된 조짐들로 보입니다. 지난해 크리스마스 때 에데사(메소포타미아 서북부에 위치한 초기 기독교의 중심지로 십자군의 지배를 받았던 백작령의 주요 도시이기도 하다―옮긴이)가 모술(메소포타미아의 북부 도시―옮긴이) 이슬람교도들의 수중에 떨어진 이래 모든 그리스도교도들은 예루살렘왕국과 관련한 우려를 금치 못하고 있습니다. 다들 새로운 십자군에 대해 이야기하기 시작했어요. 현재의 상황을 비관하고 있는 잉글랜드 양 진영의 영주들은 십자군을 영혼의 안식처로 생각하여 환영할지도 모르지요. 자, 여기 백작님의 서한들이 있습니다." 청년은 편지를 건네며 활달하게 말을 이었다. "제가 곧바로 그 골자를 말씀드릴 테니 서한은 시간 나실 때 천천히 읽어보셔도 됩니다. 저는 여기서 오래 지체할 수 없거든요. 돌아가는 길에 코번트리에 들러야 합니다."

"그럼 이야기를 나누면서 요기라도 하는 게 좋겠군." 휴는 그렇게 말한 뒤 먹을 것을 가져오게 했다. 두 사람은 복잡하게 뒤엉킨 잉글랜드의 상황에 관해 허심탄회하게 의견을 나누었다. 지난 여름 잉글랜드의 상황은 다소 혼란스러운 방향으로 흘러갔지만, 더 이상 전투를 벌이기 어려운 겨울이 닥쳐오면서 얽힌 매듭들을 풀어낼 가능성이 보였다. 적어도 사태가 보다 나은 방향으로 나아가리라는 희망을 걸어볼 만한 조짐이었다.

"설마 로베르 백작께서 십자군에 참전하신다는 얘기는 아니겠지?" 휴가 한쪽 눈썹을 치올리며 물었다. "클레르보 수도원 측에서 십자군에 참전을 강력하게 권고했다고 들었소. 그쪽 수도회의 영향을 받는 사람들로서는 이를 뿌리치기가 쉽지 않을 텐데……."

"백작님의 관심은 국내의 일에만 쏠려 있습니다." 청년이 씩 웃으며 대답했다. "주교들이 동방 정세의 변화에 대처하기 위해 현지로 떠나기에 앞서 국내 질서를 어느 정도 바로잡아야 한다고 생각하시지요. 그분들로 하여금 왕과 황후를 합리적으로 설득하여 이 교착상태를 타개할 길을 찾게끔 해야 합니다. 체스터 백작이 각고의 노력 끝에 마침내 스티븐 왕을 만나 충성을 맹세했다는 소식은 들으셨겠죠? 과정이 순탄치만은 않았겠지만, 왕은 그날 늦은 시각에 백작을 흔쾌히 받아들였습니다. 우리는 두 분이 스탠퍼드에서 만나기 일주일 전쯤에 그런 조짐을 이미 눈치채고 있었지요. 라눌프 백작이 미리 물밑 작업을 벌였거든요. 그도 그럴 것이, 왕의 진영에 들어가려면 오래전부터 자신에게 원한을 품어온 그쪽 진영의 몇몇 귀족을 매수해 환심을 사야 할 입장이었으니까요. 그가 지난 몇 년에 걸쳐 소유권 다툼을 벌여온 마운트소렐성城 근방의 땅을 우리 주군께 선선히 양도한 것도 다 그 때문이지요. 편을 바꾸려면 왕의 마음뿐 아니라 이쪽에 선 다른 모든 이들의 마음도 함께 녹여야 하는 법 아닙니까. 어쨌든 그 두 사람의 스탠퍼드 회동은 저희에게 조금도 놀라운 일이 아니었습니다. 왕이 체스터 백작과 화해하고 그 사람을 받아들인 일도 마찬가지고요. 그리고, 패링던과 크리클레이드에서의 일을 장관께서는 이미 잘 알고 계실 겁니다. 필립 피츠로버트가 자기 아버지나 황후와의 오랜 인연에도 불구하고 영지 양쪽에 자리 잡은 튼튼한 성들을 스티븐 왕에게 바치면서 진영을 바꾸었지요."

"나로서는 도무지 이해할 수 없더군." 휴는 어이없다는 듯 말을 이었다. "다른 사람들은 몰라도 글로스터의 아들이…… 글로스터는 황후의 든든한 버팀목이오, 늘 변함없이 황후 편에 서 있던 사람이잖소. 한데 그 아들이 아버지에게 반기를 들고 왕의 편에 붙다니! 어쩔 수 없는 상황에 몰려 임시변통으로 선택한 것도 아니고 말이오. 모든 정황으로 미루어보아, 이제 그는 모드 황후를 위해 싸웠던 만큼이나 열심히 스티븐 왕을 위해 싸울 거요."

"필립의 누이가 체스터 백작의 아내이며, 그 두 사람이 동시에 심경 변화를 일으켰다는 점을 기억하셔야 합니다. 둘 중 누가 상대방을 설득했는지, 배후에 다른 무엇이 있는지는 하느님만이 아시겠지요. 지금 분명한 건, 왕이 두 동맹자에 더하여 아주 튼튼한 성들까지 수중에 넣어 전보다 훨씬 더 강해졌다는 겁니다."

"그리고 이제는 그 누구에게도 자기 자리를 양보할 생각이 없겠지." 휴가 날카롭게 지적했다. "주교들에게도 말이오. 아주 의기양양해져서 자신이 절대적인 승리를 얻을 수 있으리라 확신할 거요. 그러니 주교들이 그분을 협상 테이블에 앉힐 수 있을지, 나로서는 의심스럽소."

"로저 드 클린턴 주교를 과소평가하지 마십시오." 레스터셔 백작의 사자가 다시금 씩 웃어 보였다. "그분이 코번트리를 회의 장소로 제공했고, 스티븐 왕은 기꺼이 그곳에 와서 상대의 말을 들어보겠다고 응답했으니까요. 주교 측 사람들은 이미 양측에 안전통행증을 발급해주고 있습니다. 코번트리는 양측 모두에게 적당한 장소죠. 체스터 백작의 마운트소렐성과 가까우니 그곳으로 손님을 초대해 교분을 다질 수 있고, 코번트리 수도원에는 손님들 모두를 수용할 만한 공간이 있거든요. 아무튼 거기서 회담이 열릴 겁니다. 어떤 성과가 나올지야 두고 봐야 알겠지만, 아마 모두를 만족시킬 만한 결과는 기대하기 힘들겠지요. 어떻게 해서든 회의를 망치려고 안간힘을 쓰는 사람들도 있을 테고요. 필립 피츠로버트 같은 사람이 그 대표적인 인물입니다. 그 사람도 회의에 오기로 했거든요. 아버지를 직접 만나 자기가 한 일을 조금도 후회하지 않는다는 점을 드러내려는 생각이겠지요. 그의 목적은 양측의 화의를 돕는 것이 아니라 망치는 겁니다. 그리고 제 주군은 장관께서 그 회의에 참석하여 당신의 입장을 대변해주길 바라고 계십니다. 그렇게 해주시겠지요? 주군은 장관님을 무척 믿고 의지하십니다."

"회의 날짜를 알려주시오." 휴는 진심으로 말했다. "내 반드시 참석하겠소."

"좋습니다. 주군께 그렇게 말씀드리지요." 그가 안도한 얼굴로 이야기를 이어갔다. "다른 소식은…… 장관께서도 이미 알고 계실 겁니다. 패링던과 템스 수비대의 기사들을 왕에게 넘긴 이들이 브라이언 드 술리스를 필두로 한 몇몇 지휘관들이라는 사실 말입니다. 그렇게 손에 넣은 수비대원들을, 왕은 전리품처럼 몇몇 추종자들에게 나누어주었지요. 몸값을 받아 이익을 챙기라는 뜻으로요. 우리 주군이 여기저기 분배된 기사들의 명단을 어딘가에서 입수하셨습니다. 명단에 오른 사람들 중에는 몸값만 제시되었을 뿐 아직 포로 상태에 있는 이도 있고, 이미 돈을 지불하여 자유를 얻은 자도 있습니다. 주군께서 장관께 그 명단의 사본을 보내셨습니다. 기사들이나 그들을 데리고 있는 이들 중 장관께서 관심 가질 만한 사람이 있는지 살펴보시라고요. 이번 코번트리 회의가 잘 풀린다면 그 사람들에 관한 문제도 논의 대상으로 떠오를 겁니다. 다만 명단 제일 마지막 사람만은 현재 누구에게 억류되어 있는지 확실치 않습니다."

"내가 아는 사람이 끼어 있을지 의문인데." 휴는 그렇게 말하며 밀봉된 두루마리를 건네받았다. "템스 수비대원들은 여기서 1500킬로미터 이상 떨어진 곳에 있던 사람들이잖소. 그들이 마음을 바꾸어 성을 주군께 내줬다는 소식도 한 달쯤 지난 뒤에야 겨우 들었소. 어쨌든 이렇게 친절을 베풀어주시니 백작님께는 감사할 따름이오. 회의 때 코번트리 수도원에서 뵙기 바란다고 전해드리시오."

*

휴는 사자가 로저 드 클린턴 주교를 만나러 코번트리로 떠난 뒤에야 비로소 로베르 보몽 백작이 보낸 편지의 봉인을 뜯었다. 지난 몇 년 동안 드 클린턴 주교는 코번트리를 주교 관구의 중심지로 삼았으나 주교좌성당은 여전히 리치필드에 있었기에, 사람들은 그 관구를 코번트리 관구라고도 부르고 리치필드 관구라고도 불렀다. 코번트리 시내에 있는 베네딕토회 수도원의 원장도 사실상 드 클린턴 주교였다. 그 수도원은 지위가 낮은 소小수도원이었지만 대대로 주교가 원장 자리를 지켜온 터였다. 이태 전 평화로운 분위기가 깨져 그곳 수사들이 쫓겨나는 일이 생기긴 했으나 해가 바뀌기 전 모두 제자리로 돌아왔고, 아마도 앞으로 다시는 그런 일이 생기지 않을 것이었다.

로저 드 클린턴 주교를 과소평가하지 말라는 말은 틀림없이 로베르 백작의 입에서 나온 말일 것이다. 그러잖아도 휴는 이미 그 주교에게 큰 존경심을 품고 있었다. 많은 사람의 신망을 얻는 고위 성직자가 레스터셔 백작 같은 유력한 귀족을 비롯해 양 당파에서 밝은 지혜와 올바른 판단력을 지닌 사람들까지 끌어들이지 않았는가. 기독교 세계 전체를 위태로운 처지에 빠뜨릴 위험을 감수하고 모험을 걸었으니, 그만큼 큰 성과를 기대할 만했다. 휴는 기대와 설렘 속에서 백작의 편지를 읽은 뒤 왕의 포로가 된 기사들의 명단을 훑어 내려가기 시작했다.

더위가 한창 맹위를 떨치던 지난여름, 모드 황후의 배다른 남매이자 심복인 글로스터 백작과 그의 작은아들 필립이 하루아침에 완전히 갈라섰다는 소식이 잉글랜드의 모든 이들을 깜짝 놀라게 만들었다. 두 사람 사이가 어긋난 구체적인 이유에 대해서 확실히 알고 제대로 설명할 수 있는 사람은 아무도 없었다. 황후의 임명을 받은 크리클레이드의 성주 필립은 종종 옥스퍼드와 맘즈버리에 주둔한 왕의 군대에 급습당해 템스강 골짜기의 전장에서 큰 피해를 입곤 했다. 이 힘겨운 부담에서 벗어나고자, 그는 왕의 두 요새 간 연락을 두절시킬 생각으로 아버지에게 부탁해 그 중간 지점의 적당한 자리에 또 다른 성을 쌓고자 했다. 이에 로버트 백작은 패링던에 성을 쌓고 수비군을 배치했지만, 왕이 소식을 듣자마자 대군을 몰고 와 그곳을 포위했다. 필립은 크리클레이드의 수비대에 더없이 소중한 자산이 될 이 새로운 성을 잃고 싶지 않아 다시금 아버지에게 증원군을 청했다. 그러나 이번에는 글로스터가 아무런 도움도 주지 않았고, 느닷없이 패링던의 성주인 브라이언 드 술리스가 비밀리에 왕의 사자들을 성안으로 끌어들여 밀약을 맺은 뒤 성과 아울러 그곳을 지키던 수비대원까지 전부 넘겨주었다. 이들 수비대원 대부분은 지휘관의 결정을 받아들여 스티븐 왕의 군대에 합류했다. 하지만 끝까지 황후에 대한 충정을 고수한 이들은 무장해제를 당한 뒤 포로 신세가 되었고, 왕은 그들을 자신의 추종자들에게 나눠줘서 몸값을 챙기게 했다. 그리고 이 사태 이후, 거물 백작의 아들인 필립 피츠로버트는 아버지와의 혈연관계나 황후에 대한 충성 맹세 따위는 완전히 무시한 채 크리클레이드성과 더불어 모든 무기와 인원을 왕에게 넘겨 버렸다. 브라이언 드 술리스는 필립과 쌍둥이처럼 가까이 지내며 매사를 함께 의논해온 사이였으니, 아마 필립은 그와 한편이 되기로 마음먹고 자진해서 패링던성의 열쇠를 넘겨주었을 것이다.

그리고 편을 바꾼 필립은 과거 아버지를 위해서 싸울 때만큼이나 격렬하게 아버지와 맞서 싸우기 시작했다.
　그 완벽한 변화를 휴는 좀처럼 이해하기 어려웠다. 물론 필립은 체스터의 라눌프 백작[3]과 결혼한 자기 누이를 사랑했고, 라눌프는 다시금 왕의 환심을 사려고 애쓰고 있으니 이 막강한 친척의 합류를 몹시 환영할 것이다. 하지만 그것만으로 설명이 가능할까? 혹시 그가 패링던성을 지켜내면 병사들이 안도하리라는 생각에 증원군을 거듭 요청했을 때 그의 아버지가 이를 모른 체했기 때문일까? 아니, 그 정도 갖고서는 변심의 이유가 설명되지는 않는다. 엄청난 고통을 겪고 깊은 원한을 품지 않은 이상, 충성과 헌신을 바치며 오래 지속해온 관계를 그렇게 쉽게 저버리고 혈연까지 매정하게 끊어버릴 리는 없었다.
　하지만 필립은 그렇게 했다. 그리고 이제 휴의 손에는 그 첫 희생자들의 명단이 들려 있었다. 훌륭한 품성과 자질을 갖춘 서른 명의 젊은 기사와 향사들, 왕의 추종자들에게 분배되어 운이 좋으면 큰 몸값을 대가로 풀려날 테고 운 나쁘게 고약한 이들의 수중에 들어갈 경우 증오와 모멸의 대상이 된 채 영영 포로 신세를 면치 못할 사람들의 명단이었다.
　로베르 보몽의 서기는 그 젊은이들의 이름과 억류 장소, 억류한 자의 이름을 자세히 기록하고 이미 몸값이 지불된 이들은 따로 표시해두었다. 가족이나 친척이 아닌 이상 그다지 유명하지 않은 기사들을 사기 위해 거액의 돈을 지불할 사람은 없지 싶었다. 코번트리 회의에 참석한 사람들이 그들의 석방도 의제의 하나로 포함시켜 온당한 합의를 이끌어내지 않을 경우, 황후를 따르는 패기 있는 젊은이들 가운데 몇몇은 가족도 후원자도 없이 어두운 지하 감옥에 오래도록 갇혀 지내게 될 것이었다.

휴는 생전 처음 접하는 수많은 이름들이 나열된 명단 제일 끝에서 낯익은 이름 하나를 찾아냈다.

올리비에 드 브르타뉴. 왕의 군대에 사로잡혀 무장해제 당한 이들 중 하나로 어디에 억류되어 있는지 알 수 없으며, 몸값도 제시되지 않음. 로랑스 당제가 그의 행방을 알아내고자 사방에 수소문했으나 수포로 돌아감.

휴는 이 명단과 편지를 들고 시내를 가로질러 수도원으로 향했다. 라둘푸스 수도원장[4]을 만나, 8년에 걸친 지긋지긋한 내전에 종지부를 찍어줄지도 모를 이 새로운 기회에 대해 논의하기 위해서였다. 주교들이 과연 라둘푸스에게도 동등한 발언 기회를 줄까? 교회 내 두 진영의 관계가 늘 우호적인 것은 아니나, 로저 드 클린턴 주교는 분명 슈루즈베리 수도원장을 높이 평가하고 있었다. 어쨌든 라둘푸스 원장도 그 회의의 성공과 실패에 대해 미리 마음의 준비를 하고, 또 그에 따라 어떻게 행동할지 미리 생각해야 할 터였다. 그리고 슈루즈베리 성 베드로 성 바오로 수도원[5]에는 로베르 백작의 전갈을 들어야 할 사람이 하나 더 있었다.

캐드펠 수사는 울타리로 둘러싸인 약초밭 한가운데서 깊은 생각에 잠긴 표정으로 가을의 산책로를 둘러보고 있었다. 모든 약초들이 칙칙한 빛으로 물들며 까칠하게 말라가는 시기였다. 이파리는 거의 떨어졌고, 거무스레한 줄기들은 여름의 잔해들을 단단히 움켜쥔 채 깡마른 손가락들처럼 오그라들었으며, 진하게 떠돌던 향기는 속절없이 이울어가는 노년의 냄새를 풍기기 시작했다. 여전히 향취가 남아 있긴 하나, 수확이 끝나고 부식의 과정이 시작될 때의 눅눅하고 들큰한 냄새가 분명히 느껴졌다. 본격적인 추위가 닥치기 전인 11월이었다. 바삭거리는 낙엽과 길게 사선을 그으며 떨어지는 햇살, 그것이 자아내는 내밀한 서글픔 속에 아직 황금빛이 어려 있었다. 사과는 다락에 들여놨고 밀은 모두 빻아두었다. 건초 작업 역시 잘 갈무리되어 양들은 밀밭에서 그루터기를 뜯고 있었다. 지금은 잠시 일손을 멈추고 주위를 돌아볼 시간이었다. 다가오는 겨울에 대비하여 소홀히 방치해둔 것들은 없는지, 보수하지 않은 울타리가 눈에 띄지는 않는지…….

그가 11월의 농익은 분위기와 내밀한 슬픔을 이토록 날카롭게 의식하기는 처음이었다. 계절은 일직선으로 흐르는 게 아니라, 커다란 원을 그리며 순환한다. 이 순환 속에서 세상과 사람들은 애초에 탄생한 어둠과 신비 속으로 돌아가고, 거기서 다시 새로운 파종기와 새로운 세대가 탄생할 채비를 갖춘다. 노인들은 새로운 탄생과 시작을 믿지만 그들이 경험하는 건 종말뿐이지, 캐드펠은 생각했다. 하느님께서 나 또한 인생의 11월을 향해 다가

서고 있다는 사실을 상기시켜주시려는 걸까? 그래, 나로서는 아쉬워할 것도, 안타까워할 것도 없어. 11월은 거둬들인 곡식들을 갈무리하고 이듬해의 종자들을 잘 보살피는 아름다운 계절이다. 그 종자들을 파종할 수 없다 한들 뭐 어떠하랴. 누군가 그 일을 대신 할 텐데. 부드러운 미풍에도 멍들고 칙칙해지는, 살집은 사라지고 거미줄 같은 형체만 남은 늙은이의 피부처럼 맥없이 늘어진 축축한 이파리들과 함께 흡족한 마음으로 대지의 품에 안겨야겠지. 푸르렀던 이파리는 모두 황금빛으로 썩어가고, 화려했던 꽃잎도 너나없이 갈색 반점과 함께 녹아들기 마련이다. 늦가을의 빛깔은 해 질 녘의 하늘빛을 닮았다. 지난 한 해에 보내는 작별 인사이자 하루에 보내는 인사. 어쩌면 한 사람의 인생에 보내는 인사일 수도 있지 않을까? 한 사람의 생애가 무르익은 황금빛으로 끝난다면, 종말치고는 그리 나쁘지 않을 것이다.

원장 숙사에서 나온 휴는 자신이 입수한 정보를 친구에게 얼른 알려야 한다는 생각으로, 한편 이것이 그의 마음을 심란하게 할 수 있다는 사실에 다소 꺼림칙한 기분으로 약초밭에 들어섰다. 그의 친구는 이 아담한 왕국 한가운데 꼼짝 않고 서 있었다. 주위에서 시들어가는 약초들이 아니라 그 자신의 내면을 들여다보고 있는 듯했다. 휴가 한 손으로 그의 어깨를 짚자 캐드펠은 움찔하며 바깥 세계로 돌아왔다. 그의 의식이 존재의 깊은 심연에서 천천히 떠오르는 모습을 휴 또한 똑똑히 볼 수 있었다.

"무슨 일이라도 있었습니까?" 휴가 그를 두 팔로 안으며 말했다. "혹시 수사님이 이 자리에 아예 뿌리를 내린 게 아닌가 생각했어요."

"자네가 오는 소리를 듣지 못했군." 캐드펠은 사과하듯 대답했다. "인간 삶의 순환, 한 해의 계절과 하루의 시간들에 대해 생각하고 있었어. 이 시간에 자네가 찾아올 줄은 몰랐는데."

"로베르 백작의 사자가 좀 덜 바빴더라면 아마 오늘 오지 않았겠죠." 휴가 빙긋 웃으며 말을 이었다. "드릴 말씀이 있으니 안으로 들어가시죠. 선량한 모든 성직자와 관련한 문제예요. 라둘푸스 원장님도 방금 만나 뵈었습니다. 수사님과 긴밀하게 관련된 소식도 있어요." 휴는 깊은 한숨을 내쉬며 캐드펠의 작업장 문을 밀었다. "물론 저와도 관련이 있고요."

"레스터셔에서 사자가 왔었다고?" 캐드펠이 문간에서 걸음을 멈추곤 휴를 가만히 살펴보았다. "백작과 가끔 연락을 하나 보군. 하긴, 그 사람은 자네를 아주 좋아하지. 자신이 길을 열어주기만 하면 장차 큰 역할을 하리라 생각하는 것 같아. 그래, 그는 요즘 어떻게 지내나?"

"이리저리 열심히 애를 쓰고 있긴 한데 일이 그리 신통하게 돌아가지 않는 것 같습니다. 주교들이 먼저 손을 쓴 모양이에요. 하지만 양 진영에 백작 같은 사람들이 많으니, 결국은 결실을 볼 겁니다."

휴는 열린 문을 통해 들어오는 미풍에 진한 향기를 풍기면서 대롱거리는 마른 약초 다발 아래 캐드펠과 나란히 앉아, 로저 드 클린턴 주교가 코번트리에서 양측이 회동할 것을 제안하여 이미 안전통행증이 발부되기 시작했다는 소식을 들려주었다.

"그 회의로 양측이 화해를 향해 한 걸음이나마 옮길지 어떨지는 하느님만이 아시겠죠. 어쨌든 스티븐 왕은 체스터 백작을 자기편으로 끌어들인 데다 글로스터의 아들까지 얻게 된 마당이라 아주 의기양양합니다. 하지만 황후는 여전히 노르망디를 확고히 장악하고 있지요. 그러니 잉글랜드뿐 아니라 그곳에도 지켜야 할 땅을 가진 이 나라 귀족들 일부는 적잖이 동요할 겁니다. 입으로만 충성을 맹세하고 최대한 전장에서 발을 빼는 것이 현명한 처사라고 생각하겠죠. 그래도 어떻게든 양측을 화해시키려는 노력을 포기할 수는 없습니다. 로저 드 클린턴 주교는 마음만 먹으면 대단한 설득력을 발휘하는 사람이에요. 지금이 바로 그런 상태죠. 그가 진짜 원하는 건 모술에 있는 아타벡 젠기를 몰아내고 에데사를 되찾는 겁니다. 윈체스터의 헨리 주교[6]도 일이 그렇게 돌아가도록 드 클린턴 주교에게 힘을 실어줄 테고요. 실제로 어떻게 나올지야 두고 봐야 알 일이지만요. 원장님께도 이 소식을 전해드리긴 했는데, 주교들이 과연 성직자들의 힘을 동원할지는 의문입니다. 그보다는 차라리 자기네가 교권을 확고하게 장악하려 하지 않을까 싶어요."

"환영할 일인지 경계해야 할 일인지 모르겠군. 그나저나, 그 일이 왜 나와 깊은 관련이 있다는 건가?"

"아, 또 다른 소식이 있어요." 휴의 말투가 보다 신중해졌다.

그는 근심 어린 얼굴로 캐드펠을 주시하며 말을 이었다. "올여름에 패링던에서 일어났던 일, 기억하시죠? 패링던 성주가 성을 왕에게 넘겨주고 글로스터의 작은아들이 변절했던 사건 말입니다."

"기억하다마다. 지휘관들이 항복 문서에 조인하는 바람에 그곳을 지키던 수비대원들도 어쩔 수 없이 편을 바꿔야 했지. 크리클레이드성과 그곳을 지키던 사람들도 필립과 더불어 고스란히 왕에게 넘어갔고."

"하지만 패링던의 수비대원 중 꽤 많은 이들이 무장해제를 당한 뒤에도 황후에 대한 충성을 포기하지 않았어요. 스티븐 왕은 오래전부터 자신 곁을 지킨 이들과 새롭게 가담한 가신들에게 그 기사들을 골고루 나눠주었죠. 보다 두둑한 수입을 얻게 해줌으로써 그들을 자기 곁에 확고히 붙잡아두려는 생각이었을 겁니다. 이에 로베르 백작이 옥스퍼드와 맘즈버리 근방에서 첩자들을 고용해 포로가 된 사람들의 이름과 그들이 누구에게 넘겨졌는지 알아봤다더군요. 어떤 사람들은 이미 몸값을 치러 풀려났고, 또 어떤 사람들은 두둑한 몸값만 제시된 상태예요. 그런데 그중 성의 수비대원으로 있었으나 현재 어디에 억류되어 있는지 알려지지 않은 사람이 하나 있습니다. 아무도 본 적 없고, 소식조차 듣지 못한 사람이지요. 로베르 백작이야 그를 특별하게 생각할 이유가 없겠지만, 제게는 아주 중요한 의미를 가진 사람입니다." 휴는 캐드펠에게서 한시도 눈을 떼지 않았다. 부드럽고 절제된 그의 목소리는 안도감보다는 경고를 안겨주는 듯했다. "아마 수사님에게도 그럴 거고요."

"누군가 몸값도 제시하지 않은 채 비밀리에 그를 억류하고 있는 모양이군." 캐드펠 역시 조심스럽게 상황을 짚어가며 말을 이었다. "그렇다면 그를 억류한 사람은 그에게 보통 이상의 적개심을 품고 있다는 얘기일 텐데…… 몸값을 받겠다고 나선다 해도 엄청난 가격을 제시할 거야."

"백작이 보낸 문서에 의하면, 로랑스 당제가 그의 소재를 백방으로 수소문해봤지만 허사였다는군요. 물론 로랑스 당제가 누군지는 백작도 잘 알고 있을 겁니다. 이런 소식을 전하게 되어 유감입니다, 수사님. 올리비에 드 브르타뉴는 패링던성에 있었고, 지금은 포로가 된 상태예요. 그가 어디 있는지는 하느님만이 아실 겁니다."

*

캐드펠은 잠시 말을 잃었다. 그 소식을 듣는 순간 숨도 생각도 막혀버린 터였다. 호흡과 마음을 다시 가다듬느라 침묵이 다소 길어졌지만, 마침내 그는 입을 열었다. "올리비에는 누구보다 현명하고 용감한 젊은이야. 그런 일에 관여할 때 따르는 위험을 잘 알고 있으니 정신 바짝 차리고 상황에 적절히 대처할 걸세. 내게 들려줄 이야기가 더 있나?"

"그로서는 글로스터 백작의 아들이 제 아버지에게 등을 돌리리라고 상상도 못 했을 겁니다. 배신과 변절 같은 것은 꿈에도 모르는 사람이니까요. 그 상황이 그에게 얼마나 당혹스러웠을까요. 그가 성에 얼마나 오래 있었는지, 그리고 그곳을 지키던 젊은 기사들이 어떤 생각을 하고 있었는지는 저도 잘 모릅니다. 하지만 아마 그들 중 상당수가 비슷한 마음이었을 거예요. 필립은 성이 제대로 완공되지도 않은 상태에서 수비대원들을 배치했고, 글로스터는 성이 포위 공격을 당할 때 손가락 하나 까딱하지 않았지요. 수비대원들 사이에서는 글로스터에 대한 반감이 팽배해 있었을 겁니다. 어쨌든 레스터셔 백작은 그 마지막 한 사람, 올리비에의 행방을 알아내려고 계속 노력할 거예요. 그리고 코번트리 회의 때 포로 석방에 관한 논의가 이루어질 수도 있고요. 좋은 의도를 지닌 양측 사람들이 일이 잘 풀려나가도록 압력을 넣을 겁니다."

"올리비에는 아마 그곳 사람들의 시선을 끌었을 거야. 유난히 고집을 굽히지 않아서 말이지……." 캐드펠은 눈앞의 벽 너머로 동쪽을 응시하며 중얼거렸다. 가뭄과 모래와 햇빛으로 가득한 머나먼 곳. 지금은 이교도들의 위협에 대비해 무장하고 있을 예루살렘 프랑크왕국의 해변에서 반짝이는 바다. 한때 그에게 친숙했던, 대양 저편의 전설적인 세계. 올리비에 드 브르타뉴가 어린 시절 자신이 알지 못하는 아버지의 신앙을 선택한 고장……. 그가 천천히 말을 이었다. "올리비에를 가둔 사람이 누구든, 그를 오래 잡아둘 수는 없을 걸세. 알려줘서 고맙네, 휴. 앞으로도 그에 관한 소식이 들어오면 계속 전해주게."

그러나 그의 목소리에서 긍정적인 결말에 대한 확신은 찾아볼 수 없었다. 그는 절대적인 믿음 속에 모든 일을 주님께 맡길 생각도, 잠자코 뒷전에 물러나 앉아 있을 마음도 전혀 없었다. 적어도 휴에겐 그렇게 느껴졌다.

휴가 떠나자 캐드펠은 토탄으로 화롯불을 덮어놓은 뒤 작업장 문을 닫고 예배당으로 갔다. 저녁기도 때까지는 아직 한 시간쯤 남아 있었다. 윈프리드 수사는 수확이 끝난 콩밭을 꼼꼼하게 뒤집어엎는 중이었다. 겨울 서리가 흐트러진 흙을 적당히 부수어 골라줄 것이었다. 콩 줄기들에는 아직도 노란 이파리들이 달린 채였고, 껑충하게 웃자란 장미나무의 가지 끝에도 결코 터지지 못할 꽃봉오리들의 작은 눈들이 돋아 있었다.

침침하고 고요한 예배당에서, 캐드펠은 존경하는 친구에게 하듯 성 위니프리드[7]의 제단에 다정히 인사를 건넸다. 올리비에의 일로 성녀님께 부담을 드려도 될까? 그는 잠시 생각에 잠겼다. 절반은 웨일스인이나 생김새나 생각이나 신념에 있어서는 열정적인 시리아인을 닮은 그 청년을 성녀는 온전히 이해하기 어려울지도 모른다. 캐드펠은 그곳에서 피어나는 향의 연기만큼이나 따뜻한 애정을 바치며 그저 아무 말 없이, 마음속으로만 기도를 드렸다. 성녀는 그가 저지른 많은 잘못을 용서했고, 단 한 번도 그에게 마음의 문을 닫은 적이 없었다. 올해 그분은 많은 일을 겪은 터였다. 홍수, 도난, 인적 없는 숲에 버려질 뻔한 위험한 사태, 자신의 소유권을 둘러싼 다툼까지. 그 모든 사건 끝에 비로소 원래 있어야 할 곳에 돌아와 편하게 쉬고 계신 그분을 굳이 괴롭힐 필요가 있을까?

그리하여 캐드펠은 보다 높은 제단, 모든 힘과 권력과 신앙의 원천 앞으로 자신의 문제를 들고 가 차가운 판석 위에 십자가 모양으로 납작 엎드렸다. 흡사 속죄의 고행을 마치고 노여움을 거두고자 온몸을 바치는 죄인의 태도와도 같았다. 평소 그는 크나큰 자비와 이해심을 지닌 하느님께서 그런 식의 속죄 의식을 그리 달가워하지 않으시리라 생각해왔으나, 이번만큼은 달랐다. 하느님이 원하시든 않든 그렇게 해야만 했다. 캐드펠은 이 순간 자신의 마음속에 있는 생각들을 모두 고백하고 용서보다는 이해를 구했다. 이마를 싸늘한 판석에 갖다 댄 채, 어쩔 수 없는 사정을 구구절절이 늘어놓는 대신 형언하기 어려우나 너무나 자명한 이 모든 상황을 그저 자기 마음이 알아서 표현하게 가만 내버려 두었다.

*

저녁기도가 끝난 뒤, 캐드펠은 원장 숙사의 응접실에서 라둘푸스와 마주 앉았다.

"저녁때 휴 베링어가 들러 레스터셔 백작에게서 온 소식을 전했다고요." 캐드펠이 입을 열었다. "황후에게 충성을 맹세한 패링던 기사들의 운명에 대해서도 들으셨습니까?"

"들었소. 그 명단도 봤고." 원장이 대답했다. "이번 코번트리 회의 때 그와 관련한 합의를 이룰 수 있으리라 믿소. 다른 건 몰라도 포로 석방에 대해서는 양측이 동의하게끔 노력해야지."

"저도 신부님처럼 믿고 싶지만, 그들이 서로 한 걸음도 양보하지 않을까 봐 두렵습니다." 캐드펠은 씁쓸한 표정으로 말을 이었다. "혹시 그 명단에서 올리비에 드 브르타뉴란 이름을 보셨는지요? 패링던 함락 이후 소재가 불분명한 유일한 기사 말입니다. 그의 주군은 기꺼이 몸값을 치르려 하는데 도무지 그가 어디 있는지 찾을 수 없다더군요. 그 젊은이에 관해 원장님께 드릴 말씀이 있습니다. 휴는 이 일에 관해 절대 입을 열지 않을 테니 제가 직접 말씀드려야겠지요."

"그 기사에 대해서는 나도 조금 아는 바가 있소." 라둘푸스는 빙그레 웃어 보였다. "4년 전 위니프리드 성녀의 유해 이전 행사를 치를 때, 그 사람이 윈체스터 회의 이후 행방을 감춘 한 향사를 찾으러 여기 왔었지."

"하지만 다른 일에 대해서는 모르실 겁니다. 사실 그를 처음 만났을 때 말씀드려야 했는데…… 당시에는 무슨 일이 생겨도 제 신분에 변화가 있으리라 여기지 않았기에 그럴 필요가 없다고 생각했지요. 그를 다시 만난다거나, 그에게 제가 필요할 때가 올 줄도 몰랐고요. 하지만 이제 모든 사실을 분명하게 밝혀야만 할 것 같습니다. 올리비에 드 브르타뉴는 제 아들입니다, 원장님."

라둘푸스는 놀라우리만치 차분하고 부드러운 태도로 침묵을 지켰다. 수도원 경내에 있는 이들 역시 바깥에 있는 이들과 마찬가지로 나약하며 잘못을 저지를 수 있는 인간들이었다. 라둘푸스는 지혜로운 사람이었으니, 완벽함을 지향하되 인생살이의 과정에 그러한 완벽함이 있으리라는 기대감은 전혀 품고 있지 않았다.

"열여덟 살의 나이로 팔레스타인에 갔을 때, 저는 안티오크에서 한 젊은 과부를 만나 사랑하게 됐습니다." 캐드펠은 담담하게 과거를 회상했다. 그 목소리에 후회의 기색은 없었다. "이후 시간이 꽤 지난 뒤 세인트시메온에서 팔레스타인을 거쳐 고향으로 돌아가는 길에 다시 그 여인을 만났고, 배가 출항할 때까지 함께 지냈습니다. 그때 그 여인에게 아들 하나를 남겼는데, 저는 그 일에 대해 아무것도 모르고 살았습니다. 우스터시 약탈 사건 당시 올리비에가 행방불명된 남매를 찾으러 올 때까지는요. 그가 제 아들이라는 걸 알았을 때 저는 그저 기뻤고, 그저 자랑스러웠습니다. 그럴 만한 청년이었으니까요. 두 번째로 이곳에 왔을 때는 원장님께서도 짧은 동안이나마 보셨으니, 그가 정말로 자랑스럽게 여길 만한 아들인지 아닌지는 잘 아실 겁니다."

"충분히 자랑스러워할 만한 청년이었소." 라둘푸스는 흔연히 말했다. "풍요롭지 않은 배경에서 태어났지만 아주 훌륭하게 성장했더군. 과거의 일에 대해 내가 형제에게 뭐라 할 여지는 없소.

당시 형제는 성직자가 아니었고, 혈기 왕성한 나이에 고향에서 멀리 떨어진 곳에 있었으니까. 인간은 나약한 존재요. 또한 형제 자신이 그 일에 대해 고해하고 오랫동안 참회했으리라 믿소."

"예, 제가 그 여인에게 아들을 남기고 그냥 떠나왔다는 사실을 알았을 때 곧장 고해성사를 받았습니다. 그리 오래되지 않은 일이지요. 하지만 참회를 했느냐 물으신다면…… 아니요, 그 여인은 정말로 사랑스러운 사람이었고, 전 그녀와의 사랑을 단 한 번도 후회한 적이 없습니다. 저는 웨일스 사람입니다. 웨일스에서는 아버지이면서도 아버지임을 부인하는 사람이 천하에 둘도 없는 악당으로 취급되지요. 그러니 제가 어찌 그 총명하고 용감한 아이에 대한 저의 권리와 책임을 부인하고 싶겠습니까. 이제까지 제가 한 일 중 가장 잘한 일은 누구보다 훌륭한 그 아이를 이 세상에 태어나게 한 것이라고까지 말씀드릴 수 있습니다."

"그 열매가 제아무리 훌륭하다 해도, 자신이 저지른 죄를 자랑스럽게 여기거나 죄를 다른 이름으로 부르는 건 정당화할 수 없소." 라둘푸스가 싸늘한 어조로 그 말을 받았다. "그러나 30여 년 전의 죄를 지금에 와 심판하여 좋을 게 뭐 있겠소. 그대가 신앙을 서약한 이래 나는 그대에게서 크게 나무랄 만한 점을 찾지 못했소. 굳이 상기하자면 약간의 조바심이나 태만 같은, 우리 누구나 평소 소소히 저지르는 과오 정도일까…… 그러니 이제 당면한 문제에 대해 의논합시다. 보아하니 형제는 올리비에 드 브르타뉴의 일로 내게 뭔가 부탁하거나 요구할 일이 있는 것 같은데."

"다소 지나친 생각으로 여겨질지 모르지만, 어쨌든 제게는 아버지로서의 의무가 있습니다." 캐드펠은 진지하고도 신중한 태도로 단어를 골라가면서 조심스레 입을 열었다. "제 아들이 이 순간 어딘가에서 큰 곤경에 처해 저를 원망하고 있을지도 모른다는 생각을, 그것이 망상에 불과할지라도 저는 도무지 떨쳐버릴 수 없습니다. 이곳을 떠나 아들이 있는 곳을 찾아내 어떻게 해서든 그를 구해내고 싶습니다. 원장님께서 제 결심을 너그럽게 받아들여 이곳을 떠나는 걸 허락해주셨으면 합니다."

라둘푸스 원장은 생각에 잠겨 이맛살을 찌푸렸다. "내가 생각하는 형제의 의무는 지금 형제가 자신의 의무라 말하는 것과 전혀 다르오. 서약을 한 사람은 이곳에 있어야 할 의무가 있소. 형제는 스스로 원하여 세속과 그곳에서 맺은 온갖 인연의 끈을 끊었소. 수사복은 외투처럼 마음대로 입고 벗을 수 있는 것이 아니오."

"굳은 믿음으로 서약했지만, 그때는 저로 인해 태어난 아이가 존재한다는 사실을 미처 몰랐습니다. 예, 저는 하느님 앞에 서약함으로써 세상 모든 인연의 속박에서 벗어났습니다. 그리하여 다른 인간관계는 전부 끊을 수 있었지만…… 이건 아닙니다! 세상에 제 핏줄이 있다는 사실을 알게 된 이상, 저는 진정 세속과의 인연을 끊었다고 자신 있게 말할 수 없습니다. 이에 대해서는 원장님께서도 뭐라 단언하실 수 없겠지요. 어쨌든 한 아이가 세상에 존재하며, 그 아이를 태어나게 한 사람이 바로 저라는 것은 틀림없는 사실입니다. 그는 지금 포로 신세가 되었고 그의 아비인 저는 자유의 몸이지요. 아들은 위험한 처지에 놓인 반면 아비는 안전합니다. 창조주께서 당신의 피조물들 가운데 가장 하찮은 것이라도 쉽게 저버리실 수 있을까요, 원장님? 하물며 인간이, 제 혈육이 위험에 처한 것을 보고 어찌 그냥 외면해버릴 수 있겠습니까? 새로운 생명을 탄생시키는 일 자체가 거룩하고 신성한 서약을 지키는 행위는 아닐까요? 알았든 몰랐든, 저는 수사가 되기 전에 이미 한 아이의 아비였습니다."

두 사람 사이에 냉담하고 초연한 침묵이 흘렀다. 한참 뒤, 라둘푸스가 담담하게 입을 열었다. "내게 요구할 것이 있으면 지금 모두 말하시오."

"저는 휴 베링어와 함께 코번트리로 가서 회의에 참석하고 싶습니다. 원장님께서 그 길을 축복해주셨으면 합니다. 거기서 왕과 황후에게 제 아들이 어디에 억류되어 있는지 물어보고 그분들과 주님께 그를 석방해달라 간청할 생각입니다."

"그럼에도 불구하고 왕이나 하늘이 그대를 돕지 않는다면 어쩔 것이오?"

"제가 할 수 있는 모든 수단을 동원해 그의 행방을 찾아내겠습니다. 끝내 그 아이를 찾아내 자유의 몸으로 만들어줄 겁니다."

라둘푸스는 그 목소리에서 아득한 과거로부터 울려오는 메아리를 감지했다. 그동안 이 노수사와 한 울타리에서 지내는 동안 줄곧 칼집에 싸여 있던 칼날의 날카로운 울림 같은 것이 이제 되살아나고 있었다. 이마는 구릿빛으로 그을리고 양쪽 광대는 툭 튀어나온 얼굴, 예순다섯 해의 풍상으로 이제는 깊은 고랑들이 파인 피부, 늦가을 저녁 하늘을 닮은 깊은 눈. 그는 라둘푸스 원장을 바라보며 자신의 내면을 있는 그대로 드러내고 있었다. 오랫동안 공동체의 요구에 자진해서 순응해온 캐드펠은 이제 갑자기 홀로 떨어져 나와 다시 고립된 자리에 서 있었다. 라둘푸스는 더 이상 어쩔 도리가 없음을 알았다.

"내가 금한다 해도 형제는 기어이 떠날 작정이군."

"주님이 보시는 가운데, 원장님을 존경하는 마음과 함께 그렇게 할 겁니다."

"그렇다면 막지 않겠소. 양 떼를 지키는 것이 내 소임이오. 한 마리가 길을 잃으면 나머지 아흔아홉 마리도 마찬가지 신세나 다름없지." 원장은 한숨을 내쉰 뒤 말을 이었다. "휴와 함께 가서 그 회의를 지켜보시오. 부디 좋은 결과가 나오기를 기도하겠소. 하지만 회의가 파하면, 그대는 할 일을 마치지 못했어도 이곳으로 돌아와야 하오. 휴와 함께 갔다가 함께 돌아오는 거요. 거기서 더 멀리 가거나 더 지체할 경우, 그 순간부터 형제는 내 지시를 따르는 사람이 아니오. 그때부터 나는 허락도 축복도 하지 않겠소."

"기도도 해주지 않으실 건가요?"

"내 말을 이해하지 못한 거요?" 원장이 되물었다.

"베네딕토회[8]의 규정에는, 판단의 실수로 수도원을 떠난 형제라도 그에 대한 대가를 치른다면 세 번의 세 번까지 받아들여줄 수 있다고 명문화되어 있습니다. 그리고 원장님께서 '그것으로 됐다!' 말씀하시면 참회도 끝이 나지오."

2

 코번트리 회의는 11월 마지막 날로 정해졌다. 모든 사람이 합의와 화합의 전망을 환영하는 것은 아니며, 심지어 회의를 방해하거나 망치려 하고 또 그럴 준비가 된 세력들이 존재한다는 확실한 증거들이 속속 드러났다. 필립 피츠로버트는 황후의 또 다른 이복남매이자 콘월의 백작인 레지널드 피츠로이를 생포해 가두었다. 그가 황후에게서 지시받은 업무를 수행하고 있다는 이유였다. 이후 스티븐 왕의 명을 받아 즉각 그를 풀어주기는 했으나, 불길한 조짐은 쉬 가시지 않았다.
 "필립은 코번트리에 오지 않을 거야." 필립과 관련한 소식을 들은 날, 캐드펠은 휴에게 말했다. "그 속마음이 어떤지 빤히 보이지 않나."

"그러니 더더욱 오겠지요." 휴는 말했다. "화합을 이야기하는 모든 이들의 발밑에 마름쇠를 뿌려놓기 위해서라도 말입니다. 밖에서 움직이기보다는 내부에 들어와 휘저어놓는 편이 훨씬 더 효과적이니까요. 제가 수집한 정보로 미루어, 필립은 아버지에게 큰 분노를 품고 있습니다. 그와 정면으로 부딪치기 위해 반드시 올 거예요." 휴는 탐색하는 눈길로 캐드펠을 바라보았다. 평소에는 쉽게 속마음을 읽어낼 수 있는 얼굴이 지금은 무척이나 심각해 보여 휴 자신의 마음까지 불안할 지경이었다. "정말 저랑 같이 가실 작정입니까? 자칫하면 다시 수도원으로 돌아오시지 못할지도 몰라요. 제게 맡기셔도 된다는 거 잘 아시잖습니까. 올리비에에 관한 소식이 있으면 작은 것이라도 제가 철저히 캐볼 겁니다. 수사님이 목숨만큼이나 소중히 여기시는 서약과 안온한 일상을 위태롭게 할 필요는 없어요."

"살아온 날보다 살아갈 날이 더 많이 남은 올리비에의 목숨이 내 여생보다 훨씬 소중하지. 게다가 자네도 처리해야 할 중대한 임무가 있잖나. 난 갈 걸세. 원장께도 이미 말씀드렸어. 그분은 아무런 약속도 협박도 하지 않으시더군. 만일 내가 코번트리에서 더 나아간다면 당신께서는 더 이상 내 일에 관여하지 않겠다고 말씀하실 뿐, 구체적으로 어떤 조치를 취하겠다거나 나를 위해 무얼 해주겠다는 얘기는 일절 없었어. 이번에는 그분의 지시를 받고 가는 게 아니니 수도원 소유의 것은 무엇도 사용하지 않을 생각이네. 그래서 말인데, 내게 말 한 필과 외투와 양식을 좀 마련해줄 수 있겠나?"

"그뿐이겠습니까? 검 한 자루와 나중에 한뎃잠을 주무실 때 쓸 짚자리도 안겨드려야죠." 휴는 심각한 분위기를 떨쳐버리려는 듯 장난기 가득한 미소를 지어 보였다. "조만간 수도원에서 쫓겨나실지도 모르니 말입니다. 물론 우리가 올리비에를 구해낸 뒤의 일이겠지만요."

올리비에의 이름을 들을 때마다 캐드펠 수사의 눈 앞에는 아들을 처음 본 순간이 떠올랐다. 매서운 한겨울, 눈으로 뒤덮인 브롬필드 수도원 대문의 열린 쪽문을 통해 한 여인의 어깨 너머로 보이던 그 모습. 길고 여위었으나 온화한 얼굴, 넓은 이마, 자부심과 생동감 넘치는 입술과 매부리코, 매의 눈을 닮은 황금빛 눈, 얼굴을 단단히 감싼 매끈하고 검푸른 머리칼, 질 좋은 청동으로 빚어낸 듯한 아름다운 올리브빛 피부……. 제 어미를 빼닮은 그의 얼굴을 떠올리면 미리엄의 모습이 정겹고 그립게 다가오곤 했다. 올리비에는 열네 살 때 어머니를 땅에 묻은 뒤 한 번도 본 적 없는 아버지의 신앙을 따르기 위해 안티오크를 떠나 예루살렘으로 갔다. 이제는 그도 서른 살 가까운 나이가 되어 있었다. 몇 년 전 눈밭을 헤치며 브롬필드로 데려갔던 여인 에르미나 위고냉과의 사이에서 자식도 얻었을 것이다. 그러나 이 순간 에르미나의 곁에 남편은 없다. 캐드펠의 손주 곁에 아버지가 없다. 그들이 남편과 아버지를 영원히 잃는다는 건 상상도 할 수 없는 일이었다. 무슨 일이 있어도 그를 구해내야 했다.

"어쨌든 좋습니다." 휴가 다시 입을 열었다. "그러고 보니 수사님과 함께 말을 타고 여행을 떠나는 게 이번이 처음은 아니군요. 아직 사흘쯤 시간이 남았으니 그사이 라둘푸스 원장님과 다시 한번 만나 의견 차이를 좁혀보시지요. 저는 성의 마구간에서 가장 좋은 말을 골라놓겠습니다."

*

슈루즈베리의 수사들은 캐드펠의 모험을 둘러싸고 각양각색의 반응을 보였다. 로버트 페넌트 부수도원장[9]은 캐드펠의 굳은 의지에 모종의 불안을 느끼는 듯, 수사회에서 소식을 알리며 여행에 걸린 단서 조항, 즉 코번트리 회의가 열리는 기간으로 제한한다는 점을 유난히 강조했다. 이 불완전한 허가에는 라둘푸스 수도원장의 가벼운 책망이 내포되어 있었다. 그러면서도 원장은 여행의 이유에 대해 수사들에게 아무런 설명도 하지 않았다. 그는 캐드펠의 비밀을 누구에게도 발설할 생각이 없었다.

별의별 추측이 수도원 경내를 떠돌았다. 몇몇 수사들은 캐드펠이 변절한 것이나 다름없다 여겨 슬픔과 충격 어린 눈빛으로 말없이 그를 응시하기도 했다. 어렸을 때부터 수도원에서 지내온 이들은 두려운 기색으로, 또 나중에 들어온 이들 중 외부와 단절된 생활에 지겨움을 느끼던 일부는 시샘 어린 표정으로 캐드펠을 바라보았다. 네 살 때 수도원에 들어온 에드먼드 수사는 다소 당혹스러워하며 얼마간 약제사가 부재하리라는 사실을 걱정했다. 반면 선창자 안젤름 수사는 지극히 평온하게 이 소식을 받아들였다. 성가대원 가운데 누군가 가락이 맞지 않는 소리를 내거나 가장 목청 좋은 이의 목에 문제가 생기는 일을 제외하면 세상 그 무엇도 그의 평화를 깨뜨릴 수 없었다. 그는 모든 일이 다 잘되기를, 모든 사람이 평화롭기만을 바라며 온갖 근심 걱정을 흘려버리곤 했다.

베네딕토회의 엄격한 규칙을 조금이라도 어기는 모든 행위를 용납하지 못하는 로버트 부원장은 그동안 병자나 이런저런 사유로 자유로이 경내를 들락거리며 시내와 수도원 앞 대로 사람들을 만나곤 하던 캐드펠을 내심 마뜩잖게 여겨온 터였다. 이번 여행도 그에겐 더없이 못마땅한 일이었다. 한편 부원장의 전속 비서나 다름없는 제롬 수사는, 한때 부원장의 분노에 열심히 기름을 붓곤 했으나 얼마 전 큰 사건을 겪고 견습 수사들의 고해신부 직분을 박탈당한 채 오랜 속죄의 고행을 거친 뒤로 놀랄 만큼 겸손한 사람이 되어 있었다. 그는 더 이상 남의 잘잘못을 들추고 헐뜯지 않았다. 아마 시간이 지나면 다시 예전의 모습으로 돌아갈지 모르지만, 적어도 이번만큼은 아무런 비난의 말도 없이 넘어갔다.

결국 캐드펠이 가장 치열하게 싸워야 할 상대는 바로 그 자신이었다. 스스로 선택하여 진심 어린 서약을 한 뒤 들어온 이곳, 인생의 절반 이상을 보낸 슈루즈베리 수도원을 떠나게 될 수도 있다는 생각을 할 때마다 마치 무거운 족쇄가 몸과 마음을 팽팽하게 조여오는 것만 같았다. 원장에게 사정을 털어놓을 때 그는 진실만을 이야기했고, 그로써 자신이 해야 할 일과 할 말은 다 한 셈이었다. 하지만 정말 그것으로 되었을까? 에드먼드 수사와 윈프리드 수사는 이제 자신들의 업무에 더하여 캐드펠을 대신해 약들을 준비하고, 세인트자일스[10] 구호소에 필요한 약들을 공급하고, 약초밭을 보살피는 일까지 해야 할 것이었다. 캐드펠이 떠나 약속된 날까지 돌아오지 않으면 결국 그 일들은 완전히 그들의 몫으로 돌아갈지도 모른다. 자신이 그러한 가능성을 진지하게 고려하고 있음을 깨닫고 그는 소스라치게 놀랐다. 그 스스로도 이곳에 영영 돌아오지 못할 수 있다고 생각하는 것이다. 결국 이번 결단은, 그가 수도원 정문을 나서기 전부터 이미 삶의 모든 것이 걸린 문제였다.

그럼에도 그는 갈 것이었다.

*

약속된 날 아침 미사가 끝난 뒤, 휴가 말을 탄 부하들 셋과 캐드펠이 탈 말 한 필을 끌고 수도원 정문으로 들어섰다. 활달한 걸음걸이와 오만한 눈을 지닌 휴의 잿빛 말만큼이나 키가 크고 잘생긴 데다, 귀족적으로 잘 빠진 코에 흰색 세로줄이 있는 밤색 말은 캐드펠의 우울한 얼굴을 한순간에 바꾸어놓았다. 캐드펠이 기뻐하자 휴도 흡족해했다. 망토를 걸치고 부츠를 신은 캐드펠은 안장주머니의 버클을 채운 뒤 다소 어색하게, 그러나 기운차게 안장에 올라앉았다. 휴는 캐드펠을 거들어주고 싶었으나 그 마음을 꾹 억눌렀다. 이미 예순다섯의 나이이니 젊은이로부터 존경과 공경을 받을 만하지만, 정작 노년에 이른 이들은 자신의 나이를 일깨우는 그런 행동을 고맙게만 받아들이지는 않는 법이다.

일행이 말을 타고 수도원 정문을 나설 때 마당에 나와 이들을 배웅하는 사람은 없었다. 안마당의 그늘진 곳이나 진료소, 심지어 원장 숙사에서도 어쩌면 그 뒷모습을 지켜보았을지 모르지만 적어도 눈에 띄는 곳에는 아무도 모습을 드러내지 않았다. 그날이 여느 날과 조금도 다르지 않다는 듯, 그리고 캐드펠 수사가 약속된 날 돌아오리라는 것을 추호도 의심하지 않는다는 듯, 수사들은 평소처럼 묵묵히 각자의 할 일을 했다. 하지만 캐드펠이 마음의 평화를 되찾고 수도원으로 돌아온다면 모두에게 그보다 더 반가운 일은 없을 터였다.

슈루즈베리 시내와 수도원 앞 대로를 뒤로하고 세인트자일스 곁을 지나 돼지 등처럼 완만한 곡선을 이룬 레킨산 정상이 희미하게 보이는 곳에 이를 즈음, 캐드펠의 마음은 차분하게 가라앉았다. 어떤 일이 닥쳐와도 결코 후회는 않을 것이었다. 여정의 여러 요소가 그의 마음을 위로해주었다. 12월이 머지않았는데도 들판은 아직 푸르렀고, 날씨는 온화하여 바람 한 점 없었다. 그는 아주 좋은 말을 타고 있었다. 게다가 휴가 함께 나아가며 추억을 나누는 것이 무척이나 즐거웠다. 넓은 길은 훤히 트여 안전했으며, 적어도 체닛 숲까지는 두 사람 모두에게 익숙한 길이었다. 회의 날까지는 사흘이나 남아 있으니 여유도 넘쳤다.

"느긋하게 가도 일찍 도착할 겁니다." 휴는 말했다. "아마 회의 전에 레스터셔 백작을 만나 얘기를 나눌 시간도 있을걸요. 아, 리치필드에서 하룻밤 묵을 땐 체스터의 라눌프와 맞닥뜨리게 될지도 모르겠군요. 그 사람이 링컨에 있는 자기 이복형제에게 이런저런 충고를 했다는 얘길 들었습니다. 라눌프가 코번트리 회의에 참석해 점잖게 앉아 있는 동안 윌리엄은 북쪽에서 자기 두 형제에게 이익이 되는 일을 열심히 꾸미고 있겠죠."

"라눌프는 영리한 사람이야. 자신의 성공을 과시하려 들지 않을 걸세. 게다가 코번트리에는 그를 적대시하는 사람들이 많이 모여들 테니."

"아마 그들의 환심을 사려 할 겁니다. 최근 몇 주 사이 그가 지난해 빼앗은 땅들을 몇몇 귀족에게 다시 돌려줬다는군요." 휴는 냉소적으로 말을 이었다. "편을 바꾼 대가죠. 왕 한 사람에게만 잘 보여서는 안 되니까요. 스티븐 왕이야 원래 자기편에 붙는 사람이라면 누구나 두 팔 벌려 환영하고, 얻기보다는 주기를 더 좋아하는 분이에요. 하지만 그동안 줄곧 왕을 지키며 라눌프의 만행을 목도해온 이들은 그리 쉽게 넘어가지 않을 겁니다. 그중 몇몇은 라눌프의 선물을 받아 챙기면서도 그가 언으리라 생각하는 것들을 내주려 하지 않을걸요. 제가 라눌프라면 최소한 1년 이상은 조신하고 겸허하게 처신할 겁니다."

그날 이른 저녁 두 사람이 리치필드 대성당 경내에 들어섰을 때, 안에서는 많은 사람이 분주하게 오가고 있었다. 무장한 휴의 부하들이 묵게 될 일반 숙사에는 귀족의 마부들이나 하인들이 꽤 많았지만 체스터 백작의 하인들은 하나도 보이지 않았다. 그는 아마 링컨의 이복동생과 만난 뒤 다른 길을 통해 오는 중이거나, 아니면 이미 그들을 앞질러 레스터셔 부근에 있는 자신의 마운트 소렐성에 도착하여 앞으로의 일을 구상하고 있을 터였다. 그에게 이번 회의는 양 진영의 화합을 모색하는 장이라기보다, 최종 승리를 쟁취하게 될 왕의 진영 사람들 속에서 자신의 안전한 자리를 찾을 기회였다.

저녁기도가 시작되기 전 캐드펠은 대성당 남쪽 문을 통해 어스름 녘의 서늘한 냉기 속으로 나와, 고요한 분위기 속에 음산한 납빛으로 번들거리는 연못 쪽을 향해 걸음을 옮겼다. 한때 색슨족의 성당이 서 있었던 그 일대는 이제 좀처럼 아물지 않는 상처 자리 같아 보였다. 몇 년 전 로저 드 클린턴은 그곳에서 조금 떨어진 곳, 지반이 더 튼튼한 자리에 리치필드의 첫 주교인 세인트쇼가 염두에 두었던 것보다 훨씬 더 웅장한 성당을 새로 짓기로 했다. 캐드펠은 역대 고위 성직자들 가운데 가장 너그러우며 신도들의 사랑을 가장 많이 받았던 세인트쇼 주교가 축복한 이 성스러운 땅의 가장자리를 돌아본 뒤 아직 공사 중인 웅장한 새 석조 성당을 바라보았다. 과연 저 공사가 끝날 날이 오기는 할까? 성당의 기다란 지붕과 정사각형 모양으로 우뚝 솟아오른 중앙 탑의 날카로운 모서리들이 하늘을 배경으로 검게 떠올랐다. 그곳 성가대석은 반원형의 애프스(직사각형 건물의 평면에서 입구 맞은편 마구리 벽면에 설치한 반원형 혹은 다각형의 돌출부—옮긴이)로 마무리되어 있었다. 서쪽 끝에 자리한 높은 창문들 너머 석조 요새만큼이나 튼튼한 담벼락 사이로 비껴 들어온 석양이 희미한 빛을 발했다. 그 벽 아래 보이지 않는 곳에는 석공들의 숙소와 돌과 목재를 쌓아두었던 자리의 흔적이 남아 있었고, 여기저기 굴러다니는 돌들도 눈에 들어왔다. 이 성당을 지어 하느님께 바친 사람은 이제 이 교도들로부터 기독교 세계 전체를 지키는 문제에 골몰해 있었다. 그의 몸은 여기 있을지언정 영혼은 이미 성지로 떠났으리라.

저녁기도 시간이 되어 돌아설 즈음, 사방에는 이미 어둠이 내려 연못 가장자리에만 희미한 빛이 어른거릴 뿐이었다. 경내로 들어선 캐드펠은 다시금 사람들에게 둘러싸였다. 몇몇 이들이 곁을 스쳐 지나가며 인사를 건네곤 했지만 날이 저문 뒤라 그는 상대의 얼굴을 도통 알아볼 수 없었다. 참사회원, 복사, 성가대원, 일반 숙사에 머무는 손님, 주님의 영광 속에 하루를 마무리하러 온 신앙심 깊은 평신도……. 그는 수많은 증인들에 둘러싸인 듯한 기분이었다. 그들이 자신을 전혀 알지 못하며 각자의 문제에 몰두해 있으리라는 사실은 중요하지 않았다. 어쨌거나 간절한 바람을 지닌 사람들이 그토록 많이 모였다는 것만으로도 하늘을 움직이기에는 충분하리라.

거대한 창고처럼 휑한 본당 안에서는 저녁기도에 참석하러 온 이들 몇몇이 유령처럼 조용히 움직이고 있었다. 기도 시간까지 제법 남은 터라 제단 위에 있는 등잔만이 조그만 빨간 눈 같은 불을 밝히고 있었다. 잠시 후 성가대석에서 한 부제가 나타나더니 촛대들에 차례로 불을 붙였다. 고요한 대기 속에서 여러 개의 촛불들이 반듯하게 피어올랐다.

막 촛불을 밝힌 제단 앞에 청년 하나가 서 있었다. 무기는 보이지 않았으나, 그는 검과 단검을 휴대할 때 쓰는 질 좋은 가죽 벨트를 차고 있었다. 짙은 빛깔의 외투 역시 질 좋은 천으로 잘 재단해 만든 것이었다. 어깨가 떡 벌어진 그 건장한 청년은 미동도 않고 선 채 십자가를 지그시 바라보고 있었는데, 그 진지한 태도로 미루어 무언가를 간절하게 기원하는 듯했다. 반쯤 돌아서 있는 터라 캐드펠은 그 얼굴을 낱낱이 뜯어볼 수 없었지만 처음 보는 사람이 분명했다. 그런데도 보기 좋게 잘 단련된 몸매와 고개를 앞으로 내민 자세가 묘하게도 낯이 익었다. 마치 동등한 지위를 가진 상대에게 자신의 대의에 마땅한 도움을 요구하듯 하늘을 향해 턱을 쑥 내밀어 보이는 태도도 그랬다.

캐드펠이 그의 옆모습을 자세히 보기 위해 자리를 옮기는 순간, 한 촛불이 확 살아나며 청년의 얼굴을 환하게 밝혔다. 청년이 이내 손을 올려 엄지와 검지로 그 초의 심지 곁에 달라붙은 실을 떼어내자 불꽃은 금세 차분히 가라앉았다. 반듯한 콧날과 깎아낸 것처럼 반듯한 턱을 지닌, 강인하면서도 총명해 보이는 옆모습을 살피며 캐드펠은 그의 고귀한 출신과 내면의 자부심을 포착해냈다. 촛불이 환하게 밝혀졌을 때 청년의 시야에 캐드펠의 모습이 담겼는지, 그가 문득 고개를 돌려 그를 정면으로 마주 보았다. 앳되어 보이는 둥근 뺨, 넓은 이마 밑으로 크게 뜬, 상처 입기 쉬운 솔직하고 정직한 눈, 얼굴을 감싼 숱진 갈색 머리.

한순간 얼굴에 놀라움의 기색이 어리나 싶더니 금세 사라졌다. 청년은 창조주와의 대화를 이어가려는 듯 긴장한 얼굴로 고개를 돌렸지만 금세 다시 캐드펠을 바라보았다. 이번에는 아이처럼 천진하면서도 노골적인 시선이었다. 그러곤 잠시 망설이며 입술을 움찔거리다가 마침내 결심한 듯 입을 열었다.

"캐드펠 수사님? 맞죠?"

캐드펠은 눈을 깜박이며 청년을 자세히 바라보았다. 그러나 상대가 누구인지 도무지 알 수 없었다.

"기억 안 나세요?" 청년이 확신 어린 목소리로 쾌활하게 말을 이었다. "6년 전 저를 브롬필드에 데려다주셨잖아요. 올리비에와 에르미나가 저를 데리러 왔었고요. 아, 물론 제가 많이 변하긴 했죠. 수사님은 그대로시네요!"

두 사람 사이에서 꾸준히 타오르는 환한 촛불 빛 속에 문득 지난 여섯 해의 세월이 안개처럼 녹아내렸다. 캐드펠은 어깨가 떡 벌어진 건장한 청년에게서 6년 전 소년의 얼굴을 발견했다. 몹시 추웠던 그해 12월, 그는 스토크와 브롬필드 사이의 숲에서 우연히 그 남매를 처음 만나 글로스터까지 무사히 가도록 거들어주었다. 당시 소년이 열세 살이었으니 이제는 열아홉이 되었으리라. 캐드펠이 예상했던 대로 그는 맵시 있고 자신만만하며 대담한 청년으로 성장해 있었다.

"이브? 이브 위고냉! 아, 이제 알아보겠군." 캐드펠이 반갑게 외쳤다. "이곳에는 웬일인가? 나는 자네가 서쪽 어딘가, 글로스터나 브리스틀에 있을 거라 생각했는데."

"황후의 사자로 노퍽 백작에게 다녀오는 길입니다. 그분도 지금 코번트리로 오고 있을 거예요. 황후는 주위에 동지들을 모아야 할 입장이고, 노퍽 백작인 휴 비곳 님은 당신의 지위를 뛰어넘는, 아주 큰 영향력을 지닌 분이거든요."

"자네도 코번트리에서 황후와 합류할 예정인가?" 캐드펠이 물었다. "그렇다면 우리와 함께 갈 수 있겠군. 이렇게 다시 만나다니, 더구나 이토록 원기 왕성한 모습을 보다니, 정말이지 얼마나 반가운지 모르네. 나는 휴와 함께 왔어. 그 친구도 자네를 보면 나 못지않게 반가워할 걸세."

"수사님은 무슨 일로 여기 오셨죠?" 이브가 환하게 웃으며 캐드펠의 두 손을 꽉 잡았다. "전에는 부상당한 사람을 구하기 위해 정식으로 허락을 받고 오셨잖아요. 이번에는 무슨 수로 빠져나오셨나요? 군주들이 모이는 회의에 수사님도 참석하시려는 건가요?"

"회의가 끝날 때까지 코번트리에 머물러도 좋다는 허락을 얻었네."

"무슨 용무로요? 웬만한 사정으로는 수도원에서 보내주지 않았을 텐데요."

"물론 시한을 넘기지 말라는 조건이 붙긴 했지. 내가 코번트리로 가는 이유는 딱 하나야. 패링던에서 포로가 된 어느 기사의 행방을 찾기 위해서지. 군주들이 모이는 자리에서는 분명 그의 소식을 들을 수 있을 것 같아서."

캐드펠이 그 이름을 입 밖에 내지 않았음에도, 이브의 젊고 앳된 얼굴이 순간적으로 굳어지며 강인한 어른의 얼굴로 바뀌었다. 아직 성장을 모두 마치지 않은 청년이었지만 그의 내면에는 성숙한 어른이 자리 잡고 있었으며, 이 순간 내면의 그 사내는 자신이 아끼는 이를 떠올리며 분노와 흥분의 기색을 드러내기 시작했다.

"저와 같은 사람을 찾으러 가시는군요." 그가 무겁게 입을 열었다. "그 기사라는 사람…… 올리비에 드 브르타뉴를 말씀하시는 것 아닌가요? 그분은 패링던에 있었어요. 그리고 그분이 결코 지조를 굽히지 않을 사람이라는 건 모두가 아는 사실이지요. 누가 그분을 아무도 접촉할 수 없는 깊숙한 곳에 숨겨놓은 게 분명합니다. 그분은 한때 제 영웅이자 구원자였고, 지금은 제 가족입니다. 누이의 배 속에서는 그분의 아이가 자라고 있고요. 제게는 혈육보다도 가까운 그분을 놈들이 어떻게 처리했는지 알아내고 무사히 구출해낼 때까지 제가 어찌 편히 쉴 수 있겠습니까?"

＊

"패링던성으로 가기 전까지만 해도 그분은 저와 함께 있었어요." 세 사람은 접객소의 횃불 밑 벤치에 함께 앉아 있었다. 저녁기도가 끝난 뒤, 적막한 분위기에서 이브는 횃불 빛 너머의 어둠을 응시하며 기억을 더듬듯 천천히 말을 이었다. "전 군대에 처음 들어간 순간부터 내내 그분과 함께였고, 어떻게든 떨어지려 하지 않았지요. 그분 또한 저를 늘 가까이에 두며 따뜻하게 대해주셨고요. 제 누이와 결혼한 뒤로 그분은 제 아버지이자 형님이었는데…… 하지만 지금 제 누이 에르미나는 배 속의 아이와 함께 멀리 글로스터에 떨어져 있습니다."

패링던이 함락된 이후 올리비에가 행방불명되어 몸값을 지불하고 석방시킬 수도 없는 상황에서 이브는 줄곧 혼자 그의 행방을 수소문해온 터였다. 이제 자신이 생각하고 추측하는 모든 것들을, 자기만큼이나 올리비에를 높이 평가하는 두 사람에게 속 시원히 털어놓을 수 있게 되자 그는 커다란 안도를 느꼈다. 혼자서 찾기보다는 세 사람이 협력하는 편이 훨씬 나을 것이다.

"패링던성이 완공되자 글로스터의 로버트 백작[11]은 그곳을 아들에게 맡기고 부하들을 철수시켰습니다. 필립은 브라이언 드 술리스를 패링던 성주로 삼은 뒤 몇몇 기지에서 차출한 병사들로 이루어진 강한 수비대를 꾸려 그에게 보냈지요. 그때 저는 글로스터에 있었지요. 그렇지 않았다면 그분과 같이 갔을 텐데……

그곳에서 저는 황후를 보필하고 있었습니다. 그분이 신뢰해 줄곧 곁에 두셨거든요. 황후 쪽 사람들 대부분은 아직 데비즈에 있던 터라 그분 곁에는 우리 몇 사람뿐이었지요. 그러다 스티븐 왕이 옥스퍼드성과 맘즈버리성에 대한 압박을 풀기 위해 대군을 이끌고 새로 지은 패링던성을 포위했다는 소식이 들어온 겁니다. 곧 필립이 자기 아버지한테 거듭 사자를 보내 증원군을 끌고 와 패링던성을 구해달라고 사정했고요. 하지만 그분은 결코 가지 않았습니다. 왜 그랬을까요?" 이브는 맥없이 되풀이했다. "대체 왜 가지 않았을까요? 그 이유는 하느님만 아시겠죠. 몸이 아팠던 걸까요? 그분이 몹시 지쳐 있었으리라는 건 저도 잘 압니다. 하지만 아드님이 도움을 절실히 필요로 할 때 손가락 하나 까딱하지 않은 건 도무지 이해가 안 돼요."

"내가 듣기로……" 휴가 입을 열었다. "패링던성은 새 수비대로 무장한 매우 튼실한 요새였고, 장비와 양식도 충분히 들여놓았다더군. 로버트가 없어도 꽤 오래 버틸 수 있었을 거야. 나는 스티븐 왕을 좋아하지만, 그분에겐 포위 공격을 오래 이어갈 만한 인내심이 없네. 그분 성정이 그래. 아마 금방 진력을 내고 다른 데로 가버렸겠지. 양식이 충분한 성안 사람들을 굶주리게 하려면 오랜 시간이 필요하거든."

"맞아요, 패링던성은 버텨냈을 겁니다." 이브는 침울하게 말했다. "도대체 항복할 이유가 없었어요. 결국 그 일은 누군가의 못된 의도로 이루어진 셈이지요. 필립이 그 사건에 연루됐는지는 오로지 필립 자신만이 알 겁니다. 항복할 때 그는 거기 없었지만, 그렇다고 그가 전혀 개입하지 않았다고 단정 짓기는 어렵죠. 드 술리스는 필립의 핵심 참모였거든요. 어찌 됐건, 휘하의 병사들을 거느리고 성을 지키던 여섯 명의 지휘관들과 밖에서 포위 공격을 하던 사람들 사이에 모종의 공모가 이루어졌어요. 이에 수비대원들은 졸지에 그 양도 협정의 증인이 되어버렸죠. 여섯 지휘관은 자기네가 서명한 계약서를 부하들에게 보여줬고, 병사들은 지휘관이 정한 대로 따르는 수밖에 없었어요. 기사들과 향사들 가운데 그 결정을 받아들이지 않은 이들은 무장을 해제당하고 포로 신세로 전락했지요. 그즈음에는 왕의 군대가 이미 성에 들어와 있었거든요. 황후에 대한 충성을 저버리지 않은 그 서른 명의 젊은이들을, 왕은 자기편 사람들에게 봉급 주듯 나눠줬습니다. 그렇게 다들 사라졌다가 몇몇 사람은 친척이나 친구들이 몸값을 지불해준 덕분에 자유의 몸이 되어 다시 나타났지만 올리비에의 모습은 끝끝내 보이지 않았어요."

"우리도 잘 알고 있네." 휴가 말했다. "레스터셔 백작이 그 명단을 건네주더군. 올리비에의 몸값을 제시한 사람은 나오지 않았지. 누군가 분명 그를 억류하고 있을 텐데, 그 사람이 누구인지, 어디에 있는지 아는 이가 아무도 없어."

이브가 고개를 끄덕였다. "로랑스 님이 사방에 수소문해봤지만 아무 정보도 얻지 못했어요. 그분은 이제 연로하신 데다 황후께서 도무지 놔주질 않으셔서 데비즈를 떠나지 못하고 계시죠.

하지만 제가 코번트리에서 이 문제를 공개적으로 거론하고 대답을 받아낼 작정입니다. 그들도 끝끝내 모른다고 잡아뗄 수만은 없을 거예요."

옆에서 조용히 듣고 있던 캐드펠은 가볍게 고개를 가로저었다. 왕과 황후 모두 이 싸움의 끝을 목전에 둔 마당에, 이름 없는 한 기사의 문제에 대해 깊은 관심을 보이리라 기대할 수 있을까? 이브는 아직 젊고, 귀족의 혈통을 타고난 사람답게 솔직 담백한 성격이었다. 자신은 공정한 거래를 하리라고, 정중히 대접받을 권리를 가졌다고 곧이곧대로 믿는 순진한 청년이기도 했다. 이 세상의 악을 깨닫고 제대로 무장하기까지는 아마 몇 차례 쓰라린 경험을 거듭해야 할 것이다.

"필립은 크리클레이드를 통째로 스티븐 왕에게 넘겼습니다." 이브는 씁쓸하게 말했다. "자신을 포함한 수비대 전원과 무기, 식량을 비롯한 모든 것을요. 이 역시 저로서는 도무지 이해할 수가 없습니다. 그는 왜 그랬을까요? 이해해보려고 아무리 애를 써도 안 돼요. 승산 없는 싸움에 가담해 힘겨운 부담만 짊어진 채 수세에 몰리느니 차라리 반대편에 붙어 운을 바꿔보겠다는 계산이었을까요? 아니면 패링던을 운명에 맡겨버린 아버지에 대한 격렬한 분노 때문이었을까요? 아니, 애초에 그 성이 필립의 지시에 따라 왕에게 넘어간 것이 사실이긴 할까요? 저로서는 도무지 모르겠습니다."

"나는 그를 만나본 적이 없네." 휴가 말했다. "그래도 자네는 필립이라는 사람을 겪어보지 않았는가. 그와 함께 복무했으니 말이야. 같은 편 사람으로서 그에 대한 견해가 있을 텐데. 그의 나이는 얼마나 되나?"

이브는 잠시 생각에 잠겼다가 입을 열었다. "서른 살쯤 됐을 겁니다. 로버트 백작의 장남이자 상속자인 윌리엄은 그보다 몇 살 더 위일 테고요. 필립은…… 아주 조용한 사람입니다. 매우 침울한 성격을 지녔지만 능력 있는 지휘관이죠. 전에 이런 질문을 받았다면, 아마 전 그를 좋아한다고 말했을 겁니다. 그 사람이 변절하리라고는 꿈에도 생각지 못했어요. 자신의 이익을 위해, 혹은 두려움 때문에 섣불리 행동할 사람은 절대 아니라고 믿었지요."

"그 문제는 미뤄두게." 도저히 이해할 수 없는 일을 이해해보려 애쓰는 이 젊은이를 딱하게 바라보며 캐드펠이 달래듯 말을 이었다. "어쨌든 우리 셋은 올리비에의 행방을 알아내 몸값을 지불하고 되찾아올 각오로 여기 모인 사람들 아닌가. 일단은 코번트리 회의를 기다려보세."

*

그들은 이튿날 오후 중반쯤 코번트리에 들어섰다. 서늘한 햇살이 눈부시게 빛나는 상쾌한 날이었다. 여행의 즐거움 덕분에 이브도 잠시나마 올리비에에 대한 걱정에서 벗어나 두 눈을 빛내며 웃음 지었다. 북쪽에서부터 다가오던 일행은 오래전 레오프릭 백작이 설치한 방책을 볼 수 있었다. 목재로 지어졌음에도 꽤 튼튼한 방책은 여전히 제 역할을 잘 수행하고 있었다. 역대 주교들이 관구의 중심지로 삼아온 그 도시의 시내 거리들은 모두 깔끔히 포장되어 있었고, 유지 보수도 제대로 이루어지는 듯했다. 분쟁 지역과 가까운 터라 서로 적대시하는 양 진영의 군대가 이따금씩 쳐들어와 로저 드 클린턴은 이곳보다 리치필드를 더 마음에 들어 했지만, 그래도 역대 주교들의 관행을 그대로 따랐다. 그는 신자들에게 위험을 떠맡긴 채 혼자 몸을 피하려 들 사람이 아니었다.

  로저 드 클린턴은 사람들로부터 크게 존경받았으며, 따라서 그가 거기 있다는 사실만으로도 도시는 어느 정도 보호를 받는 셈이었다. 그럼에도 거리 곳곳에 전투의 상흔이 심심찮게 보였고, 폭삭 주저앉은 집을 복구하지 않은 채 그대로 방치해두어 열 지어 늘어선 가옥들 사이로 이 빠진 것처럼 휑하니 빈 곳도 드문드문 눈에 띄었다. 사촌 사이의 전투가 오랫동안 지속되어왔으니, 그 혼란 속에서 정치와는 무관한 적대감이나 탐욕에 이끌려 이웃을 약탈하는 이들이 있다 해도 그리 놀라운 일은 아닐 것이다. 체스터 백작의 조그만 성채는 코번트리 시내에 자리 잡고 있었는데, 목재로 지어진 그 성안에도 전투의 상흔들이 남아 있었다. 귀족들이 지내기에는 적당치 않아 보였고, 하물며 백작이 화해를 구하고 환심을 사려 애쓰는 스티븐 왕을 접대하기에는 더더욱 어울리지 않는 곳이었다. 그래서 그는 거기서 조금 떨어진 마운트

소렐성으로 왕과 그의 측근들을 초대했을 것이다.

이 도시의 절반은 수도원장의 영역에, 나머지 절반은 체스터 백작의 영역에 속해 있었다. 이따금 여러 특권을 둘러싸고 불화가 일어나기도 했지만, 그동안 양측은 시정을 공동으로 관리하고 서로의 권리를 인정하며 그런대로 우호적으로 지내온 터였다. 잉글랜드에서 그보다 더 번영하는 도시는 드물었으며, 그보다 더 활기 넘치고 정국의 현황에 민감한 도시는 없었다. 이러한 특징들이 복잡하게 들끓고 있는 거리 곳곳에서 엿보였으니, 상인들마다 모여드는 귀족들의 눈길을 끌고 두둑한 이익을 챙기고자 바삐 물건을 진열하고 있었다. 그들이 과연 이 회의에 관심이나 있을지, 양측의 강화에 큰 진전이 있기를 바라기나 할지 의문이었다. 어디까지나 장사는 장사요, 귀족들이 모이는 곳에서는 큰 이익을 얻을 수 있다는 생각뿐이리라.

코번트리 수도원 앞에는 울긋불긋한 페넌트들이 걸려 있었고, 화려한 옷차림을 한 사람들이 말을 타고 정문이나 접객소를 연신 지나다녔다. 수도원에는 도시의 수호성인인 오스부르크 성녀의 유골과 성 아우구스티누스의 한쪽 팔 외에도 여러 성인의 유골이 보존되어 있어, 지난 100여 년 동안 그곳을 찾는 순례자들의 행렬은 그칠 줄 몰랐다. 속속 모여드는 부유하고 힘 있는 권력자들을 바라보며, 캐드펠은 그들이 스스로의 명성을 지키기 위해서라도 교회 당국에서 베푸는 지극한 환대에 어떻게든 보답하지 않은 채 떠날 수는 없으리라 생각했다.

세 사람은 복잡하고 소란한 거리를 느긋하게 지나갔다. 세인 트메리 수도원 정문에 이르기 훨씬 전부터 이브의 얼굴은 도시의 생동감과 활기에 물들어 붉게 상기되어 있었다. 이 도시가 외부에서 온 손님들을 크게 환영한다는 느낌을 받고, 따라서 강화의 가능성에 한층 가까워진 듯 여기는 것 같았다. 이브는 길에서 마주치는 사람들이 착용한 낯선 견장이나 그들의 창에 매달린 작은 깃발을 볼 때마다 옆의 두 사람에게 그게 어느 가문의 것인지 설명해주는가 하면, 자기편 사람들 가운데 신분이 비슷한 청년들을 만날 때면 반갑게 인사를 나누었다.

"휴 비곳 백작이 노퍽에서 급하게 달려온 모양입니다. 우리보다 먼저 와 있어요. 저기, 저 사람들 보이시죠? 저들이 그분의 부하들입니다. 검은 말을 타고 가는 저 사람은 황후의 이복남매인 레지널드 피츠로이예요. 한 달 전에 필립에게 붙잡혔다가 왕의 명령으로 놓여났지요. 그는 로버트 백작의 보호를 받는 사람인데, 필립이 어떻게 감히 손을 댈 생각을 했는지 모르겠어요. 스티븐 왕이 그를 풀어주라 명한 건 공명정대한 행동이었습니다. 왕은 안전통행증을 발부해 저들을 보호해주었지요."

이윽고 그들은 수도원의 정문 앞에 이르러 많은 이들이 다채로운 빛깔의 옷을 차려입고 분주하게 오가는 큰 마당으로 들어섰다. 그곳을 찾아온 고관과 하인 들, 막 도착한 방문객들, 시내를 둘러보거나 친지를 만나러 나가는 사람들, 신경이 날카로워진 말을 끌고 오가는 마부들, 주군의 안장을 벗기고 짐을 내리는 향사들로 경내가 온통 북적거려 수사들은 완전히 넋이 나간 표정이었다. 그들이 들어왔을 땐 화려한 옷을 걸치고 많은 수행원을 대동한 키 큰 사람이 말을 타고 막 정문을 나서려는 참이었다. 휴가 한쪽으로 비켜서 길을 터주었다.

"최근 작위를 받은 헤리퍼드의 로저 백작이에요." 이브가 흥분해서 말했다. "저 사람 아버지는 2년 전 사냥을 나갔다가 불의의 습격을 당해 살해되었죠. 아, 저기 저 계단에서 막 뒤를 돌아보는 사람은 황후의 집사 험프리 드 보언이네요. 황후도 벌써 도착하신 것 같은—"

이브가 갑자기 말을 뚝 그치고 제자리에 얼어붙었다. 그는 입을 헤벌린 채 도무지 믿기지 않는다는 얼굴로 한 곳만 뚫어지게 바라보았다. 청년의 시선을 따라가던 캐드펠은 반대편 접객소의 돌계단을 성큼성큼 걸어 내려오는 한 사람을 발견했다. 많은 이들이 분주하게 오가는 큰 마당 위로 솟은 계단에서 보이는 이는 그 한 사람뿐이었다. 잘 단련된 몸매에 자신감 넘치는 태도로 세련되게 몸을 놀리는 아주 잘생긴 사내. 금발 머리에는 아무것도 쓰지 않았고 한쪽 어깨에 짧은 망토를 둘렀다. 서른다섯 살쯤 되어 보이는 그는 자신감이 넘쳐흐르는 모습이었다. 남자가 자잘한 돌로 포장된 넓은 마당에 내려서자 다른 이들도 그 기세를 느낀 듯 고분고분 양쪽으로 길을 비켜줬다. 단 한 사람, 이브만이 검은 눈썹을 찡그린 채 적의 어린 눈길로 그를 노려보고 있었다.

"어떻게……" 이브가 이를 갈며 중얼거렸다. "어떻게 저자가 감히 이곳에 낯짝을 들이밀 수 있지?" 싸늘한 두 눈에 갑자기 뜨거운 불길이 이는가 싶더니, 갑자기 그가 말 등에서 훌쩍 뛰어내려 다짜고짜 그 사내 앞으로 달려가 검을 뽑아 들었다. 이브는 검을 좌우로 휘둘러 마부들과 말들을 한쪽으로 쫓아낸 뒤 칼끝으로 사내를 겨눴다.

"드 술리스!" 그가 사나운 목소리로 으르렁댔다. "우리의 대의와 동지들을 배신한 자! 당신이 어찌 감히 정직한 이들의 무리 사이에 떳떳하게 모습을 드러낼 수 있는가!"

한순간 넓은 마당에 있던 모두가 놀라 일제히 숨을 죽였으나 이내 두려움과 항의와 분노의 외침이 터져 나오기 시작했다. 몇몇 사람들이 험악한 싸움을 막기 위해 두 사람에게 다가섰다. 그러나 드 술리스는 이브의 외침을 듣자마자 얼른 도전자 쪽으로 돌아서서 검을 빼 들고는 방어할 만한 공간을 확보한 터였다. 이내 그들은 전력을 다해 부딪쳤고, 검과 검이 교차하면서 날카로운 쇳소리가 울렸다.

3

휴는 안장에서 훌쩍 뛰어내려 고삐를 말의 목에 던져놓고는, 칼날이 닿지 않게끔 멀찌감치 떨어져 두 사람을 둘러싼 채 겁먹은 눈길로 지켜보고 있는 이들을 뚫고 안으로 들어갔다. 캐드펠도 말에서 내렸지만 서두르지 않았다. 싸움을 중단시키는 일은 휴가 훨씬 더 잘할 터였다. 경내에는 성과 속 양쪽의 수많은 권력자가 모여 있고 그들이 이 꼴사나운 짓을 그대로 두고 볼 리 없었으니, 싸움은 서로의 목숨을 빼앗을 만큼 오래가지 않을 것이다. 경내의 건물 벽에 부딪치며 쩡쩡 울리는 소음에 모든 권력자들이 이내 그곳으로 나와 두 사람을 제지하리라.

캐드펠은 느긋하게 인파를 헤치고 안으로 들어가기 시작했다. 어지럽게 춤추는 이브의 소맷자락을 잡을 만한 거리에 접근하여 그를 상대의 칼날이 미치는 범위 밖으로 끌어내야 했다. 패링던의 배신자 드 술리스는 이브보다 열두 살쯤 연상일 테고, 따라서 아주 기민하고 뛰어나며 노련한 칼솜씨를 지녔을 것이다. 경험이란 그 무엇으로도 살 수 없는 큰 자산이니까. 열심히 사람들을 헤치며 나아가던 그의 귓가에 문득 뒤쪽 저 멀리, 정문 근처에서 울리는 고함 소리가 들려왔다. 동시에 위쪽 접객소의 문 쪽에서 현란한 빛깔들이 번뜩이는 것 같기도 했다. 하지만 두 사람의 싸움을 효과적으로 저지하려는 데 온 신경을 쏟던 터라 그는 바로 뒤에서 무언가 다가오는 것을 미처 감지하지 못했다. 그것은 아무 예고 없이 캐드펠의 왼쪽 어깨 위를 지나가 두 검이 만들어내는 번뜩이는 빛 쪽으로 향했다.

제일 먼저 보인 것은 기다란 지팡이였다. 뒤이어 긴 팔이, 그리고 여위었으나 원기 왕성한 몸이 나타났다. 그는 은빛으로 번쩍이는 지팡이의 머리를 이용해 허공에서 맞물려 있는 두 자루의 검을 한꺼번에 쳐 올렸다. 검을 쥔 이들의 손에 강한 충격이 갈 정도로 세찬 타격이었다. 검 하나가 이브의 손을 떠나 허공을 날더니 날카로운 소리를 내며 포석 위에 떨어졌다. 드 술리스도 하마터면 검을 놓칠 뻔했지만 재빨리 손을 뻗어 다시 움켜잡았다. 칼자루가 심하게 요동쳐 두 손이 저릿할 지경이었다. 드 술리스는 자신과 이브 사이에 똑바로 선 그 지팡이의 육중한 머리가 닿지 않을 곳으로 재빨리 물러났다. 주위는 물을 끼얹은 듯이 조용해졌다.

"둘 다 무기를 치우시오." 로저 드 클린턴 주교가 낮은 목소리로 입을 열었다. "경내에서 검을 뽑다니, 부끄러운 줄 아시오. 그대들은 스스로의 영혼을 위태롭게 했소. 여기서 우리가 지향하는 건 평화요."

적대하던 두 사람은 따로 떨어져 선 채 거친 숨을 몰아쉬었다. 이브는 낯을 붉혔으나 여전히 분노에 차 있었고, 드 술리스는 눈을 가늘게 뜨고 싸늘한 미소를 머금은 얼굴로 이브를 바라보았다.

"저는 이런 짓을 벌일 생각이 추호도 없었습니다." 드 술리스가 정중하면서도 부드럽게 말했다. "이 분별없는 청년이 제게 달려들기 전까지는 말이지요. 사실 저는 이 청년을 처음 봅니다. 대체 왜 이러는지 도무지 영문을 모르겠군요." 그는 주교에게 정중하게 절을 한 뒤 차분한 표정으로 검을 칼집에 꽂아 넣었다. "생전 처음 보는 청년이 거리에서 이리로 말을 타고 들어오더니 다짜고짜 개처럼 짖어대며 저를 욕하기 시작했고, 그래서 저도 대응하지 않을 수 없었습니다."

"아뇨, 저자는 제가 왜 이러는지 알고 있습니다!" 이브가 발끈하여 얼굴을 붉히면서 소리쳤다. "제가 왜 그를 배신자요 변절자라 부르는지, 자기보다 훌륭한 동지들을 팔아먹은 못된 자라 욕하는지 잘 알고말고요. 저자 때문에 선량한 기사들이 사방의 지하 감옥에 갇혀 있거든요."

"조용히 하시오!" 주교가 소리치자 두 사람은 즉각 입을 다물었다. "당신들 다툼의 원인이 무엇이든, 여긴 그걸 무력으로 해결하는 곳이 아니오. 우리는 고결한 이들 사이의 불화를 종식시키고자 이곳에 모였소. 그대의 검을 집어 칼집에 꽂아 넣고 다시는 이 성소에서 뽑지 마시오. 어떤 도발을 당한다 해도 안 되오! 교회를 위해서라도 그대들에게 분명히 명하오. 또한 이곳에는 그대들에게 같은 지시를 내릴 그대들의 군주와 주군들이 있소."

그때 덩치가 크고 위엄 있는 한 사람이 그들에게 다가왔다. 조금 전 정문으로 들어오다가 이 볼썽사나운 모습에 몹시 화를 내며 고함을 내지른 당사자였다. 캐드펠은 이내 그를 알아보았다. 몇 해 전 슈루즈베리의 공격군 진영에서 본 적이 있는 얼굴이었다. 그사이 흰머리가 늘고 잘생기고 온화한 얼굴에는 근심 걱정으로 주름이 잡혔지만, 그걸 제외하면 옛 모습 그대로였다. 발끈했다가도 금방 가라앉고, 용감하며 열정적이나 변덕스러운, 그러면서도 너그럽고 친절한 사람. 자신의 치세 전체를 파괴적인 전쟁으로 소진해온 스티븐 왕이었다. 동시에, 접객소의 문 안쪽에 서 있는 화사한 빛깔의 옷차림을 한 사람이 그의 눈에 들어왔다. 스티븐의 주권에 도전한 바로 그 여자였다. 헨리 1세[12]의 적자들 가운데 생존해 있는 유일한 사람이요, 첫 결혼으로 모드 황후가 되었고 두 번째 결혼으로 앙주 백작 부인이 된 여인. 대관식을 올리지 못한 잉글랜드의 귀부인. 인생의 절정기에 선 모드 황후가 호사스러운 옷을 걸친 채 홀 안의 어둠 속에 똑바로 서 있었다.

황후는 스티븐 왕의 인사에 고개만 까닥일 뿐 아래로 내려올 생각 없이 그저 조용히 선 채, 초연하면서도 경멸의 기색이 담긴 싸늘한 눈길로 그들 모두를 내려다보았다. 황후다운 우아한 얼굴에 두건으로 감싼 숱진 검은 머리는 윤기가 넘쳐흘렀고, 부리부리한 두 눈에는 모자이크화 속 비잔틴 성녀의 그것처럼 확고하고 초연하고 솔직 담백한 빛이 어려 있었다. 마흔이 넘은 나이이건만 그녀는 여전히 젊음의 생기를 간직한 모습이었다.

결투를 벌인 이들은 물론이고 장신의 주교보다도 훨씬 키가 큰 왕이 두 사람 앞에 우뚝 서서 입을 열었다. "양쪽 다 입을 다무시오. 우리는 어떤 말에도 귀를 기울일 생각이 없소. 그대들은 교회의 규율이 지배하는 영역에 들어와 있으니 그에 순응해야 하오. 다툼은 다른 때 다른 곳에서 해결하도록 하시오. 아예 영영 잊고 지낼 수 있다면 더욱 좋겠지. 이곳은 싸움의 무대가 아니오." 이어 그가 로저 드 클린턴에게로 고개를 돌렸다. "주교께서는 무기 소지에 관하여 지금 당장 지침을 내리시고, 내일 회의를 주재할 때 공식적으로 선언해주시지요. 원하신다면 경내에서 모든 무기를 추방하셔도 좋습니다. 혹은 우리더러 무기 소지를 엄격히 규제해달라 청하셔도 좋고요. 주교께서 정한 규칙을 위반할 경우, 그게 누구든 응분의 대가를 톡톡히 치르게끔 하겠습니다."

"무기 소지의 권리를 박탈할 생각까지는 없습니다." 주교는 단호하게 말했다. "그저 이 경내에서, 또 중요한 회의가 이어지는 동안 무기 사용을 규제하자는 것뿐이지요. 시내를 다닐 때는 다들 관례적으로 검을 소지하니, 이를 금하면 사람들이 불안해할 수도 있습니다." 강인한 몸과 독수리 같은 인상을 지닌 로저 드 클린턴은 주교이면서 전사라고도 할 수 있는 사람이었다. 게다가 그는 이미 예루살렘의 기독교 왕국을 수호하는 일에 있어 수동적인 역할 이상을 할 각오가 되어 있었다. 그가 신중하게 말을 이었다. "다만 경내에서는 절대로 검을 뽑아서는 안 됩니다. 회의장 안에서 무기를 소지하는 것도 안 됩니다. 회의장에 업무가 있을 경우, 검은 숙소에 두고 와야 합니다. 또 성당에서 미사를 드리거나 기도를 올릴 때도 무기를 소지해서는 안 됩니다. 여기 모인 분들이 다시 헤어질 때까지, 어떤 이유로도 무기를 들고 누군가에게 싸움을 거는 일이 발생해서는 안 됩니다. 전하께서도 동의하시는지요?"

"동의합니다. 적절한 조처입니다." 스티븐 왕이 대답했다. "두 사람도 이 점을 유념하고 성실히 이행하도록 하시오." 왕은 푸른 눈으로 두 사람을 바라보며 당파를 초월한 경고를 내렸다. 그는 이들이 누구인지, 어느 당파에 속하는지 전혀 알지 못했다. 아마 그들을 생전 처음 봤을 테고, 거기서 돌아서는 순간 곧바로 그들의 얼굴을 잊어버릴 것이었다.

"이 조처를 황후께도 제안하겠습니다." 로저 드 클린턴이 말했다. "그런 뒤 내일 아침 모두가 모인 자리에서 공식적으로 선언하지요."

"그렇게 하십시오. 저는 기꺼이 동의합니다!" 왕은 흔쾌히 대답한 뒤 정문 앞에서 말을 붙잡고 있는 마부 쪽으로 성큼성큼 걸어갔다.

  캐드펠이 다시 접객소 쪽을 올려다봤을 때, 초연하고 경멸 어린 눈길로 그들을 내려다보던 황후는 어느새 자리를 떠나 처소로 돌아가고 없었다.

*

  이브는 순례자들의 처소에 들어앉아 묵묵히 울화를 삭이고 있었다. 공개적인 자리에서 제지를 당한 어린 소년의 억울함이, 한편으로는 어쩔 수 없이 싸움을 포기할 수밖에 없었던 한 남자의 들끓는 분노가 그의 마음을 온통 헤집어놓았다.

  "왜 그런 무모한 행동을 한 건가?" 휴는 소년 이브를 어르면서도 어른 이브의 감정을 다치지 않게 하고자 조심스레 입을 열었다. "드 술리스로서는 갑작스레 따귀를 얻어맞은 셈이야. 그자가 정말 드 술리스라면 말이지만. 자네가 싸움을 시작한 건 분명한 사실이네. 스스로 화를 자초한 셈이지. 경내에서 검을 뽑으면 교회 측에서 좋지 않게 생각하리라는 것을 몰랐나?"

  "물론 알죠." 이브는 퉁명스럽게 대답했다. "하지만 아깐 모든 생각이 뚝 끊겨버리더라고요. 이곳이 마치 자기 성안이기라도 한 양 멋대로 활보하는 그자를 보는 순간 머릿속이 하얘졌어요. 그자가 여기 나타날 줄은 정말이지 꿈에도 생각지 못했거든요. 그 뻔뻔스러운 모습을 보고 황후께서는 어떤 감정을 느끼셨을지…… 그분을 그렇게 배신해놓고서! 황후는 그를 총애하셨고, 관직도 주셨다고요!"

"필립에게도 관직을 줬지." 휴가 말했다. "필립이 회의장에 들어올 때도 그의 목을 조르려고 달려들 건가?"

"필립 같은 경우는 문제가 다르죠!" 이브가 발끈했다. "그 사람이 크리클레이드를 넘겨준 건 사실이지만, 당시 수비대원들은 모두 자진해서 성주의 결정을 따랐어요. 사람들이 주군을 바꾸기도 한다는 건 잘 압니다. 각자에게 그 나름의 정당한 이유가 있다는 것도요. 황후가 섬기기 쉬운 분인 줄 아세요? 저는 황후가 심지어 로버트 백작님에게도 무례하고 쌀쌀맞게 대하는 모습을 봐왔어요. 심기가 좋지 않을 땐 그분을 마치 농노처럼 취급했죠. 그분만이 황후의 유일한 의지처였는데, 황후를 위해 온갖 어려움을 다 감내한 분이었는데, 그래도 황후는 막무가내였어요!"

그가 분노에 떠밀려 뱉어낸 말들은 사실상 비밀 아닌 비밀이었다. 용감하고 아름다운 그 잉글랜드 여인은 자기 자신이 아니라 아들의 권리를 위해 이제껏 줄기차게 싸워왔다. 이브처럼 황후를 따르는 순수한 청년들은 하나같이 그런 황후에게 어느 정도 애정과 연민을 품었다. 그들은 황후가 완벽한 사람이기를 바라며, 그녀가 성녀 같은 인물이 못 된다는 사실을 애써 외면했다. 하지만 동시에 황후의 오만함과 복수심에 대해 너무도 잘 알았기에 마음속 갈등과 괴로움에서 벗어날 수 없었다. 적어도 이 청년은 그랬다.

"하지만 드 술리스란 자는 은밀히 적과 내통하여 적을 패링던 성으로 끌어들였을 뿐 아니라, 자기 결정을 따르려 하지 않은 모든 정직한 기사들과 향사들을 포로로 팔아넘겼습니다." 이브는 다시 원래의 주제로 돌아가 말을 이었다. "그들 가운데 올리비에도 끼어 있고요! 만일 그 자신이 공명정대하게 주군을 선택했다면, 기사들에게도 선택의 기회를 주고 성문을 열어줬어야지요. 무장을 한 채 명예롭게 나간 뒤 다음번에는 서로 편을 달리한 채 겨뤄보자고 말했어야지요. 하지만 그자는 그러는 대신 사람들을 팔아넘겼어요. 올리비에를 팔아넘겼단 말입니다. 절대로 용서할 수 없는 일이에요."

"인내심을 발휘하게." 캐드펠 수사가 말했다. "적어도 올리비에가 어디 있는지 알아낼 때까지는 그래야 해. 누구하고도 다투지 말게. 여기 있는 사람 중 누가 우리에게 해답을 줄 수 있을지 어찌 알겠나?" 그리고 또 누가 알까, 캐드펠은 눈을 내리깐 채 이를 앙다물고 있는 이브를 가만 바라보며 생각했다. 만일 이번 회의에서 문제가 원만히 해결될 경우, 그 해답을 얻을 즈음에는 이미 복수라는 것이 무의미할지도 모르지.

"예, 한동안 조용히 지내는 수밖에 없겠죠." 이브가 체념한 듯 중얼거리고도 여전히 찝찝한 듯 이맛살을 찌푸린 채 앉아 있는데, 수도원의 견습 수사 한 사람이 와서는 황후가 그를 찾는다고 전했다. 아무것도 모르는 그 젊은 수사는 황후를 '앙주 백작 부인'이라 불렀다. 황후가 싫어하는 호칭이었다. 그녀는 나이 든 첫 남편이 죽은 뒤에도 계속 황후로 불리길 원했으니, 두 번째 남편으로 인해 얻은 백작 부인이라는 칭호는 일종의 강등이나 다름없는 터였다.

이브는 복잡한 마음으로 일어나 처소를 나섰다. 황후가 불러줘서 기쁘긴 했지만, 한편으로는 큰 마당에서 꼴사나운 짓을 벌였다고 질책을 받지 않을까 두렵기도 했다. 지금껏 황후가 그에게 노여움을 표한 적은 없었다. 그러나 그녀의 분노에 신하들이 당황하여 쩔쩔매는 광경을 그는 수도 없이 보았다. 동시에 황후는 마음만 먹으면 모든 이의 마음을 사로잡을 수 있는 사람이어서, 이브는 그녀의 곁에서 지내는 동안 이따금 더없이 행복한 순간을 맛보곤 했다.

황후를 모시는 시녀들 중 한 사람이 접객소의 처소 앞에서 그를 기다리고 있었다. 이브가 처음 보는 사람이었다. 검은 머리에 영롱한 눈을 지닌 예쁘장한 그 여인에게서 황후의 자신만만하고 대담한 모습이 겹쳐 보이는 것 같았다. 하녀는 자기의 심사를 거쳐야만 안으로 들어갈 수 있다는 듯 예리한 눈길로 이브를 재빨리 훑어보았다. 이내 그에게서 무언가를 발견한 양 그 얼굴에 엷은 미소가 서서히 번져갔으나 유감스럽게도 이브는 알아차리지 못했다.

"황후께서 기다리고 계십니다. 노픽 백작님이 당신에 대해 좋은 이야기를 한 것 같아요. 자, 안으로 들어가시죠." 시녀는 방 안으로 들어가 조심스럽게 눈길을 내리깔고 절을 하며 말했다.

"마마, 메시르 위고냉이 왔습니다!"

 황후는 윤기 나는 검은 머리를 단정하게 땋아 내려 한쪽 어깨에 늘어뜨린 채 쿠션 여러 개를 댄 의자에 앉아 있었다. 짙은 청색 벨벳 가운을 배경으로 상앗빛 피부가 환하게 떠올랐다. 방을 밝히는 부드러운 촛불 빛으로 인해 그녀의 아름다움은 한층 돋보였다. 대관식은 올리지 못했지만, 황후의 몸가짐은 늘 여왕의 그것과도 같았다. 이브는 진솔한 열정이 깃든 태도로 한쪽 무릎을 굽히며 절을 한 뒤 그녀가 입을 열기를 기다렸다.

 "나가 있거라!" 황후는 머뭇거리고 선 시녀와 자기 곁에 있던 나이 든 부인에게 고개도 돌리지 않은 채 명령했다. 그 말이 떨어지기 무섭게 두 사람은 밖으로 나갔다. "가까이 오라! 여기는 사방에 엿듣는 사람들이 있으니, 더 가까이 다가와 그대의 얼굴을 볼 수 있도록 고개를 들라."

 이브가 불안한 기색으로 나아가자 황후는 잠시 골똘히 그를 응시했다. 비잔틴 성녀의 눈매를 닮은 그녀의 두 눈이, 마치 칼을 들고 짐승 앞에 서서 그 가죽을 부드럽게 쓸어보는 도살자의 손길처럼 느긋하게 그의 전신을 훑었다.

 "노퍽 백작이 그대에 대해 이야기하더군." 곧 황후가 입을 열었다. "타고난 외교관처럼 심부름을 잘했다고. 하지만 조금 전 마당에서 그대가 벌인 행동은 그 칭찬과는 전혀 딴판이던데."

 이브의 온몸이 화끈 달아올랐다. 무어라 대답하려 입을 열었지만, 황후가 얼른 한 손을 들어 제지하고 싸늘하게 웃어 보였다.

"아니, 변명할 것 없네. 그대의 즉흥적인 행동이야 칭찬하지 못할지언정, 그 충성심과 기백만큼은 높이 평가하니까."

"제가 어리석은 행동을 했습니다. 저도 잘 알고 후회합니다."

"그럼 그 일은 마무리된 셈이군. 지금 나는 일을 먼저 벌인 그대의 어리석음을 나무라고 앞으로 분노를 억제하도록 하라는 주교의 지시를 되풀이해야 할 입장이네. 스티븐 역시 외관상으로는 또 다른 바보를 나무라는 형식을 취하겠지. 앞으로 경내에서 다른 누군가를 공개적으로 공격하거나 상해를 입히는 짓은 자제해야 할 걸세. 그대는 똑똑한 사람이니 내 말을 이해하겠지. 자, 할 말은 이게 전부네. 이제 가도 좋아."

그는 다소 혼란스러운 마음으로 정중하게 예를 올리고 돌아섰다. 그때 뒤에서 소리를 낮춘 황후의 매서운 음성이 또렷하게 날아들었다. "하지만 솔직히 브라이언 드 술리스가 내 발밑에서 죽어 넘어가는 모습을 봤다 해도 애석한 마음은 전혀 들지 않았을 거야."

*

그 나직하면서도 매서운 목소리를 뒤로한 채, 이브는 어리벙벙한 기분으로 방문을 닫았다. 몇 걸음 떨어진 곳에서 두 손을 앞으로 모으고 조용히 대기하던 나이 든 하녀가 갸름하고 무표정한 얼굴을 쳐들어 속내를 전혀 알 수 없는 얼굴로 그를 바라보았다.

여태껏 수많은 젊은이들이 황후를 알현한 뒤 분해서 씩씩거리거나 의기양양해하며, 혹은 존경심에 고개를 숙이거나 절망에 빠져 나왔을 테고, 하녀는 그 모두를 이처럼 알 수 없는 표정으로 묵묵히 바라보았으리라. 이브는 혼란한 마음을 애써 다잡고 그녀에게 다소 뻣뻣하게 인사를 건넨 뒤 물러났다. 어둑어둑해진 큰 마당으로 나와 11월의 황혼 녘 냉기를 온몸으로 느끼고서야 비로소 크게 심호흡을 할 수 있었다. 그 순간, 황후와의 짧은 만남에서 오간 모든 말이 놀랄 만큼 선명하게 되살아났다.

황후를 모시는 그 나이 든 시녀가 황후의 말을 엿들었을까? 그가 문을 연 순간 황후가 내뱉은 그 마지막 말은 아마 들렸을지도 모르는데. 시녀도 그 말을 자신과 같은 방식으로 해석했을까? 그제야 그는 저 시녀가 누구인지 기억해냈다. 황후를 가장 가까이에서 모시는 여자. 서리 백작을 보필하던 기사의 아내였던 사람이자, 데번 백작 볼드윈 드 레드버스의 방계 집안 출신. 황후를 모시기에 충분한 품위를 갖추었으며, 황후의 모든 비밀을 굳게 지켜줄 만큼의 재치와 지혜를 지닌 슬기로운 여인. 그녀는 아무것도 듣지 못하고 보지 못하는 사람처럼 지낼 것이다. 그러나 생각은 할 수 있지 않은가. 만일 황후의 마지막 말을 들었다면, 그녀는 이를 어떻게 해석했을까?

아니, 그분의 말을 멋대로 해석해서는 안 돼. 이브는 큰 마당을 천천히 가로지르며 생각에 잠겼다. 그분은 자기를 배신한 자에 대한 자연스러운 분노를 토로했을 뿐이야. 황후께서 그런 마음을 갖는 것도 당연하지 않겠어? 그분은 내게 특정한 행동을 하라고 암시한 적이 없고, 지시한 적은 더더욱 없지. 다들 별 뜻 없이, 그저 홧김에 그런 말을 내뱉곤 하지 않는가.

하지만······.

"앞으로 경내에서 다른 누군가를 공개적으로 공격하거나 상해를 입히는 짓은 자제해야 할 걸세." 그건 지시가 아닌가?

그러고 나서 황후는 이런 말도 했다. "그대는 똑똑한 사람이니 내 말을 이해하겠지. 자, 할 말은 이게 전부네. 이제 가도 좋아." 또 이런 말도. "솔직히 브라이언 드 술리스가 내 발밑에서 죽어 넘어가는 모습을 봤다 해도 애석한 마음은 전혀 들지 않았을 거야."

아니, 아니야! 아무래도 그가 황후의 말을 오해한 것이리라. 사악한 마음을 품고 황후의 말을 제멋대로 왜곡하여 해석한 것이다. 엉뚱한 생각은 마음속에서 말끔히 지워버리는 게 좋을 터였다.

이브는 휴와 캐드펠에게로 돌아와 잠시 머뭇거렸다. 황후의 처소에서 오간 대화를 모두 털어놓고 그들의 의견을 들어볼까도 싶었지만, 자신의 엉뚱한 생각이 부끄럽게 여겨져 결국은 입을 다물고 말았다.

"어쨌든 황후가 자네를 잡아먹지는 않았군 그래!" 휴가 쓴웃음을 지으며 놀리듯 말을 건넸을 때도 그는 못 들은 척 물러났다.

주교들과 스티븐 왕, 황후가 참석한 마지막 기도의 엄숙한 분위기 속에서도 그의 어지러운 마음은 좀처럼 가라앉지 않았다.

*

이튿날 대미사가 끝난 뒤, 마침내 세인트메리 수도원의 총회장에 모두가 모였다. 스티븐 왕과 황후는 물론이고 잉글랜드의 많은 귀족이 대거 참석했으며, 윈체스터 주교와 일리 주교, 로저 드 클린턴 주교가 공동으로 회의를 주재했다. 그동안 어쩔 수 없이 어느 한쪽과 가깝게 지내온 세 주교도 이제 그런 편파적인 태도를 버리고 양 진영을 화해시키는 일에 전력을 기울이려 했다. 캐드펠 수사는 회의장을 들여다보고 대화를 들을 수 있는 문 밖 참관인 자리에 앉아 안쪽을 유심히 살폈다. 황후 측은 황후 측끼리, 왕 측은 왕 측끼리, 마치 방어하듯 서로 진을 치고 있는 모습을 보니 이번 회의에 큰 기대를 품기는 어렵겠다는 판단이 들었다. 밖에서는 친구처럼 자유롭게 어울리던 이들도 그 안에 들어가서는 전투에 임하듯 뚜렷하게 편을 갈라 앉아 있었다. 그러한 상황에서 좋은 결과를 이루어내기는 쉽지 않으리라. 휴는 왕으로부터 불과 서너 자리 떨어진 곳에 레스터셔 백작과 나란히 앉았고, 이브는 그 맞은편, 노퍽 백작 휴 비곳의 곁에 자리를 잡았다. 회의가 끝나면 그들은 왼손과 오른손이 함께 어울리듯 자연스럽게 어우러질 테지만, 그 안에서는 물과 기름처럼 따로 놀았다.

참석자들 대부분이 처음 보는 사람들이었기에 캐드펠은 호기심을 갖고 그 면면을 샅샅이 살펴보았다. 레스터셔 백작에 대해서는 이미 잘 알고 있었다. 열네 살 때부터 영지를 잘 지켜온 로베르 보몽은 영리하고 지혜롭고 재기 넘치는 사람으로, 공정하고 합리적인 화의를 이끌어내기 위해 막후에서 진심으로 노력해온 터였다. 한쪽 어깨에 솟은 혹 때문에 '로베르 보스', 즉 '곱추 로베르'라 불리곤 하지만 활동에는 전혀 장애가 없었고, 사실 그 불균형도 거의 눈에 띄지 않았다. 왕의 집사이자 몇 년 전 왕이 윌턴에서 후퇴할 때 뒤를 지키다 포로가 되었던 윌리엄 마텔도 보였다. 당시 왕은 소중한 성 하나를 내어주고 그를 되찾았다. 그 옆은 왕을 위해 싸우는 플라망 용병대장인 이프레의 윌리엄의 자리였다. 수많은 이들 사이로 목을 길게 빼고 회의실을 들여다보던 캐드펠은 그의 뒤에 있는 일리 주교 나이절을 발견했다. 지난 몇 년 동안 눈 밖에 나 있다가 최근 들어 왕과 화해한 그는 되찾은 자신의 지위를 굳건히 지키고자 애쓸 것이다.

황후의 대의명분을 수호하는 핵심적인 인물이요, 전장에서처럼 여기서도 자기 이복누이의 곁을 굳게 지키고 있는 글로스터 백작 로버트는 캐드펠의 정면에 자리 잡은 터라 자세히 살펴볼 수 있었다. 소탈하게 차려 입은 건장한 체구의 50대 남자. 주름이 피로의 그늘처럼 짙게 드리운 잘생긴 얼굴과 한때 갈색이었으나 이제는 희끗해진 머리칼, 강인한 턱을 한층 부각시키는, 역시 회색빛을 띤 짧은 턱수염이 눈에 띄었다. 그의 큰아들이자 상속자인 윌리엄이 그 곁에 바싹 붙어 있었다. 작은아들인 필립도 회의에 참석했다면 그는 아버지의 맞은편에 앉아 있었으리라. 윌리엄은 아버지처럼 체구가 건장했으며 얼굴 생김새도 아버지를 빼다 박았다. 부자 곁에는 험프리 드 보언과 로저 드 헤리퍼드가 앉아 있었고, 그 너머에 앉은 사람들의 모습은 잘 보이지 않았다.

하지만 그들의 목소리는 잘 들렸다. 드 클린턴 주교는 자신이 주교이자 원장으로 있는 수도원에 기꺼이 찾아와준 모든 이들에 대한 환영 인사로 회의를 시작했다. 그가 예고한 대로 회의장과 예배당에서는 어떠한 경우에도 무기를 소지해서는 안 된다는 금지령을 선포하자, 이어 스티븐 왕의 동생이자 윈체스터 주교인 블루아의 헨리가 발언권을 넘겨받아 회의의 취지를 밝혔다. 캐드펠은 그 카랑카랑하고 오만한 음성에 귀를 기울였다. 지난 여러 해 동안 잉글랜드의 성직자들이나 세속인들의 삶에 적지 않은 영향을 미친 목소리였다.

블루아의 헨리가 자신의 형과 사촌 누이를 합석시켜 화의를 이끌어내고자 시도한 건 이번이 처음은 아니었다. 물론 노력이 결실을 맺었다 해도 전면적인 열전의 양상을 약간 가라앉히는 정도에 불과했겠지만, 사실상 그러한 최소한의 화의조차 성사된 적이 없었다. 그 속내가 어떻든, 이번에도 헨리 주교는 전과 다름없이 열성적인 자세로 중재에 임했다. 먼저 그는 양 진영이 오랫동안 싸움을 벌여왔지만 어느 쪽도 실질적인 이득을 얻지 못하고 백성들에게 참담한 상실만을 안겨주었다는 사실과 무모한 전쟁으로 혹심하게 고통받아온 이 나라의 비참한 정황을 상기시켰다. 양쪽 모두 이길 수도 질 수도 없으니, 이제 모두에게 구속력을 지닌 모종의 화의를 통해서만 전쟁을 마무리할 수 있다는 얘기였다. 간결하면서도 큰 호소력과 설득력을 지닌 말이었으나 이를 진심으로 귀담아듣는 사람은 없었다. 주교가 그간 수시로 입장을 바꿔온 터이니 그런 말을 믿지 못하는 것도 무리는 아니었다. 그가 도전적인 어조로 모두를 강하게 질책한 뒤 양측의 성의 있는 답변을 촉구하며 연설을 끝내자 회의장 안에는 싸늘한 침묵이 감돌았다. 양 진영은 서로 유리한 고지를 차지하고자 날을 세운 채 보이지 않는 싸움을 벌이고 있었다. 좋지 않은 징조였다.

마침내 황후 쪽에서 먼저 낯선 어조로 말문을 열었다. 캐드펠이 보기에, 스티븐 왕은 토론의 전략이라기보다 황후를 포함한 모든 여성에 대한 뿌리 깊은 기사도 정신에 이끌려 발언권을 양보한 듯했다. 황후는 가장 날카로운 무기를 감춘 채 자신의 권리에 대한 이야기를 시작했는데, 이는 잉글랜드의 왕권과 관련된 문제를 논의하는 모든 자리에서 그녀가 줄곧 주장해온 내용이었다. 여러 해 전 헨리 왕의 유일한 아들이 바플뢰르 해안에서 백선白船(당대에 만들어진 가장 최신형의 배―옮긴이)을 타고 출항했다가 침몰 사고로 죽음을 당했고, 그 바람에 자신이 이 왕국의 유일한 상속자로 남게 되었다는 과거사였다. 헨리 왕이 죽기 전에 왕위 계승 문제를 확실히 매듭 짓고자 모든 귀족을 소집하여 유언장을 공개하고 미래의 여왕에게 충성을 맹세하게 한 사실도 빼놓지 않았다. 그러나 훗날 귀족들은 여성을 군주로 받아들이기를 꺼려하다가 스티븐이 왕권을 주장하며 재빨리 해협을 건너오자 주저 없이 그를 받아들였고, 그 작은 씨앗이 자라나 오늘의 모든 혼돈을 불러일으켰다는 것이 발언의 요지였다.

캐드펠은 모든 이야기를 귀담아들었다. 스티븐은 평소처럼 솔직한 태도로, 자기는 정식으로 왕위에 올랐으며 이미 대관식까지 치렀다고, 따라서 이 나라의 왕은 자신이라고 주장했다. 이 역시 그가 줄곧 이야기해온 내용이었으니, 상대를 분노케 할 만큼 자극적인 말이라 할 수는 없었다. 뒤이어 몇몇 사람들이 전쟁의 가장 큰 고통과 부담을 짊어진 소귀족들과 일반 백성들의 처지를 고려해달라 청하자, 레스터셔 백작 로베르 보스는 권력자들에게 백성의 처지를 생각해달라는 말은 소용이 없다고, 그보다는 나라의 자산을 무의미하게 탕진하고 수많은 젊은이의 목숨을 빼앗는 짓이 경제적으로 얼마나 큰 손실인지 따져봐야 할 것이라고 지적했다. 휴 또한 슈롭셔를 포함한 몇몇 주의 구체적인 경우를 예로 들면서 레스터셔 백작의 주장을 뒷받침했다. 성서의 구절을 인용한 수많은 발언이 이어졌고, '협정'이니 '타협'이니 '도리'니 '평화' 같은 단어도 심심찮게 튀어나왔다. 그렇게 회의가 소득 없이 끝나갈 무렵, 예기치 못한 작은 문제 하나가 불거졌다.

이브는 내내 적절한 순간을 기다리던 참이었다. 그러다 로저 드 클린턴 주교가 큰 충돌 없이 회의가 마무리된 것에 안도하며 이만 첫 회의를 끝내고자 자리에서 일어서자 갑자기 입을 열었다. "주교님, 드릴 말씀이 있습니다."

캐드펠은 이리저리 몸을 움직여봤지만 사람들이 잔뜩 몰려 있어 도무지 그의 얼굴을 볼 수 없었다. 이젠 그저 두 손을 모은 채 그가 발언을 끝낼 때까지 부디 그 침착한 태도를 잃지 않게 해달라고 간절히 기원할 수밖에 없었다. 주교가 발언을 허락했고, 이브의 목소리가 이어졌다.

"겸허하고도 간곡한 마음으로 한 가지 문제를 제기하렵니다." 겸허함이야말로 그 충동적이고 열정적인 젊은이가 가장 갖추기 어려운 덕목이지만, 이 순간 이브는 진심으로 그렇게 하고자 애쓰고 있었다. "당장은 미해결 상태이나 지금 이 자리에서 논의가 이루어진다면 화의를 이루는 데 크게 도움이 될 만한 몇 가지 소소한 문제들이 있습니다. 때로는 작은 문제의 해결이 더 큰 문제의 해결에 도움을 주기도 하지요." 그가 잠시 주위를 둘러본 뒤 말을 이었다. "현재 양 진영에 억류되어 있는 포로들이 있습니다. 올바른 합의를 위해 휴전하고 있는 지금, 그 포로들을 석방하는 것이야말로 바르고 온당한 일 아닐까요?"

곧장 사람들 사이에서 수런거림이 일며 회의장 전체가 긴장에 휩싸였다. 양측 모두 현재 무장을 해제당한 채 억류되어 있는 전투 병력을 석방시켜 적에게 돌려보낼 마음은 조금도 없었다.

"포로 석방은 강화 조건에 포함시켜 다룰 문제지, 지금 당장 다뤄야 할 시급한 사안이 아니네." 황후가 한 손을 가볍게 저으면서 의견을 일축했다.

"우리는 주요 의제에 대한 합의를 보기 위해 이곳에 모였소."

스티븐 왕도 이번만큼은 황후의 의견에 동조하면서 단호하게 덧붙였다. "포로 석방 건은 차후에 논의해서 결정해야 할 일이오."

이브는 포로 신세가 된 이들의 어려움을 진지하게 고려할 만한 단 한 사람에게만 시선을 고정했다. 현명한 선택이었다. "주교님, 만일 포로의 교환을 부득이 뒤로 미뤄야 한다면, 적어도 올여름 패링던성에서 포로가 된 일부 기사들과 향사들에 관한 정보라도 공개하기를 요청드립니다. 포로들 중에는 어디에 억류되어 있는지조차 아직 밝혀지지 않은 사람도 있습니다. 기꺼이 몸값을 지불할 용의가 있는 친구나 친척들에게 최소한의 기회라도 주는 것이 온당한 처사라 생각합니다."

"그 명단이 밝혀지지 않았소?" 주교의 목소리에는 놀라움과 분노가 어려 있었다. "포로를 억류하고 있다면 그들을 통해 이익을 얻기 위함일 텐데, 그러면 기꺼이 그 명단을 밝히는 게 당연하거늘……."

"적어도 그중 일부는 금전적인 이익이 아니라 상대에 대한 사적인 앙심이나 원한을 해소하는 것을 목적으로 삼은 듯합니다. 당파 간의 다툼은 오래 이어져왔고, 그 과정에서 개인적인 원한을 품게 된 사람들이 무수히 많으니까요."

스티븐 왕은 짜증스러운 듯 앉은 자세를 바꾸고 큰 소리로 말했다. "우리는 개인적인 원한에 아무 관심이 없소. 그건 이 회의의 취지와 무관한 일이지. 왕국의 운명을 논의하는 자리에서 개인의 운명에 대해 이야기할 필요가 있는지 모르겠군."

"개개인의 운명이 곧 왕국의 운명입니다!" 이브가 대담하게 소리쳤다. "한 사람에게 불의가 행해진다면 그건 전체에 행해진 것이나 마찬가지입니다. 모든 사람이 고통을 당한다면 왕국 전체가 고통을 당하는 거고요."

"조용히 하시오!" 양측에서 쏟아내는 비방의 말들로 실내가 점점 시끄러워지자, 주교는 위엄 있는 자세로 두 손을 쳐들었다. "이런 발언이 때와 장소에 적절한 것이든 아니든, 이 청년은 진실을 말하고 있습니다. 법은 모두에게 공평하게 적용되어야 마땅합니다." 이어 그는, 걱정 어린 표정이나 여전히 단호한 자세로 서 있는 이브에게 시선을 돌렸다. "보아하니 그대는 특정한 사람을 염두에 두고 있는 것 같군. 혹시 패링던성이 함락된 뒤 포로가 된 기사에 관한 얘기요?"

"그렇습니다, 주교님. 비밀리에 억류되어 있는 분이 있습니다. 누가 그분을 억류하고 있는지, 몸값이 얼마인지 밝혀지지 않은 터라 그분의 친구들은 물론 주군 되시는 저의 친척도 대체 어떻게 몸값을 치러야 할지 모르는 상태입니다. 그분을 억류하고 있는 사람이 누구인지만 알려주신다면—"

"내가 직접 날인해가며 포로들을 나눠준 게 아니오." 스티븐 왕이 한층 더 짜증 섞인 어조로 목청을 높였다. 자신을 그곳에 묶어두고 있는 이 문제에 그는 관심이 없는 듯 보였다. 그저 어서 빨리 식사나 하고 싶은 마음이리라. 소중한 전리품을 얻을 때마다, 왕은 그걸 탐내는 자기편 사람들에게 내던져주며 알아서 나

뉘 가지라 하고 그 자리를 떠나곤 했다. "그들 가운데 어떤 이름도 나는 기억하지 못하오. 그저 패링던의 성주에게 그들을 넘겨준 뒤 공정하게 나눠주라고만 명했소."

이브는 기회를 놓칠세라 재빨리 그 마지막 말을 낚아챘다. "전하, 패링던의 성주도 지금 이 자리에 있습니다. 부디 자비를 베푸시어 그 사람이 제게 대답하도록 해주십시오." 이어 그는 누가 제지할 새도 없이 얼른 물었다. "올리비에 드 브르타뉴는 어느 곳의 누구에게 억류되어 있습니까?"

이브는 내내 신중함과 냉정을 유지했지만, 그 이름을 말할 때만큼은 왕이 아니라 양편 사이의 빈 공간을 가로질러 드 술리스의 면전에 창을 던지듯 매섭게 내뱉었다. 이 질문에 대한 대답을 들으려면 스티븐 왕이 관용을 베풀어야 했다. 이브로서는 그저 질문을 던질 수밖에 없으나 스티븐 왕은 명령을 내릴 수 있었다. 그리고 이제 왕의 인내심은 도무지 끝날 기미가 보이지 않는 이 회의 때문에 거의 바닥이 난 상태였다.

"이것은 정당한 요구입니다." 주교가 날선 어조로 말을 보탰다.

"얼른 대답하시오." 왕은 드 술리스를 향해 사납게 으르렁댔다. "그래서 이 문제를 한시라도 빨리 매듭짓도록 하시오."

"저도 기꺼이 그러고 싶습니다." 왕 진영의 군소 귀족들 틈에 섞여 앉아 있던 드 술리스가 입을 열었다. 사람들 사이에 깊숙이 들어앉은 터라 그의 목소리는 다소 멀리서 울려왔다. "제가 그 답을 알고 있다면 말이지요. 하지만 패링던에서 저는 어떤 포로도 자세히 살피지 않았습니다. 그들의 처분에 관해서는 전하께 충성을 맹세한 다른 수비대원들에게 일임한 뒤 회의실을 떠났지요. 이후 포로들을 어떤 식으로 분배했는지 물어본 적이 없고, 따라서 이미 몸값을 지불하고 풀려난 자들 이외의 다른 이들이 어디에 있는지 전혀 알지 못합니다. 서기들이 명부를 작성했을지도 모르지만, 어쨌든 저는 그것을 본 적이 없습니다."

그가 말을 끝내기 훨씬 전부터 황후 측 사람들은 지조를 지킨 수비대원들을 그런 식으로 처분한 것에 분노하여 몸을 들썩거리며 사납게 으르렁대고 있었다. 무기 소지를 금했기에 망정이지, 그러지 않았다면 다들 이미 칼집에서 검을 반쯤은 뽑았을 터였다.

"새빨간 거짓말입니다, 전하! 저자는 끝까지 그 자리에 남아 모든 걸 지시했습니다!" 이브가 분노를 이기지 못해 사나운 어조로 반박하자 왕 측 사람들도 맞고함을 치기 시작했다.

그대로 놔두면 주먹과 발과 이빨을 총동원하여 육탄전을 벌일 기세였다. 로저 드 클린턴 주교가 천둥 같은 고함을 내질러 이들을 조용히 시키고, 윈체스터 주교 역시 분개하여 이들을 나무랐다. 왕과 황후까지 자리에서 일어나 매서운 눈길로 그들을 노려보자 소동은 서서히 가라앉았으나, 회의장의 진동하는 대기 속에는 분노와 증오의 매캐한 냄새가 여전히 어려 있었다.

얼마나 시간이 흘렀을까, 다들 조금쯤 거북한 기색으로 조용히 숨을 죽이자 드 클린턴 주교가 마침내 엄숙하게 입을 열었다.

"이 자리에 어울리지 않는 설전은 이 정도로 그치고 휴회하도록 합시다. 회의는 정오 이후에 다시 열릴 텐데, 그땐 여러분 모두 보다 기독교인다운 자세로 참석해주기 바랍니다. 그리고 결과야 어떻게 되든, 화합을 바라는 진심 어린 마음으로 이곳에 온 사람들은 무장하지 않은 채 저녁기도에 참석해주십시오. 누구에게도 적의를 품지 않은 깨끗한 마음으로 예배당에 나와 이 나라의 평화를 위해 기도하십시오."

4

"그자는 거짓말을 하고 있어요." 이브는 소박한 식사가 차려진 식탁 앞에 앉아 여전히 상기된 얼굴로 오만상을 찌푸린 채 같은 말을 반복하면서도 굶주린 아이처럼 열심히 먹었다. "드 술리스는 한시도 그 자리를 떠나지 않았을 겁니다. 그가 전리품을 그대로 포기했을 리 없어요. 아마 그중 가장 값나갈 만한 포로를 제일 먼저 낚아챘을걸요. 누가 올리비에를 억류하고 있는지도 아마 잘 알고 있을 겁니다. 하지만 스티븐 왕의 명령에도 사실을 털어놓지 않는데, 다른 누가 그의 입을 열 수 있을까요?"

"그가 아는지 모르는지는 아직 확실치 않지." 휴가 말했다. "물론 자네 생각도 알겠네. 그렇지만 내가 보기에, 올리비에에게 어떤 일이 일어났는지 아는 이들이 있다 해도 그 수가 아주 적은 것 같아. 나도 여기저기 열심히 알아보고 다녔지만 아무 성과가 없었으니…… 캐드펠 수사님도 마찬가지고. 그래도 오늘 드 클린턴 주교께서 이야기를 들으셨으니, 그분은 나름의 경로를 통해 확인해보실 걸세."

"내가 자네라면……" 캐드펠이 생각에 잠긴 채 입을 열었다. "회의장 안에서는 더 이상 그 문제를 거론하지 않을 거야. 오후의 회의는 왕과 황후가 각자 자신의 입장을 밝히는 자리가 될 텐데, 자기네 운명이 걸려 있는 자리에서 주제를 떠나 한 포로의 행방을 좇는 일로 시간을 끌면 둘 다 불쾌해하겠지. 자네는 혹시 패링던성에 있었던 누군가 이곳에 오지 않았는지 확인해보게. 나도 여기 원장님께 여쭈어보겠네. 늘 입을 굳게 다물고 지내긴 하지만, 수사들의 귀에도 주위에서 떠도는 소문이 들어오거든."

그러나 이브는 여전히 낯을 펴지 않은 채 드 술리스에 대한 생각에만 골몰해 있었다. "그자는 알고 있어요…… 제가 기필코 실토를 받아낼 겁니다. 정 안 되면 칼로 그 배신자의 가슴을 열어서라도 말이지요. 아, 아무 말씀 마세요." 그가 재빨리 손사래를 치며 말을 이었다. "이 수도원 안에서는 아무 짓도 할 수 없다는 거야 저도 잘 아니까요. 물론 여기서 놈을 건드릴 수는 없죠."

왜 그 뻔한 사실을 마치 다른 사람이 아니라 자기 자신에게 상기시키듯 저토록 나직한 어조로 거듭 되뇌는 걸까? 저 커다랗고 순수한 눈은 대체 어느 곳을 바라보는 걸까? 이 순간 이브는, 마치 다른 곳으로 눈을 돌리려 애쓰면서도 자신에게 불안감을 안겨주는 무언가를 내내 응시하는 것만 같았다.

"하지만 그자나 저나 조만간 이곳 담장 밖으로 나갈 수밖에 없을 겁니다." 이브가 문득 상념에서 벗어나 말을 이었다. "그때는, 무장을 한 제가 역시 무장을 한 그자와 만나 검으로 진실을 밝혀내는 일을 누구도 막을 수 없을 거예요."

*

캐드펠 수사는 많은 이들이 오가는 큰 마당을 가로질러 수도원 예배당으로 들어갔다. 군주와 귀족들은 유익한 결과를 낳을 가망이 거의 보이지 않는 회의에 참석하기 위해 서둘러 식탁을 떠나려 들지 않을 테니, 캐드펠로서는 잠시나마 호젓한 자리로 물러나 세상사를 멀리할 기회를 만난 셈이었다. 하지만 기대와 달리 예배당 안에서도 조용한 자리를 찾을 수 없었다. 하급 귀족들 또한 그곳을 은밀한 이야기를 나누기에 적당한 장소로 여겼는지, 제단이 있는 곳이나 안마당의 열람실마다 삼삼오오 모여 머리를 맞댄 채 열심히 이야기를 주고받는 중이었다. 본당과 성가대석에서는 수도원을 방문한 이들이 열을 지어 제단을 구경했고, 몇몇 수사들은 30분간의 휴식을 끝낸 뒤 낯선 방문자들 사이를 조용히 돌아다니며 각자의 일을 하고 있었다.

문득 높은 제단 앞에서 두 손을 얌전히 모으고 시선을 내리깐 채 서 있는 한 여인이 눈에 들어왔다. 기도를 하고 있는 것일까?

아니, 그게 아니었다. 주위에 환한 빛을 흩뿌리는 제단의 등불 덕에 캐드펠은 그녀의 얼굴에 번진 자신만만한 미소를 볼 수 있었다. 그 곁에 한 사내가 바짝 붙어 선 채 여자의 귓전에 대고 아주 조심스럽고 정중하게 이야기를 건네고 있었다. 그 사내의 입술에도 역시 은밀한 미소가 감돌았다. 잘생긴 청년들이 우글우글한 곳에 홀로 떨어진 젊은 여인. 혹시 이 기회에 매력을 뽐내며 여러 사람들의 관심을 즐기고 있는 걸까? 캐드펠은 그날 오전 대미사 때 활달한 걸음으로 황후를 따라가는 그녀의 모습을 본 터였다. 그때 여자는 한 손에 왕족들이 지닐 법한 화려한 기도서를 들고 다른 한 팔에는, 아마 그 휑뎅그렁한 석조 성당 안에서 황후가 추위를 느낄 경우에 대비한 것인지 질 좋은 모직 숄을 걸치고 있었다. 듣자 하니 그녀는 황후를 모시는 나이 든 부인의 조카딸이라 했다. 이 땅의 모든 귀족이 총동원된 경내에 여자라고는 황후와 그녀를 모시는 귀족 출신의 두 시녀뿐이었다. 그러니 저토록 밝고 자신만만한 태도를 보일 법도 하지, 여자의 여유로운 미소와 당당한 몸가짐, 그리고 사내를 향한 무심한 반응을 보며 캐드펠은 생각했다. 이토록 유리한 입장에 서 있으니 그녀는 저 사내의 말에 쉽게 넘어가지 않을 것이다. 상대의 말에 귀 기울이며 미소 짓기도 하고, 또 그들의 관계가 더 진전될 수도 있다는 암시를 던지기도 하겠지만, 쉽사리 그에게 애정을 주지는 않으리라. 아닌 게 아니라, 예배당에 모여 있는 100여 명의 청년들이 하나같이 호감 어린 은근한 눈길로 그녀를 주시하고 있었다. 가장 먼저 접근하여 말을 걸 만큼 대담한 이라 해도 다른 사내들을 멀찌감치 추월한 채 혼자서만 앞으로 내달리기는 어려울 것이었다. 여자는 그런 게임을 즐길 만큼 젊었고, 또 조금도 상처 입지 않은 채 이러한 상태를 길게 끌 수 있을 만큼 영리했다.

황후를 회의장으로 모셔 가야 한다는 사실을 떠올렸는지, 곧 그녀가 돌아서서 문을 향해 걸음을 옮겼다. 청년이야 따라오든 말든 개의치 않는다는 듯 활달하고 단호한 걸음이었지만 그가 아예 뒤쳐질 정도의 속도는 아니었다. 그제야 캐드펠은 그녀에게 추근대는 사내의 얼굴을 알아보았다.

'그렇지, 저 사람이라면 나설 만하지.' 자못 겸허한 척 엷은 미소를 머금은 채 세련된 몸가짐으로 자신만만하게 걸어가는 금발의 사내는 바로 브라이언 드 술리스였다. 여자는 그를 적당히 희롱하다가 쉽게 내칠 수 있으리라 자신하는 태도로, 그는 전혀 서두를 이유가 없으며 자기가 마음만 먹으면 언제든 그녀를 손에 넣을 수 있다 확신하는 양 오만한 자세로 예배당을 빠져나갔다. 과연 그 둘 가운데 누가 승자가 될지는 두고 봐야 알 것이었다.

호기심을 느낀 캐드펠은 두 사람을 따라 큰 마당으로 나갔다. 나이 든 시녀가 벌써 조카딸을 찾으러 접객소 앞에 나와 있었다. 그녀는 무표정한 얼굴로 두 남녀를 물끄러미 바라보다가 몸을 돌렸지만 접객소 안으로 들어가기 직전에 다시 힐끗 고개를 돌려 여자가 자신을 잘 따라오는지 확인했다. 드 술리스는 걸음을 멈추고 두 여자에게 정중하게 인사를 건넨 뒤 회의장을 향해 느긋하게 걸음을 옮겼다. 캐드펠도 회랑 안뜰로 들어가 깊은 생각에 잠긴 채 노랗게 마른 잔디 위를 거닐었다.

황후의 시녀로서는 자신의 조카가 황후를 배신한 자와 다소 조심스러운 형태로나마 장난을 치는 것이 못마땅하지 않을까? 그녀에게 어리석은 짓 말라고 경고를 건네지 않을까? 아니, 어쩌면 조카딸을 믿고 전혀 걱정하지 않을지도 모른다. 조카는 영리한 아이라고, 황후의 곁에서 맞이할 전도유망한 미래를 망칠 짓은 하지 않으리라 생각하면서.

이제 생전 처음 본 젊은 여인의 운명보다는 보다 심각한 문제들에 신경을 써야 할 시간이었다. 적대하는 양 진영의 사람들이 다시 회의장에 모여드는 참이었다. 그들 가운데 순수한 마음으로 평화를 이루려 노력할 이들이 얼마나 될까? 말보다는 검으로 전면적인 승리를 얻고자 마음먹은 이들은 또 얼마나 될까?

*

캐드펠은 회의장 문 앞에 바싹 붙어 섰다. 드 클린턴 주교는 윈체스터 주교에게 회의의 주제를 넘겼다. 그가 왕족이며, 또 최근 잉글랜드의 교황대사를 맡아 한층 커다란 권력과 위세를 얻었으니 여기 모인 완고하고 냉정한 이들의 마음을 돌리는 데 자신보다 더 큰 힘을 발휘할 수 있으리라 기대한 모양이었다. 헨리 주교가 자리에서 일어나 소란을 가라앉히고 있는데, 누군가 급히 회의장 문으로 걸어와 무뚝뚝하면서도 정중한 어조로 길을 비켜달라고 요구했다. 구경꾼들은 얼른 양쪽으로 갈라서 여전히 승마용 외투에 부츠 차림인 그 남자를 회의장에 들여보냈다. 큰 마당 쪽을 돌아보니, 마부가 그의 말을 끌고 마구간으로 가는 모습이 눈에 들어왔다. 말이 건조한 길에서 피어난 먼지를 잔뜩 뒤집어쓴 것으로 보아, 남자는 먼 곳에서 곧장 이곳 회의장으로 달려온 듯했다.

남자는 양 진영 사이의 공간을 조용히 가로질러 앞으로 나아간 뒤 원체스터 주교에게 정중하게 인사를 건넸는데, 이에 주교는 인상을 찌푸리며 고개만 까딱일 뿐이었다. 반면 그가 왕에게 다가가 역시 엄숙한 자세로 정중하게 고개를 숙이고 손에 입을 맞추자, 스티븐은 반가운 듯 환하게 웃어 보였다.

"전하, 늦어서 죄송합니다. 맘즈버리를 떠나기 전에 할 일이 좀 있었습니다." 그가 말했다. 낮지만 모든 사람이 잘 들을 수 있을 만큼 또렷한 목소리였다. "이런 꼴을 보여 죄송합니다. 단정한 모습으로 회의장에 들어오고 싶었습니다만, 더 늦으면 회의의 진행을 방해하게 될 것 같아 도착하자마자 곧장 왔습니다."

그는 주교들에게도 정중한 말과 함께 일일이 고개를 숙여 인사를 건넸고, 황후에게도 초연하고도 오만한 자세로나마 예의를 차렸다. 그러나 글로스터 백작은 쳐다보지도 않고 그냥 지나치더니, 문득 돌아서서는 마치 생전 처음 만난 사람을 보듯 냉정하고 무심한 표정으로 지그시 그를 응시했다.

글로스터 백작의 작은아들인 필립 피츠로버트가 틀림없었다. 두 사람의 얼굴 생김새는 비슷했으나 체격은 아주 달랐다. 탄탄하고 육중한 몸매를 지닌 아버지와 달리 필립은 키가 크고 깡마른 몸에 활달하면서도 세련된 몸가짐이 돋보이는 사람이었다. 머리와 눈썹은 검은빛을 띠었고, 숱진 고수머리와 높고 반듯한 이마 밑으로 보이는 두 눈에는 잘 통제된 격정이 조용히 타올랐다. 하지만 완고해 보이는 긴 입술과 강인한 턱만큼은 아버지와 아들이 똑같이 닮아 있었다. 그 완고함과 강인함은 어쩌면 한 세대를 거치면서 진화하여 아들에게서 더욱 극단적인 형태로 나타날지 몰랐다.

그가 들어오자 회의장 안에 묘한 긴장감이 감돌았다. 필립 자신이 나서지 않으면 이러한 긴장감은 쉽사리 사라지지 않을 것 같았다. 그는 사죄하듯 가볍게 한 손을 쳐들고 주교들에게 정중하게 고개를 숙여 보였다. "저는 이만 조용히 물러나 앉아 있을 테니 회의를 계속 진행하시지요." 이어 필립은 스티븐 왕 측 사람들이 모여 있는 곳으로 가서 자리를 잡았다. 잘 보이지 않는 뒷자리였음에도 불구하고 그의 존재감이 너무나 강렬해, 주위에 앉은 다른 이들은 저절로 등줄기가 꼿꼿해지며 온 신경이 곤두서고 목덜미가 선뜻해지는 것을 느꼈다. 자신을 모욕한 아버지와 자신이 배반한 황후가 있는 자리에 그가 모습을 드러내리라고는 아무도 생각지 못한 터였다. 그러나 너무나 뻔뻔스럽다는 말로는 그 당당함과 강철 같은 굳건함을 설명하기 힘들었다. 그가 해치우지 못할 일은 세상에 전혀 없을 것 같았다.

필립의 등장은 윈체스터 주교조차 불안하게 만들었다. 하지만 주교의 망설임은 오래가지 않았다. 그는 곧 인상적인 목소리로, 이곳에 모인 중차대한 목적에 대해 깊이 생각하고 다 같이 기도하는 마음으로 회의에 임해줄 것을 당부했다.

두 군주 모두 각자 왕위에 오를 권리의 근거에 대해 밝힌 터였으니, 이제는 그들이 각자 서로의 권리를 얼마나 인정할 것인지, 이 자리에서 얼마나 큰 진전을 이룰 용의가 있는지 깊이 있게 논의할 때였다. 헨리 주교는 먼저 황후에게 접근하기로 했다. 물론 아주 조심스러워야 할 것이다. 스티븐 왕이 황후를 교묘하게 조종하려 했다가 난공불락의 완고한 벽에 부딪쳐 이마만 깨지고 물러난 경우가 한두 번이 아니었다. 무엇보다 황후를 앙주 백작 부인이라 부르지 않도록 조심해야 했다. 황후는 이를 왕의 딸이자 황제의 아내였던 자신의 지위를 크게 훼손하는 호칭으로 여기니 말이다.

"문제의 해결이 얼마나 시급한지는 황후께서도 잘 아실 것입니다." 주교가 엄숙하게 입을 열었다. "이 나라는 너무도 오랫동안 불화와 분쟁으로 고통받아왔으며 두 분이 화해하지 않는 한 그 상처는 결코 치유되지 않을 겁니다. 같은 왕가의 사촌들이라면 마땅히 화합할 수 있어야 합니다. 부디 황후 자신의 마음을 깊이 돌아본 뒤 발언해주시기를 바라 마지않으며, 또한 이 시점 이 장소에서부터 우리가 마땅히 나아가야 할 길로, 쓸데없이 인명을 낭비하고 이 땅을 황폐화시키는 일에 종지부를 찍는 방향으로 백성을 인도해주셨으면 합니다."

"나도 오랫동안 같은 문제에 대해 깊이 생각해왔습니다." 황후가 담담하게 운을 떼었다. "그런데 내게는 진실이 너무 자명하니, 아무리 오래 생각해도 그 진실은 바뀔 수 없으며, 아무리 논의를 벌여도 그것이 진실 아닌 것이 될 수는 없을 것 같습니다. 그건 이미 내 아버님이 돌아가실 때 명백하게 드러났습니다. 아버님은 의문의 여지가 없는, 그 누구도 이의를 제기할 수 없는 왕이셨고, 내 오라비가 불의의 사고를 당한 뒤 나는 아버님과 당신의 왕비이자 스코틀랜드 왕의 딸인 어머니 사이에서 난 적자들 가운데 살아남은 유일한 자식이 되었습니다. 이 자리에 참석한 이들 중 그걸 모르는 사람은 없겠지요. 잉글랜드에서 감히 이 사실을 부인할 사람도 없을 테고요. 그러니 이 나라에 나 말고 다른 어떤 상속자가 있을 수 있겠습니까?"

선왕이 남긴 많은 자식들, 이 나라 곳곳에 흩어져 있는 다른 이복남매들은 당연히 논외가 되는군, 문 밖에서 귀를 쫑긋 세운 채 회의 내용을 듣고 있던 캐드펠은 생각했다. 그들은 애초부터 셈에 포함되지 못하는 사람들이었으며, 그동안 황후의 오른팔로서 변함없이 그녀를 뒷받침해온, 그들 가운데 가장 뛰어난 글로스터 백작조차 예외가 아니었다. 스티븐 왕과 황후, 두 라이벌이 노르만 법과 관습에 따라 왕가의 족보에 정식으로 이름을 올린 반면 그는 아예 거기 낄 자격조차 없었다. 웨일스에서라면 글로스터 백작은 자기 아버지의 장자이자 왕 가운데서도 가장 지위가 높은 사람으로서 마땅히 자신이 지닌 권리를 누렸을 것이다.

"하지만 왕이신 내 아버님은 모든 걸 확실히 하기 위해 당신이 돌아가시기 9년 전 크리스마스 당시 왕위 계승 문제를 정식으로 발의하셨습니다." 황후는 카랑카랑한 목소리로 의기양양하게 말을 이었다. "그리고 거기 참석한 이 나라의 모든 귀족에게 열네 분 왕의 자손이요 당신의 상속자인 나를 당신의 뒤를 이어 여왕의 자리에 오를 사람으로 받아들일 것을 맹세해달라 요청하셨지요. 그때 귀족들은 모두 그분의 말에 동의했습니다. 당시 제일 먼저 서약하신 분은 캔터베리 대주교셨던 코르베유의 윌리엄 각하였고, 두 번째로 서약한 분은 스코틀랜드의 왕이셨던 내 외숙부님이었습니다. 그리고 세 번째로 서약한 사람이……" 이 대목에서 그녀는 한층 목소리를 높여 서릿발 같은 말을 쏟아내었다. "지금 내게 맞서 자신이 이 나라 왕위에 오를 권리가 있노라 주장하는 내 사촌 스티븐입니다."

갑자기 회의장이 시끌벅적해졌다. 한쪽에서는 개탄과 우려의 목소리가, 다른 한쪽에서는 분노 어린 목소리가 터져 나왔다. 이에 윈체스터 주교가 단호하게 말했다. "이 자리는 과거사를 되새기는 자리가 아닙니다. 그 일은 지금껏 거론된 정도로 충분하지요. 이제 우리는 어느 쪽이 저지른 것이든 수많은 잘못과 배신이 남긴 폐허 위에 서 있으니, 앞으로 나아가는 것 외에 선택의 여지가 없습니다. 우리는 지금부터 무엇을 해야 하는지, 그런 불행한 일들 중 원상태로 되돌릴 수 있는 것들이 무엇인지, 깊이 헤아리고 성찰해봐야 할 문제들은 무엇인지 논의하기 위해 모였습니다. 과거의 문제를 되새기기보다는 그런 점을 염두에 두고 모든 걸 허심탄회하게 이야기해보도록 합시다."

"나는 단지 진실을 진실로서 받아들여줄 것을 요구할 뿐입니다." 황후는 여전히 굽히지 않았다. "나는 물려받은 권리에 의해, 내 아버지의 왕명에 의해, 그리고 모든 귀족이 엄숙하게 서약한 바에 의해 잉글랜드를 통치할 권리를 지닌 합법적인 여왕이 되었습니다. 설사 내가 지위를 바꾸고자 한다 해도 그럴 수 없으며, 그럴 생각도 없습니다. 내 권리를 부정하는 사람들이 있다 해도 진실은 명확합니다. 나는 남에게 왕권을 양도한 적이 없습니다."

스티븐 왕 측 사람들 중 뒤에 앉아 있던 누군가 조롱하듯 내뱉었다. "자기가 소유하지도 않은 걸 양도할 수는 없는 일이지요."

그러자 즉각 양 진영에서 야유와 모욕과 조롱의 외침이 일었다. 한동안 소란 속에 있던 회의장은 스티븐 왕이 의자 팔걸이를 내리치면서 윈체스터 주교보다 더 큰 소리로 조용히 하라고 일갈한 뒤에야 다시 조용해졌다.

"내 사촌은 할 말을 할 권리가, 자기 생각을 토로할 권리가 있습니다." 스티븐 왕이 단호하게 말했다. "이제 내가 말할 차례가 되었으니, 나는 왕권이 미리 정해졌다느니 서약이 있었다느니 하는 얘기를 떠나 왕권을 부여하고 추인하는 상징들에 대해 이야기하고자 합니다. 앙주 백작 부인이 상속권을 내세우며 주장하는 왕권을 정말로 물려받으려면 내가 이미 갖고 있는 것을 빼앗아야만 합니다. 나는 대관식과 봉헌식, 도유식에 의해 왕위에 올랐습니다. 부인은 왕위를 물려주겠다는 약속을 받았지만, 나는 적극적으로 요구하여 정당한 방법으로 왕권을 획득했지요. 나를 신성하게 한 기름을 씻어낼 수는 없는 일입니다. 내가 주장하는 권리는 바로 그것입니다. 나 또한 어떤 식으로든 나의 것을 포기하거나 양도할 마음이 전혀 없습니다."

말이 떨어지기 무섭게 한편에서는 혈통에 의한 권리를, 다른 한편에서는 성과 속 양쪽이 인정하고 부여한 권리를 소리 높여 외쳤으니, 그들은 이 자리에서 더 이상 논의를 진전시킬 마음이 전혀 없는 듯했다. 그럼에도 몇몇 온건한 사람들이 나서서 제 나름의 의견을 제시하기 시작했다. 그들은 용서와 사랑을 촉구하기보다 냉엄한 현실을 있는 그대로 드러내는 편을 택했다. 로베르 보스는 냉정하고 명쾌한 어조로, 쌍방이 나아갈 수도 물러설 수도 없는 막다른 골목에 봉착하여 하릴없이 인명과 재산을 축내는 일만 계속한다면 병합할 만한 가치가 있는 건 아무것도 남지 않을 것이며, 결국 승리자가 아니라 생존자라고밖에 말할 수 없는 어느 한쪽은 자신이 폐허와 잿더미 위에 앉아 있음을 깨닫게 되리라고 지적했다. 하지만 그의 경고도 무시당했다. 황후는 자신이 잉글랜드에서도 최종적인 승리를 거둘 것이라 확신하고 있었다. 그녀의 남편과 아들이 노르망디를 확고하게 장악한 상황이었다. 잉글랜드 귀족들 대부분이 그곳에 영지를 갖고 있으니, 땅을 빼앗기지 않기 위해서라도 다들 앙주 가문에 잘 보이려 애쓸 수밖에 없었다. 한편 스티븐 왕은 올해 빛나는 전과를 거둔 데다 자신이 잉글랜드의 떠오르는 별이라는 점을 잘 알고 있기에 결국 모든 것이 자기 수중에 놓이리라 확신했고, 추세가 그러하니 노르망디에서 다소의 피해가 있더라도 그 모든 것을 감수하기로 마음먹은 터였다.

결국 언제나 그렇듯, 냉정한 이성을 바탕으로 합리적인 의견을 제시한 이들은 그저 벽을 보고 떠들어댄 셈이었다. 이후의 논의는 대부분 비난과 맞비난의 교환에 지나지 않았다. 윈체스터의 헨리가 용감하게 나서서 양쪽의 균형을 잡으며 직접적인 싸움을 피하긴 했지만, 그 이상은 할 수 없었다. 캐드펠이 보아 하니, 개중에는 쓸쓸한 표정으로 다른 사람들의 이야기를 귀담아들을 뿐 입은 일절 열지 않는 이들이 상당수 있었다. 글로스터의 로버트와 그의 아들이자 적수인 필립 피츠로버트도 내내 침묵했다. 그들은 상대에 대해 깊은 회의를 품고 쓸데없는 일에 힘을 낭비하지 않기로 마음먹은 듯했다.

"결국 신통한 결과는 나오지 않을 거요." 양쪽의 독창만 계속 이어지다가 결국 중재하는 쪽에서 쓰라린 비가悲歌가 흘러나올 즈음, 로베르 보스가 체념 어린 어조로 휴의 귀에 대고 속삭였다. "이번 회의가 이 싸움의 귀결을 여실히 보여주는 것 같군. 이런 식으로 한참 더 시간이 흘러가다가 결국 훨씬 더 황량한 폐허 위에서 종말을 고하게 될 거요."

*

 회의는 아무 성과 없이 끝을 맺었다. 윈체스터 주교는 적어도 마지막 밤만큼은 서로에게 관용을 베풀며 지낼 것을, 또 내일 아침 서로 제 갈 길로 떠나기 전에 저녁기도와 마지막 기도에 참석해줄 것을 당부했다. 그곳에서 고향이 멀지 않은 몇몇 사람은 더 이상 시간을 낭비하고 싶지 않아 그날 저녁 곧바로 수도원을 떠났다. 어쩌면 그들은 이미 낭비한 시간 동안 아무런 성과도 이루지 못한 것에 만족스러워하고 있을지도 몰랐다. 여전히 대부분의 사람들이 전면적인 승리를 꿈꾸고 있는 지금, 합리적인 절충과 화해를 이끌어내고자 하는 소수의 의견은 완전히 무시되었다. 로베르 보스가 말한 대로, 이 싸움은 마지막까지 이런 식으로 진행되어 양쪽 다 이길 수도 질 수도 없는 전쟁의 양상으로 치달을 것이며, 그렇게 시간과 인명을 한없이 낭비한 뒤에야 제 나라를 폐허로 만드는 일에 염증을 낼 것이다. 하지만 당장은 그 종말이 보이지 않을 것이다. 아직은 때가 아니었다.
 캐드펠은 초저녁의 고즈넉한 분위기가 감도는 마당으로 나갔다가 황후의 모습을 보았다. 그녀는 여윈 몸집의 나이 든 시녀 조베타 드 몽토르와 나란히 숙소를 향해 걸어가고 있었다. 젊은 하녀 이자보는 두 사람에게서 한두 걸음 떨어져 조신하게 뒤따랐다. 저녁기도까지는 아직 한 시간쯤 남았으니 조용히 쉬며 생각을 정리하려는 듯했다. 강화의 먼지를 털어내고 전쟁터로 돌아가기에 앞서 위풍당당하게 등장하여 자신이 이 나라의 정당한 군주임을 드러낼 생각만 아니었다면, 아마 황후는 이 수도원의 예배당으로 가는 대신 자신의 전속 신부가 주재하는 예배에 참석했으리라.

캐드펠은 일말의 서글픔을 느꼈다. 왕과 황후가 서로에 대한 원한을 재확인하고 새삼 마음을 다져먹은 뒤 돌아갈 곳은 결국 전장뿐이었다. 다시금 포위 공격과 습격과 약탈이 뒤따를 테니, 저들은 이 소강상태를 이용해 호흡을 고르며 증오와 복수의 에너지를 비축할 것이다. 그렇게 시간이 지나면 또다시 피로와 권태가 찾아오겠지만, 적어도 얼마간은 전쟁의 불길에 다시 기름을 쏟아부으리라. 캐드펠은 아들의 석방은 고사하고 그 행방을 찾는 일에서조차 조금의 진전도 이루지 못한 것이 안타까울 뿐이었다.

그는 혼자서 예배당으로 갔다. 이곳에는 고요한 침묵 속에 홀로 하느님과 마주할 기회를 갈망하는 이들을 위한 공간이 꽤 많았다. 그럼에도 캐드펠의 마음속 아쉬움은 도무지 가시지 않았다. 슈루즈베리 수도원의 예배당이, 위니프리드 성녀의 유해는 없지만 그분의 영혼이 언제나 머무르고 있는 성골함과 조그만 돌 제단이 너무도 그리웠다. 성녀의 성골함을 응시하기만 해도 그의 가슴속에서는 작은 불꽃이 생생하게 피어오르곤 했다. 여기서는 낯선 분위기 속에서 그 특별한 위로 없이 기도해야 했다. 그러나, 여기서도 그가 바라는 모든 것에 대한 해답이 왔다.

그는 예배당 통로 한구석으로 향했다. 겨우 몸을 앉힐 정도의 조그마한 공간을 발견한 터였다. 빛이 잘 들지 않는 침침하고 좁은 자리였다. 거기 앉아 차분히 마음을 가라앉히고 두 눈을 감으니 미리엄이 낳은 아들의 부드러운 올리브빛 피부와 큼지막한 검은 눈이 한층 선연하게 떠올랐다. 자식을 둔 사내들은 아이의 천진하고 아름다운 어린 시절을 지켜보며 즐거워하고, 또 그 아이가 성숙한 어른으로 자라나는 모습에 기쁨과 자부심을 느끼기 마련이다. 반면 그는 훌륭한 어른으로 성장한 아들이 천사가 하강하듯 눈부신 모습으로 노년의 삶에 돌연 다가오는 광경만을 보았다. 그나마도 귀한 선물을 받았다가 빼앗기듯 단 두 번, 잠시 보았을 뿐이다. 그럼에도 캐드펠은 그조차 자신에게 과분한 선물이라 여겨 기꺼워하고 감사해했다. 아들이 아무 두려움 없이 행복한 마음으로 세상을 활보하고 다니는 것이 그가 원하는 전부였다. 올리비에가 누군가에게 은밀히 납치되어 햇빛도 들지 않는 어두운 곳에 갇혀 있는 지금, 그는 도무지 가만히 앉아 있을 수가 없었다. 지금껏 그가 아들의 행방에 대해 무엇도 알아내지 못한 것은 큰 잘못이었다.

얼마나 시간이 흘렀을까? 고통스러운 진공상태를 응시하는 사이 몇몇 사람이 예배당을 드나들었지만 캐드펠은 아무것도 의식하지 못했다. 어둠이 점점 짙어지는 데다 그가 워낙 조용히 앉아 있었기에 석양 녘의 엷은 빛이 감도는 안마당에서 들어온 사람은 그의 모습을 보지 못했을 것이다. 캐드펠 또한 자기 쪽으로 다가오는 발소리를 듣지 못했다. 상대의 무릎과 그의 팔이 부딪치는 순간, 캐드펠의 몸이 한쪽으로 기울었다. 상대는 얼른 손을 뻗어 캐드펠의 어깨를 붙잡았다. 놀란 외침 같은 것은 없었다. 낯선 이는 눈이 어둠에 적응할 때까지 잠시 침묵을 지키다가 이윽고 조용히 입을 열었다. "죄송합니다, 수사님. 미처 수사님을 보지 못했습니다."

"내가 워낙 어둡고 조용한 곳에 있어서 이리 되었소." 캐드펠이 말했다.

"저도 종종 그런 곳을 찾을 때가 있지요." 상대는 담담하게 대꾸했다.

그제야 캐드펠의 어깨를 강하게 잡고 있던 길고 억센 손가락들이 떨어졌다. 캐드펠은 눈을 들어 상대의 얼굴을 올려다보았다. 길고 갸름한 윤곽에 양쪽 광대뼈가 도드라진 독수리 같은 얼굴이 눈에 들어왔다. 엄숙하고도 강렬한 시선이, 삼가는 기색이라곤 전혀 없이 노골적으로 그를 찬찬히 뜯어보고 있었다. 동지도 적도 아닌 이와 맞닥뜨린 필립 피츠로버트는 상대의 호기심을 자극하는 동시에 속을 꿰뚫는 예리한 눈빛으로 캐드펠을 묵묵히 응시했다.

"수도원 안에도 고통이 있을까요, 수사님?"

"고통은 도처에 있소. 안에서나 밖에서나 고통이 숨을 곳은 없지. 그게 세상의 본질이오."

"저도 알 듯합니다." 필립은 그렇게 대답하며 약간 옆으로 물러났다. 그의 예리한 눈은 여전히 캐드펠을 향해 있었다. 내면의 격정을 적절히 다스리기에는 아직 너무 젊어, 캐드펠은 생각했다. 서른이 채 안 된 듯하니 아마 올리비에와 비슷한 또래일 것이다. 문득 침침한 방의 흐릿한 거울에 떠오른 올리비에의 모습을 보는 것 같다는 생각이 들었다.

"외지에서 온 우리 모두가 떠나면." 필립이 말했다. "마지막 말발굽 소리와 함께 우리의 모습이 지워지면, 수사님의 고통과 슬픔도 사라질지 모르지요."

"주님의 뜻대로 되겠지." 캐드펠은 그렇게 되지는 않으리라 생각하며 짧게 대꾸했다.

이제 필립은 돌아서서 예배당의 밝은 곳으로 물러났다. 유연하고 가볍게 걷는 청년의 모습이 촛불 빛에 드러났다. 왜 이 절호의 기회를 이용하지 않았을까. 성가대석으로 들어가 제단에 오르는 그를 바라보며 캐드펠은 생각했다. 글로스터의 아들과 묘한 곳에서 뜻하지 않게 대화를 나누게 되었으니, 올리비에 드 브르타뉴를 누가 억류하고 있는지 물어보기에는 더없이 좋은 기회였다. 왜 그는 묻지 않았을까. 때와 장소가 적절치 않아서? 아니면, 그의 입에서 나올 답이 두려웠기 때문에?

*

마지막 기도는 본디 하루의 예배를 마무리하는 자리이자, 각자 최선을 다해 보낸 그날그날의 소박한 성취에 감사하는 자리였다.

하지만 이날 밤만큼은 서로 적 앞에서 교만함과 허세를 과시하는 자리가 되었으니, 이들 모두 전장에서는 아직 승리할 수 없을지 언정 적어도 화려함과 경건함이라는 면에서는 상대를 능가하고자 마음먹은 듯했다. 그들의 넉넉한 보시로 수도원은 큰 이득을 얻겠지만 나라는 아무것도 얻지 못할 것이었다.

황후는 자신의 적에게 마지막 기도의 집행조차 맡기려 하지 않았다. 어두우면서도 화려한 옷차림으로 성장한 그녀는 시녀들 대신 향사들 중 가장 젊고 잘생긴 청년을 대동하고 뒤에는 가장 막강한 귀족들을 거느린 채 나타났다. 그녀를 따르는 소귀족과 기사들은 본당의 어두운 구석에 몰려 있었다. 황후의 군청색과 황금빛 의상은 금속이 번뜩이는 칙칙한 갑옷을 연상시켰는데, 아마도 의도적으로 그러한 옷을 고른 듯했다. 전쟁터와 무관한 여자들을 접객소에 그대로 남겨두고 온 것은, 자신이 어떤 남자들과 겨뤄도 뒤지지 않는다는 점을 강조하기 위해서였다. 황후는 스티븐 왕의 유능하고 영웅적인 왕비로 주권의 강력한 핵심이요 원천인 동남부를 확고히 장악한 마틸다 왕비[13]의 존재를 지우고 싶었다.

스티븐 왕은 종교의식에 어울리지 않을 만큼 화려한 옷을 걸치고 황금빛 머리칼을 그대로 드러낸 채 육중한 체구를 흔들며 성큼성큼 걸어 들어왔다. 어느 모로 보나 왕다운 모습이었다. 그의 오른편에는 체스터 백작 라눌프가 붙어 서서, 마치 특별한 벼슬자리에 오른 양 만면에 흐뭇한 미소를 머금고 있었다. 왕의 왼편에는 집사인 윌리엄 마텔이 있었고, 경호의 책임을 맡은 로베르 드 베르가 그 뒤를 차분하게 따라왔다. 그 둘은 오래도록 왕을 보필하며 충성을 인정받은 사람들이었다. 성가대석의 어두운 한구석에 앉아 있던 캐드펠은 한쪽에서 왕을 기다리던 필립 피즈로버트가 유유히 앞으로 나아가 왕의 추종자들 사이에 끼어드는 광경을 보았다. 필립은 왕 가까이 다가가는 대신 무리의 뒤쪽에 자리 잡았는데, 그럼에도 그의 존재는 무척이나 도드라졌다.

휴를 찾으려고 두리번거리던 캐드펠은 레스터셔 백작의 가신들 사이에서 그를 발견했다. 백작은 그간 견실하고 믿을 만한 청년들을 주위로 끌어모은 듯했다. 이브의 모습은 보이지 않았다. 기도가 시작될 즈음 예배당 안에 너무나 많은 사람들이 들어차 늦게 온 이들은 현관에도 발을 들여놓기 힘들 지경이었다. 창밖이 이미 캄캄한 시각, 그 수많은 얼굴들은 그저 어둠 속을 희끗희끗하게 수놓은 작은 반점들로만 보였다.

모든 의식이 끝나고 로저 드 클린턴 주교가 자리에서 일어섰다. 양측의 강화 가능성을 모색하려던 노력이 실패로 돌아갔음을 자인하는 듯 그의 표정은 참담하기 그지없었다.

"이제 각자 흩어져 다시 다툼과 투쟁으로 돌아가기에 앞서, 이 마지막 밤만은 부디 평화롭게 보내주시기 바랍니다. 여러분은 이 땅에 만연한 병증에 대해 깊이 생각해보자는 취지에서 여기 초대된 분들입니다. 비록 구체적인 치유책을 내놓는 일은 포기했다 하더라도, 잉글랜드 영토가 겪고 있는 고통의 짐까지 여러분 영혼에서 떨쳐낼 수는 없을 겁니다. 오늘 밤을 기도와 깊은 사색의 시간으로 이용해주기 바랍니다. 마음이 움직이면 그것은 머지않아 말이 되어 나올 것이고, 그 말은 다른 이들의 마음까지 움직일 것입니다. 또한 성직자들께 당부하는바, 만백성을 인도하는 하느님과 군주들로부터 인간의 영혼을 행복과 평화로 이끌 책임을 위탁받은 우리 성직자들이 백성들에 대한 의무를 저버린다면 죄를 면하기 어려우리라는 점을 명심하십시오. 이제 돌아가 이 모든 것들에 대해 깊이 생각해보기 바랍니다."

경고와도 같은 마지막 축도가 궁륭에 부딪쳤다 되돌아오며 큰 울림을 안겼다. 주교의 간곡하고 절절한 음성은 멀리서 들려오는 하느님의 분노한 목소리 같았다. 그러나 왕과 황후는 전혀 동요하지 않았다. 둘 모두 성직자들이 예배당 부속실 가까이에 이를 때까지 제자리에 조용히 서 있었지만, 일단 이곳 문을 나서 전쟁의 물결에 휩쓸리면 그 모든 말을 깡그리 잊고 말 터였다.

늦게 온 사람들 가운데 일부는 열 지어 늘어선 수사들과 군주들이 나갈 수 있도록 길을 터주느라 먼저 밖으로 나갔다. 남쪽 현관을 통해 안마당의 어둠과 냉기 속으로 나아가 북쪽 회랑으로 걸어가던 이들 속에서 누군가 무언가에 걸려 비틀거리며 낮은 신음을 내뱉었다. 그리고 다음 순간, 기겁한 고함 소리가 성가대석까지 들려왔다.

"도와줘요!" 그가 다급하게 외쳤다. "여기 횃불 좀 가져와요! 누가 다쳤어요. 사람이 쓰러져 있습니다!"

예복을 갈아입던 주교들은 그 소리에 잠시 모든 움직임을 멈추었다가 급히 남문 쪽으로 달려갔다. 문 앞은 이미 인파로 가득했고, 뒤에서 밀어대는 이들 때문에 제일 앞에 있던 사람들은 마치 마른 콩깍지의 콩알처럼 한꺼번에 밤의 어둠 속으로 튀어 나갔다. 그러나 스티븐이 황후를 제치고 성큼성큼 다가오자, 사람들은 놀랍게도 모세가 기적을 이룬 홍해처럼 양쪽으로 쫙 갈라섰다. 황후가 분개하여 씩씩거리는 사이 스티븐은 단호하고 요란한 걸음걸이로 예배당을 빠져나갔다.

"거기 몇 사람, 불을 가져오게! 빨리! 당신들 귀먹었나?" 이어 스티븐은 안마당의 북쪽 회랑을 따라 조금 전 고함 소리가 들려온 쪽으로 향했다. 이제 그곳은 조용했다. 왕은 궁륭 밑 어두운 회랑에 선 채 횃불이 올 때까지 기다렸다. 그렇지만 불을 들고 달려오던 사람이 때마침 불어온 돌풍을 맞아 사납게 일렁이던 불길에 손을 데고는 놀라 소리치며 횃불을 떨어뜨렸고, 포석에 떨어진 횃불은 지글거리는 소리를 내다가 꺼져버렸다.

바람이 심해 촛불도 별 소용이 없을 터였다. 캐드펠 수사는 현관에서 각등을 본 것이 기억나 얼른 그리로 갔다. 수사 한 사람이 횃불을 들고 그의 곁에 따라붙었고, 레스터셔 백작의 하인 하나는 마당으로 달려가 장대 끝에 매달린, 불이 이글거리는 쇠 양동이를 들고 왔다. 곧 세 사람은 안마당 북쪽 회랑에 모여 있는 무리 쪽으로 다가가 인파를 뚫고 안으로 들어갔다.

회랑의 세 번째 열람실 포석 위에 어떤 사람이 오른쪽 옆구리를 땅에 대고 양 무릎을 오그린 채 쓰러져 있었다. 얼굴은 숱진 연갈색 머리칼에 덮이고 두 팔은 포석 위에 맥없이 늘어진 채였다. 짙은 빛깔의 값비싼 의복으로 보아 지체 높은 사람이 분명했다. 아마 열람실 문턱을 나오다가 쓰러진 듯, 칼집에 꽂힌 검이 그의 왼쪽 엉덩이와 출입문 사이에 비스듬히 걸쳐 있었다. 두 무릎을 꿇고 앉아 있던 남자가 엉거주춤하게 몸을 일으켜 하얗게 질린 얼굴을 들었다. 이브 위고냉이었다. 그는 당혹감 어린 눈빛으로 사람들을 올려다보았다.

"어둠 속을 지나다가 이 사람의 몸에 발이 걸렸어요. 부상을 당한 것 같습니다."

그가 자기 손을 내려다보았다. 손가락이 온통 피투성이였다. 왕과 황후, 이 나라 귀족들의 절반이 홀린 듯 그의 발치에 쓰러져 있는 이를 내려다보았다. 미동도 않는 것이, 도무지 살아 있는 사람이라 생각할 수가 없었다. 곧 스티븐 왕이 허리를 숙여 그의 웅크린 어깨를 잡고 몸을 잡아당기자 놀라 어리벙벙한 표정 그대로 굳어버린 얼굴과 반쯤 뜬 눈, 검은 혈흔이 서서히 번져가는 넓은 가슴이 횃불 아래 훤히 드러났다.

뒤에서 낮은 외침이 터져 나왔다. 강한 자제력으로 억누른, 그럼에도 듣는 이들을 오싹하게 만드는 음산한 외침이었다. 필립 피츠로버트가 몰려 있는 군중을 헤치고 나와 쓰러진 사람 앞에 두 무릎을 꿇고는 여전히 온기가 남아 있는 이마와 목덜미를 한 손으로 쓸어보았다. 손이 빛과 어둠에 아무런 반응도 보이지 않는 한쪽 눈꺼풀에 닿는가 싶은 순간, 그는 난폭하다 할 만큼 거친 손길로 양쪽 눈꺼풀을 쓸어내렸다. 그러곤 브라이언 드 술리스의 몸 위에서 고개를 쳐들어 번뜩이는 눈으로 이브를 노려보았다.

"심장을 관통당했군. 미처 검을 뽑기도 전에!" 필립이 사납게 말을 이었다. "네놈이 이 사람에게 증오를 품고 있었다는 건 우리 모두가 아는 사실이야. 이곳에 들어서자마자 그에게 덤벼들었다지? 나 역시 네가 그를 증오 어린 눈길로 노려보는 걸 직접 목격했어. 전하, 이곳에서 살인이 일어났습니다! 이 성소에서, 모두가 하느님께 기도를 드리는 동안에 말입니다! 주교님, 이자를 거두어 법정에서 죄를 판결하도록 하시거나, 아니면 제가 이자의 목숨을 거둬들이도록 허락해주십시오! 드 술리스의 목숨을 빼앗아 간 죗값을 그의 목숨으로 받겠습니다."

5

 필립이 분노에 휩싸여 사납게 으르렁대자 이브는 놀라 몇 걸음 뒤로 물러났다. 그 상황이 도저히 믿기지 않는다는 표정이었다. 귀족 집안에서 태어나 특권 속에 안온하게 자라난 그로서는 지금껏 자신이 이런 식의 의심을 받는 상황에 처하리라고 꿈에도 생각지 못한 터였다. 이브는 얼빠진 사람처럼 입을 헤벌린 채 멍한 눈으로 필립을 응시했다. 어이없는 미소를 띠거나 소리 높여 웃고 싶은 마음도 들었지만, 곧 자신이 생각하는 것만큼 상황이 간단치 않음을 깨달았다. 그는 몸에 걸친 셔츠보다 더 하얗게 질린 얼굴로 자신을 둘러싼 사람들을 둘러보았다. 하나같이 필립과 똑같은 생각을 하고 있는 듯했다.
 "설마 내가 이런 짓을 저질렀다고 생각하는 거요?" 이브가 숨을 헐떡이다가 간신히 입을 열었다. "나는 방금 전까지 예배당에 있었소. 이 사람은 여러분이 보는 대로 이 자리에 쓰러져 있었고…… 난 그저 걷다가 이 사람 몸에 걸려 넘어질 뻔했을 뿐이오."

"네 손에 피가 묻어 있어." 필립이 이를 갈았다. "네놈이 아니면 이게 누구 짓이지? 이 근처에 네놈 말고 다른 사람은 아무도 없었는데. 다시 말하지만, 네가 이 사람에게 깊은 원한을 품었다는 건 여기 있는 이들 중 모르는 이가 없어."

"무릎을 꿇고 이 사람 몸을 만져보느라 그렇게 된 거요!" 이브는 격렬하게 말을 이었다. "주위가 워낙 캄캄해서 그가 죽었는지 살았는지조차 알 수 없었소. 내가 이 사람의 몸에 발이 걸려 내지른 소리를 들은 사람이 있을 거요. 게다가 횃불을 가지고 와 도와달라고 소리친 사람이 바로 나였소."

"그렇게 무고한 척 굴며 달려온 이들을 증인으로 삼으려는 수작이었겠지." 필립이 싸늘하게 대꾸했다. "우리가 바로 뒤에서 따라오고 있었으니 죽은 사람을 그대로 두고 내뺄 시간이 없었던 게야. 이 사람은 나를 따르던 내 부관이었고, 나는 그의 능력을 높이 평가하고 있었어! 세상에 정의가 살아 있는 한, 기필코 네놈에게서 그 목숨의 대가를 받아내고 말겠다."

"몇 번을 말해야 알겠소? 난 방금 예배당에서 나오다가 이 사람의 몸에 발이 걸렸소. 기도 시간에 맞춰 오지 못한 터라 문 바로 안쪽에 서 있었고, 그래서 남들보다 조금 빨리 이리로 왔을 뿐이오." 이제 이브는 아주 절박하고 곤혹스러운 상황에 처했음을 깨닫고 서둘러 정신을 차렸다. 이치를 따져가면서 단호하고도 강렬한 어조로 상대방의 말을 맞받아쳐야 했다. "나처럼 늦게 와 거기서 함께 의식을 치른 이들이 더 있을 거요. 그들은 내가 내내 예배당에 있다가 방금 전에야 마당으로 나왔다는 사실을 증언해 줄 수 있겠지. 그리고 잘 보시오. 드 술리스는 검을 차고 있지만 난 무장하지 않았소. 어서 두 눈으로 똑똑히 보시오! 내겐 검도 단검도 없소. 몸에 쇠붙이라고는 하나도 없소! 예배당에서는 무장이 금지되어 있다는 걸 다들 알잖소. 나는 마지막 기도에 참석했고, 따라서 검은 숙소에 있소. 그런데 내가 어떻게 사람을 죽일 수 있단 말이오?"

"거짓말을 하는군." 필립이 부하의 시신 곁에서 몸을 일으켜 그를 노려보았다. "네놈이 예배당에 있었다는 걸 어떻게 믿지? 누가 네놈을 위해 증언해준다는 거야? 우리가 예배당에 있는 동안 네놈은 얼마든지 검을 씻어서 숙소에 갖다 놓을 수 있었겠지. 그런 다음 예배가 끝나기를 기다렸다가 고함을 지른 거야. 무장을 하지 않은 모습을 보여주어 미지의 누군가 살인을 저질렀다고 믿게 하려고 말이야. 하지만 살인자는 바로 네놈이야! 이게 네가 한 짓이 아니라 할 만한 증거는 아무것도 없어."

많은 사람들이 빈틈없이 주위를 둘러싸고 있었기에 캐드펠은 더 이상 앞으로 나아갈 수 없었다. 게다가 잔뜩 모여 선 이들 사이에서 이미 언쟁을 벌이기 시작해 그가 뭐라 말한다 한들 왕이

나 황후의 귀에 들어가지도 않을 것이었다. 그는 목을 길게 뺀 사람들의 머리 사이로 횃불 빛을 받아 환하게 드러난 필립의 냉혹한 얼굴을 보았다. 양 당파 사람들이 몹시 놀라 와자지껄하니 떠들어대는 가운데 주교들이 진정하라고 다그치며 흥분을 가라앉히려 했지만 아무 소용이 없었다. 그 모든 소음을 일거에 꿰뚫어 단번에 분위기를 잠재울 수 있는 스티븐 왕의 우렁찬 고함 소리가 필요한 순간이었다.

"조용! 그 시끄러운 입들 좀 닥치시오!"

과연 일시에 물을 끼얹은 듯 조용해지면서 모든 이들이 움직임을 멈추고 숨을 죽였다. 들리는 것이라곤 살그머니 발을 끄는 소리와 소매와 소매가 마찰되는 소리, 깊은 한숨 소리뿐이었다. 이 순간 스티븐은 그곳 전체의 분위기를 확고하게 장악하고 있었다.

"누군가를 죄인이라 규정하기 전에, 우선 차분히 생각을 좀 해봅시다. 지금 무엇보다 먼저 해야 할 일은 의료에 밝은 사람을 불러 이 사람을 아직 도울 수 있는지부터 확인하는 것이니, 그러지 않았다간 우리 모두가 그의 죽음에 대한 책임을 면하기 어려울 거요. 저 청년이 실제로 가해를 했든 안 했든, 어둠 속에서 그의 몸에 걸려 넘어질 뻔했다면 의사만큼 정확하게 이 사람의 상태를 판단할 수 없었을 거요. 자, 윌리엄, 자네가 확인해보게."

많은 전투를 겪으며 검에 의해 죽음을 당한 사람을 무수히 보아온 윌리엄 마텔이 무릎을 꿇고 앉았다. 그는 쓰러진 몸을 돌려 가슴에 생긴 상처 부위를 횃불 아래 드러낸 뒤 한쪽 눈꺼풀을 벌려보았다. 눈동자는 미동도 하지 않았다.

"죽었습니다. 심장 부분을 관통당했어요. 이 사람을 위해 할 수 있는 일은 없습니다."

"죽은 지 얼마나 됐나?" 왕이 짧게 물었다.

"정확히는 모르지만, 얼마 되지 않았다는 것만은 확실합니다."

"마지막 기도가 진행되는 중에 죽은 건가?" 이 불길한 밤, 평소보다 다소 늦게 마무리되긴 했으나 마지막 기도 시간은 그리 길지 않았다.

"저는 예배당에 들어가기 몇 분 전에 살아 있는 이 사람을 봤습니다." 마텔은 말했다. "곧 우리 뒤를 따라 들어오겠거니 생각했지요. 그때 그가 검을 차고 있었는지는 기억나지 않습니다."

"만일 이 청년이 기도 시간 시작 무렵부터 끝날 때까지 내내 예배당에 있었다면, 그는 이 사건과 무관한 셈이군." 왕이 말했다. "어쨌든 결투 같은 것은 없었어. 드 술리스는 검을 뺄 시간도 갖지 못했으니, 이건 살인이네."

누군가 살며시 캐드펠의 소매를 잡았다. 휴가 사람들을 헤치고 다가와 있었다. 그는 캐드펠의 귀에 다급하게 속삭였다. "이브가 예배당에 있었다고 증언하실 수 있겠습니까? 그를 보셨어요?"

"그랬다면 얼마나 좋았겠나! 이브는 조금 늦게 도착했다고 했어. 예배당이 꽉 찬 터라 나중에 들어온 사람들은 문 바로 안쪽에 간신히 서 있었을 텐데, 나는 성가대석에 앉아 있었으니 볼 수가 없었지." 문 앞에 선 채로 의식을 치르며 다른 이를 알아보고 대화를 나눌 만한 여유를 가진 이는 없었을 것이다. 이브는 거기 서 있다가 다른 이들에게 길을 틔워주느라 제일 먼저 안마당으로 나가서 걸음을 옮기던 중 죽은 사람의 몸에 걸렸으리라. 처음 발이 걸린 순간 그저 놀라서 낮은 신음을 낼 뿐 무어라 말을 하지 않았다는 사실 역시 그의 이야기가 사실임을 뒷받침하는 증거였다. 이브는 잠시 후에야 비로소 사람이 쓰러져 있다고 소리쳐 알렸다.

"상관없어요." 휴는 나직하게 말했다. "왕이 사건의 핵심을 제대로 짚어가고 있으니 일단 두고 봐도 될 것 같습니다. 그를 본 사람이 분명 있을 거예요. 그리고 설혹 일이 이상하게 돌아간다 해도 황후가 가만있지 않을 겁니다. 자신을 따르는 젊은이가, 다른 누구도 아닌 필립 피츠로버트에게 비난을 받고 살인범으로 지목당하도록 내버려둘 리 없어요. 게다가 본인이 몹시 미워했던 사람이 죽었잖습니까."

황후가 장신이긴 하나 워낙 커다란 남자들에게 둘러싸여 있어서, 캐드펠은 목을 길게 빼고 이리저리 두리번거린 뒤에야 겨우 그녀의 모습을 볼 수 있었다. 횃불 빛을 받아 선연하게 빛나는 아름다운 얼굴은 차분하고 냉정했지만 눈은 잘 억제된 환희의 빛으로 번뜩였으며, 터져 나오려는 미소를 억누르려 애쓰는 듯 양쪽 입가가 뺨 안쪽으로 깊숙이 파고들며 그림자를 드리웠다. 그녀로서는 패링던성을 적에게 넘겨준 이의 죽음을 슬퍼하거나, 크리클레이드성을 빼앗긴 자의 비탄과 분노에 동참할 하등의 이유가 없었다. 캐드펠이 지켜보는 동안 황후는 고개를 살짝 돌려 예리한 눈길로 이브 위고냉을 바라보았고, 그 순간 그녀의 입 귀퉁이에 어린 그림자가 보다 짙어지면서 미소가 스치고 지나갔다. 하지만 거기까지였다. 혹시 목격자이자 증인이 있다면 그들이 알아서 하도록 내버려두자고, 자신이 지금 쓸데없이 나설 이유는 없다고 생각하는 듯 그녀는 일절 움직이지 않았다. 그 옆에는 황후의 이복남매인 헤리퍼드의 로저가, 다른 한쪽에는 휴 비곳 백작이 서 있었다. 누군가 그녀의 피보호자인 이브를 함부로 건드리려 할 경우 즉각 제지하고 나설 만한 힘을 갖춘 사람들이었다.

다들 입을 굳게 다물고 곁에 선 이들의 얼굴을 조심스레 곁눈질하는 가운데, 스티븐 왕이 주위를 둘러보며 입을 열었다. "마지막 기도가 진행되는 동안 예버당에서 이 청년을 보았던 사람이 있거든 그렇다고 말하시오! 이 청년의 결백을 밝혀주시오. 그는 규칙에 따라 무장하지 않은 채 하느님께 예배드리러 왔으며, 기도 시간이 끝날 때까지 우리와 함께 있었다고 말했소. 그 말을 증명해줄 사람이 있소?"

다들 주위를 힐끔거리며 다른 이들의 반응을 살필 뿐 아무도 입을 열지 않았다. 이제 살인 현장에는 침묵만 흘렀다.

"전하께서 보시다시피 이자의 주장을 뒷받침할 사람은 아무도 없습니다." 마침내 필립이 침묵을 깨뜨렸다. "이자의 말을 믿는 사람도 없고요."

그러자 로저 드 클린턴 주교가 말했다. "그것을 이 청년이 살인했다는 증거로 삼을 수는 없소. 세상에는 아무도 증언하지 않고 아무도 믿어주지 않는 진실이 너무나 많지. 게다가 우린 아직 마지막 기도에 참석한 모든 사람의 증언을 청취한 게 아니잖소? 어느 한 사람이라도 나서서 마지막 기도가 끝날 때까지 예배당 문 바로 곁에 이 청년과 함께 서 있다가 길을 터주기 위해 그와 함께 밖으로 나갔다고 증언한다면, 이 청년의 말은 사실이 되는 거요." 이어 그가 스티븐 왕에게로 고개를 돌렸다. "전하께서 우리와 더불어 이 문제를 좀 더 자세히 조사해주셨으면 합니다."

"그럴 시간이 없어요." 왕이 이맛살을 찌푸리면서 말을 이었다. "내일이면 우리는 코번트리를 떠나야 합니다. 회의도 끝난 마당에 더 이상 머무를 이유가 없잖습니까?"

절망감이 캐드펠의 마음을 스치고 지나갔다. 짧은 휴식기를 거치며 불 속에 기름을 더 들이부었으니, 이들은 다시 전장으로 돌아가 분노를 폭발시킬 터였다.

"나는 이 경내에서 폭력을 금한 바 있습니다!" 로저 드 클린턴이 언성을 높였다. "적어도 수도원 안에서는 모든 원한을 버리라고 촉구했지요. 만일 우리가 이 사건의 진상을 제대로 밝혀내지 않는다면 살인을 범한 자는 앞으로 멋대로 활개치고 다닐 겁니다."

"그렇게는 안 되죠." 필립은 차갑게 말했다. "저는 어떻게든 제 부하가 흘린 피의 대가를 받아낼 작정입니다. 주교님, 정의를 확립할 용의가 있으시다면 당장 이자를 가두고 치안관에게 넘겨

심문과 재판을 받게 해주십시오. 이 땅의 법에는 정의를 구현할 수 있는 수단이 엄연히 존재하지 않습니까? 그러니 그 수단을 이용해야지요! 이자는 분명 법을 어겼고, 따라서 재판에 넘겨 살인죄를 죽음으로 보상해야 합니다. 이자가 범법 행위를 했다는 걸 어떻게 의심하지 않을 수 있습니까? 이자 말고 다른 누가 저 사람을 살해할 수 있단 말입니까? 브라이언 드 술리스에게 깊은 원한을 품고 그와 격렬한 싸움을 벌인 자가 이자 말고 또 있었습니까? 더욱이 우리는 이자가 죽은 사람 앞에 서 있는 것을 보았고, 그때 주위에 다른 사람도 없었습니다. 그런데 아직도 모르시겠습니까?"

캐드펠이 보기에는 필립의 굳은 확신이 왕의 마음을 움직인 듯했다. 스티븐 왕으로서는 이브를 잘 알지도 못하는 데다, 최근 자신을 위해 큰 역할을 한 쓸모 있는 용사에게 증오를 품고 있던 자이자 황후에게 헌신하는 저 청년의 주장을 믿어줄 이유가 없었다. 그는 이브를 세속의 치안 당국에 넘겨버린 뒤 어서 빨리 전쟁터로 돌아가고 싶을 뿐이었다.

"그 점에 대해서는 나도 할 말이 있소." 그 순간 황후가 나서서 모두가 잘 들을 수 있도록 목청 높여 이야기를 시작했다. "이번 회의는 양측에 안전통행증을 발부한다는 조건으로 소집되어 우리는 아무 두려움 없이 여기 올 수 있었소. 그리고 여기서 무슨 일이 일어났건, 그 일을 이유로 애초의 계약을 깰 수는 없소. 나는 나를 따르는 많은 사람들과 함께 여기 왔고, 내일 그 모두와 함께 돌아갈 거요. 다들 안전통행을 보증받았으며 이 청년 역시 잘못을 저질렀다는 명확한 증거가 없으니, 혹시라도 누가 이 청년을 건드린다면 그는 불법 행위를 저지르는 셈이오. 우리는 여기 올 때의 인원 그대로 내일 다시 이곳을 떠날 거요."

그러더니 황후는 사람들을 헤치고 나아가, 긴장감에 굳어 있는 필립의 팔을 밀어내고는 거만한 태도로 이브에게 손을 내밀었다. 이에 이브는 여전히 창백한 얼굴로 돌아서서 잠자코 그녀가 이끄는 대로 따랐다. 주위에 둘러선 사람들이 일제히 뒤로 물러나 길을 터주었다. 이브에게 미소를 지어 보이는 황후의 모습, 또한 감사와 존경과 기쁨이 뒤섞인 표정으로 황후를 바라보는 이브의 모습을 캐드펠은 다소 놀란 얼굴로 지켜보았다.

*

반 시간쯤 흐른 뒤 이브가 숙소로 돌아왔다. 황후는 필립이나 다른 사람들이 이브가 경내에 있는 동안에도 원수를 갚으려 들까 봐 걱정이 되어 그에게 경호를 붙여주었다. 그러나 정작 이브는 황후의 그런 관심이 그리 오래가지 못하리라 생각했다. 이곳에 온 이들 모두가 무사히 글로스터에 도착하면 황후는 곧 그를 잊고 말 터였다. 이브는 오래오래 지켜줄 만큼 중요한 인물이 못 되었으니, 지금 황후가 그를 지키려는 것은 자신이 진 빚—혹은 빚이라 생각하는 것—을 갚기 위해서일 뿐이었다.

적들 앞에서 보란 듯이 손을 뻗던 황후의 모습과 그 손의 생생한 감촉은 그에게 깊은 감동을 안겨주었지만, 황후가 무슨 생각으로 그랬는지를 떠올리면 다시금 온몸의 피가 얼어붙는 기분이었다. 많은 이들이 그가 브라이언 드 술리스를 살해했다 믿었고, 그중 가장 굳건히 믿은 사람은 다름 아닌 모드 황후였다. 우회적인 방법으로 은근히 지시를 내리던 그 목소리가 여전히 이브의 뇌리를 떠나지 않았다. 다른 모든 이들이 그렇듯 그 또한 황후에게 맹목적으로 충성하는, 따라서 황후가 마음대로 주무를 수 있는 청년이었다. 황후는 자신이 암시하는 바를 그가 이해하고 말없이 지시에 따르리라 믿었다. 물론 이브는, 심지어 황후가 묻는다 해도 자신은 어떤 지시도 받은 적이 없다고 말할 것이다. 그는 자기가 어떻게 해야 할지 잘 알고 있었다. 그들 둘 사이에 오간 이야기는 물론이요, 드 술리스의 죽음에 대해서조차 입에 올려서는 안 되었다.

  그날 밤 이브는 가장 가까운 친구들의 질문에도 입을 굳게 다물고 있었다. 그들은 그의 안전을 염려하여 한시도 곁을 떠나지 않았고, 이튿날 아침 황후의 일행과 함께 글로스터로 떠나기 전까지는 밖에 나가지도 못하게 할 작정이었다.

  잠자리에 들기 전, 이브는 몇 안 되는 소지품을 챙겨 모으며 말했다. "내일이면 떠나야 해요." 이어 그는 개운치 않은 감정을 굳이 설명하려 들지 않은 채 화제를 돌렸다. "결국 올리비에의 행방에 관해 아무것도 밝히지 못했네요."

"그 문제에 대해서는 내가 계속 추적해볼 생각이네." 캐드펠이 말했다. "어쨌든 자네는 그냥 이곳을 떠나는 편이 좋아."

"살인의 의혹을 뒤집어쓴 채 말이지요." 그가 씁쓸하게 중얼거렸다.

"그 사건도 계속 추적할 거야. 결국 진상이 밝혀질 걸세. 진실을 영원히 매장하기란 어렵지. 자네가 브라이언 드 술리스를 살해하지 않은 게 확실하니, 여기 모인 다른 이들 중 진범이 있을 거야. 그게 누군지 밝혀지면 자네의 누명은 저절로 벗겨질 걸세. 정말로 자네가 범인이라 믿는 사람이 있다면 말이지만."

"물론 있지요." 그가 씁쓸한 미소를 지어 보였다. "적어도 한 사람은 그렇게 확신하고 있습니다!"

이브는 그 사람의 이름을 밝힐까 망설이다가 끝내 입을 다물었다. 캐드펠도 더는 묻지 않았다.

*

이튿날 아침, 사람들은 자기편끼리 무리를 지어 그곳을 떠났다. 필립 피츠로버트는 올 때와 마찬가지로 아침기도 종이 울리기도 전에 작별 인사도 없이 혼자 떠났고, 스티븐 왕은 대미사에 참석한 뒤 모든 귀족을 거느린 채 옥스퍼드를 향해 기운차게 출발했다. 북부 지방의 귀족들은 하나같이 안전통행증이 유효한 동안 고향으로 돌아가기 위해 서둘렀다. 황후 측 사람들은 스티븐 왕 일행이 시내를 완전히 빠져나갈 때까지 기다린 다음 오전 중반쯤 글로스터를 향해 출발하기로 했다. 그 짧은 사이에도 황후는 자신의 배후를 든든히 지킬 병력을 보충하는 데 여념이 없었다.

황후 일행이 넓은 마당에 모여들기 시작할 즈음 이브는 혼자서 예배당 안으로 들어갔다. 일정한 거리를 두고 따라 들어간 캐드펠은 그가 통로 끝 제단 앞으로 가서 무릎 꿇는 광경을 보았다. 그곳을 떠나기 전 사람들의 눈에 띄지 않는 곳에서 조용히 기도드리려는 것이었다. 캐드펠은 그 얼굴에 어린 고통의 기색을 보고 조용히 그의 곁으로 다가갔다. 발소리를 들은 이브가 고개를 돌리더니 억지로 웃어 보이며 급히 일어났다. "이제 떠날 준비가 됐어요."

기도대를 짚은 이브의 손에는 전에 보지 못한 반지가 끼워져 있었다. 구불구불한 모양의 가느다란 금가락지인데, 청년이 끼기에는 너무 작은 듯했다. 여주인이 시종에게 특별한 보상으로 선물할 만한 종류의 것이었다. 이브는 본능적으로 그것을 감추려 하다가 이내 생각을 고쳐먹은 듯 가만히 서서 캐드펠의 시선을 피해 무표정한 눈길을 반지 쪽으로 떨구었다.

"황후가 줬나?" 보아하니 차라리 뭐라도 물어주기를 바라는 눈치였기에, 캐드펠은 물었다.

"예." 이브가 대답했다. 안도와 체념이 뒤섞인 얼굴이었다. "처음엔 거절했는데, 기어이 건네주시더라고요."

"간밤에는 끼지 않았잖나."

"그랬죠. 하지만 지금은 그분 곁에 가야 하니까요. 저는 이 반지를 빼고 있을 만큼 용감한 사람이 아닙니다." 이브는 씁쓸하게 말을 이었다. "글로스터까지 절반도 가기 전에 그분은 저에 관한 모든 걸 잊어버릴 테고, 그땐 이걸 어느 성당 제단에 바칠 수 있겠지요. 아니면 도중에 만난 걸인에게 줘버리거나요."

"자네의 수고에 대한 보상으로 하사하신 물건을 왜 그런 식으로 버리려 하지?" 캐드펠은 뚜렷이 드러난 그의 상처를 조심스레 건드렸다.

이브는 괴로움을 이기지 못해 얼른 고개를 돌리곤 문 쪽으로 걸어가기 시작했다. 곧 억눌린 목소리가 그의 입에서 흘러나왔다. "이건 수고에 대한 보상이 아니에요." 이어 그는 좀 더 부드러운 어조로 덧붙였다. "저는 이걸 받을 만한 일을 하지 않았어요."

*

그들은 갔다. 화려한 의상을 걸친 귀족들, 근엄한 얼굴을 한 장군들, 왕과 황후, 그들을 떠받치는 실력자들, 두 주교까지 모두 떠났다. 일리의 나이절은 자기 관구로 향했고, 블루아의 헨리는 일단 스티븐 왕과 함께 옥스퍼드까지 갔다가 거기서 관구인 윈체스터로 갈 예정이었다. 어떤 합의나 결정도 이루어지지 않았으니, 평화는 전과 마찬가지로 요원하기만 했다. 그리고 이곳 예배당의 시신 안치소에는 죽은 사람 하나가 남았다. 여기서 입관 의식을 마친 뒤, 그에게 가족이 있을 경우 그들이 매장하기를 원하는 곳으로 옮겨질 것이었다. 분열된 땅의 두 통치자가 떠나고 시내와 수도원 사이를 오가는 사람들이 갑자기 줄어들자 큰 마당에는 평소보다 무거운 고요가 내려앉았다.

"하루나 이틀만 더 머물러주게나." 캐드펠은 휴에게 사정하듯 말했다. "자네와 함께 슈루즈베리로 돌아가면 나는 조건을 지키는 셈이야. 가능한 한 원장님의 명령을 어기고 싶지 않네. 부탁하네. 하루 더 머무르는 동안 뜻밖의 정보를 얻게 될지 누가 알겠나?"

"왕과 황후는 물론이고, 그들의 추종자들까지 올리비에가 어디 있는지 모른다고 하지 않았습니까."

"그래도, 그래도 시간을 좀 주게. 이 안에 그걸 알고 있는 사람이 있을지도 몰라. 게다가 이브의 문제도 걸려 있잖은가. 황후가 그 아이를 감싸서 안전하게 데려간 건 사실이지만, 그걸로 충분하다 할 수 있을까? 진짜로 살인을 한 자가 드러날 때까지 그는 결코 마음이 편치 않을 걸세. 내게 조금만 시간을 주게. 적어도 그 살인 사건의 주범을 밝혀낼 만할 단서를 찾을 때까지만이라도." 그는 간절한 어조로 말을 이었다. "사실 그동안 이곳 수사들을 붙잡고 패링던성 사건과 관련해 혹시 들은 이야기가 없는지 수소문해봤네. 여기 있는 누군가 내게 전할 말이 있을지도 몰라. 그 답을 들어볼 시간이라도 가져야겠네."

"하루 이틀 정도야 더 있을 수 있지요. 저도 수사님을 두고 혼자 돌아가기는 싫습니다. 범행을 저지른 자의 신원을 밝혀내 이브의 마음을 편하게 해주고 싶기도 하고요. 하지만……" 휴가 이맛살을 찌푸렸다. "브라이언 드 술리스를 없애버린 것이 그렇게 큰 잘못인지 전 잘 모르겠습니다. 아, 말씀 안 하셔도 압니다. 살인은 살인이죠. 피살자가 아무리 형편없는 자라 해도 살인을 묵과할 수는 없는 노릇이에요. 그러니 일단 시신을 다시 살펴보면 어떨까요? 그건 뒤에서 몰래 찌른 게 아니라 정면으로 찔러서 난 상처였어요. 당시 그곳은 아주 캄캄했지요. 경험 많은 자가 어둠에 눈이 익을 때까지 기다렸다가 공격했다면 큰 어려움이 없었겠지만, 그게 아니라면 쉽지 않은 일이었을 겁니다."

캐드펠은 가만 생각에 잠겼다가 입을 열었다. "그래, 시신을 다시 한번 보도록 하지. 그 사람의 소지품들은 어떻게 됐나? 여기 원장이 간수하고 있을까? 그것도 좀 보자고 해도 될까?"

"허락하실 겁니다. 이 안에서 살인 사건이 벌어졌으니, 그분도 수사님 못지않게 마음이 불편하겠죠."

*

브라이언 드 술리스의 시신은 린넨 천을 둘러쓴 채 시신 안치소의 석판 위에 반듯이 누워 있었다. 수의를 마련하고 관을 짜는 작업이 아직 진행 중이었다. 정중한 장례식이 준비되고 있는 모양이군, 캐드펠은 생각했다. 필립이 돈을 댔을까?

캐드펠이 리넨 천을 잡아당기자 가슴이 드러났다. 이제 상처는 엄지손톱만 한 길이의 검푸른 자국에 지나지 않았다. 그 양쪽으로 갈비뼈의 윤곽이 살짝 드러나 있었다. 그 작은 자국만 아니라면 멀쩡한 여느 시신과 하등 다름없어 보이리라. 몸은 근육이 잘 발달되었고 얼굴에는 여전히 오만한 표정이 어려 있었지만, 그는 설화석고처럼 싸늘하고 단단했다.

"장검에 찔린 상처가 아니야." 캐드펠이 단언했다. "발견될 당시에는 상처 자리가 피범벅이라 미처 몰랐지. 이건 작은 단도에 찔려서 생긴 상처일세. 길지는 않지만 치명상을 입힐 만한, 날이 아주 얇고 예리한 단도가 분명해. 심장 깊숙이 파고들지는 않았고, 손잡이가 멍 자국을 남기지도 않았어. 범인은 심장을 찌른 즉시 칼을 뺐을 걸세. 피가 뿜어 나오기도 전에, 아무 흔적도 남기지 않고 종적을 감출 수 있을 만큼 재빨리 움직인 거지. 그러니 피로 얼룩진 옷 같은 걸 찾아봐야 소용없을 거야. 가해자가 사라져버린 뒤에야 피가 흐르기 시작했을 걸세."

"근처에 머무르며 이 사람이 정말로 죽었는지 확인하지 않았을까요?"

"아니, 찌르자마자 상대가 치명상을 입었다는 걸 알았어. 아주 냉정하고 과감하고 뛰어난 솜씨를 지닌 자객이지." 캐드펠은 천을 끌어당겨 뻣뻣하게 굳은 얼굴을 덮었다. "여기서 더 알아낼 건 없네. 이제 사건 현장으로 가보세."

그들은 남문을 지나 안마당 북쪽 회랑에 들어섰다. 시신이 쓰러져 있던 세 번째 열람실의 문지방 앞에 손바닥 크기의 희미한 핑크빛 얼룩이 보였다. 상처에서 스며 나온 피가 그의 오른쪽 옆구리 밑에 고여 생긴 흔적이었다. 누군가 열심히 문질러 지우려 한 듯했지만 그 형상은 그대로 남아 있었다.

"여깁니다." 휴가 입을 열었다. "격투가 벌어졌다 해도 돌바닥이라 다른 흔적은 찾을 수 없겠군요. 실제로 격투가 벌어졌을 것 같지도 않고요. 드 술리스는 몹시 놀란 표정으로 쓰러져 있었지요."

그들은 피살자의 동선을 그려보기 위해 열람실 안으로 들어가 앉았다.

"그는 정면에서 칼을 맞았어." 캐드펠이 말했다. "그런 뒤 범인이 가슴에서 단검을 뽑아내자 그 반동에 의해 앞으로 고꾸라진 거지. 그는 아마 여기서 누군가를 기다리고 있었던 듯하네. 검과 단검을 모두 지닌 상태였으니, 마지막 기도에 참석할 생각은 전혀 없었던 게지. 피살자가 여기서 은밀한 만남을 계획했다면, 그 상대는 분명 아주 믿을 만한 사람이었을 거야. 전혀 의심할 여지가 없는 사람. 그렇지 않고서야 범인이 어찌 그렇게 피살자 가까이 다가갈 수 있었겠나? 만일 이브였다면 드 술리스는 그가 가까이 다가오기도 전에 대뜸 칼집에서 검을 뽑아 들었을 걸세. 아니, 이브만이 아니지. 적잖은 이들이 드 술리스에게 적개심을 품고 있었어. 저녁기도에 참석한 이들 중 그가 패링던에서 저지른 일을 못마땅해하는 사람들이 적어도 쉰 명은 되었을걸. 그 성에 있다가 운 좋게 탈출한 사람들, 거기 있지는 않았지만 그의 배신에 대해 듣고 이브 못지않게 그를 미워한 황후 측의 많은 사람들 말일세. 만일 황후 측 사람들이나 자기가 잘 알지 못하는 얼굴이 나타났다면 드 술리스는 경계하며 칼부터 뽑았을 거야."

"결국 그는 상대를 잘못 파악한 셈이군요."

"자신도 배신당하리라고는 미처 생각지 못한 게지. 그는 황후를 배신했고, 이번엔 자기편 사람에게 배신당했네. 황후가 그에게 속았듯 그 자신도 완전히 속은 거야."

"그렇군요." 휴는 심각한 표정으로 캐드펠을 응시하며 말을 이었다. "하지만 과연 그것이 이브의 무고함을 입증할까요? 저는 그가 어떤 사람인지 아니 기꺼이 받아들일 수 있습니다. 하지만 이브를 잘 모르는 사람들에게 그의 말이 어떻게 비쳤을지에 대해서도 생각해봐야 해요."

"하나하나 자세히 따져보는 게 좋겠지." 캐드펠이 고개를 끄덕였다. "그래야 다들 확신을 가질 테니까. 마지막으로 예배당에 들어온 사람들 가운데 이브를 봤다고 증언한 이는 아무도 없지만, 그야 충분히 있을 수 있는 일이야. 이브는 자기가 들어왔을 때 이미 예배가 시작된 상태였고, 그래서 누구와도 얘기를 나누지 않은 채 조용히 서 있었다고 했어. 그는 문 바로 안쪽 어두운 구석에 있었네. 예배가 끝났을 때 길을 터주기 위해 제일 먼저 밖으로 나간 사람들 중 하나였지. 그러다 시신에 발이 걸리자 놀라서 무심결에 신음을 내뱉었고, 잠시 후 고함을 질렀어. 그 신음이 무엇을 의미하겠나? 필립이 주장하듯 아무 죄 없는 사람처럼 보이려는 교활한 수작이었을까? 이브는 영리한 아이이긴 하지만 교활한 구석은 전혀 없어. 그리고 바로 뒤에 안마당이 있으니 일을 저지르고 얼마든지 내뺄 수 있었을 걸세. 죽은 이는 다른 사람들이 발견하도록 내버려둔 채 말이야. 현장에서 멀리 떨어진 곳에 가 있다가 누군가 내지르는 비명을 듣고 유유히 돌아와 구경꾼들 사이에 섞여 들었겠지. 게다가 이브는 무기를 소지하지 않았네. 그의 검은 본인이 말한 대로 칼집에 얌전히 꽂힌 채 숙소에 보관되어 있었어. 피가 묻은 흔적은 전혀 없지. 필립은 그가 마지막 기도 시간 동안 살인을 저지른 뒤 검을 씻어 숙소에 두었다고 주장했지만, 내가 그 칼날을 잘 살펴봤네. 칼은 깨끗이 말라 있었어."

"만일 예배당에서 나와 상대와 맞닥뜨렸다면 그를 죽일 도구도 시간도 없었을 테고요."

"그렇지. 그리고 정확히 증명하기는 어렵지만, 범행이 기도 시간이 끝나기 전에 일어났다는 건 자네도 알 걸세. 시신 밑에 피가 고여 있지 않았나. 그 정도로 피가 흘러나오려면 어느 정도 시간이 지나야 하지. 그러니 이브의 말은 의심할 필요가 없어. 그 친구에 대해 자네가 알고 있는 것이 옳아. 정확한 판단일세."

"마지막 기도 때 대부분의 사람들은 예배당 안에 있었지만, 그렇지 않은 이들도 있었을 겁니다." 휴가 생각에 잠겨 천천히 말을 이었다. "그리고 수사님이 말씀하신 대로, 이곳에는 드 술리스의 적들이 많았고, 그중에는 이브보다 훨씬 더 신중하고 위험한 사람이 하나 있었지요."

"피살자가 전혀 경계하지 않았던 한 사람이 있지." 캐드펠은 의미심장하게 덧붙였다. "아무 의심도 불러일으키지 않은 채 피살자 곁에 다가갈 수 있는 사람…… 피살자는 그를 기다리고 있었네. 여기 이 열람실에 서 있다가 상대가 오는 것을 보고 자진해서 그쪽으로 다가가다가 문지방에서 칼을 맞은 게야."

휴는 드 술리스가 쓰러진 각도와 쓰러져 있었던 모습, 바닥에 남아 있던 희미한 핏자국을 머릿속으로 그려본 뒤 캐드펠의 설명에서 어떤 허점도 찾아낼 수 없음을 알았다. 주교들은 치열한 각축을 벌여온 양 진영의 모든 실력자를 불러모아 화해시키려는 의도로 이번 회의를 주선했지만, 오히려 그로써 경내에 엄청난 증오심과 악의, 무한한 배신과 변절의 가능성을 끌어들인 셈이었다.

"불의가 활개를 칠수록 음모도 무성해지는 법이지요." 휴가 체념 어린 투로 말했다. "다른 이들이 예배당에 들어간 사이 그 두 사람이 여기서 은밀히 만났다면, 이는 분명 모종의 음모를 꾸미기 위해서였을 겁니다. 여기서 더 살펴볼 게 있을까요? 이제 주교관으로 가서 드 술리스의 소지품을 볼 수 있는지 물어보도록 하죠."

"소지품은 내가 잘 보관하고 있소." 드 클린턴 주교는 말했다. "그의 동생이 우스터에 살고 있더군. 그에게 사람을 보내 장례와 관련한 의사를 기다리는 중이오. 피살자의 소지품을 조사하겠다니, 좋은 생각 같소. 혹시 무언가 단서가 될 만한 게 있는지 알아봐야겠지. 진실을 밝혀내는 데 도움이 될 만한 어떤 것도 소홀히 할 수 없소." 이어 그는 몹시 궁금한 듯 물었다. "그런데, 두 분은 시신을 처음 발견한 그 청년이 정말 무고하다 생각하시오?"

"제가 알기로 그는 속임수를 쓰거나 비열한 짓을 할 사람이 아닙니다." 휴가 말했다. "우리가 여기 들어오던 날 그가 안장에서 내리자마자 드 술리스에게 곧장 달려가 결투를 벌이던 모습을 주교님도 직접 보셨겠지요. 그것이야말로 이브다운 짓입니다. 그리고 사건 현장에서 그는 어떤 무기도 소지하고 있지 않았습니다. 주교님께서는 그를 잘 모르시니 확신하실 수 없겠지만, 저와 캐드펠 수사님은 이브가 무죄임을 굳게 믿고 있습니다."

주교는 진지한 얼굴로 고개를 끄덕였다. "어쨌든 피살자의 짐을 살펴봐서 손해 볼 건 없을 거요. 그자가 이곳을 떠난 뒤 뭘 하려 했는지를 밝혀줄 편지나 계약서 같은 증거들이 나올지도 모르고. 갑시다. 그의 안장주머니들은 이곳의 제의실에 보관되어 있소."

또한 마구간에는 드 술리스의 소지품과 더불어 우스터에 살고 있는 동생에게 넘겨줄 좋은 말도 있었다. 주교는 첫 번째 주머니의 버클을 손수 열어 장의자 위에 내려놓았다. "우리 수사들 중 한 사람이 접객소에 있던 그 사람 물건들을 꾸려 왔소. 직접 살펴보시오." 그러곤 시신과 유품의 보관에 관한 모든 일을 책임진 사람으로서 곁에 앉아 그들이 짐 속의 물건을 조사하는 모습을 지켜보았다.

휴는 안장주머니에 들어 있던 것들을 조심스럽게 꺼내어 장의자 위에 늘어놓았다. 드 술리스는 대단히 검소하고 깔끔한 성격인지, 소지품이라고 해봐야 갈아입을 셔츠와 바지, 최소한의 세면도구, 동전들이 들어 있는 불룩한 주머니가 고작이었다. 짐 없이 가볍게 여행하기를 즐기며 절도 있는 생활 습관을 유지하던 사람임이 분명했다. 두 번째 짐에는 조그마한 가죽 주머니가 하나 들어 있었다. 거기서 다시 상자 하나가 나왔는데, 그걸 열어보니 부싯돌과 부싯깃, 밀랍 초와 도장 하나가 잘 구획된 칸들 속에 가지런하게 정리되어 있었다. 많은 재산을 가진 사람이 먼 길을 떠날 때는 으레 자기 도장을 지니는 법이다. 휴가 그것을 손바닥에 올려 주교에게 보여주었다. 도장에는 두 개의 버드나무 가지 사이에서 왼쪽으로 둥글게 고개를 틀고 있는 백조의 모습이 정교하게 조각되어 있었다.

"그 사람의 도장이군요." 휴가 말했다. "시신을 옮길 때 벨트 버클에서 같은 문양을 봤습니다. 물론 버클에 새겨진 백조는 도장의 백조와 반대 방향을 바라보고 있었죠. 여기 들어 있는 물건은 이게 전부입니다."

"아니." 캐드펠이 빈 주머니의 밑바닥을 한 손으로 더듬으면서 말했다. "바닥에 작은 물건이 더 있는 것 같아." 그는 그것을 꺼내 빛이 들어오는 쪽으로 들어 올렸다. "이것도 도장이군! 도장을 두 개나 가지고 여행을 다니다니, 대체 왜 그랬을까?"

정말이지 이상한 일이었다. 같은 도장을 두 개나 가지고 다니다가 그중 하나를 도둑맞거나 잃어버리면, 그래서 그것이 적이나 사기꾼의 수중에 들어가 멋대로 쓰이면 주인으로서는 큰 손실을 보게 되지 않겠는가.

"같은 게 아닙니다." 휴가 그것을 창가로 가져가 세심하게 살펴보았다. "이건…… 도마뱀이에요. 용처럼 생긴 불도마뱀이 작은 불꽃 속에 들어앉아 있는 모습입니다. 테두리는 없군요. 홈이 깊은 것으로 보아 사용한 적이 거의 없는 듯합니다. 이런 문양은 처음 보는데요. 혹시 주교님은 보신 적이 있습니까?"

주교도 그걸 자세히 들여다보다가 고개를 가로저었다. "아니, 나도 처음 보오. 왜 그가 두 개의 다른 도장을 가지고 다녔는지 모르겠군. 누군가 드 술리스에게 도장을 맡기고 자기 대신 날인을 하라고 지시하지 않은 이상 그럴 수는 없을 텐데……."

"적어도 이곳에서는 그런 상황이 일어나지 않았죠." 휴가 이맛살을 찌푸렸다. "우리 모두에게 유감스럽게도 이번 회의에서는 어떤 문제에 대해서도 합의를 보지 못했고, 따라서 서류에 날인할 일도 없었으니까요. 캐드펠 수사님은 어떻게 생각하십니까?"

"다른 건 몰라도 도장을 남에게 맡기는 일은 드물지. 도장을 찍는다는 건 제 명예와 명성을 걸고 해당 서류의 내용을 전적으로 인정한다는 의미니까. 그리고 만일 누군가 친한 친구에게 도장을 맡겼다면, 그 친구는 그걸 이런 식으로 안장주머니에 처박아두지 않을 거네." 그가 조용히 말을 이었다. "이 도장이 어느 가문의 것인지, 그리고 이것이 어떻게 드 술리스의 수중에 들어갔는지 반드시 알아내야겠네. 최근의 행적을 고려하건대, 드 술리스는 많은 친구들에게서 신뢰를 잃었을 걸세. 따라서 누군가 그에게 자기를 대신해 날인해달라고 부탁했을 가능성은 그리 크지 않아."

캐드펠은 손바닥 안에 쏙 들어오는 조그마한 도장을 이리저리 돌려보면서 잠시 생각에 잠겼다. 둥그런 금속판의 지름은 엄지의 첫 마디 길이쯤 되었고, 손잡이는 반질반질하게 윤이 나는 검은 나무로 만들어져 있었다. 양식화된 형태로 세밀하게 조각된 불꽃들을 보니 아주 뛰어난 장인의 솜씨인 듯했다. 입을 벌리고 혀를 내쏘는 도마뱀의 머리가 왼쪽을 향하고 있으니, 서류에 찍으면 오른쪽을 바라보게 되리라. 거울의 이미지들, 실체를 거꾸로 드러내는 형상들은 종종 깊은 의미를 내포하곤 한다. 불도마뱀을 감싸며 활활 피어나는 불꽃을 보고 있자니, 마치 그것이 캐드펠의 손가락을 지글지글 태우며 비밀을 밝혀달라 절규하는 것만 같았다.

"이 도장을 잠시 빌릴 수 있을까요?" 캐드펠이 천천히 말했다.

"주인을 찾아내지 못할 경우에는 반드시 주교님께 돌려드리겠습니다. 제 마음속 깊은 곳에서 꼭 그래야만 한다는 강한 직관이 일어서 그럽니다. 만일 빌려주실 수 없다면 이것을 세밀하게 옮겨 그리는 것이라도 허락해주십시오."

주교는 상대의 내면을 꿰뚫는 날카로운 눈빛으로 캐드펠의 두 눈을 한동안 지그시 응시했다. "옮겨 그리는 것이야 해될 게 없겠지." 그가 말을 이었다. "하지만 형제에겐 이번 살인 사건을 조사하거나 형제가 찾고 있는 포로의 행방을 알아낼 시간이 없을 텐데. 그대는 지금 곧장 슈루즈베리로 돌아가야 하니 말이오."

"글쎄요." 캐드펠이 대답했다. "과연 제가 수도원으로 돌아가게 될지, 아직 잘 모르겠습니다."

6

"수사님도 잘 아시겠지만……" 휴가 심각한 목소리로 입을 열었다. 마지막 기도를 마친 뒤 어둠 속으로 나오는 길이었다. "여기서 더 나아가신다 해도, 저는 수사님과 함께할 수 없습니다. 제게도 할 일이 있으니까요. 웨일스의 마도그 압 메레디드[14]에 대한 경계를 소홀히 하면 그가 또다시 오스웨스트리로 쳐들어올 겁니다. 그 친구는 늘 그 땅에 눈독을 들이잖습니까. 하지만 수사님과 헤어져서 혼자 돌아가기는 정말 싫군요. 게다가, 약속한 기한을 지키지 않을 경우 수사님의 삶 자체가 뿌리째 뽑혀 나가리라는 건 잘 아실 겁니다."

"내가 아들을 찾아내지 못할 경우에도 내 삶은 무가치한 것이 될 걸세." 캐드펠은 부드럽게 대꾸했다. "내 걱정은 하지 않아도 돼, 휴. 이번만큼은 나 혼자서도 무장한 다수만큼이나 많은 일을 해낼 수 있을 테니까. 어쩌면 그 이상일 수도 있지. 여기서는 단서를 찾아내는 데 실패했으니 이제는 올리비에가 복무하다가 배신당해 포로가 된 곳으로 갈 수밖에 없네. 그곳엔 그 아이가 어떻게 됐는지 아는 사람이 있을 거야. 패링던에 남겨진 자취를 내가 반드시 찾아낼 생각이네."

캐드펠은 이미 문서실에서 양피지를 얻어 그 불도마뱀 도장을, 하나는 원래의 크기대로, 다른 하나는 그보다 훨씬 크게 정성껏 옮겨 그린 터였다. 도장에는 제목이나 글귀 같은 것이 전혀 없이, 오로지 화염 속에 자리 잡은 여윈 도마뱀의 형상만 새겨져 있었다. 이 도장이 패링던성의 양도와 관련된 것은 아닐까? 캐드펠은 내심 기대를 품었다. 만일 그게 아니더라도, 도장 속에 숨겨진 암호를 제대로 해석한다면 브라이언 드 술리스의 죽음에 관한 단서를 찾아낼 수도 있었다.

휴 또한 자신의 친구를 피할 수 없는 추방 상태로 몰아넣은 이 고약한 수수께끼들을 풀고 싶었지만 좀처럼 단서가 잡히지 않아 안타까울 뿐이었다. "드 술리스의 적수들 가운데 그를 가장 미워할 만한 사람은 아마 황후였을 겁니다." 그가 말했다. "만일 황후가 자신에게 충성하는 한 젊은이를 부추겨 드 술리스를 없애버리라고 지시했다면요? 그분 곁에는 마음대로 부릴 만한 청년들이 얼마든지 있으니까요."

"나 역시 비슷한 생각을 했네." 캐드펠은 차분하게 말했다.

"이곳에 온 첫날 저녁, 이브가 드 술리스에게 덤벼드는 광경을 본 뒤 황후가 그를 불렀던 것 기억하나? 어쩌면 그 일을 일종의 계시로 받아들이고 이브에게 일거리를 준 것이 아닐까 싶어. 막무가내로 달려들었던 첫 번째 시도보다 훨씬 은밀한 방식으로 해치워야 할 일을 지시했다거나……."

"무슨 말씀을 하시는 겁니까!" 휴가 놀라 소리치며 걸음을 멈추었다. "수사님은 지금 이브가 그런 짓을—"

"아니, 그런 뜻이 아냐!" 캐드펠은 나무라듯 말을 이었다. "물론 이브는 황후의 암시를 이해했을 걸세. 하지만 그 말을 그런 식으로 해석한 스스로를 나무랐겠지. 그래, 그 아이는 그런 짓을 저지르지 않았어. 그래도 황후의 우회적인 표현을 제대로 알아듣긴 했을 걸세."

"혹시 황후가 다른 사람에게도 같은 일을 맡기지는 않았을까요?"

"그랬을 가능성은 없다고 해도 좋을 거야. 황후는 이브가 자신의 말을 알아듣고 적을 처치해주리라 믿었겠지. 그러니 다른 젊은이 쪽에서 해답이 나올 가능성은 없어."

"그걸 수사님은 어떻게 짐작하신 겁니까?" 휴가 물었다.

"황후가 그 아이에게 금반지를 하사했거든. 대단한 보상은 아니라 해도 어쨌든 감사의 표시지. 이브는 그걸 받지 않으려 했지만 감히 거절할 뱃심이 없었어. 그럴 수 있지. 어쨌든 공개적으로 오간 이야기는 전혀 없네. 이브는 그런 말을 들었다는 것조차 부인할 거고. 황후 역시 노골적인 표현은 피해서 얘기했겠지. 이브는 황후가 자신에게서 관심을 거두자마자 그 반지를 버려야겠다고 생각하더군. 황후의 관심이 오래가지 않으리라는 걸 아는 게지. 아무튼 황후는 다른 살인자를 고용하지 않았네. 그럴 필요가 없다고 확신했을 거야."

"이브의 기분이 나아질 만한 결론은 아니군요." 휴가 쓸쓸하게 중얼거렸다. "우리는 그의 짐을 덜어주는 데 아무 보탬도 되지 못하네요."

두 사람은 숙소에 도착했다. 맑고 싸늘한 하늘에 무수히 많은 별들이 박혀 빛을 내고 있었다. 휴에겐 이곳에서의 마지막 밤이었다. 슈루즈베리에 더 이상 미룰 수 없는 일들이 산적해 있는 터였다.

"수사님, 다시 한번 신중히 생각해보세요." 그가 입을 열었다. "수사님이 무엇 때문에 이러시는지는 저도 잘 압니다. 하지만 이번 일은 잠시 몰래 외출했다가 돌아오는 것과 차원이 달라요. 거기 가셨다가 감쪽같이 사라져 다시는 돌아오지 못하실지도 모르잖습니까. 그냥 저랑 같이 슈루즈베리로 돌아가시지요. 로베르 보스에게 이번 건을 끝까지 추적해달라고 부탁할게요."

"시간이 없어, 휴. 내 아들 말고도 여러 사람들이 억류된 채 구출되기만을 바라고 있을 걸세. 시간은 아주 촉박하고 위험은 목전에 이르러 있지. 악마가 됐든 천사가 됐든, 그 모든 운명의 중심에서 수레바퀴의 축과 같은 역할을 해줄 만한 사람이 거기엔 없을 걸세. 하지만 자네가 내 곁을 떠나기 전까지 다시금 심사숙고하겠다고 약속하지. 내일 아침 내가 어떤 결정을 내릴지 두고 보세."

*

이튿날 아침 수도원 사람들이 미사를 마치고 막 예배당을 나서는 순간, 먼지투성이 기수가 거리에서 맥없이 말을 몰고 들어와 넓은 마당의 포석 위에 멈춰 섰다. 말은 고개를 축 늘어뜨리고 양 옆구리를 벌렁거리며 서리와 뒤섞인 하얀 김을 대기 중에 무성하게 피워 올렸고, 말려 올라간 그 입술 사이로는 허연 거품이 흘러나와 포석에 뚝뚝 떨어졌다. 기수는 안장을 꽉 잡은 채 반쯤 기다시피 미끄러져 내려와 휘청거리는 두 무릎을 간신히 펴고 말의 곁에 섰다.

"주교님, 이렇게 불쑥 찾아와 죄송합니다." 허리를 굽혔다가는 그대로 쓰러질 것 같아, 그는 말에 몸을 기댄 채 고개만 깊숙이 숙여 인사를 올렸다. "황후께서 주교님께 소식을 전하라며 보내셨습니다. 황후께서는 한 사람을 제외한 일행 모두와 함께 무사히 글로스터에 도착하셨습니다. 다만, 거기까지 가는 도중에 불미스러운 일이 일어났습니다."

"우선 숨을 좀 돌리시오. 소식은 더 기다렸다가 들어도 괜찮으니까." 로저 드 클린턴 주교가 그렇게 말하고는 근처에 있던 이들에게 지시를 내렸다. "이 사람에게 마실 것을 가져다주시오. 먼저 포도주를 조금 먹이고, 그다음 향료를 넣어 데운 포도주를 주는 게 좋을 거요. 그리고 거기 몇 사람은 이 사람을 부축하여 저 안으로 들이고 가여운 말도 이대로 쓰러지기 전에 잘 돌봐주시오."

그러자 누군가 즉각 말고삐를 잡았고, 또 다른 사람은 포도주를 가지러 달려갔다. 주교 자신은 사자의 오른쪽 겨드랑이에 어깨를 밀어 넣어 그의 몸을 떠받쳐주었다. "자, 저 안으로 들어가서 좀 쉬도록 합시다."

안마당 회랑에 있는 열람실에 이르자 사자는 벽에 등을 기대고 앉아 크게 심호흡을 했다. 휴는 젊고 유연한 몸을 지닌 자신도 링컨 전투 당시 오래도록 힘겹게 말을 탄 뒤 기진맥진했던 기억이 떠올라 사자 곁에 무릎을 꿇고 앉아 익숙한 솜씨로 그의 무거운 승마용 부츠를 벗겼다.

"모든 게 순조로웠습니다." 사자가 입을 열었다. "이브셤에서 쉬었다가 다시 말을 타고 글로스터 가까이 이를 때까지는요. 꽤 어둑한 시각이었지만 사방이 완전히 캄캄해질 무렵에는 글로스터에 도착할 것 같았지요. 디어허스트 근방 숲에서 일행이 긴 대열을 이루고 지나갈 때 저는 후방 경계를 맡았는데, 갑자기 말을 타고 무장한 한 무리의 사람들이 대열의 후미에 나타나 우리가 미처 손을 쓰기도 전에 일행 중 한 사람을 낚아채어 어둠 속으로 달아나버렸습니다."

"그 사람이 누구요?" 캐드펠은 잔뜩 긴장하여 물었다. "그 사람 이름을 말해보시오!"

"황후를 모시는 향사 중 하나로, 이름은 이브 위고냉이라 합니다. 여기서 죽은 드 술리스와 맞붙었던 사람이지요. 피츠로버트가 그를 드 술리스의 살해범으로 의심하고 부하들을 시켜서 납치한 게 분명합니다. 황후는 아무도 그를 건드리지 못하게 하겠다며 데려갔지만, 피츠로버트 측 사람들은 그에게 죄가 있다고 생각하니까요."

"그들을 뒤쫓지 않았소?" 주교가 이맛살을 찌푸리며 물었다.

"쫓아가긴 했습니다만, 그들은 우리처럼 먼 거리를 여행하지 않아 기운이 넘쳤을 뿐 아니라 그 숲의 지리도 잘 알고 있더군요. 결국 놓쳐버렸습니다. 후방에서 사람 하나를 앞으로 보내 황후께 그 사실을 알리자 황후께서 저더러 이 사실을 주교님께 보고하라 지시하셨습니다. 우리는 분명 안전통행증을 갖고 있었습니다. 그런데 회의 뒤에 이런 비열한 짓을 벌이다니요!"

"스티븐 왕 쪽에 사자를 보내겠소." 주교는 단호하게 말했다. "과거 피츠로버트가 콘월 백작을 사로잡았을 때 그랬듯, 왕은 그 청년도 당장 석방하라고 명령할 거요. 피츠로버트로서는 아무리 불만스럽다 하더라도 명령에 따를 수밖에 없겠지."

왕이 과연 그렇게 할까? 캐드펠은 의구심을 느꼈다. 황후가 안전통행증을 들먹이며 이브를 데리고 떠나긴 했지만, 그의 범죄 여부는 아직 밝혀지지 않은 터였다. 그런 사람을 위해 왕이 손가락 하나 까딱하려 들까? 소중한 동맹자도 아니고, 재판을 통해 무죄가 증명되지도 않은, 게다가 적군에 가담한 청년을 위해서? 아니, 왕은 황후가 알아서 그를 되찾아 가게끔 그냥 내버려둘 것이다. 이브는 황후와 함께 수도원을 떠났고, 따라서 그를 보호할 책임은 황후에게 있었다. 그러나 황후가 이브를 위해서 얼마나 애써줄까? 굳이 시간과 돈을 들여가며 그를 구하려 노력할까? 황후에게 이브는 자신을 위해 불명예스러운 역할을 맡아준 사람이지만, 이미 그에 대한 치하와 보상을 내려주었으니 남아 있는 빚은 전혀 없었다. 게다가 이브는 황후와 얼굴을 마주치지 않으려고 일부러 대열의 맨 끝에 뒤처져 가지 않았는가. 이미 황후의 애정과 관심은 그를 떠났을 것이다.

"습격에 앞서 사람 하나가 숲속에 모습을 감춘 채 우리와 함께 얼마쯤 나란히 나아가면서 납치할 사람을 미리 확인했던 것 같습니다." 사자는 말했다. "그러다 길이 구부러지면서 양쪽에 숲이 우거진 지점에 이르자 갑자기 튀어나와 순식간에 납치해 달아난 거죠."

"디어허스트 근방이라 했소?" 캐드펠이 물었다. "거긴 이미 피츠로버트의 영역이 된 곳인데…… 그의 성에서 얼마나 떨어진 지점이었소? 피츠로버트는 황후보다 먼저 수도원을 떠났소. 미리 가서 부하들을 매복시킬 시간이 충분했지. 아마 여기서 이브를 마음대로 처리할 수 없음을 알게 된 순간부터 그런 짓을 벌이겠다 마음먹었을 거요."

"크리클레이드와는 35킬로미터쯤 떨어진 곳이었습니다. 패링던은 더 멀었고요. 하지만 그린햄스테드에 있는 성은 거기서 훨씬 가깝죠. 몇 주 전 피츠로버트가 로베르 뮈자르 님에게서 빼앗은 성 말입니다. 글로스터에서 15킬로미터도 채 안 되는 곳에 있지요."

휴는 근심스러운 눈길로 캐드펠을 곁눈질하며 잠시 망설이다가 입을 열었다. "그들이 이브를 포로로 잡아간 것은 확실하오?"

"죽이지 않고 온전한 상태로 데려갔을 겁니다." 휴의 완곡한 질문을 사자는 아주 직접적인 대답으로 받았다. "아주 거칠게 낚아채긴 했지만요. 요새는 양측 모두 서로를 죽이지 않으려고 최대한 조심합니다. 자칫 자기네 편에 속한 죽은 이의 친척들이 들고일어날 소지가 있으니까요. 그러니 그 점에 대해서는 안심하셔도 좋을 겁니다. 놈들은 그 청년뿐 아니라 누구도 죽이지 않아요."

*

사자가 식사를 마치자, 주교는 그를 원장 숙사로 보내 쉬게 한 뒤 편지를 쓰기 위해 집무실로 향했다. 이번 습격 사건이 일어난 지역, 그러니까 옥스퍼드와 맘즈버리에 소식을 보내야 했다. 스티븐 왕이 과연 이 사건에 개입하려 들지는 의심스러웠다. 어쨌든 데비즈에 있는 그 청년의 숙부는 소식을 들었을 테고, 거기서든 여기서든 해볼 수 있는 일은 다 해봐야 할 터였다.

"나는 몸값을 지불하고라도 두 인질을 구하러 가야겠네." 우울과 근심에 싸여 있는 휴의 얼굴을 한동안 묵묵히 응시하던 캐드펠이 입을 열었다. "내가 주님의 계시를 바라고 있었다면, 마침내 그걸 받은 셈이야. 이제 무엇을 해야 할지 자명해졌지."

"저는 수사님과 함께 갈 수 없습니다."

"당연히 그렇지. 자네에게는 돌봐야 할 지역이 있지 않나. 서약을 깨는 건 우리 중 한 사람만으로 족해. 그나저나, 내가 자네의 말을 계속 타도 되겠나?"

"물론이죠." 휴가 대답했다. "그 말을 타고 무사히 돌아오겠다고 약속해주시기만 한다면요."

*

그들은 수도원 정문 앞에서 작별 인사를 나누었다. 휴는 세 명의 부하들을 대동한 채 왔던 길을 거슬러 북서쪽으로 향했고, 캐드펠은 남쪽으로 떠났다. 두 사람은 짧게 포옹한 뒤 말에 올랐고, 정문을 나와 거리에 들어선 즉시 서로 돌아보지도 않은 채 빠르게 내달렸다. 거리가 멀어지면서 두 사람을 굳게 결속시켜주던 끈은 점점 더 늘어나며 실 같은 것으로, 머리카락 같은 것으로, 이내 금방이라도 끊어질 듯 가느다란 거미줄 같은 것으로 바뀌었으나 결코 끊어지지는 않을 것이었다.

여행 초반, 캐드펠은 자신의 손에서 놓여날지도 모를 또 다른 끈에 관해 생각하느라 주위도 둘러보지 않은 채 줄곧 말을 달렸다. 그가 수도원이 아니라 남쪽으로 방향을 돌린 순간 그 끈은 위태로워졌다. 이 단절에 고통스러워하면서도, 그는 자신의 삶을 내면으로 축소시켜온 압박감에서 풀려나며 약간의 자유로움을 느꼈다. 해방감과 아울러 혹심한 두려움도 찾아왔다. 그는 자신이 무슨 짓을 하고 있는지 잘 알면서도 스스로 유랑 길에 오른 변절자 신세였다. 이제 스스로를 정당화할 수 있는 유일한 길은 이브와 올리비에를 구출해내는 것뿐이었다. 이 일에 실패하면 변절의 의미는 퇴색되고 만다. 라둘푸스 원장의 말이 떠올랐다. '거기서 더 멀리 가거나 더 지체할 경우, 그 순간부터 형제는 내 지시를 따르는 사람이 아니오.' 그는 이제 서약을 어김으로써 형제들과 하늘을 등진 사람이었다.

첫 번째로 해야 할 일은 일어난 일을 인정하는 것이었고, 그다음에는 그것을 받아들여야 했다. 상황을 받아들이자 비로소 그는 차분한 마음으로 말을 달릴 수 있었다. 하느님의 뜻에 자신을 맡기기 이전, 삶의 전반부에 그랬듯이 이제 그는 스스로의 의지에 따라 나아갈 것이었다. 자아를 버리고 공동체와 함께하는 삶을 발견하기 전까지 쭉 그렇게 살지 않았던가. 당분간은 그때와 같은 식으로 살 수 있고, 또 살아야 할 것이다. 어쩌면 남은 평생을 그렇게 살아야 할지도 모른다.

그렇게 하여 캐드펠은 다시금 현실로 돌아올 수 있었다. 그는 주변을 살피며 지금껏 일어난 일과 앞으로 해나갈 일을 하나씩 마음속에 떠올려보았다.

그들은 황후 일행이 디어허스트 가까이 이르렀을 때 갑자기 들이닥쳐 이브를 채갔다. 누가 그를 납치했는지는 아직 확실치 않았다. 다만, 이브에게 깊은 원한을 품고 앙갚음을 하려는 사람이 그가 알기로 필립 피츠로버트뿐이라는 것은 확실한 사실이었다. 피츠로버트는 일대에 세 개의 성과 그에 딸린 많은 부하를 거느리고 있으며, 그런 식의 습격을 감행하고도 큰 탈 없이 버틸 수 있을 만한 힘을 지닌 사람이었다. 그렇다 해도, 필요 이상으로 오랫동안 포로를 데리고 돌아다니는 모험을 하지는 않을 것이다. 아마 가능한 한 신속하고도 은밀하게 세 개의 성 가운데 한 곳으로 이브를 데려가 가뒀으리라. 황후의 사자에 따르면 현장에서 가장 가까운 곳은 그린햄스테드성이었다. 캐드펠은 그 지역을 잘 알지 못했기에 사자를 통해 일대의 지리에 대해 자세한 정보를 얻었다. 디어허스트는 글로스터에서 북쪽으로 조금 떨어져 있고, 그린햄스테드는 남동쪽에 있다고 했다. 사자가 '라 뮈자르데리'라 부른 성은 둠즈데이(정복왕 윌리엄이 세금을 거둘 목적으로 잉글랜드 전 국토의 토지와 재산을 조사한 1086년을 뜻한다―옮긴이) 이래 그곳을 소유해온 가문의 이름에서 유래했다. 디어허스트에는 파리 생드니 대수도원에 속한 작은 수도원이 있으니, 거기서 하룻밤을 묵으며 근방의 소식과 정보들을 알아낼 수 있을 것이었다. 시골 사람들은 지역 영주나 귀족들이 저지르는 고약한 행태를 면밀히 주시하곤 했으며, 그러한 경향은 내전 시기에 이르러 한층 심화된 터였다. 그들로서는 스스로를 지키고 보전하기 위해서라도 그럴 수밖에 없으리라.

추측건대, 라 뮈자르데리는 윌리엄 왕이 둠즈데이 직전 아스쿠아 뮈자르에게 그 마을을 하사한 시절부터 있었던 게 분명했다. 처음에는 거점을 확보하느라 서둘러 목조 성을 건설했겠지만, 이후 다시 돌로 튼튼하게 개축할 시간이 충분했을 것이다. 패링던 성은 올여름 몇 주 사이 급히 쌓아 올린 성으로, 채 완공되기도 전에 스티븐 군대의 공격을 받았다. 최대한 튼튼하게 지으려고 많은 공을 들이기는 했겠지만, 흙이나 목재 정도만 동원했을 뿐 석재를 다듬어 쌓지는 못했을 것이다. 한편 크리클레이드성의 경우, 방어 상태야 어떻든 간에 이브가 납치된 장소에서 너무 멀었다. 어쨌든 디어허스트에 이르러 당면 문제들에 관한 정보를 제공해줄 만한 사람이 있는지 알아보는 것이 좋을 것 같았다.

해가 질 때까지 그는 쉬지 않고 말을 달렸다. 음식을 챙겨 오지 않은 터라 내내 굶었지만, 오전 9시와 정오에는 빼먹지 않고 기도를 드렸다. 잠시 같은 방향으로 가는 상인과 짐꾼을 만나 몇 킬로미터쯤 동행하기도 했다. 하지만 캐드펠은 그들이 하는 말을 한쪽 귀로 흘리며 띄엄띄엄 건성으로 맞장구를 쳤을 뿐이었다. 그의 마음은 내내 왕과 황후의 전선이 펼쳐진 템스 골짜기에서 자신을 기다리고 있을 미지의 영역에 가 있었다. 스트랫퍼드에 가까이 이르자 상인과 짐꾼은 방향을 틀어 시내로 들어갔고, 다시 혼자가 된 캐드펠은 왕래가 빈번하고 비교적 안전한 도로를 오가는 다른 여행자들과 건성으로 인사를 나누며 그 길을 계속 나아갔다.

이브셤에 도착했을 땐 이미 석양이 내리고 있었다. 그곳 수도원 사람들과 인사를 나누던 그는 문득 등골이 서늘해졌다. 이들 모두가 자신을 베네딕토회의 형제로서 맞아주며, 자신 또한 이를 당연히 여기고 있음을 깨달았던 것이다. 그는 스스로 서약을 깨뜨린, 따라서 이제는 수도원에서 어떤 권리도 누릴 수 없는 평범한 인간에 불과했다. 벌거벗고 다닐 수 없어 수사복을 입기는 했지만 사실은 그걸 걸칠 권리조차 없는 사람이었다.

그는 접객소의 수사에게 자신은 참회의 여행을 하는 중이요, 그 과정이 끝날 때까지는 예배당 성가대석에 앉을 자격도 없는 사람이라 둘러대며 평신도들이 쓰는 공동 숙소의 초라한 짚자리를 내달라고 부탁했다. 그것이야말로 그가 생각하는 진실에 가까운 말이었다. 접객소 담당 수사는 캐드펠의 얘기를 묵묵히 듣더니 더 이상 캐묻지 않고 부탁을 들어주었다. 캐드펠은 신부를 찾아가 고해를 하고 직접 말을 보살핀 뒤 휴식을 취했다. 저녁기도와 마지막 기도 때에는 제단이 보이는 본당의 어두운 구석 자리를 골라 앉았다. 공식적으로 파문을 당한 것은 아니나, 그 자신이 스스로를 심판하지 않고서는 견딜 수 없을 것 같았다.

내면에서 소용돌이치는 자가당착의 역설과 납덩이처럼 묵직하게 짓누르는 공허감이 내내 그를 괴롭히고 있었다.

*

이튿날 오후, 캐드펠은 글로스터 골짜기의 양옆을 뒤덮은 삼림지대를 지났다. 잉글랜드 중부에 해당하는 그곳 주들은 하나같이 숲이 울창하고 사냥감이 풍부해 전체가 하나의 거대한 사냥터처럼 보였다. 이 숲속에서 필립 피츠로버트는 한 사람을 사냥했고, 그로써 이 순간 배 속에 아이를 품은 채 홀로 글로스터에 남아 있는 한 용감한 여성에게 깊은 상실감을 안겨주었다.

그는 황후 일행이 그랬듯 오른편에 튜크스베리를 두고 글로스터를 향해 똑바로 뻗은 길을 따라 나아갔다. 삼림지대에는 승마용 도로들이 이리저리 나 있었다. 대체로 잘 닦인 길이었으나 가끔씩 좁고 험한 구간도 나타나곤 했다. 황후의 사자는 그처럼 양쪽 숲의 나무들이 무성하고 폭이 좁은 굽잇길에서 사건이 벌어졌다고 했다. 일행은 이브셤에서 말을 갈아탄 터였다. 여정의 끝이 가까웠으니 날이 어두워지기 전에 얼른 시내로 들어가고자 속도를 높였을 테고, 이에 후위에 있던 사람들은 좀 더 뒤로 처졌을 것이다. 그러니 길 양쪽에서 급습해 한 사람을 납치해가기란 그리 어려운 일이 아니었으리라. 바로 이곳 어딘가에서 그런 일이 벌어졌다. 하지만 그것도 이미 이틀 전의 일이고, 따라서 거칠게 말을 몰고 달려간 이들이 남긴 자취들도 모두 희미해졌을 것이었다.

얼마 후 캐드펠은 보다 울창한 삼림 한쪽에 이르렀다. 길 남쪽을 향해 열린 그곳 풀과 야생 식물은 나무들 사이로 뚫고 들어온 햇살을 받아 무성하게 자라 있었다. 누군가 그 좋은 터를 골라 나무들을 베어내고 땅을 개간했는지, 길에서 얼마쯤 떨어진 숲속에 낮은 울타리로 둘러싸인 오두막 한 채가 자리 잡고 있었다. 울타리 너머 외양간에서 암소 한 마리가 께느른하게 우는 소리가 들려왔다. 오두막 한쪽 옆으로는 아담한 관목숲을 조성하느라 아름드리나무들을 베어낸 자리가 눈에 들어왔다. 집주인은 울타리 안에서 땅을 파고 있다가 부드러운 말발굽 소리를 듣고 재빨리 몸을 일으켜 소리 나는 쪽을 돌아봤다. 상대가 베네딕토회 수사라는 걸 알자 잔뜩 긴장했던 그의 양 어깨가 눈에 띄게 아래로 처지고, 삽자루를 움켜쥐었던 손아귀의 힘도 풀렸다.

"안녕하세요, 수사님!" 그가 먼저 캐드펠에게 인사말을 던졌다.

"주님의 축복이 함께하시길!" 캐드펠은 그렇게 화답한 뒤 두 그루의 나무 사이로 방향을 틀어 사내에게 다가갔다. 사내는 이 무해한 통행인과 잠시 잡담을 늘어놓고 싶은 듯 삽자루를 내려놓고 손의 먼지를 털었다. 어깨가 넓고 잘 단련된 몸집에, 호두 껍데기처럼 쭈글쭈글한 갈색 얼굴과 날카로운 푸른 눈을 지닌 그 사내는 이 숲속 땅에 완전히 녹아든 듯한 모습이었다. 오두막 안에서나 안마당 근처에서 다른 사람의 소리나 기척이 들리지 않는 것으로 미루어 그 혼자 사는 모양이었다. "집이 아주 외진 곳에 있군요. 가끔 말동무가 그립지 않소?"

"아뇨, 제가 조용한 생활을 선호해서요. 정 심심하면 아들네 집에 가죠. 저 길을 따라 1킬로미터쯤 가면 하드위크가 나옵니다. 결혼한 아들이 거기 살아요. 주일이면 손자들이 놀러 오고요. 가끔 친구들과 어울리기도 하지만 저는 숲에서 지내는 게 제일 좋습니다. 날이 곧 어두워질 텐데, 수사님은 어디로 가십니까?"

"디어허스트에서 하룻밤 묵을 작정이오." 캐드펠이 대답했다. "나 역시 당신처럼 숲속에서 지내는 걸 좋아하긴 하지만, 나쁜 목적으로 배회하는 난폭한 이들 때문에 괴로움을 겪고 싶지는 않소."

"저도 한가락 하는 사람인걸요." 소작인은 자신 있게 말했다. "그리고 그런 놈들은 저처럼 별 볼 일 없는 먹잇감은 노리지 않습니다. 요 앞길로 훨씬 더 값진 물건을 가진 사람들이 심심치 않게 지나다니거든요. 그렇다고 그런 일이 자주 일어난다는 건 아니지만요. 놈들에겐 여기보다 훨씬 더 좋은 사냥터들이 많습니다."

"그거야 먹잇감에 달렸겠지." 캐드펠은 그렇게 대꾸한 뒤 사내의 표정을 유심히 살폈다. "이틀 전에 어떤 무리가 저 앞길을 지나 글로스터로 갔을 텐데. 혹시 그날 이즈음 사람들이 지나가는 소리를 듣지 못했소?"

이에 사내가 두 눈을 가늘게 뜨고 탐색하는 눈초리로 캐드펠의 얼굴을 바라보았다. 캐드펠은 그의 경계심을 감지했지만, 그것이 자신 때문은 아니리라 생각했다.

"예, 사람들이 지나가는 걸 봤지요." 사내가 차분하게 말했다. "그런 걸 모르고 지나칠 수는 없을 겁니다. 그때는 그들이 어떤 사람들인지 몰랐지만 지금은 알아요. 황후, 아니 여왕이나 다름없는 분이 코번트리의 주교 궁에서 부하들을 끌고 글로스터로 돌아가느라 이곳을 지나쳤지요. 일찍이 황후가 치맛자락을 날리며 지나갈 때마다 우리 같은 사람들한테 좋은 일이 일어난 적은 한 번도 없습니다. 스티븐 왕이 망토 자락을 휘날리며 지나갈 때도 마찬가지고요. 우리는 그저 그분들을 바라보고 있다가 무사히 지나가면 주님께 감사드리곤 하지요."

"그 일행은 조용히 지나갔소? 혹시 다른 누군가가 그들을 공격하지는 않았소? 싸움이 일어났다거나, 아니면 다른 일이라도 벌어지지 않았소?"

"수사님 같은 분이 왜 그런 일에 관심을 가지시는 겁니까?" 사내는 천천히 말을 이었다. "저는 무장한 사람들이 지나가면 집 안으로 들어가 틀어박힙니다. 그들이 저를 건드리지 않으면 저도 모르는 척하고 말지요. 하지만 수사님 말씀이 맞아요. 그날 저녁 약간의 소동이 있었지요. 여기서는 아니고 저 뒤쪽에서…… 저는 소리만 들었어요. 고함 소리와 나뭇가지들이 소란스럽게 부서지는 소리가 들리더군요. 그러다 누가 요란하게 말을 달려 앞선 일행을 쫓아가면서 큰 소리로 소식을 전했고, 잠시 후에는 또 다른 누군가가 급히 반대편으로 달려갔어요. 수사님도 이미 그 일에 대해 잘 아시는 것 같은데, 왜 제게 물어보십니까?"

"이튿날 아침 날이 밝았을 때 그 일이 일어난 현장으로 가서 직접 살펴보지는 않았소? 혹시 거기 어떤 흔적이라도 남아 있었소? 황후 일행을 공격한 사람들은 대략 몇 명이나 되는 것 같았소? 공격한 다음엔 어느 쪽으로 갔고?"

"그들은 숲속에 몸을 숨긴 채 아주 참을성 있게 기다렸던 것 같습니다. 대부분은 길 남쪽에 매복하고 있었지만 북쪽에도 몇 명이 숨어 있었어요. 그들이 타고 온 말들이 숲속 풀밭에 남긴 말발굽 자국을 봤거든요. 최소한 열두 명은 되었을 겁니다. 어떤 일이 어떻게 끝났는지는 몰라도, 아무튼 이후에는 모두 모여 남쪽으로 난 길을 타고 전속력으로 달려간 듯하고요. 덤불이 부서지고 뜯겨 나간 흔적으로 방향을 알았지요."

"정남쪽으로?"

"예, 어둠 속에서도 매우 급하게 전속력으로 내달렸으니 아마 이곳 지리를 잘 아는 사람들일 겁니다. 제가 보고 들은 건 이게 전부예요. 수사복을 입은 분이라 자세히 알려드린 겁니다. 그리고 이제는 수사님이 제게 말씀해주실 차례입니다. 수사님은 그날 일어난 습격 사건과 무슨 관련이 있죠?"

"짐작건대……" 캐드펠은 고개를 끄덕이며 말을 이었다. 사내 역시 자기만큼이나 그 일에 관심을 가질 이유가 있을 터였다. "황후 일행의 후위를 공격한 사람들이 나와 아주 가까운 한 청년을 납치한 것 같소. 필립 피츠로버트의 증오심을 불러일으킨 것을 빼면 그 청년은 아무 잘못도 저지르지 않았는데 말이오. 나는 그들이 어디로 갔는지 알아내어 그를 구출하고자 하오."

"그 피츠로버트라는 사람, 글로스터 백작의 아들이죠? 그가 이 일대를 꽉 잡고 있습니다. 여차하면 몸을 숨길 곳이 도처에 널려 있어요." 그러다 사내가 갑자기 소스라치게 놀라 급히 말했다. "하지만 수사님, 라 뮈자르데리로 걸어 들어가 필립 피츠로버트와 맞붙으려는 생각은 마십시오. 그건 악마에게 덤벼들어 수염을 잡아 뽑으려 드는 일이나 마찬가집니다."

"라 뮈자르데리? 그들이 그곳으로 갔소?"

"사람들이 그러더군요. 거기 이미 한두 명의 인질이 붙잡혀 있답니다. 여기서 또 한 명이 납치되었다면, 그를 구출하기란 하늘의 별 따기만큼이나 어려울 겁니다. 거기 가기 전에 부디 심사숙고하셔야 해요."

"나는 가야 하오. 당신이 앞으로도 무장한 모든 인간으로부터 아무 피해도 입지 않고 잘 지내기를 바라오. 그리고 모든 포로나 감옥에 갇힌 사람들을 위해 가끔 기도를 올려주면 고맙겠소. 그것으로 당신은 할 몫을 다하는 거요."

햇살이 이울고 있었다. 얼른 디어허스트로 떠나야 했다. 목적지로 가던 중 도움이 될 만한 작은 정보 하나는 얻은 셈이었다. 이미 그곳에 한두 명의 인질이 잡혀 있다는 거지, 캐드펠은 생각했다. 필립도 그곳에 있고. 그래, 빗나간 적개심과 증오의 대상을 그곳으로 데려가 앙갚음하려는 게 틀림없어.

캐드펠은 말 머리를 돌려 다시 큰길로 나가려다 문득 다른 것을 떠올리곤 수사복 속에서 둘둘 말아놓은 양피지를 꺼낸 뒤 허벅지에 펼쳐 사내에게 불도마뱀 도장 그림을 보여주었다.

"깃발이나 마구, 혹은 날인한 서류에서 이런 표식을 본 적이 있소? 이 도장의 주인이 누군지 알아보려고 그러오."

사내는 주의 깊게 살펴보더니 고개를 가로저었다. "저는 이 근방에 사는 몇몇 귀족의 문장밖에 모릅니다. 이건 생전 처음 보는 문양이군요. 하지만 디어허스트의 수도원에 이런 걸 연구하는 수사님이 한 분 계시지요. 우리나라 귀족들의 문장을 죄다 알고 있다 자부하시는 분이니 이것도 금세 알아보실 겁니다."

*

캐드펠은 침침한 숲을 벗어나 햇살이 환하게 내리쬐는 강가의 넓은 습지로 나왔다. 같은 세번강인데 이곳의 강물은 그 폭이나 유량이 슈루즈베리의 곱절은 되는 것 같았다. 강가를 따라 얼마 떨어지지 않은 곳, 나무들 사이로 석조 성당의 은빛 탑이 보였다. 색슨인들의 견실한 솜씨가 배어 있는 튼튼하고 육중한 건조물이었다. 가까이 다가가자 본당의 기다란 지붕도 눈에 들어왔는데, 동쪽 끝의 반원형 애프스는 일부가 허물어져 있었다. 에드워드 '참회왕'(1042년에서 1066년까지 잉글랜드를 다스린 왕으로 웨스트민스터 사원을 건립했다—옮긴이)이 몇백 년 묵은 이 오래된 건물을 재건하여 파리의 생드니 수도원에 기부했다. 그는 늘 잉글랜드인보다는 노르만인 쪽에 가까운 인물이었다.

그동안 더없이 친숙하게 여겨왔던 베네딕토회 수도원 앞에서, 캐드펠은 이번에도 망설였다. 자신이 더는 그곳에 들어갈 권리와 자격을 갖추지 못했다는 생각이 들어서였다. 하지만 필요한 정보를 얻어내려면 어느 정도의 자기기만은 감수해야 했다. 모든 일을 끝낸 뒤 무사히 살아남으면 그때 대가를 치르겠다는 마음이었다.

그를 큰 마당으로 안내한 문지기 수사는 솔직하고 상냥한 성격을 지닌 건강한 중년 사내로, 자신이 몸담은 수도원이 자못 자랑스러운 듯 손님에게 이곳의 아름다운 성당을 보여줄 기회를 얻게 된 것을 몹시 기뻐했다. 성가대석 남쪽에서는 공사가 한창이라 석공의 숙소가 애프스의 벽에 기댄 형태로 세워져 있었고, 그 곁에는 돌들이 쌓여 있었다. 해가 저물어 두 석공과 그들의 일을 돕는 인부들은 막 작업대를 덮고 연장들을 내려놓은 참이었다.

"남동쪽에 또 다른 예배 공간을 짓는 중입니다." 문지기 수사가 본당에 덧대어 세울 건물 벽들의 토대를 가리키며 흥겹게 말했다. "완공되면 북쪽 공간과 적절한 조화를 이룰 겁니다. 주임 석공은 이 지방 출신으로, 성당 일을 하게 되어 아주 자랑스럽게 생각하고 있지요. 훌륭한 사람입니다. 주인들이 쓸모없다고 여겨 내친 불운한 이들을 불러 모아 일거리를 줬거든요. 한쪽 다리를 저는 저 사람을 보십시오. 최근까지 군인이었는데 부상을 입어 주군에게 쓸모없는 사람이 되자 마스터 버나드가 거둬주었지요. 다리는 불편해도 일을 꽤 잘해서 버나드도 매우 만족하고 있습니다."

캐드펠은 심한 골절상을 입어 왼쪽 다리를 많이 저는 그 노동자를 바라보았다. 매우 건장하고 튼튼한 몸을 지녔고, 부상을 입었음에도 동작이 민첩한 사람이었다. 나이는 서른쯤 되었을까? 솜씨 좋은 큰 손과 긴 팔을 지닌 그는 두 수사가 다가가자 정중하게 길을 내주고는 벽 아래 목재를 쌓아놓은 뒤 주임 석공을 따라 바깥 대문 쪽으로 향했다.

아직 땅바닥에 얇은 서리 정도만 내릴 뿐 본격적인 추위가 닥치지 않아서 그렇지, 여느 해 겨울 같았으면 이미 공사가 중단되었을 시기였다. 어느 정도 쌓아놓은 벽들은 이듬해 봄이 올 때까지 잔풀과 히스와 밀짚 같은 것들에 덮인 채 긴 겨울잠에 들어갔으리라.

"겨울에는 실내에서 일이 진행될 겁니다." 문지기 수사가 말했다. "가서 보시지요."

디어허스트 수도원 예배당은 여전히 색슨 스타일 일색으로, 노르만 건축양식의 흔적은 전혀 찾아볼 수 없었다. 몇백 년이나 묵은 본당의 주기둥이며 온갖 진기하고 아름다운 것을 보여준 뒤에야 비로소 문지기 수사가 접객 담당 수사에게로 캐드펠을 데려갔다. 그는 숙소를 배정받아 짐을 푼 뒤 식당에서 그곳 수사들과 함께 저녁 식사를 했다.

마지막 기도 시간이 되기 전, 캐드펠은 잉글랜드 귀족 가문의 문장과 복식에 정통하다는 학식 있는 수사가 누구인지 물어 그를 찾아갔다. 코번트리에서 그려 온 도장 그림을 보여주자 에드윈 수사는 한참이나 그것을 들여다보다가 고개를 가로저었다.

"아니, 이런 건 처음 봅니다. 귀족 가문 사람들 중 방계로 갈라지면서 종종 원래의 문장을 조금씩 변형해 사용하는 경우도 있긴 하지만, 이건 너무나 낯설군요. 아마 이 문장의 주인은 그리 유명한 가문 출신이 아닌 모양입니다."

원장까지 포함하여 이곳 수사들 중 그 문장을 아는 사람은 아무도 없었다. 그림을 들여다본 이들은 하나같이 고개를 외로 꼬았다.

"만일 문장의 주인이 이 근처에 사는 사람이라면……" 에드윈 수사가 행여 도움이 될까 하는 마음에 말했다. "수도원보다는 마을에 나가 물어보는 편이 나을 겁니다. 이곳에는 고위 귀족들 말고도 꽤 괜찮은 가문 출신의 군소 귀족이나 영주들이 있으니까요. 수사님은 이걸 어디서 얻으셨습니까?"

"죽은 사람의 집에서 나온 도장 그림인데, 정작 그 사람의 도장은 아닙니다. 도장은 지금 코번트리 주교님이 갖고 계시지요. 주인을 찾아내 돌려주기 전까지 그분께서 보관하실 겁니다." 캐드펠은 양피지를 말아 끈으로 묶었다. "할 수 없군요. 주교님께서 어떻게든 주인을 찾아내시겠죠."

캐드펠은 세속 세계에서 떠맡은 무거운 책임감보다는 종교의 세계를 스스로 등졌다는 사실에서 오는 괴로움과 죄책감에 사로잡힌 채 그곳 수사들과 함께 마지막 기도에 참석했다. 그러나 예배가 그에게 은근한 위안을 안겨주었고, 그 이후 찾아온 고즈넉한 침묵이 마음을 차분하게 가라앉혔다. 그는 모든 건 내일 생각하기로 하고 조용히 누워 이내 곤한 잠에 떨어졌다.

*

이튿날 아침기도가 끝나고 석공들과 인부들이 작업대와 자재들에 덮인 천을 벗겨 작업을 재개할 즈음, 캐드펠은 마스터 버나드를 찾아갔다. 그가 이 지방 사람이라고 했던 문지기 수사의 말이 떠오른 터였다. 그는 석공을 불러 공사장에 쌓인 돌 위에 양피지를 펼치곤 한번 봐달라고 부탁했다. 석공들은 성당뿐 아니라 장원이나 일반 농가에서도 작업을 의뢰받곤 한다. 자기네끼리만 통하는 은밀한 표식이나 암호 같은 걸 새겨 넣는 일이 잦았을 테니 그가 이 문양을 알아볼지도 몰랐다.

"아뇨, 잘 모르겠습니다." 주임 석공은 캐드펠 곁으로 와 양피지를 힐끗 들여다보고는 곧장 대답했다. 이어 한 번 더 자세히 들여다보긴 했지만 대답은 달라지지 않았다. "처음 보는 문양이네요."

짐이 실린 손수레를 밀던 인부 두 사람이 곁을 지나가다 잠시 걸음을 멈추곤 자연스러운 호기심에 제 주인이 들고 있는 양피지를 넘겨다보았다. 다리를 저는 사람은 성한 오른쪽 다리에 몸의 무게를 실은 채 그걸 들여다본 뒤 고개를 들어 캐드펠의 얼굴을 한동안 지그시 응시하다가 그와 눈이 마주치자 싱긋 웃으며 어깨를 으쓱이고는 다시 손수레를 밀고 갔다.

"그럼 이 지방 출신 가문의 것은 아닌 모양이군." 캐드펠은 체념한 듯이 말했다.

"적어도 제가 아는 가문의 문장은 아닙니다. 이 일대 장원치고 제가 일을 하지 않은 곳은 드물거든요." 주임 석공은 다시 고개를 가로저었고, 캐드펠은 양피지를 말아 품속에 집어넣었다. "중요한 건가요?"

"그럴지도 모르지. 주인이 누구냐에 따라……."

이제 무얼 해야 좋을지 그로서는 도무지 갈피가 잡히지 않았다. 모든 정황으로 미루어 필립은 라 뮈자르데리에 있는 게 분명했고, 그의 부하들은 틀림없이 이브를 그곳으로 데려가 가두었을 것이다. 숲에서 만난 사내의 말이 사실이라면, 필립은 이미 그 성에는 이미 한두 명의 인질이 억류되어 있었다. 필립처럼 격정적인 사람은 자신이 증오하는 이가 있는 곳에 머무르고 싶어 할 테니 아무래도 그 사내의 말이 맞을 것 같았다. 필립은 이브에게 죄가 있다고 믿으니까. 하지만 만일 자기 판단이 잘못되었다는 걸 납득할 경우, 그의 마음이 바뀔 수도 있지 않을까? 필립은 격정만큼이나 제 나름의 지성과 지혜도 갖춘 사람이었다.

오전 9시가 되자 캐드펠은 풀어야 할 숙제를 안고 예배당으로 들어가 조용한 구석에 앉아서 기도를 드렸다. 잠시 후 그가 눈을 뜨고 문을 향해 돌아서는 순간, 뒤에서 누군가 살그머니 그의 소매를 잡았다.

"수사님……."

사내는 펠트 신발을 신은 발을 바닥에 끌면서도 용케 소리를 내지 않고 그에게로 다가왔다. 부스스하니 숱진 갈색 머리와 햇볕에 그을린 얼굴. 그 얼굴에는 진지하고 엄숙한 기색이 어려 있었다. "계약이나 거래를 할 때 쓰는 어떤 도장의 주인을 찾고 계시는 것 같더군요." 그가 비밀을 털어놓듯 숨죽인 낮은 목소리로 말했다.

"그렇소." 캐드펠은 씁쓸하게 대답했다. "하지만 이곳에는 날 도와줄 만한 사람이 없는 것 같소. 당신 주인도 자기가 아는 사람들 중 그런 도장을 쓰는 이는 없다 하고…… 그런 건 처음 봤다는군."

"아뇨." 사내가 말했다. "저는 본 적이 있습니다."

7

 미처 예상치 못했던 기회를 붙잡고자 막 입을 열어 질문하려는 순간, 캐드펠은 문득 그 사내가 작업 중이라는 사실을 떠올렸다. 모처럼 좋은 사람을 만나 일자리를 얻었으니, 그 기회를 잃게 해서는 안 될 것이었다. "가만있자, 주인에게 흠잡힐 만한 행동을 해서는 안 되겠지. 언제쯤 여유롭게 대화를 나눌 수 있겠소?"
 "12시면 일을 쉬고 점심을 먹습니다. 휴식 시간이 꽤 길어요." 사내가 빙긋이 웃어 보였다. "제가 아는 걸 말씀드리기도 전에 수사님이 이곳을 떠나시면 어쩌나 걱정했습니다."
 "절대로 떠나지 않을 거요." 캐드펠은 조바심을 치면서 말을 이었다. "어디서 만나면 좋겠소? 여기서? 어디든 말만 하시오. 그럼 내가 먼저 가서 기다리고 있겠소."

"공사 현장 바로 옆에 있는 회랑의 마지막 열람실로 가겠습니다."

현장에서 떠낸 돌과 목재가 쌓여 있는 곳 바로 너머였다. 거기라면 안마당에 누가 나타나건 금방 알아챌 수 있을 터였다. 무언가 경계해야 할 상황일까? 아니면 조심하는 버릇이 몸에 배어 있는 걸까? 어쨌든 사내는 주위의 시선에 신경을 많이 쓰며 함부로 입을 놀리지 않는 사람 같았다.

캐드펠은 자신을 정면으로 바라보는 그의 차분한 회색 눈을 응시했다. "다른 사람에게는 이런 얘기를 하지 않았겠지?"

"아무 데서나 입을 놀릴 수는 없죠. 이 일대에서 너무 많은 일이 일어난 터라, 자칫하다가는 등에 칼을 맞을 수도 있어요. 수사님께 피해가 갈 만한 일은 없을 테니 걱정 마십시오. 저로서는 이 세상에 아직 좋은 분들이 남아 있다는 게 그저 감사할 뿐입니다."

그렇게 대답한 뒤 그는 돌아서서 성전 개축 일을 하러 나갔다.

*

두 사람은 안마당의 북쪽 회랑 마지막 열람실에서 제법 따사로운 정오의 햇살을 받으며 앉아 있었다. 건너편 회랑이 한눈에 들어오는 곳이었다. 가물었던 가을이 막 지난 뒤라 풀은 바싹 말라 노랗게 변해 있었지만, 검은 구름이 무겁게 내리깔린 하늘을 보니 곧 반가운 비가 쏟아질 것 같았다.

"저는 포스러드라고 합니다." 절름발이 사내는 말했다. "디어 허스트 영지 너머에 있는 토덴햄 출신이죠. 브라이언 드 술리스 밑에서 황후를 위해 싸웠고, 몇 주 전 패링던성이 함락되기 전에는 드 술리스 수비대의 일원으로 그곳을 지켰습니다. 제가 그 그림 속의 문양을 본 게 바로 거기에서였지요. 잘못 보았을 리는 없습니다. 그 도장의 주인이 증인으로 서명한 문서에 찍혀 있는 것을 두 번이나 보았고, 그자들이 패링던성을 왕에게 넘겨주며 작성한 계약서에서 세 번째로 보았으니까요."

"그렇다면 정식 절차를 밟았다는 얘기요?" 캐드펠은 놀라 물었다. "나는 그들이 야간에 왕의 군대를 끌어들여 성을 넘긴 줄 알았는데."

"그건 사실입니다. 하지만 수비대원들에게 보여주기 위해 따로 계약서를 준비했지요. 각자의 부하들을 거느린 여섯 명의 대장 전부가 성을 넘기는 데 동의했음을 증명하고 우리로 하여금 그 결정에 따르도록 하기 위한 도구로서 말입니다. 그게 없었다면 그자들이 하루라도 버텼을지 의문입니다. 대원들 중 유능한 한두 사람이 계약을 거부하기만 했어도 부하들은 싸웠을 테고, 스티븐 왕은 패링던을 차지하기 위해 큰 대가를 치렀을 겁니다. 그러니 그 모든 일이 사전에 계획되고 공모된 게 분명해요."

"각자 자기 부하를 거느린 여섯 대장이, 드 술리스의 지휘 아래?" 캐드펠이 속으로 생각을 진전시키며 물었다.

"예. 그리고 성에는 다른 지원 없이 단독으로 와서 싸운 기사와 향사가 서른 명쯤 더 있었습니다."

"그건 들어서 알고 있소. 대부분이 변절하기를 거부하여 현재 왕 측 사람들에게 억류되어 있다고…… 어쨌든 부하들을 거느린 여섯 대장은 모두 동의하고 양도 계약서에 도장을 찍었단 말이오?"

"예, 전부요. 그렇지 않고서야 성이 그렇게 쉽게 넘어갔을 리 없죠. 일반 병사들은 자기네 대장에게 충성을 바칩니다. 대장이 가는 대로 따라가지요. 그러니 단 한 사람만 날인을 거부했어도 큰 말썽이 났을 겁니다. 그중에서도 특별한 누군가의 도장이 빠졌다면 당장 전투가 벌어졌을 테고요. 성에 있었던 이들 가운데 가장 중요한 사람이자, 병사들이 가장 좋아하고 신뢰했던 분이라면요."

존경심과 애정으로 가득한 그의 목소리가 구체적인 말보다 훨씬 더 많은 것을 이야기하고 있었다. 캐드펠은 둘둘 만 양피지를 건드리며 말했다.

"이 사람?"

"예." 포스러드는 잠시 아무 말 없이, 바깥보다는 내면을 응시하는 눈빛으로 안마당의 풀밭을 묵묵히 바라보았다.

"하지만 이 사람의 도장도 양도 문서에 찍혀 있었단 말이지?"

"서류에는 분명 그분의 도장, 여기에 그려진 것과 똑같은 도장이 찍혀 있었습니다. 제 두 눈으로 똑똑히 봤습니다. 그러지 않았다면 저는 믿지 못했을 겁니다."

"그 사람 이름이 어떻게 되오?"

"제프리 피츠클레어입니다. 헤트퍼드 백작이었던 리처드 드 클레어 님의 아들이죠. 현재의 헤트퍼드 백작인 길버트는 그분의 이복형님이고, 그분은 클레어 가문의 서자였습니다. 제가 알기로 길버트 님도 좋은 분이긴 하지만, 외간 여인을 통해 낳은 아들이 때로 적자들보다 더 훌륭한 경우가 있지요. 제프리 님이 바로 그런 경우입니다. 그분과 길버트 님은 항상 서로를 좋아하고 존경했어요. 그런데 클레어 가문의 모든 사람이 스티븐 왕에게 절대적으로 충성을 바친 반면, 서자 출신인 그분은 황후를 선택했어요." 그는 잠시 조용히 생각에 잠겼다가 다시 말을 이었다. "두 형제는 함께 자랐습니다. 리처드 백작님은 그분이 태어나자마자 집으로 데려오셨고, 백작 부인은 아들 둘 모두 정성껏 돌봐주셨습니다. 그 집안의 모든 이들이 그분을 잘 대해줬지요. 그분이 성인이 된 이후에도 여러 모로 뒷받침해주었고요. 수사님이 가지고 계신 도장, 아니 그 그림 속 도장의 주인은 바로 그분입니다." 그러나 포스러드는 어떻게 그 도장을 발견하여 옮겨 그리게 되었는지는 묻지 않았다.

"제프리라는 사람은 지금 어디 있소? 계약서에 도장을 찍었다면, 아직도 패링던성에서 그곳 수비대와 함께 머무르고 있는 거요?"

"분명 패링던성에 계시긴 하죠." 포스러드는 날선 어조로 대답했다. "하지만 수비대원들과 함께 계신 건 아닙니다. 성을 넘겨준 바로 다음 날, 사람들이 그분을 들것에 싣고 성안으로 들어왔습니다. 말에서 떨어지셨거든요. 그분은 그날 돌아가셔서 패링던 성의 성당 묘지에 매장됐습니다. 그러니 이제 그분에게 도장 같은 건 필요 없지요."

*

두 사람 사이에 잠시 숨 막히는 침묵이 감돌았다. 캐드펠의 귓전에는 언어화되지 않은 말의 메아리가 울리고 있었다. 사실상 더 이상의 말은 필요 없었다. 이디 어떤 수식도 필요치 않은 깊은 이해가 오간 터였다. 지금껏 포스러드는 입을 굳게 다물고 지내야 했다. 그는 이미 다리가 온전치 않았고, 권력자들과 너무 가까운 곳에 살고 있었다. 사실 이 늙은 베네딕토회 수사에게도 지나치게 많은 말을 한 셈이었다. 암시를 통해 전달한 내용을 분명한 말로 되풀이하는 것만큼은 어떻게든 삼가야 했다.

그리고 그는 캐드펠이 어떻게 불도마뱀 도장을 손에 넣었는지 아직 모르고 있었다.

"성이 넘어간 며칠 사이의 일을 좀 들려주시오." 캐드펠이 조심스럽게 말했다. "그 사건에서는 타이밍이 아주 중요하니까."

"성에 막강한 수비대가 버티고 있다는 것을 알자, 적은 여름에 물 공급을 차단해버렸습니다. 우리는 심한 압박을 받았지요. 필립이 크리클레이드성에서 연신 아버지에게 사자를 보내 구원을 요청했지만, 글로스터 백작은 아무 반응도 보이지 않았어요. 그러다 어느 날 아침에 보니 밤사이 왕의 장교들이 성안에 들어와 있더군요. 브라이언 드 술리스는 우리더러 저항하지 말라고 하면서, 그곳 수비대에 개인적으로 합류한 청년들을 제외한 모든 병사를 거느리고 있는 여섯 대장의 도장이 찍힌 계약서를 보여줬습니다. 그리하여, 이제 모두가 알다시피, 황후를 배반하고 왕을 따르자는 제안에 찬성하지 않는 이들은 포로가 되었지요. 성안에 있었던 병사들로서는 대장들의 지시를 따를 수밖에 없었습니다."

"거기에 제프리의 도장도 찍혀 있었소?"

"예, 찍혀 있었습니다." 포스르드는 짧게 대답했다.

사건의 진상이 점차 윤곽을 드러내기 시작했다. 하지만 그자들은 이 일에 대해 그럴싸한 이유를 갖다 붙일 터였다.

"그들은 그분이 거기서 일어난 일을 필립 피츠로버트에게 보고하기 위해 밤에 말을 타고 크리클레이드로 떠났다고 했습니다. 떠나기 전에 계약서에 도장을 찍었다고요. 그분의 도장은 제일 위에 찍혀 있었습니다. 그들 말로는 그분이 직접 찍었다더군요."

그 도장만 아니었다면 성은 그렇게 쉽게 넘어가지 않았을 것이다. 제프리가 동의하지 않는 한, 그의 부하들과 다른 사람들은 그의 뒤에 버티고 서서 한바탕 전투를 벌였으리라.

"다음 날에는?"

"다음 날이 되어서도 그분은 돌아오지 않았습니다. 우리 모두 걱정하기 시작했죠." 포스러드는 차분하고 담담한 목소리로 말을 이었다. "드 술리스와 그의 측근 두 사람이 성을 떠나 그분이 간 길을 따라갔습니다. 그러다 저녁 무렵 그분을 들것에 싣고서, 주인을 태우지 않은 그분의 말과 함께 돌아왔지요. 그분 몸에는 외투가 덮여 있었습니다. 낙마하여 중상을 입은 그분을 숲속에서 발견했다고 하더군요. 그분은 그날 밤에 돌아가셨습니다."

그가 그날 밤에 죽었다고…… 캐드펠은 생각했다. 하지만 정말 그날 밤에 죽었을까? 옆에 앉은 사내의 마음속에서도 같은 의문이 들끓고 있는 듯했다. 그들은 제프리가 그들의 음모에 가담하기를 거부한 날 밤에 그를 죽였을 것이다. 그런 뒤 시신을 은밀히 감춰두었다가 다음 날 저녁 비극적인 사건으로 가장하여 그를 공개적으로 성안에 들여온 것이다.

"그분은 패링던성에 매장되었습니다. 그들은 우리에게 그분의 시신도 보여주지 않았어요."

"그에게 아내나 아이가 있소?"

"아뇨, 없습니다. 그때 이미 드 술리스는 클레어 집안이 속한 왕당파의 일원이 되어 있었으므로 그 사람들에게 사자를 보내 그분의 사망 사실을 통보했습니다. 이에 그곳 사람들이 와서 적절한 장례식을 거쳐 그분을 매장했지요." 그는 담담하게 말했다. 클레어 집안에 대해서는 아무 불만도 없는 듯했다.

"이런 걸 묻기는 좀 뭣하지만……" 캐드펠은 주저하며 입을 열었다. "그래도 궁금하군. 당신은 어쩌다 부상을 입었소?"

사내의 차분한 얼굴에 씁쓸한 미소가 스치고 지나갔다. "아주 높은 곳에서 떨어졌습니다. 성벽 위에서 그 아래 도랑으로요. 사실 그땐 이미 성과 군대에서 마음이 떠난 상태였습니다. 물론 그런 내색을 하지는 않았지요. 그런데 그자들은 남의 속을 어찌 그렇게 잘 알까요? 이상하게도 제가 성문으로 접근하려 할 때마다 늘 그 앞에 누군가 있었거든요. 그러다 어느 날 제가 성벽에서 밧줄을 타고 내려오는데, 누가 그 줄을 끊어버리더군요."

"다리가 부러진 채 거기 그대로 방치되어 있었던 거요?"

"그랬죠. 그자들이 왜 굳이 절 구하려 했겠습니까? 다른 사건이었다면 즉각 달려왔겠지만요. 그래도 저는 있는 힘을 다해 바닥을 기어서 적당한 곳에 몸을 숨겼습니다. 얼마 뒤 근처에 사는 사람들이 저를 발견했지요. 그들이 부러진 뼈를 맞춰주긴 했는데, 그게 제대로 되질 않아 이 모양이 되었습니다. 그래도 목숨이라도 건졌으니 다행이지요."

그들은 한 사람의 목숨을 빼앗았고, 다른 한 사람을 불구로 만들어놓았다. 언제고 이 엄청난 죄의 대가를 치러야 할 것이다. 캐드펠은 문득 이 사내에게 부채감을 느꼈다. 그가 아무 보답도 바라지 않은 채 자신을 굳게 믿고 서슴없이 비밀을 털어놓지 않았는가. 자신이 알고 있는 한 가지 정보가 어쩌면 그에게 위안을 줄지도 몰랐다. 비록 부적절하고 뒤틀린 방식을 통해 간접적으로 이루어지기는 했지만, 결국 정의는 실현되고야 만다는 증거를 보여줄 수 있을 것이었다.

"당신에게 알려줄 것이 있소." 그가 말했다. "황후를 배신한다는 증거로 사용된 이 도장은 지금 코번트리 주교님께서 보관하고 계시오. 그곳 회의에 참석한 이들 중 한 사람의 짐 속에서 발견되었지. 그 사람은 살해되었고, 누가 그런 짓을 했는지 아직 밝혀지지 않았소. 도장을 가지고 여행을 떠나는 것이야 조금도 이상한 일이 아니오. 하지만 그에겐 도장이 두 개나 있었소. 내가 그림을 그린 이 도장이 그중 하나였지. 클레어 가문의 제프리 피츠클레어의 도장은 브라이언 드 술리스의 안장주머니에 보관된 채 패링던에서 코번트리로 옮겨졌고, 브라이언 드 술리스는 코번트리에서 누군가가 휘두른 단검에 심장이 찔려 죽었소."

안마당의 회랑 저 끝에서 주임 석공이 일터로 돌아가는 모습이 보였다. 포스러드는 천천히 일어났다. 한순간 그의 얼굴에 만족감 어린 미소가 피어났다가 이내 사라졌다.

"주님은 모든 것을 보고 들으시며 어느 것 하나 잊지 않으시니, 그분을 찬송합니다!"

이렇게 중얼거린 뒤, 그는 빈 회랑으로 나가 다리를 절면서 안마당의 잔디밭을 가로질렀다.

*

이제 어디로 가야 할지 분명히 알게 되었으니, 캐드펠로서는 이곳에 더 있을 이유가 없었다. 그는 접객소 담당 수사를 찾아내

작별을 고하고 마구간 마당으로 가 말 등에 안장을 얹었다. 하지만 막상 그린햄스테드에 도착하여 어떻게 해야 할지에 대해서는 아직 마음을 정하지 못한 상태였다. 성에 들어가는 데는 여러 방법이 있으며, 가끔은 가장 간단한 방법이 최상의 방법이기도 하다. 무기를 들지 않을 것이며 폭력을 쓰거나 남을 속이지 않겠다고 서약한 사람에게는 더더욱 그러했다. 많은 대가와 노력이 필요하더라도 진실과 충심은 결국 모든 문제를 단순하게 만드는 법, 신앙을 저버린 자에게도 서약을 지키는 건 명예로운 일이 되리라.

휴의 젊고 잘생긴 밤색 말은 다시 움직이게 되어 기쁜지 춤추듯 마구간에서 나왔다. 말의 이마에 박힌 엷은 은빛 무늬가 피부의 연한 밤색을 배경으로 하얀 꽃처럼 환하게 피어났다. 그들은 디어허스트에서 남쪽으로 나아갔다. 앞으로 25킬로미터쯤 더 가야 할 것이었다. 캐드펠은 오른쪽에 자리 잡은 글로스터와 얼마쯤 거리를 두고 돌아가는 편이 좋으리라 판단했다. 오후 들어 하늘이 짙은 구름으로 뒤덮이기 시작했으니 최대한 서둘러야 했다.

그는 골짜기의 넓은 풀밭을 벗어나 산지 끝자락으로 올라갔다. 양치기를 주업으로 삼는 마을이 군데군데 흩어져 있었다. 양모 상인들이 최고급 양털을 구할 수 있는 곳이지만, 빈번하게 전투가 벌어지곤 하는 전선 안쪽 마을이라 그곳 사람들은 이미 생업에 적지 않은 피해를 받았을 것이다. 이 지역에서의 전투는 대체로 한 성에 포진한 군대가 다른 성에 포진한 상대편 수비대를 급습하는 양상으로 전개되곤 했다. 그 와중에 원래 황후 측 군대의 중심축 역할을 맡고 있던 패링던성의 수비대는 스티븐 왕 진영으로 넘어가, 왕 측 전선의 균형을 유지시키고 맘즈버리성과 옥스퍼드성 간의 연락을 원활하게 해주는 역할을 하고 있었다. 양쪽 모두 이젠 전쟁을 이어가는 일에 신물이 나지 않았을까, 전선을 바라보며 캐드펠은 생각했다. 로베르 보스 백작의 판단이 옳아. 어느 쪽도 상대방에게 결정적인 패배를 안겨주지 못하니, 결국 그들은 화해할 수밖에 없어.

그러다 어느 순간 문득 그의 마음속에서 새로운 궁금증이 솟았다. 상황이 이러한데 굳이 편을 바꾸고 자신이 거느린 모든 병력과 무기를 상대편에 넘겨줄 만한 이유가 있다면 어떤 것일까? 9년 동안 황후 편에 서서 싸웠지만 질서와 지배권을 회복시켜줄 수 있는 승리 쪽으로는 한 발짝도 더 나아가지 못했다는 것을 그들 모두 잘 알고 있었다. 부하들을 이끌고 왕의 진영으로 넘어가면 이곳에서 실패한 일을 이루어낼 수 있으리라 생각했을까? 모든 묵은 원한을 청산하고 무기를 거둬버리게 만들 수 있을 거라고? 어쨌든 그들로서는 이 끝없는 낭비와 소모의 전쟁에 종지부를 찍어야 했다. 그렇게 생각하면 배신은 시도해볼 가치가 있는 일이었다. 만일 그런 무정부적 상태를 끝장내야겠다는 인식이 싹텄다면, 이미 당파심은 완전히 소진된 이후일 것이다.

또한 그렇게 새로운 집단에 들어가 그곳 역시 앞서 몸담고 있던 집단 못지않게 소모적이고 무능하고 한심하다는 사실을 알았을 땐 어떤 일이 일어날까? 그땐 양 진영 모두에 대한 혐오감에 떠밀려 보다 가치 있는 일에 남은 에너지를 쏟으려 들지 않을까?

길이 고원 위에 평탄하게 펼쳐져 있어 멀리 있는 전방까지 잘 내다보였다. 이곳 사람들은 양모 교역 덕에 꽤 부유하게 살았지만, 마을과 마을 사이의 간격이 아주 멀었고 또 각각의 마을이 대체로 큰길에서 멀리 떨어져 있었다. 사람을 찾아 뭐라도 묻기 위해서는 부득이 길에서 벗어나야 했다. 캐드펠은 마을 쪽으로 방향을 틀어 얼마간 안으로 들어갔다. 마을에 이르자, 운 좋게도 마침 누군가 집 밖으로 나오다가 그에게 인사를 건넸다.

"수사님은 이곳 분이 아니신가 보군요." 라 뮈자르데리성이 어디냐는 질문에 그는 다소 긴장한 표정으로 캐드펠을 바라보았다. "그럼 그 성이 새 주인에게 넘어갔다는 소식도 듣지 못하셨겠네요. 만일 뮈자르 집안에 볼일이 있어 가시는 거라면 그분들을 만나지 못하실 겁니다. 로베르 뮈자르 님은 몇 달 전 복병에게 기습을 당해 당신의 성을 글로스터 백작의 아들에게 넘겨줬거든요. 그 아들은 최근에 스티븐 왕의 편이 되었고요."

"그 얘기는 나도 들었소." 캐드펠이 말했다. "하지만 그 성에 볼일이 있으니 가봐야 하오. 이 고장 사람들은 그곳 주인이 바뀐 게 그다지 마음에 들지 않나 보군."

그가 어깨를 으쓱여 보였다. "뭐, 신부나 촌장이 자기 일을 방해하지만 않으면 그 사람도 교회와 마을을 가만 내버려두겠죠. 뮈자르 가문은 노르만 왕가의 첫 번째 왕이신 윌리엄 전하가 로베르 뮈자르의 증조부님께 이 영지를 하사하신 뒤로 줄곧 이곳에서 지내셨습니다. 그러니 주민들로서는 오랜 주인이 바뀌는 게 탐탁지 않죠. 굳이 그 성에 가셔야 하다면 조심히 가도록 하십시오. 그들은 수사님이 성에 접근하기도 전에 낯선 사람의 방문을 눈치채고 경계할 겁니다."

"나는 무기를 지니지 않았으니 그들이 두려워할 것도 없지. 그래도 조언을 감사히 새기겠소. 거기까지는 어떻게 가야 하오?"

불운한 고집쟁이를 어찌할 수 없다는 듯 그는 다시금 어깨를 으쓱였다. "큰길로 돌아 1.5킬로미터쯤 가면 오른쪽으로 빠지는 길이 나올 겁니다. 그 길을 따라 윈스턴 마을을 지나면 강이 나오는데, 거기 여울을 건너 맞은편 숲으로 올라가세요. 숲을 빠져나가자마자 눈앞에 우뚝 솟은 성이 보일 겁니다. 마을은 성보다 더 높은 언덕 꼭대기에 자리 잡고 있지요. 조용히 갔다가 무사히 돌아오십시오."

"나도 주님의 은총 덕에 그렇게 되기를 바라오." 캐드펠은 그에게 감사 인사를 건넨 뒤 큰길을 향해 말 머리를 돌렸다.

*

윈스턴 마을을 가로지르는 동안, 캐드펠은 성으로 들어갈 방법에 대해 고민해보았다. 무기도 없고 상대를 압박할 어떤 수단도 없이 혼자 가는 사람에게 가장 간단한 방법은 대문 앞으로 가 들여보내달라고 요청하는 것이다. 쌀쌀한 밤이 찾아올 무렵 무장하지 않은 여행객을 맞아주는 건 당연한 의무다. 특히나 귀족이라면 먹을 것과 잠자리를 필요로 하는 성직자나 수사에게 그 모든 것을 제공해야 마땅하다. 그러니 필립 피츠로버트가 얼마나 고결한 사람인지 알아보기로 하자.

생각은 꼬리를 물고 계속 이어졌다. 성주에게 할 말이 있다면, 성주를 만나게 해달라고 직접적으로 요청하면 된다. 필립 피츠로버트의 부하들은 그를 성주와 만나게 해줄 것이다. 거기 두 사람이 억류되어 있다는 것은 이제 자명한 사실이었다. 그는 포로들이 무사히 풀려나기를 바라고 있으며, 필립으로 하여금 두 포로에게 품은 악감정을 재고하게 할 만한 분명한 이유들을 제시할 수 있다. 진실보다 더 간단한 방법은 없지, 캐드펠이 생각했다. 그 길을 두고 구태여 빙빙 돌아 문제를 복잡하게 할 이유가 어디 있단 말인가.

캐드펠은 윈스턴을 지나 서쪽으로 곧장 나아갔다. 통행이 빈번한 듯 길은 잘 닦여 있었지만 앞으로 나아갈수록 차츰 폭이 좁아지더니, 사방이 훤히 트이고 군데군데 작은 숲과 히스가 우거진 들판이 펼쳐지고 울창한 숲속으로 이어졌다. 숲 사이로 구불구불하게 난 비탈길은 깊은 골짜기를 향해 가파르게 치달려 내려갔다. 저 밑에서 흐르는 물소리가 들려왔는데, 수량이 많은 강이라기보다는 바위들 사이로 소용돌이치며 흐르는 작은 계곡 같았다. 이윽고 그는 강 가장자리를 따라 길게 이어진 좁은 풀밭을 따라

걸은 뒤, 풀밭보다 더 좁아진 자갈밭을 지나 물속으로 들어갔다. 강 건너편에서 길은 그가 내려온 길만큼이나 가파른 언덕을 향해 다시 솟아올랐다. 저 너머에서 그를 기다리고 있는 모든 것은 오래된 숲에 가려져 있었다.

그는 여울을 건너 언덕길을 올라갔다. 그러던 중, 숲 사이로 환한 빛이 어른거리는가 싶더니 갑자기 덤불조차 없이 훤히 트인 벌판이 나타났다. 저 앞쪽, 아마도 1킬로미터도 채 되지 않을 것 같은 곳에 완만한 구릉이 보였다. 그 위에 라 뮈자르데리성이 우뚝 서 있었다.

그의 추측이 옳았다. 큰 전투 없이 네 세대에 걸쳐 성을 유지해 온 그곳 사람들은 그동안 질 좋은 석재로 성을 확장하고 보강해 놓았다. 75년 전 소유권을 확립하느라 급하게 세웠던 목책은 이미 사라진 지 오래였다. 동쪽 길에 면한 낮고 튼튼한 두 개의 정문 탑과 높은 본성을 호위하듯 서 있는 네 개의 탑으로 이루어진 거대하고 육중한 석조 성. 탑과 탑을 견고하게 둘러싼 성벽 너머로는 벌판이 물결 같은 구릉들을 이루며 가파르게 치솟아 오른 고지대가 보였다. 성당 탑 꼭대기와 숲 사이에 몇몇 건물들의 지붕이 어른거리는 것으로 미루어 그곳이 그린햄스테드 마을인 듯했다. 아무 장애물도 없이 일직선으로 쭉 뻗은 길은 성문과 곧장 이어졌다. 주위의 벌판에 숲이나 덤불이라곤 하나도 없으니, 라 뮈자르데리성에서는 누가 그쪽으로 다가오는지 즉시 확인할 수 있을 터였다.

캐드펠은 그 위에서 자신을 발견해주기를 바라며 성문으로 이어지는 언덕길을 천천히 나아갔다. 필립 피츠로버트의 부하들이 경계를 소홀히 할 리는 없었다. 그가 소리치면 들릴 정도의 거리 안에 들어서기 훨씬 전부터 이미 정신을 바짝 차리고 있으리라. 문득 성안에서 뿔 나팔 소리가 울렸다. 하루해가 이미 저물어 거대한 두 짝 대문은 닫혀 있었지만 쪽문은 아직 열려 있었다. 천천히 말을 모는 사람은 물론, 적에게 쫓겨 맹렬히 질주해 오던 사람도 그대로 달려 들어갈 수 있을 정도로 높고 넓은 문이었다. 구조가 단순하니 쫓겨 온 사람이 성안으로 들어온 뒤에는 곧장 문을 닫고 빗장을 지를 수 있을 것이었다. 대문을 양쪽에서 지탱하는 두 개의 탑 꼭대기에는 화살을 쏠 수 있는 공간들도 마련되어 있었다. 추적자들이 함부로 다가왔다가는 화살 세례를 받게 되리라. 방비가 무척 잘된 성이군. 옛 시절의 기억을 본능적으로 되살리며 캐드펠은 생각했다. 감탄스러울 정도야.

그는 서두르지 않고, 그렇다고 머뭇거림도 없이, 무기를 들지 않은 두 손을 그대로 드러낸 채 신중하게 나아갔다. 그를 환영하는 이도, 제지하는 이도 없었다. 캐드펠은 일단 쪽문 앞에 말을 세우고 좌우를 살피다가 열린 문 너머에 대고 소리쳤다. "안에 계신 모든 이들에게 주님의 축복이 함께하길 바라오!" 이어 대답도 기다리지 않고 열린 문 안으로 조용히 발을 내디뎠다.

어둠침침한 아치 통로 좌우에 병사들이 늘어서 있었다. 캐드펠이 안으로 들어서자 그중 몇 명이 차분하게 다가와 말의 고삐와

등자를 잡아주었다.

"손님께도 주님의 축복이 함께하길 바랍니다." 위병소에서 나온 경비대장이 조심스럽게 웃으며 인사를 건넸다. "복장을 보아하니 평화로운 마음을 지니신 분인 것 같군요."

"진실로 그렇소이다." 캐드펠은 말했다.

"이쪽에는 무슨 볼일이 있어 오셨는지요?" 경비대장이 물었다. "어디로 가시는 길입니까?"

"내 행선지는 바로 이곳, 라 뮈자르데리성이오." 캐드펠은 있는 그대로 말했다. "그러니 주군을 만나 뵐 수 있을 때까지 잠시 묵을 곳을 제공해주시면 좋겠소이다. 필립 피츠로버트 님을 뵙고 드릴 말씀이 있소. 사람들한테서 듣자니 그분이 여기 계시다고 합니다. 언제라도 좋소. 그분께서 시간을 내실 때까지 나는 얼마든 기다릴 생각이오."

"무슨 중요한 소식이라도 가지고 오신 건가요?" 그가 호기심 어린 얼굴로 물었다. "주군께서 만나고 오신 주교님들 중 한 분이 보내신 겁니까?"

"뭐, 그렇다고도 할 수 있지. 하지만 내 개인적인 용건도 있소. 어쨌든 내 청을 주군께 전하면 그분도 만남을 흔쾌히 허락하시리라 믿소."

경비병들은 어느 정도 거리를 두고 캐드펠을 둘러싼 채 관심과 호기심 어린 눈길을 던지고 있었다. 개중에는 빙긋이 웃는 사람들도 있었지만, 경비대장은 그 부탁을 어떻게 처리해야 좋을지 생각하느라 잠시 뜸을 들였다. 성곽 안은 그리 넓지 않았으나 성을 둘러싼 밖의 드넓은 벌판이 이를 충분히 보완하고 있었다. 성벽 위쪽 통로에 서면 사방이 훤히 보이니 무장하고 다가오는 그 어떤 병력에도 대비할 수 있으며, 그들이 가까이 접근할 경우엔 궁수들이 화살 세례를 퍼부을 터였다. 분명 많은 수의 궁수들이 대기하고 있으리라. 성벽을 따라 빙 둘러선 곁채와 창고, 병기고, 좁은 숙소들은 주로 목재로 지어져 있었다. 적이 불화살로 공격할 경우 화를 입긴 하겠지만, 홀과 성 안팎의 탑들, 그리고 외벽은 모두 모두 돌로 되어 있으니 아마 큰 피해는 없을 것이다. 문득 캐드펠은 자신이 이곳을 전투장으로, 획득해야 할 하나의 거점으로 생각하며 유심히 살펴보고 있음을 깨닫고서 당혹감을 느꼈다. 물론 그에게 이곳이 일종의 싸움터인 것은 사실이나, 진짜로 물리적인 형태의 전투를 벌여 얻어야 할 곳은 아니었다.

"말에서 내려 안으로 들어가시죠, 수사님." 경비대장이 상냥하게 말했다. "저희는 어떤 경우에도 베네딕토회 수사님을 소홀히 대하지 않습니다. 주군께서는 지금 말을 타고 나가셨으니 잠시 기다리셔야 합니다. 돌아오시면 수사님을 만나주실 거예요. 여기 있는 피터가 수사님의 말을 마구간에 들인 뒤 안장주머니를 숙소로 가져다드릴 겁니다."

그를 주교의 사자로 여겨 아무런 의심 없이 정중히 대접하려는 모양이었다. 그러나 캐드펠은 필요한 경우 즉각 말이 있는 곳으로 달려가야 할지도 모른다고 생각하여 이를 완곡하게 거절했다.

"내 말은 늘 내가 직접 돌보오. 습관이라는 게 무서워서……오래전에는 나도 무기를 쓰던 사람이었소."

"아, 그렇군요." 경비대장이 고개를 끄덕이며 말을 이었다. "그럼 피터가 수사님을 마구간으로 안내해드릴 겁니다. 숙소로 가는 길도 알려드릴 거고요. 무기를 소지하신 분이라면 감시병이 따라붙겠지만, 수사님에게는 그럴 필요가 없겠죠."

"아무렴!" 캐드펠은 흡족한 미소를 머금은 채 고삐를 잡았다. 마부를 따라가면서도 그는 주변을 유심히 살폈다. 필립의 부하들은 전반적으로 기민하고 질서 정연하게 움직이고 있었다. 필립의 엄격함과 장악력은 코번트리 수도원에서 잠시 만났을 때 이미 예측했던 바였다. 속내를 알기는 어려우나 행동거지만큼은 아주 정중하고 절도 있는 사내이니 부하들에게도 엄격한 규율을 요구하리라. 성안에서의 생활은 으레 자급자족으로 이루어지기 마련이라, 이곳에도 우물이며 제빵소, 병기고, 창고, 작업장 등이 잘 갖추어져 있었다. 성에서의 활동은 크게 군사적인 것과 일상적인 것으로 나뉜다. 전투가 산발적으로 벌어지긴 하지만 어쨌든 전쟁터에 해당되는 이곳 라 뮈자르데리에서의 일상 활동은 최소한으로 국한된 듯했으며, 여자는 거의 보기 힘들었다. 여기 어딘가에 집사의 아내가 살고 있을 테고 그녀에게 딸린 여자 하인들도 있긴 할 테지만, 성의 일상은 전적으로 남성을 중심으로 하여 한 치의 착오도 없이 효율적으로 돌아가는 것 같았다. 이는 아마도 주군의 생활 방식에서 큰 영향을 받았으리라. 필립은 미혼이라 아내와 자식이 없었고, 어느 한쪽도 이길 수 없는 악마적인 전쟁에 온 정신을 쏟고 있었다. 그의 성 또한 바로 그런 정신 상태를 충실히 반영하는 듯했다.

주거 구역과 마구간 근처에서는 사람들이 각자의 일을 하느라 부지런히 오갔다. 온갖 목소리가 뒤섞인, 벌들이 잉잉대는 듯한 소음이 들려왔다. 캐드펠이 안장과 짐을 내린 뒤 말에 물을 먹이고 빗질을 해주는 동안 피터는 그를 거들며 연신 이런저런 이야기를 늘어놓았다. 피터가 안내하는 길을 따라 홀에 들어서자 집사의 부하는 뜻밖의 손님을 보고 당황하여 잠시 멍한 얼굴로 그를 응시하다가 어깨를 으쓱였다. 자신이 크게 염려하거나 신경 쓰지 않아도 되겠다는 듯한 제스처였다. 그는 곧장 캐드펠에게 숙소를 배정하고, 예배당이 어디 있는지도 상세히 알려주었다. 하기야, 인적 드문 곳에 하룻밤 묵으러 온 베네딕토회의 노수사에게 딱히 경계심을 가질 이유가 무엇이겠는가. 저녁기도 시간이 지났으나 캐드펠은 현재의 축복에 감사하고 앞으로의 싸움에서 도움을 구하고자 잠시 기도를 드리러 갔다.

예배당은 본성의 중앙에 자리 잡고 있었다. 경비병들은 그가 감시병도 없이 혼자서 안으로 들어가도록 내버려두었다. 한 수사가 자기네 성의 중앙부로 들어오는 것을 선선히 받아들이고, 심지어 본성 안에 머물도록 잠자리까지 제공하다니. 분명 성직자는 고결하고 존경받을 만한 사람이라는 믿음에서 나온 태도이리라. 역시 정면으로 접근하기를 잘했군, 그들의 소박한 믿음을 느끼며 캐드펠은 자신이 이곳에 온 동기와 방식을 다시금 돌아보았다. 흥하든 망하든, 정면 돌파야말로 최선이자 유일한 방법이지.

싸늘한 석조 예배당 내부, 소박한 천으로 덮인 제단 앞에서 그는 두 무릎을 꿇고 뒤늦게나마 간절히 기도를 드렸다. 안을 밝혀주는 것이라고는 조그만 등잔불 하나뿐이라 머리 위의 궁륭은 짙은 어둠 속으로 물러나 있었다. 예배당의 냉기에 몸이 뻣뻣하게 굳어갔지만 정신은 더없이 맑아졌다. 그는 간절히 기도했다. '주여, 그에게 어떻게 다가가서 어떻게 상대해야 좋을까요? 입고 있던 옷을 벗어 던져 뭇 사람들의 질책과 비난을 한 몸에 받은 사람입니다. 다른 옷으로 덮어두긴 했으나, 그의 상처는 전혀 치료되지 않았지요. 이 필립이라는 사내를 대체 어떻게 대해야 좋을지 저는 모르겠나이다.'

그가 무릎을 펴고 몸을 일으킬 즈음 저 멀리서 말발굽이 포석을 두드리는 낮으면서도 날카로운 소리가 들려왔다. 한 마리의 말이 내는 소리. 약간의 허점만 보여도 성이며 땅이 눈 깜짝할 새 적의 수중으로 넘어가고 아무리 많은 돈을 준다 해도 포로를 풀어주지 않는 이 지역에서 홀로 아무 거리낌 없이 성을 드나들 만한 사람은 단 하나뿐이리라. 잠시 후 마부가 말을 끌고 마구간으로 향하는 소리가 이어졌다. 포석을 밟는 말발굽 소리는 서서히 멀어지다가 아주 사라졌다. 캐드펠은 몸을 돌려 예배당 출구 쪽으로 향했다. 그가 본성의 정문과 외성의 경비실 사이에 위치한 안마당으로 나왔을 때, 그곳에는 검은 기둥들을 배경으로 희미한 석양이 감돌고 있었다. 어두운 곳에 있다 나온 그에게는 석양빛이 마치 대낮처럼 눈부셨다. 문득 정신을 차리고 보니 조금 전 말을 타고 안마당을 가로질러 들어온 필립 피츠로버트가 망토를 벗어 한쪽 팔에 걸친 채 저편에서 걸어오고 있었다. 정면으로 마주친 두 사람은 서너 발짝의 간격을 두고 멈춰 서서 서로를 물끄러미 응시했다.

필립의 검은 머리는 저녁 바람을 맞아 부스스하게 일어나 있었다. 머리칼이 반듯한 이마를 덮어 그는 자기도 모르게 이맛살을 찌푸리면서 캐드펠을 바라보았다. 아무 장식도 없는 소박한 승마복 차림이었다. 화려한 의상이나 장식은 없지만 타고난 태도와 거동이 그를 돋보이게 했다. 가만히 선 필립은 더없이 품위 있는 모습이었고, 그의 전신에는 당겨진 활처럼 팽팽한 긴장감이 흘렀다.

"손님이 오셨다는 소식은 들었습니다." 그가 짙은 갈색 눈을 가늘게 뜨고 말했다. "수사님은 전에 뵌 적이 있는 분 같은데요."

"코번트리에서 다른 많은 사람들과 함께 얼굴을 보았소." 캐드펠이 말했다. "하지만 성주께서 나를 기억할 줄은 몰랐군."

두 사람 사이에 잠시 침묵이 흘렀다. 이윽고 필립이 입을 열었다.

"저와 가까운 곳에 계셨지만 아무 말씀도 하지 않으셨지요. 드 술리스의 시신을 발견했을 때 그 자리에 계셨던 걸 기억합니다."

"그래요. 나도 거기 있었지."

"그리고 이제는 저를 찾아오셨고요. 부하들에게 듣자니, 제게 할 말이 있어 오셨다고요? 어떤 분을 대리하여 오셨습니까? 누가 수사님을 이곳으로 보냈지요?"

"적어도 내 관점에서, 나는 정의와 진실을 대리하여 여기 왔소. 나 자신과 내가 옹호하는 몇 사람을 위해, 궁극적으로는 주님을 위해서 왔다고도 할 수도 있지. 이는 곧 성주를 위해 온 것일 수도 있다는 뜻이오."

필립은 이울어가는 석양 속에서 눈을 가늘게 뜬 채 잠시 캐드펠의 얼굴을 묵묵히 살폈다. 그러나 캐드펠의 대담한 발언에서 어떤 흠결도 찾아내지 못한 듯했다.

"저녁 식사 후에 수사님의 말씀을 듣기로 하지요." 내심 호기심이 일었을 텐데도 그는 전혀 내색하지 않고 정중하고 차분한 어조로 말을 이었다. "제가 연회장을 나서면 부하가 수사님을 제게로 안내해드릴 겁니다. 원하신다면 성에 머무시는 동안 이곳 신부의 일을 함께하셔도 좋습니다. 저는 베네딕토회 수사님들을 존경하니까요."

"나는 신부가 아니라 그럴 수 없소." 캐드펠은 퉁명스럽게 대꾸했다. "게다가 원장님의 허락도 받지 않고 떠나왔으니 이제는 베네딕토회 수사라고 할 수도 없는 처지지. 나는 그곳과의 인연을 끊은 배교자요."

"그럴 만한 중요한 이유가 있었겠지요!" 필립은 그렇게 말한 뒤 호기심과 관심을 지그시 억누르며 다시금 캐드펠의 두 눈을 응시했다. "아무튼 이따 뵙겠습니다." 그러곤 홱 돌아서서 자신의 처소로 걸음을 옮겼다.

8

 필립 피츠로버트의 만찬은 스파르타 사람들의 그것처럼 지극히 소박하고 조촐했으며, 참석자들은 전부 남자들로 이루어져 있었다. 필립은 기사들이 둘러앉은 상석에서도 가장 중앙에 앉았으나 음식은 조금만 먹었고 술도 거의 마시지 않았다. 그를 따르는 청년들은 외경심이 아니라 진심 어린 존경을 드러내며 그를 솔직하고 허물없이 대했다. 캐드펠은 아래쪽 식탁에서 그곳 신부 곁에 앉아, 동료 기사들과 활달하게 이야기를 나누고 하인들에게 부드럽게 지시를 내리는 그의 모습을 가만히 관찰했다. 저 높고 반듯한 이마와 깊숙이 들어가 박힌 갈색 눈의 은근한 불꽃 너머에서는 어떤 생각들이 흐르고 있을까? 모르긴 몰라도, 음산하거나 불길한 것은 아닐 듯했다.

식사가 어느 정도 마무리되자 그는 다른 이들끼리 만찬을 즐기도록 내버려둔 채 먼저 자리에서 일어섰다. 남은 이들은 보다 느긋한 분위기 속에서 맥주와 포도주 잔을 거듭 돌려가며 마셨고, 몇몇 사람들은 분위기를 돋우기 위해 악기를 가져왔다. 여유롭고 느른해 보이지만 분명 성의 모든 대문을 잠그고 요소요소마다 경비병을 세워놓았을 것이다. 곁에 앉은 신부의 말을 듣자니, 뮈자르는 어리석게도 사냥을 하러 나섰다가 필립이 병사들을 매복시켜놓은 곳으로 곧장 말을 달린 모양이었다. 그러다 붙잡혀 자유를 얻는 대가로 성을 넘겨주었다고. 하지만 이들이 그의 목숨까지는 위협하지 않았을 터였다. 전투의 와중에도 함부로 성주의 목숨을 빼앗는 일은 드무니까. 설사 목에 올가미를 걸고 처형자들까지 대기시킨 상황에서도 성주는 감히 그 위협을 실천에 옮기지 못하리라 확신하여 완강하게 버티는 경우가 종종 있었다. 가문에 대한 충성심과 집안 사이의 통혼 관계가 성을 빼앗으려는 시도를 좌절시키는 경우도 무수히 많았다. 그러나 뮈자르는 스티븐 왕 진영에 힘 있는 친척을 두지 못했기에 더 버틸 수 없으리라 생각하여 성을 양도하고 말았다. 필립이라면 절대로 그렇게 간단히 굴복하지 않았을 텐데, 캐드펠은 생각했다. 그는 누구도 두려워하지 않을 거야. 물론 그렇다고 정문을 잠그지 않은 채 내버려두거나 성벽에 경비병을 세우는 일을 소홀히 할 사람도 아니지.
 "주군께서 자신이 연회장을 떠나면 안내를 받아 따라오라 하시더군요." 캐드펠이 신부에게 말했다. "그분과 만나려면 어디로 가야 하죠? 저를 오래 기다려주시지는 않을 것 같은데요."

 신부는 늙고 경험이 많아 웬만한 일에는 좀처럼 놀라지 않는 사람이었다. 그가 아니더라도 여기 이들 중 자기네 성주의 행동을 두고 왈가왈부할 자는 없을 듯했다. 필립이 힘 있는 제후나 귀족을 문전박대하든, 별 볼 일 없어 뵈는 떠돌이 신부를 반갑게 맞아들이든, 아무도 신경 쓰지 않으리라. 성주가 하는 모든 일에는 그럴 만한 충분한 이유가 있으니 자기네가 왈가왈부할 것 없다는 듯한 분위기였다.

 늙은 신부는 어깨를 으쓱이더니 얼른 일어나 앞장서서 연회장 밖으로 나갔다. "그분은 일찍 잠자리에 들고 일찍 일어나는 분입니다. 연회 후에 만나기로 하셨다니, 그분이 형제님께 상당히 큰 호의를 품은 모양이군요. 하긴, 수사복을 입은 사람이나 교회 일로 온 사람이면 누구한테나 잘해주시지요."

 캐드펠은 그 말에 무어라 대꾸하려다가 꾹 참았다. 필립이 코번트리 회의에 다녀왔다는 건 여기 있는 모두가 잘 알고 있었다. 아마 다들 아마 주교가 필립에게 전할 말이 있어 그를 보냈다고 여기는 모양이었다. 괜한 말을 꺼내느니 그대로 내버려두는 것이 좋으리라. 어차피 필립 앞에 서면 거짓 핑계나 명분을 댈 수 없을 것이었다.

 "여기입니다. 그분은 햇살이 잘 드는 따뜻한 방이 아니라 예배당과 가까운, 본성에서도 추운 곳에 속하는 이곳에서 흡사 수도사처럼 지내시지요."

두 사람은 연기를 피워 올리는 작은 횃불 하나뿐인 좁은 석조 통로로 들어섰다. 방문은 살짝 열려 있었다. 신부가 노크를 하자 안에서 "들어와요!" 하는 목소리가 돌아왔다.

작고 검소한 방에는 끝이 뾰족한 아치 모양의 높은 창문 하나만 나 있었다. 창 너머 별들이 무수히 박힌 밤하늘이 내다보였다. 방이 높은 곳에 자리 잡은 터라 성벽은 시야에 전혀 들어오지 않았다. 창문 아래 놓인 육중한 탁자 위에서 갓을 씌운 큼직한 촛대 하나가 불꽃을 피워 올렸고, 필립은 벽에 걸린 짙은 태피스트리를 등진 채 탁자 건너편, 커다란 팔걸이가 달린 넓은 의자에 앉아 있었다. 탁자 위에 펼쳐진 책을 들여다보고 있던 그가 이내 시선을 들었다. 그에게 학문적 소양이 있다는 건 놀라운 일도 아니었다. 필립은 자신이 가진 모든 능력을 최대한 갈고 닦을 사람이었다.

"문을 닫아주십시오, 수사님." 그가 조용한 목소리로 말했다. 왼쪽 팔꿈치께 있는 촛불로 인해 밝혀진 높은 광대뼈와 그 밑으로 움푹 팬 그늘진 뺨이, 그리고 사려 깊은 검은 눈과 그 주위를 둘러싼 상앗빛 피부가 선연한 대조를 이루었다. 캐드펠은 그가 아주 젊은 사람이라는 사실에 새삼 놀랐다. 올리비에와 비슷한 나이일까? 이 순간 무언가를 진지하게 탐색하는 듯한 저 진중한 얼굴 또한 캐드펠의 마음속에서 떠돌고 있는 올리비에의 얼굴을 연상시켰다.

"제게 하실 말씀이 있다고 하셨죠. 여기 앉아 자유롭게 말씀하시지요. 귀담아듣겠습니다." 그가 오른쪽 벽에 기대어진, 양가죽으로 덮인 긴 나무의자를 가리켰다. 캐드펠은 그를 똑바로 마주하는 자리에 서고 싶었지만 시키는 대로 자리에 앉았다. 필립은 흔들림 없는 눈길로 줄곧 캐드펠의 시선을 따라갔고, 캐드펠 역시 내내 그의 눈을 마주 보고 있었다.

"자, 제게 원하시는 게 뭐죠?"

"성주께서 억류한 두 사람의 이름을 솔직히 밝혀주기를, 또한 그들을 당장 풀어주기를 원하오."

"이름을 말씀해보시지요. 그 이름이 맞으면 맞는다고 솔직히 대답하겠습니다."

"첫 번째 사람은 올리비에 드 브르타뉴이고, 두 번째는 이브 위고냉이겠지."

"맞습니다." 필립은 여전히 조용한 목소리로 주저 없이 대답했다. "제가 그 두 사람을 억류하고 있습니다."

"여기, 이 라 뮈자르데리에?"

"예, 그들은 여기 있습니다. 이제 왜 제가 그들을 풀어줘야 하는지 말씀해보시지요."

"공정한 마음을 지닌 사람이라면 내 요청을 진지하게 받아들이지 않을 수 없을 거요. 내가 알고 있는 사실을 근거로 판단하건대, 올리비에 드 브르타뉴는 성주께서 패링던성을 왕에게 넘겼을 때 성주와 더불어 옷을 바꿔 입으려 들지 않았소. 그 외에도 성주를 따르지 않은 이들이 여럿 되지. 그들은 모두 무장해제 된 뒤 왕의 전리품으로 이 사람 저 사람에게 흩어져 누군가 자기 몸값을 지불해주어 풀려나기만을 고대하고 있소. 성주께서는 왜 올리비에 드 브르타뉴의 몸값을 제시하지 않은 거요? 또 그를 억류하고 있다는 사실을 알리지 않은 이유는 또 무엇이고?"

필립의 얼굴에 희미한 미소가 떠올랐다. "제가 그를 억류했다는 사실은 방금 수사님께 밝혀드렸잖습니까. 거기서부터 시작하시죠."

"좋소. 지금껏 내가 성주께 이에 대해 묻지 않았던 건 사실이고, 지금 성주께서는 그 사실을 부인하지 않았소. 그렇다면 다른 질문을 해보지. 다른 사람들과 달리 올리비에의 경우에는 그 소재가 애초에 발표되지 않았소. 기꺼이 그의 몸값을 지불하고 싶어 하는 사람들이 있는데 말이오. 이건 공정하지 못한 행위 아니오?"

"아무리 높은 가격을 제시한다 해도 지불하려 할까요?"

"금액을 말하시오. 내가 그 돈을 모아 성주께 지불할 테니."

한동안 침묵이 이어졌다. 필립은 머리카락 한 올도 움직이지 않은 채 두 눈을 크게 뜨고 캐드펠을 똑바로 바라보았다. 도무지 속을 알 수 없는 눈빛이었다. 이윽고 그가 입을 열어 아주 나직한 목소리로 말했다. "여기서 홀로 조용히 시들어가는 그를 기꺼이 대신할 또 다른 사람의 목숨이 필요할지도 모릅니다."

"내 목숨을 가지시오." 캐드펠이 단호하게 맞받았다.

*

뾰족한 아치형의 높은 창문 너머 구름이 희미한 별빛들을 덮어버리기 시작했다. 이제 바깥은 실내의 돌벽보다도 컴컴했다.
"수사님의 목숨이라……." 필립이 나직한 목소리로 천천히 되풀이했다. 의문이나 감탄이 아니라, 마치 내면의 강철판에 깊숙이 각인하듯 스스로에게 하는 말이었다. "수사님의 목숨을 가져서 좋을 게 뭐가 있을까요? 전 수사님에게 어떤 원한도 없는데요."
"그렇다면 올리비에에게 원한이 있소? 그를 죽여서 좋을 게 뭐요? 성주께서 대의를 저버렸을 때 그는 자신의 대의를 고수했을 뿐이오. 아니, 정확히는 '그가 성주께서 대의를 저버렸다 믿었을 때'라고 해야 옳겠군." 이어 캐드펠은 조심스레 말을 이었다. "솔직히 나는 성주께서 해온 모든 일들을 자세히 알지 못하오. 올리비에 또한 어떤 사실을 판단하기 전에 신중한 성찰의 과정을 생략했을 수도 있겠지."
무의미한 변호였다. 변절자를 향한 올리비에의 경멸은 그에게 깊은 분노와 상처를 안겨주었을 것이다. 자기 못지않게 드높은 자부심을 가진 이가 거침없이 그를 비난하고 몰아붙였을 때, 필립은 흡사 거울 속에 비친 그 자신에게서 매도당하는 듯 느꼈으리라. 치명적인 상처의 기억을 씻어내는 유일한 방법은 상처를 준 이를 영영 보이지 않는 곳에 파묻어버리는 것뿐이다.

"성주께서는 그를 너무도 좋아했군!" 캐드펠은 문득 진실을 깨닫고 자신도 모르게 내뱉었다.

"지나치게 좋아했지요." 그가 캐드펠의 말을 되풀이했다. "제가 가장 소중하게 여긴 사람들로부터 두 번 다시 생각할 여지도 없이 거부당하고 매도당하고 멸시당한 게 그게 처음은 아닙니다. 그러니 새삼스러울 것도 없는 일이에요. 결국 그 마지막 사람과의 인연마저 끊겨 전 홀로 걸어가게 된 셈입니다. 그런데, 수사님은 올리비에 드 브르타뉴와 어떤 사이입니까? 대체 왜 그 대신 목숨을 바치겠다고 나서는 겁니까?"

"그 아이는 내 아들이오."

다시금 깊은 침묵이 이어진 뒤, 필립은 낮고 긴 한숨을 토해냈다. 캐드펠의 그 짧은 대답이 다양한 감정을 내포한 고통스러운 울림처럼 두 사람 모두의 마음속에 음산하게 메아리쳤다. 필립은 이제 아버지와 단절되어 도저히 화해할 수 없는 처지였다. 그의 형이자 로버트 백작의 상속자인 윌리엄과의 관계도 마찬가지였다. 혹시 부자의 단절은 차남으로서의 울분에서 비롯한 것이 아닐까? 언제나 아버지와 가까운 사이였고 아버지의 사랑을 듬뿍 받으며 매사에 부족함 없이 지낸 형과 달리 동생인 그는 늘 무시당하며 살아온 게 아닐까? 패링던성을 구해달라고 사정했을 때 그랬듯, 아버지는 그간 줄곧 필립의 욕구와 바람에 무관심했던 것이 아닐까? 아니, 그것만은 아니야, 캐드펠은 생각했다. 필립의 내면에서 들끓는 분노의 일부가 그러한 처지에서 비롯한 것인지는 몰라도, 그게 유일한 이유는 아닐 것이다. 이것은 그리 간단한 문제가 아니었다.

"아버지라면 의당 아들을 염려하고 그를 위해 애써야 마땅한 겁니까?" 필립이 퉁명스럽게 대뱉었다. "제가 감옥에 갇혔다면 제 아버지도 저를 구하기 위해 똑같이 그랬을까요?"

"당연히 그러시리라는 건 나도 알고 성주께서도 잘 알고 있소." 캐드펠은 단호하게 대답했다. "하지만 당신은 그런 처지가 아니지. 나는 올리비에를 반드시 구해내야겠소. 그 아이는 보다 나은 대우를 받아 마땅하오."

"수사님도 다른 사람들처럼 잘못 알고 계시는군요." 그의 목소리는 차갑기 그지없었다. "제가 먼저 아버지를 버린 게 아닙니다. 그분이 저를 버렸고, 저는 그 판단을 받아들였을 뿐이지요. 그것이 이 지긋지긋한 낭비와 소모전에 종지부를 찍으려는 결단에서 나온 조처인지 모르겠지만, 그런 처분을 당한 저로서는 방향을 돌려 다른 쪽 저울에 제 모든 무게를 실어주는 것 말고 달리 무슨 방도가 있을까요? 그러나 이 모든 게 허사로 돌아가 우리 모두 참담한 좌절을 맛본다면, 이 불쌍한 땅과 백성들이 고통을 얼마나 더 감내할 수 있을지 모르겠군요."

레스터셔 백작과 거의 비슷한 이야기였으나 그의 방식은 아주 달랐다. 레스터셔 백작은 양 진영에서 가장 지혜롭고 온건한 이들을 규합하고 합의를 이끌어냄으로써 이 전쟁을 종결시키려 하는 반면, 필립은 어느 한쪽의 일방적인 승리로 전쟁을 끝내는 것

말고는 방법이 없으리라 보았다. 누군가 승리해서 법과 질서를 어느 정도 회복시켜줄 수만 있다면 어느 쪽이 이겨도 상관없다는 태도였다. 그가 배신자요 변절자로 낙인찍혔듯이, 레스터셔 백작 역시 왕을 제어하기 위해 군대를 철수시킬 경우 같은 오명을 뒤집어쓸 터였다. 하지만 그럼에도, 레스터셔 백작이나 필립 같은 사람들이야말로 고통받는 이 땅의 구원자들일지 몰랐다.

"성주께서는 지금 왕과 황후에 대해 얘기하고 있군. 무슨 말인지는 잘 알아듣겠소. 지금껏 내가 알고 있던 바보다 훨씬 더 깊이 이해했지. 하지만 나는 지금 아들 올리비에에 대해 이야기하고 있소. 나는 성주께서 제시하는 그 아이의 몸값을 지불할 생각이오. 아울러 다른 사람의 목숨에 대해서도 진심 어린 제안을 건네면 그 또한 받아들일 거요. 성주께서는 다른 건 몰라도 약속은 반드시 지키는 분이라 들었소."

"잠깐!" 필립이 한 손을 살짝 들었다. "이런 말씀을 드려 죄송합니다만, 수사님은 젊고 팔팔한 사람의 목숨과 수사님처럼 연세 드신 분의 목숨을 맞바꾸는 게 공정한 거래라 생각하십니까? 수사님이 제게 공정한 판단을 부탁하신 만큼, 저 또한 수사님께 같은 것을 요구하고 싶습니다."

"불균형한 거래인 건 사실이오." 나이나 아름다움, 활력을 놓고 비교하자면 분명 그렇지, 캐드펠은 생각했다. 그러나 각도를 달리하여 충성과 애정을 놓고 생각하면 문제가 달라진다. 필립도 이 순간 캐드펠의 의지를 짐작하고 있긴 하지만, 실제로 캐드펠이 마음먹은 것과는 비교할 수 없이 가벼운 수준일 터였다. 필립과 올리비에는 생사를 좌우하는 중요한 선택의 기로에서 서로의 마음을 조화시키지 못했으며, 상대의 이해를 너무도 간절히 원했기에 그 어긋남은 용서할 수 없는 것이 되어 있었다. "그렇지만 나는 성주께서 요구하는 거라면 뭐든 내놓겠다 말했소. 이보다 큰 판돈이 있을까? 솔직히 말해보시오. 이 정도면 애초에 성주께서 기대했던 것보다 더 큰 대가가 아니오?"

"수사님 생각이 맞습니다." 필립은 진솔하게 대답했다. "제게 시간을 좀 주셔야 할 것 같습니다. 너무 갑자기 찾아오셔서…… 게다가 저로서는 올리비에에게 이런 아버님이 계신 줄 꿈에도 몰랐으니까요. 만일 아드님의 출생과 관련해 이런저런 사실을 여쭈면 수사님은 모두 있는 그대로 대답해주시겠습니까?"

"물론이오."

필립의 검은 눈이 재미있다는 듯 반짝였다. "그렇게 쉽게 털어놓을 만한 내용은 아닐 텐데요."

"아무에게나 털어놓지는 못하겠지." 캐드펠은, 맹렬한 호기심을 거두고 이젠 보다 진지한 관심의 기색을 띤 상대의 두 눈을 바라보았다. 다시금 가볍고 편안한 침묵이 내려앉았다.

"일단……" 필립이 말했다. "첫 번째 포로인 올리비에 문제는 잠시 접어두기로 하지요. 얘기를 끝내자는 게 아니라 잠시 미루고 두 번째 사람에 대해 이야기하자는 겁니다. 자, 말씀해보십시오. 이브 위고냉을 위해서도 하실 말씀이 있습니까?"

"내가 하고 싶은 말은 딱 하나뿐이오. 그 친구, 이브 위고냉은 브라이언 드 술리스의 죽음과 아무 관련이 없소. 성주님은 그 아이를 아주 잘못 보았소. 나는 그를 아이 적부터 봐왔기 때문에 잘 알고 있소. 어떤 목표를 세우면 그때부턴 앞뒤 가리지 않고 달려드는 아이지. 우리가 처음 코번트리의 수도원에 들어섰을 때, 드 술리스가 무장을 한 채 스스럼없이 활보하는 걸 보고 이브는 배신자요 변절자라 소리치면서 그에게 달려들어 검을 뽑았소. 당신은 그 자리에 없었지만, 그는 수많은 목격자들 앞에서 정면으로 그와 부딪쳤소. 만일 드 술리스를 죽일 생각이었다면 그는 의당 그렇게 공개적인 방식으로 일을 저질렀을 거요. 어두운 곳에서 칼을 들고 숨어 있다가 남몰래 달려들어 죽이는 건 그 아이로서는 상상도 못 할 일이지. 자, 드 술리스가 죽은 날 밤의 정황을 찬찬히 더듬어보시오. 이브는 마지막 기도 시간에 늦어 문 바로 안쪽 어두운 구석에서 다른 이들과 섞여 의식에 참석했소. 그러다 군주들이 나갈 때 통로를 만들어주느라 제일 먼저 성당 밖으로 나갔고, 어둠 속에서 드 술리스의 몸에 걸리자 그 곁에 무릎을 꿇고 우리더러 불을 가져오라고 소리쳤소. 사람들이 달려갔을 땐 손에 피를 묻힌 채 서 있었고. 이는 움직일 수 없는 사실이니 성주께서 오해할 만도 하오. 성주께서는 이브가 예배당에 들어오지 않고 밖에서 드 술리스를 죽인 뒤 얼른 검을 씻은 다음 아무 일도 없었던 양 자기 숙소에 갖다놓았다고 했지. 그런 다음 다시 돌아와 적당한 때 시신 곁에 서서 비명을 지른 것이라고 말이오. 하지만 그게 사실이라면, 그는 왜 굳이 소리쳐 사람들을 불렀을까? 왜 시신 곁에 서 있었을까? 왜 그곳이 아닌 다른 장소에서, 자기가 그 사건과는 아무 관련이 없다고 증언해줄 친구들과 함께 있지 않았냐는 말이오."

"그럴 수 있지요." 필립은 가차 없이 대꾸했다. "마음이 급해 얼른 현명한 판단을 내리지 못하고, 의심받지 않을 만한 좋은 방법을 선택하지 못할 수도 있잖습니까. 수사님은 대체 무슨 근거로 저의 확신이 잘못됐다고 주장하시는 겁니까?"

"여러 근거가 있지. 우선, 그날 밤 내가 이브의 검을 조사해봤소. 그의 말대로 검은 칼집에 얌전히 들어 있더군. 홈이 있는 칼날에서 핏자국을 말끔히 씻어내기란 쉽지 않은 일이오. 나 또한 전투 경험이 많은 사람이니 믿어도 좋소. 그 점에서는 어떤 의혹도 발견할 수 없었소. 둘째로, 성주께서 수도원을 떠난 뒤 나는 드 클린턴 주교님의 허락을 받아 드 술리스의 시신을 자세히 살펴보았소. 그런데 그의 상처는 장검에 의해서 생긴 게 아니었소. 장검의 날을 그렇게 만들 방법은 세상에 없을 거요. 그의 상처는 아주 가늘고 예리한 단검에 의한 것이었소. 그 길이는 가까스로 심장에 닿을 정도쯤 되겠지. 범인은 그걸로 상대의 가슴을 깊숙이 찌른 뒤 피가 흘러나오기 전에 재빨리 빼냈소. 피는 피해자가 바닥에 쓰러진 이후에 흘러나왔고, 드 술리스가 쓰러진 포석에 그 흔적이 남아 있었지. 그리고 세 번째, 그가 드 술리스에게 적개심을 품고 있다는 건 모두가 알았고, 이는 드 술리스 자신도 예외가 아니었소. 그가 가까이 다가오는 것을 깨닫는 순간 드 술리스는 검을 빼 들었을 거요. 이치상 자기 몸에 단검 날이 미치기 훨씬 전에 그렇게 했어야 맞지 않겠소?"

"물론 그건 그렇죠." 필립은 고개를 끄덕였다.

"그것이 이 사건의 핵심과 긴밀하게 관련된 문제요. 무장하고 있던 것으로 보아 브라이언 드 술리스는 마지막 기도에 참석할 생각이 없었던 게 분명하오. 그날 밤 그는 누군가와 몰래 만날 약속을 했소. 그래서 안마당의 회랑에 있는 열람실에서 상대를 기다리다가, 그가 다가오는 것을 보고 회랑으로 나왔지. 다른 이들은 모두 예배당에 들어가 있어 아주 조용한 시간에, 목격자도 없는 장소에서 이루어진 일이오. 범인은 그의 적으로 알려진 이가 아니라, 그가 친구라고 굳게 믿는 사람이었소. 그는 아무 의심도 품지 않은 채 자신을 기다리는 드 술리스에게 접근해 그의 심장을 찔렀소. 그런 다음 바닥에 쓰러진 피살자의 곁을 떠났고, 잠시 후 어리석은 한 청년이 올가미를 뒤집어쓰게 된 거요."

"이브 위고냉은 아직 무사합니다." 필립은 퉁명스럽게 말했다. "그를 어떻게 처리해야 할지 아직 결정하지 못한 상태라."

"그리고 내가 그 결정을 더욱 어렵게 만드는 중이지." 캐드펠이 조용히 말을 이었다. "내 모든 말은 진실이며, 당신도 원하든 않든 그걸 인정하지 않을 도리가 없을 거요. 그리고 이야기할 것이 또 있소. 이 말을 듣는다고 이브 위고냉에 대한 분노와 의심이 사그라들지는 않겠지만, 아마 그보다 더 피살자를 증오했을 만한 사람들이 많았으리라는 생각은 들 거요. 심지어 피살자가 자신의 친구로 여겼던 이들 중에도 그런 사람들이 있을지 모르지."

"말씀 계속하시지요." 필립은 차분하게 말했다.

"성주께서 수도원을 떠난 뒤 우리는 주교님이 지켜보는 가운데 드 술리스의 동생에게 넘겨줄 그의 소지품을 조사했소. 드 술리스는 자기 도장을 소지하고 있었지. 이는 이상할 것 없는 일이오. 그 사람의 도장을 본 적이 있소?"

"봤죠. 백조와 버드나무 가지들이 새겨진 도장이었습니다."

"하지만 짐 속에는 도장이 하나 더 있었소. 다른 문양이 새겨진 또 다른 도장 말이오. 혹시 이 도장을 아시오?" 캐드펠이 품속에서 둘둘 만 양피지를 꺼내 테이블 위에 펼치자 필립은 두 손으로 그 양 끝을 붙잡아 자세히 들여다보았다. "도장은 지금 드 클린턴 주교님께서 갖고 계시오."

"예, 본 적이 있습니다." 필립은 조심스러우면서도 초연한 태도로 말을 이었다. "패링던성을 지키던 수비대장들 중 한 사람이 이 도장을 사용했습니다. 출신 배경은 그리 좋지 못하지만 아주 훌륭한 사람이에요. 헤트퍼드의 길버트 드 클레어의 이복동생인 제프리 피츠클레어…… 그는 서자 출신이지요."

"그리고 성주께서도 제프리 피츠클레어가 낙마하여 패링던성이 넘어가던 날 죽었다는 얘기를 들었을 겁니다. 그날 밤 제프리는 다른 대장들과 마찬가지로 성을 넘겨주겠다는 계약서에 도장을 찍은 뒤 말을 타고 크리클레이드로 갔지요. 하지만 돌아오지 않았고, 그러자 드 술리스와 몇몇 이들이 다음 날 그를 찾으러 나갔다가 들것에 시신을 싣고 돌아왔습니다. 수비대 사람들은 그날 밤에 그의 사망 소식을 들었지요."

필립의 얼굴에 처음으로 긴장의 기색이 떠올랐다. "저도 그건 알고 있습니다. 아주 불운한 사건이었지요. 저는 그가 크리클레이드로 오는 줄도 모르고 있다가 나중에야 소식을 들었습니다."

"그 사람이 올 줄 몰랐다고? 사람을 시켜 그 사람을 부르지 않았소?"

필립은 이맛살을 찌푸렸다. "아뇨, 그럴 필요가 없었습니다. 드 술리스가 제게서 전권을 위임받은 상태였으니까요." 깊숙한 눈두덩이 위의 검은 눈썹이 꿈틀거렸다. "뭔가 숨겨진 사연이 있는 모양이군요. 수사님이 말씀하시려는 게 그겁니까?"

"참으로 공교롭지 않소?" 캐드펠이 말했다. "제프리가, 하필 패링던성을 스티븐 왕에게 넘긴다는 계약서에 도장을 찍은 바로 다음 날 사고로 죽어버리다니 말이오. 만일 그 사람이 그날 밤에 죽은 게 아니라면 어떨까? 그가 죽은 뒤 다른 사람이 계약서에 그의 도장을 찍었다면? 제프리 피츠클레어가 살아 있었다면 성을 양도하는 조처에 절대로 동의하지 않았으리라 확신하는 이들이 있소. 내가 그런 사람들 중 하나를 만나 직접 이야기를 나눠보았소. 만일 제프리가 그 조처에 반대했을 경우 그의 부하들은 물론 많은 기사들이 그의 편에 서서 싸웠을 테고, 패링던성은 결코 왕의 수중에 넘어가지 않았을 거요."

필립은 가만히 생각에 잠겼다가 입을 열었다. "수사님은 그가 사고로 죽은 게 아니라고 생각하시는군요. 다른 대장들과 함께 그 문서에 도장을 찍은 사람은 제프리 자신이 아닌 다른 사람이라고요."

"맞소, 내 요점은 바로 그거요. 그는 결코 그런 문서에 도장을 찍을 사람이 아니고, 살아 있는 동안에는 다른 이에게 도장을 넘겨주지 않았을 거요. 그러나 수비대원들을 설득하려면 어떻게 해서든 그의 동의를 받아야만 했지. 나는 그가 이를 거부한 즉시 죽음을 당했으리라 생각하오. 그들로서는 시간을 지체할 여유가 없었으니까."

"하지만 그 사람들은 이튿날 제프리를 찾겠다고 나갔다가 모든 수비대원들이 보는 앞에서 그를 패링던성으로 데려오지 않았습니까."

"제프리의 몸을 외투로 싸서 들것에 실어 왔다고 들었소. 그의 부하들은 들것이 지나가는 광경을 보았고, 그가 자기 대장이라는 사실도 확인했소. 하지만 가까이 다가가 자세히 본 사람은 없었지. 그리고 그의 사망 소식을 들은 뒤 아무도 그의 시신을 확인하지 못했소. 밤중에 죽은 이의 시신을 성 밖으로 들고 나가 적당한 곳에 숨겨두었다가 이튿날 모두가 보는 앞에서 들것으로 실어 오기란 어려운 일이 아니오. 아마 협상하러 온 왕의 장교들을 몰래 들여보냈던 샛문으로 피츠클레어의 시신을 내보내 숲속 은신처에 가져다두지 않았나 싶소. 그게 아니고서야, 어떻게 피츠클레어의 도장이 브라이언 드 술리스의 짐 속에 파묻혀 코번트리로 올 수 있었겠소."

필립이 자리에서 벌떡 일어나 급히 탁자를 돌아 나오더니 방 안을 서성이기 시작했다. 내면에서 들끓는 소용돌이로부터 벗어날 유일한 수단이 그것뿐인 듯, 그는 격정을 지그시 억누르며 연신 몸을 움직였다. 먹이를 노리는 사자처럼 방 안을 배회하던 필립이 마침내 캐드펠과 촛불에 등을 돌리고는 불끈 쥔 두 주먹을 가장 어두운 구석에 놓인 육중한 장에 댄 채 조용히 침묵에 잠겼다. 온몸이 팽팽하게 긴장되어 있었다. 그는 한동안 꼼짝도 않다가, 비로소 자신이 들은 모든 내용을 소화해냈는지 차분한 표정을 회복하고 돌아섰다.

"저는 이 모든 일에 대해 전혀 알지 못했습니다. 만일 수사님의 말씀이 사실이라면……." 필립이 잠시 말을 삼켰다가 이내 다시 입을 열었다. "아니, 사실이겠지요. 제 직감 또한 그것이 사실이라 말하고 있으니까요. 하지만 저는 그 일과 무관합니다. 제 부하들이 그런 짓을 벌이도록 허용하지도 않았을 거고요."

"나 역시 그 일에 성주께서 관여했으리라 생각하지 않소. 심지어 패링던성을 넘기게 된 연유나 의도에 대해서도 아는 바가 없고, 누구에게 물어본 적도 없지. 물론 공식적인 명령에 의해 일어난 일이 아니라는 것만은 확신했지만…… 어쨌든 이 사건은 별개의 문제요. 성주는 그때 그곳에 있지 않았고, 모든 일이 전적으로 드 술리스의 지시에 의해 이루어졌소. 아마 드 술리스가 직접 살인을 자행했을 공산이 크오. 다른 네 대장과 부하들을 끌어들여 살인을 공모하고 결행하기란 쉬운 일이 아니니까. 그보다는 차라리 그를 따로 불러내어 단둘이 만났을 때 일을 저지른 뒤 살인에 반대하지 않은 한두 사람을 시켜 시신과 말을 몰래 밖으로 빼돌리는 편을 택했을 거요. 그러곤 수비대원들에게는 성주님과 의논할 것이 있어 피츠클레어를 크리클레이드로 보냈다고 했겠지. 그리고 양도 문서에 그의 도장을 제일 먼저 찍었을 거요. 나는 성주께서 그들과 더불어 살인을 공모했으리라고 생각한 적이 없소. 성주께서는 이런 식의 비열한 음모를 꾀할 사람이 아니니 말이오." 그는 한숨을 쉰 뒤 말을 이었다. "어쨌든 피츠클레어는 죽었고 드 술리스 역시 죽었소. 그리고 나는 당신이 드 술리스의 죽음을 애도하거나 앙갚음해야 할 이유가 없다고 생각하오. 그뿐 아니라 많은 이들이 보는 앞에서 공개적으로 자신이 그의 적이라는 사실을 드러낸 한 청년에게 그 죽음의 원인을 물어야 할 까닭도 없다고 생각하오. 패링던성에는 피츠클레어를 살해한 자에게 앙갚음하고 싶어 하는 이들이 많이 있었소. 그들 중 몇 명이나 코번트리 회의에 참석했을지 누가 알겠소? 피츠클레어를 좋아하고 따르던 이들은 아주 많소. 그리고 그의 부하들이 자기 주군의 죽음에 대해 의혹을 품고 있지."

"드 술리스는 위고냉뿐 아니라 그런 사람들에 대해서도 늘 경계를 거두지 않았겠군요." 필립이 중얼거렸다.

"그런 사람들이 제 적개심을 드러냈으리라 생각하오? 천만에.

더욱이 드 술리스에게 접근하고자 마음먹은 이라면 그가 어떤 경계심도 품지 않도록 아주 조심했을 거요. 반면 이브는 이미 그에 대한 증오심을 모든 사람들 앞에서 공개적으로 드러냈소. 그는 가늘고 예리한 단도는커녕 장검을 휘두를 만한 거리 안에도 접근하지 못했을 거요. 그러니 이제 이브 위고냉을 석방해주시오. 아울러 내 아들을 풀어주고 나를 대신 잡아 가두시오."

필립은 탁자 너머로 천천히 돌아가 자리에 앉은 뒤 두 손으로 뺨을 괸 채 흔들림 없는 눈빛으로 캐드펠을 바라보았다. "맞아요." 그는 캐드펠이 아니라 자기 자신에게 이야기하듯 작게 중얼거렸다. "수사님의 아들 올리비에의 문제도 있군요. 그를 잊고 있을 수는 없지요." 캐드펠에게는 그 목소리가 왠지 불안하게만 들렸다. "그동안 제가 호감을 가지고 지켜봐온 그 사람이 과연 수사님이 아들이라 말씀하시는 이와 같은 사람인지, 이제 한 번 알아보도록 하겠습니다. 그는 제게 아버지에 대해 한마디도 한 적이 없으니까요."

"그 아이는 어렸을 때 제 어미한테서 들은 것 말고 나에 대해 아는 게 없소. 나 역시 그에게 아무 말도 하지 않았지. 그는 애정으로 밝게 채색된 아주 근사한 전설로만 자기 아버지를 알고 있을 거요."

"제 질문이 불편하시다면 대답하지 않으셔도 됩니다. 어쨌든 전 여쭈어야겠어요. 그는 수사님이 수도원에 들어가신 이후에 태어난 겁니까?"

"아니, 십자군 전쟁에 출정했던 시절 얻은 아들이오. 그 아이의 어미는 안티오크에서 살다가 죽었지. 나는 아이가 생겼다는 사실조차 아예 모르는 채 지내다가 이곳 잉글랜드에서 그 아이를 만난 뒤에야 비로소 알게 되었소. 올리비에가 제 어머니 이름을 밝히고 몇 번이나 그녀에 대해 이야기했으니, 그 점에는 의문의 여지가 없소. 수도원에는 그가 태어난 이후에 들어간 거요."

"십자군 출정이라고요!" 필립의 두 눈이 황금빛으로 뜨겁게 타올랐다. 그 눈길이 노수사의 정수리를 둘러싼 회색빛 머리칼과 풍상에 찌든 얼굴에 한참이나 더물렀다. "예루살렘에 기독교 왕국을 건설한 십자군 전투에 종군하셨습니까? 그 무엇보다 힘겹고 혹독한 전투였을 텐데요."

"가장 정당화하기 좋은 전쟁이었지." 캐드펠은 씁쓸하게 대답했다. "그 이상은 말하고 싶지 않군."

경탄의 기색을 띤 채 상대를 새삼 살피고 가늠하던 필립의 빛나는 눈이 문득 은밀한 열정에 휩싸였다. 그의 시선은 이제 캐드펠이 아닌, 그 너머 아주 먼 곳으로 향하는 듯했다. 저 유명한 지중해 건너, 해외에 건설된 전설적인 프랑크왕국들을. 에데사가 함락된 이후 전 기독교인들은 예루살렘마저 잃을까 두려워했다. 교황과 주교들은 이교도들에게 포위된 수도를 걱정하느라 밤잠을 설치고, 그곳을 지키고자 목청 높여 외쳐댔다. 혈기 왕성한 필립이라면 그 시절 돌격 나팔 소리에 몸을 떨치고 일어났으리라.

"어떻게 이 땅에서 그를 만나신 겁니까? 아들이 있다는 사실조차 모르고 계셨는데요. 딱 한 번 만나신 건가요?"

"두 번 만났소. 그리고 주님의 은총 덕에 이제 또다시 만나게 될 거요." 캐드펠은 단호하게 말한 뒤 아들을 두 번이나 만나게 된 정황을 간략하게 들려주었다.

"한데 그 사람은 수사님이 아버지인 줄도 모르고 있다고요? 왜 말씀해주지 않으셨죠?"

"그 아이에게 알릴 필요가 없으니까. 수치스러운 일은 아니지만, 그렇다고 자랑스러운 일도 아니잖소. 그 아이가 순탄하게 제 갈 길을 제대로 가고 있는데 굳이 긁어 부스럼을 만들 것 없지."

"아들에게 요구하고 싶은 것도, 원하는 것도 없다는 겁니까?" 필립의 말이 가늘게 새어 나왔다. 아버지에게서 사랑받고 싶었으나 뜻대로 되지 않아 고통과 분노를 품어온 이의 목소리였다. 사랑이 너무나 깊어 이제는 깊은 증오로 탈바꿈했으니, 그 격정 어린 감정이 세상의 모든 부자 관계에 대한 그의 생각을 지배하고 있었다. 그에게 부자 관계란 너무나 가깝고도 먼, 결코 평온할 수 없는 관계였다.

"그 아이는 내게 빚진 게 없소. 우리 사이에서는 혈연에 따른 것이 아니라, 그저 우정과 호의에서 비롯한 감정이 자연스럽게 오갔을 뿐이오. 그와 나는 그렇게 서로를 신뢰하는 사이에 불과하오."

"하지만 수사님이 그를 위해 목숨까지 바치려 하시는 건 혈연 때문이지요." 필립은 나직하게 말했다. "제가 보기에 수사님은 제가 너무도 잘 알고 있는, 하지만 오랜 세월이 지나서야 제대로 이해하게 된 것에 대해 말씀하시는 것 같군요. 우리는 각자 운명에 상응하는 아버지로부터 태어나며, 그 아버지들 또한 각자의 운명에 상응하는 아들을 낳습니다. 아들은 아버지로 인해 혹독한 고행을 겪고, 아버지들도 아들 때문에 그런 과정을 밟지요. 세상에 최초로 일어난 싸움은 형제간의 싸움(카인과 아벨의 싸움을 가리킨다―옮긴이)입니다만, 가장 길고 가장 격렬한 싸움은 부자간의 싸움입니다. 지금 수사님은 아드님을 위해 목숨을 바치겠다고 하시지만 저는 수사님의 목숨을 원치도 않고 필요로 하지도 않아요. 돈으로 치자면 제가 쓸 수도 없는 돈이지요. 제가 어떻게 수사님을 상대로 분풀이를 할 수 있겠습니까? 저는 수사님을 존경하고 좋아합니다. 수사님이 원하신다면 많은 것을 드리고 싶어요. 그러나 올리비에만큼은 내어드릴 수 없습니다."

*

   명백한 거부. 그날 밤 두 사람의 대화는 그것으로 끝이었다. 캐드펠은 돌로 된 복도로 나갔다. 마지막 기도 시간을 알리는 예배당의 종소리가 공허한 울림을 남기며 성 구석구석으로 퍼져나갔다.

9

캐드펠은 자정 무렵 깨어났다. 새벽 종소리가 울리지 않아도 그 시각이면 습관처럼 눈이 떠졌다. 눈을 뜨자마자 그는 자신이 예배당과 가까운 조그만 방에 묵고 있다는 걸 기억해냈고, 이에 그때까지는 미처 생각지 못했던 주인의 깊은 배려를 헤아릴 수 있었다. 자신이 교회를 등진 사람이라고 솔직하게 토로했건만, 그럼에도 필립은 그가 성직자라는 점을 고려하여 이 방을 내어준 것이다. 주인이 마음을 써서 예배당 가까운 곳에 잠자리를 마련해주었으니, 그곳 제단 앞에서 새벽기도를 드리지 말아야 할 이유가 어디 있겠는가? 비록 수사가 누릴 수 있는 권리와 특권을 상실하기는 했을망정, 그는 결코 신앙을 포기하거나 교회에 누를 끼치는 일 같은 것은 하지 않았다.

돌로 지어진 검소하고 싸늘한 예배당에서 홀로 무릎을 꿇은 채 소리 없이 기도를 드리고 나니 애초에 기대했던 것보다 훨씬 더 마음이 편하고 가벼워졌다. 주님의 은총이야, 그는 생각했다. 그게 아니라면 이처럼 모든 의심과 근심을 떨쳐버리고 내일의 불확실성에 대한 불안도 없이 가벼운 마음으로 일어설 수 없을 테지.

예배당 문은 미리 살짝 열어둔 터였다. 삐걱거리는 소리에 다른 사람들을 깨울지도 모른다는 생각에서였다. 그가 다시 문 쪽으로 다가가는 순간, 누군가 살며시 다가와 예배당 안을 들여다보았다.

"교회를 등진 분답지 않게 기도 시간을 엄격하게 지키시는군요." 필립의 나직한 목소리가 들려왔다. 맨발에, 몸에는 두터운 모피 가운 하나만 걸친 채였다. "수사님 때문에 깬 건 아니니 걱정 마십시오. 줄곧 잠을 이루지 못했거든요. 아, 물론 그건 수사님 탓이라 할 수 있겠군요."

"교회를 등진 사람도 은총의 빛에 가까이 갈 수는 있지. 나 때문에 잠을 이루지 못했다니, 미안하게 됐소."

"그 정도야 수사님의 내면에 자리 잡은 슬픔에 비하면 별것 아니지요. 일단 주무시고 내일 다시 이야기를 나누시지요. 필요한 건 다 갖춰져 있으니 수도원의 숙사에서처럼 편안하게 주무실 수 있겠지요? 군인의 잠자리와 수사의 잠자리는 크게 다르지 않다고 사람들이 말하더군요. 저는 어른이 된 이래 죽 군인으로만 지내와서……." 아닌 게 아니라, 그는 스무 살이 되기도 전부터 아버지를 도와 이 끝없는 전쟁에 종군해온 터였다.

"나는 양쪽 모두 경험해보았고, 어느 쪽에 대해서도 불만이 없소." 캐드펠은 말했다.

"이제야 생각났는데, 코번트리에 갔을 때 십자군 전쟁에 참전했던 수사가 있다는 얘기를 들었습니다. 그땐 그분이 수사님인 줄 몰랐지만요." 필립은 그렇게 말하면서 가운을 바싹 여몄다. "저 역시 주님께 드리고 싶은 말이 있어 왔습니다." 그가 캐드펠 곁을 지나 예배당 안으로 들어가며 한마디 덧붙였다. "내일 아침 미사 뒤에 뵙지요."

*

"이번에는 밀실이 아니라 홀에서 공개적으로 말씀드리겠습니다." 다음 날, 미사를 마치고 나오던 필립이 캐드펠의 한쪽 팔을 붙잡고 말했다. "수사님은 아무 말씀도 하실 필요 없어요. 수사님의 역할은 끝났으니까요. 밤사이 브라이언 드 술리스와 이브 위고냉의 일에 대해 깊이 생각해봤습니다. 드 술리스가 벌인 일은 그냥 덮고 지나갈 수 없지만, 그를 심문하기에는 이미 늦었으니 그대로 영원한 잠을 자도록 내버려둘밖에요. 그리고 다른 한 가지 사안, 위고냉의 살인 혐의에 대해서는 제가 오해했던 것 같습니다. 저로서는 더 이상 그를 문책할 수 없어요. 그러니 같이 가서 그를 풀어주고 말에 태워 원하는 곳으로 가는 모습을 지켜보시지요."

두 사람은 라 뫼자르데리성의 홀로 향했다. 테이블과 의자들을 말끔히 치워놓아 넓은 공간이 살풍경하게 드러난 그곳에서는 중앙의 모닥불만 기세 좋게 타오르고 있었다. 이미 매서운 겨울 추위가 닥쳐와 밤마다 서리가 내리는 데다 강의 깊은 계곡을 지나가는 바람이 성안의 창틈으로 새어 들어오는 터라 홀은 무척 냉랭하고 을씨년스러웠다. 필립이 들어오자 거기 모인 장교들은 모두 자세를 바로잡았으며, 병사들도 멀찌감치 떨어진 곳에 모여서서 주군의 명령이 떨어지기만 기다리고 있었다.

"경비대장은 이브 위고냉을 지하 감옥에서 데려오도록 하라." 필립은 말했다. "대장장이를 데리고 가 쇠사슬을 끊게 해. 나는 그 사람이 드 술리스를 살해했다고 생각했지만, 모든 정황을 종합해볼 때 아무래도 그것은 오해였던 듯하다. 그를 죄인으로 지목하기에는 의심스러운 점이 너무 많으니, 이제 그를 풀어주려고 한다."

명령이 떨어지기 무섭게 경비대장과 대장장이가 홀을 떠났다. 그들이 아무 의문도 달지 않고 주군의 지시에 즉각적으로 따르는 것은 두려움이 아니라 존경심 때문이었다. 아마도 배신자만이 그를 두려워할 터였다.

"내게 감사할 기회도 주지 않는군." 캐드펠이 필립의 귀에 대고 속삭였다.

"수사님이 감사할 이유가 없죠. 제게 말씀하신 게 모두 진실이라면 그것으로 족합니다. 워낙 성질이 급해 가끔 실수를 저지르곤 하지만, 저는 진실에 침을 뱉을 생각이 추호도 없습니다." 이어 그가 문 앞에 서 있던 이들에게 향해 명령했다. "가서 그의 말에 안장을 얹고 안장주머니도 제대로 매어놓도록 하라. 아니, 그가 몸을 씻고 옷차림을 제대로 갖추려면 시간이 좀 걸릴 테니 그 일은 잠시 미뤄도 되겠군. 우리 성에 들른 손님이 제대로 식사를 하고 번듯한 모습으로 나가게끔 해야겠지."

그들은 먼저 물을 데워 빈방에 가져다 두고 이브의 말에서 떼어냈던 안장주머니를 찾으러 갔다. 30분쯤 지났을까, 마침내 이브가 홀에 들어섰다. 무심코 필립에게 다가오던 그는 곁에 선 캐드펠 수사를 보고 갑자기 걸음을 멈춘 채 멍하니 두 사람을 바라보았다.

"여기 캐드펠 수사님께서 나를 깨우쳐주셨네." 필립이 진솔한 태도로 입을 열었다. "이분의 말씀을 듣다 보니 내가 그동안 오해하고 있었다는 것을 알겠더군. 그러니 이제 자네 마음대로 이곳을 떠나도 좋아. 그대는 내 적이 아니니 앞으로 내 영향력이 미치는 곳 어디에서든 자유롭게 다녀도 무방하네."

이브는 두 사람을 번갈아 쳐다보았다. 느닷없이 지하 감옥에서 풀려나 환한 빛 속으로 나와서인지 여전히 어안이 벙벙한 얼굴이었다. 억류된 기간이 길지 않아서인지 그의 모습에서 감옥살이의 흔적은 거의 찾아볼 수 없었다. 쇠사슬에 묶였던 양쪽 손목에 멍이 들긴 했지만 그나마도 푸르스름한 선에 불과했으며, 옷차림도 말끔했다. 아마 깨끗하고 건조한 곳에 갇혀 있었거나, 나올 때 새 옷으로 갈아입은 모양이었다. 조금 전에 얼굴을 씻었는지 물기가 남아 있는 고수머리가 서서히 말라가며 개구쟁이 아이의 것처럼 푸스스하게 일어서는 참이었다. 하지만 필립을 바라보는 그의 굳은 표정에는 여전히 분노와 의혹의 자취가 어려 있었다.

"수사님은 공정한 방법으로 이 친구를 얻어내셨습니다." 필립이 빙긋이 웃어 보였다. "그러니 어서 끌어안아주시지요!"

줄곧 당혹감과 경계 어린 얼굴로 뻣뻣하게 서 있던 이브는 캐드펠의 손길이 닿자 기계적으로 허리를 숙이고 얼굴을 돌려 상기된 뺨을 내밀었다. 그의 온몸이 떨리고 있었다.

"어떻게 하신 거죠?" 그가 어리둥절한 목소리로 물었다. "여긴 어떻게 오셨어요? 왜 여기까지 오신 거예요?"

"아무것도 묻지 말게!" 캐드펠은 이브의 어깨를 잡은 채 다정하게 그를 바라보았다. "그럴 필요가 없어! 자신에게 주어진 것을 그냥 받게나. 속임수 같은 건 전혀 없으니."

"저 사람은 수사님이 저를 얻어내셨다고 했어요." 이브는 필립을 힐끗 돌아보고는 금방이라도 화를 낼 것처럼 이맛살을 잔뜩 찌푸렸다. "이게 대체 무슨 일이죠? 수사님이 뭘 어떻게 한 겁니까? 아무 대가 없이 나를 놔줄 리 없잖아요. 수사님이 내 자유를 대가로 뭘 약속했지요?"

"캐드펠 수사님이 목숨을 내놓겠다는 말씀을 하시긴 했지." 필립은 냉담하게 말했다. "하지만 자네 때문은 아니야. 그저 이치를 따져 논리적으로 나를 설복하셨을 뿐이지. 이분은 자네의 자유에 대해 무엇이라도 지불하겠다고 하신 적이 없고, 나 역시 대가를 요구하지 않았네."

"그건 사실이야." 캐드펠이 고개를 끄덕였다.

이브는 캐드펠을 바라볼 때와는 전혀 다른, 불신과 적개심 어린 눈빛으로 필립을 응시하다가 천천히 입을 열었다. "나 때문은 아니라고? 그렇다면…… 내 생각이 맞았군. 올리비에는 바로 여기 있는 거야!"

"올리비에는 여기 있지." 필립은 담담하게 대꾸한 뒤 단호한 어조로 덧붙였다. "앞으로도 계속 여기 있을 거고."

"당신한테는 그럴 권리가 없어요!" 이브가 소리쳤다. 너무도 열정적이고 진지한 그의 마음에는 이제 분노의 감정조차 들어설 자리가 없는 듯했다. "당신이 내게 반감을 품은 건 그래도 정당하다고 할 만한 구석이 없지 않았지요. 하지만 그분에 대해서는 그럴 수 없어요. 지금 당장 그분을 풀어줘요. 원한다면 나를 다시 잡아 가둬도 좋아요. 하지만 그분은 안 돼요!"

"내가 올리비에 드 브르타뉴에게 반감을 품을 만한 근거가 있는지 없는지는 자네가 결정할 일이 아니야." 필립의 목소리는 여전히 차분하기 그지없었다. "자네의 말에 안장을 얹어놓고 안장주머니도 잘 묶어놓았으니, 황후한테든 어디든 자네 가고 싶은 곳으로 어서 떠나게. 내 부하들이 앞길을 가로막는 일은 없을 걸세."

그 무덤덤한 대답에 이브의 두 뺨이 벌겋게 달아올랐다. 이제 그가 어떻게 나올까? 캐드펠은 걱정 어린 마음으로 생각했다. 상대의 말에 순순히 따를 수밖에 없는 무력한 상황에서 더 항의해 봐야 아무 소용 없을 텐데. 몇 주 전만 해도 소년에서 성인으로 넘어가는 혼란스러운 과정에 서 있던 그가 아닌가. 자칫 앞뒤 가리지 않고 제멋대로 굴어 말썽을 일으킬지 몰랐다. 하지만 이는 기우였다. 라 뮈자르데리의 지하 골방에 갇혀 있는 동안 그는 완전히 어른이 되어, 이제는 성숙한 표정과 의연한 자세로 자신의 적과 맞서고 있었다.

"그러면 캐드펠 수사님은 어떻게 할 생각입니까? 수사님도 잡아 가둘 건가요?"

"수사님은 무탈히 지내실 테니 걱정할 필요 없네. 나는 이분이 여기 좀 더 머무셨으면 하고, 수사님 역시 내 청을 거부하지 않으실 거야. 가고 싶다면 언제든지 가실 수 있고, 머무르고 싶다면 얼마든지 머무르실 수 있지. 수사님은 슈루즈베리에 계실 때처럼 여기서도 충실히 예배와 기도를 드리실 수 있어." 필립은 간밤에 예배당에서 마주친 일을 떠올린 듯 싱긋 웃으며 말을 이었다. "한밤중에 새벽기도도 드리실 수 있고 말이지. 수사님 자신이 알아서 하시도록 자네는 가만 내버려두게."

이브는 이 모든 이야기에 어떤 암시가 숨어 있는 건 아닌지 싶어 아무 말 없이 가만히 필립을 바라볼 뿐이었다. 캐드펠이 그의 눈을 똑바로 응시하며 결론짓듯 말했다. "여기서 내가 할 일이 아직 남아 있네."

"그렇다면…… 저는 떠나겠습니다." 이브가 마지못해 입을 열었다. "하지만 필립 피츠로버트, 당신에게 이 말은 해야겠군요. 나는 올리비에 드 브르타뉴를 구하기 위해 병력을 끌고 다시 돌아올 겁니다."

"그렇게 하게. 다만, 그때 가서 자네를 대하는 내 태도가 지금과 다르다 해도 불평하지는 말게나."

*

이브는 뒤도 돌아보지 않고 떠났다. 굴레를 잡고 발을 등자에 끼워 날렵하게 안장에 올라탄 뒤 한 손에 양쪽 고삐를 그러쥐고는 박차가 달리지 않은 발뒤꿈치로 얼룩무늬 말의 옆구리를 가볍게 찼다. 호기심 어린 눈빛으로 지켜보던 병사들과 하인들이 길을 터주기 무섭게 그는 성문을 빠져나가 강이 흐르는 저 아래 계곡의 숲을 향해 내달렸다. 강을 건넌 뒤 비탈길을 따라 올라가 그린햄스테드 일대를 둘러싼 폭넓은 숲을 가로지를 작정이었다. 이어 캐드펠이 왔던 길과 정반대 방향으로 코츠월즈를 가로지른 다음, 오래전 로마인들이 닦아놓은 넓은 도로에서 방향을 틀어 글로스터를 향해 달려갈 것이었다.

캐드펠은 이브를 배웅하지 않았다. 성문 아치 너머 잔뜩 찌푸린 하늘을 배경으로 허리를 창처럼 꼿꼿하게 펴고 나간 그의 뒷

모습을 본 게 마지막이었다. 그가 사라지자 경비병들은 성문을 닫고 빗장을 질렀다.

"이브는 정말로 다시 올 거요." 캐드펠이 경고조로 말했다. 세상에는 아무 말이나 함부로 내뱉고 나중에 그 대가를 톡톡히 치르는 청년들이 적지 않지만, 이브는 그들과 다른 사람이었다. "반드시 돌아올 거요."

"저도 압니다. 표현이 다소 과장스럽긴 하지만, 그의 말은 진심에서 나온 것이겠지요."

"아니, 과장이 아니오. 그 아이를 가볍게 생각해서는 안 되오."

"그럴 리가 있나요!" 필립이 말했다. "그는 돌아올 거고, 우리는 방심하지 않을 겁니다. 문제는 지금 글로스터에 황후가 어느 정도의 병력을 거느리고 있느냐예요. 또 로버트 백작이 황후와 함께 있는지의 여부도 중요한 문제죠." 그는 지극히 냉정한 어조로 제 아버지의 이름을 거론하며 황후 측에서 당장 동원할 수 있는 병력의 수를 계산하기 시작했다.

병사들과 하인들은 각자의 자리로 흩어졌다. 제빵소에서 갓 구워낸 따끈따끈한 빵의 향긋한 냄새와 병기고에서 망치로 쇠붙이를 두드리는 소리가 안마당을 가로지르며 불어오는 바람결에 실려 왔다.

"성주께서는 왜 내가 여기 더 머물기를 바라는 거요?" 캐드펠이 물었다. "당신 입장에서는 내게 더 볼일이 없는 것 아니었소?"

필립은 잠시 생각에 잠겼다가 천천히 입을 열었다. "수사님은 왜 여기 머무르기로 하셨죠? 원할 때 언제든 가셔도 좋다고 말씀드렸는데요."

"그 이유는 잘 알 텐데. 당신은 아직 내 질문에 대답하지 않았소. 내게서 원하는 게 뭐요?"

"저도 아직 잘 모르겠군요." 그가 씁쓸하게 웃으며 실토했다. "수사님에게서 어떤 지표나 실마리 같은 걸 찾으려고 이러는지도 모르겠습니다. 이 순간 제게 수사님은 세상 누구보다 더 흥미로운 사람이거든요."

이것이 찬사라면, 캐드펠 또한 진심으로 그 말을 되돌려줄 수 있었다. 필립의 내면에서 자그마한 지표나 실마리를 찾아낼 수 있다면 그것이 캐드펠에게 일종의 계시가 되어줄 것이었다. 아들의 심경을 제대로 파악할 줄 아는 아버지의 눈이라고나 할까. 그는 글로스터로 돌아간 이브에게서 이 소식을 들은 로버트 백작이 어떻게 나올지 자못 궁금했다. 아들 못지않게 강한 증오심을 품고 황후로 하여금 이곳을 공격하도록 부추길까? 아니면 황후의 적개심을 누그러뜨려 어떻게든 아들의 목숨을 살리려 들까?

"여기 계시는 동안 집처럼 생각하고 편히 지내십시오. 부족한 게 있으면 언제든지 말씀하시고요."

"부족한 게 하나 있긴 하오." 캐드펠은 필립이 분명히 보고 들을 수 있도록, 그리고 원한다면 직접적으로 거절할 수 있게끔 그를 똑바로 바라보며 말을 이었다. "지금 난 아들을 볼 수 없는 처지요. 내 아들을 볼 수 있게 허락해주시오."

"안 됩니다." 그가 잘라 말했다. 그 외에는 아무런 이야기도 덧붙이지 않았고, 그럴 필요도 없었다.

"이곳을 집처럼 생각하며 편히 지내라고 하지 않았소? 그래놓고 내가 출입할 수 있는 곳에 제한을 두다니요."

"아뇨, 제한을 두는 건 아닙니다." 그는 냉정하게 대꾸했다. "어디든 마음대로 가세요. 그러다 아드님을 찾아낼 수도 있겠지만, 아드님이 있는 곳으로 들어갈 수는 없습니다. 물론 아드님이 밖으로 나올 수도 없고요."

*

저녁기도 직전, 필립은 자신의 성채를 순시하면서 모든 경비 상태와 방어망을 면밀히 점검했다. 성벽 꼭대기에는 목재로 된 넓은 발코니가 설치되어 있었는데, 이는 적이 마을을 향해 가파르게 솟아오른 능선 쪽으로 성에 접근하여 파성퇴 같은 무기로 벽을 무너뜨리거나 땅굴을 파고 공격해 올 것에 대비한 구조물이었다. 발코니 바닥에는 뚜껑 문들이 열 지어 늘어서 있어서, 그 위에 포진한 수비 병력은 적의 궁수들에게 노출되지 않은 채 마음 놓고 공격할 수 있었다. 아래쪽 지면의 덤불이며 관목 들도 말끔히 제거해두었으니 적들은 숨을 곳이 없을 것이었다. 물론 적이 발코니를 불태울 수도 있기 때문에 필립으로서는 이를 석재로 바꾸고 싶었지만 어쨌든 당장은 뮈자르가 그런 임시 가설물이나마 설치해놓은 것에 감사할 뿐이었다. 동쪽 벽에는 커다란 포도 덩굴 하나가 높은 탑 한구석을 뒤덮고 있었는데, 훤히 내다보이는 지면에서 그리로 접근해 덩굴을 타고 올라오기란 거의 불가능하기에 그대로 내버려두었다.

반면 발코니로 높이를 보강한 서쪽 벽 아래, 마을 쪽으로 경사진 지면의 덤불은 모두 말끔히 벗겨놓은 터였다. 만일 능선 어딘가에 공성 기계들을 포진시키려면 부득이 멀리 떨어진 숲속에서나 가능할 것이었다. 적들이 굳이 그 무거운 기계들을 엄폐물도 없는 한데로 끌어내 공격할 리는 없으니 라 뮈자르데리성은 안전했다.

탑 위의 감시병들은 필립과 자신들의 능력을 믿었고, 또 서로를 존중했다. 그곳 수비대원들 중 상당수는 여러 해 동안 그를 주군으로 모셔온 이들로 크리클레이드성에서 그와 함께 이곳에 왔다. 패링던성의 상황과는 매우 다른 셈이었다. 그곳 수비대원들은 각 성에서 차출된 인원들로 구성됐기에 애초부터 필립은 그들에게서 자신에 대한 절대적인 신뢰나 깊은 이해를 기대할 수 없었다. 그런데 하필이면 그가 가장 큰 신임과 애정을 지니던 사람, 자신을 가장 잘 이해하리라 믿었던 사람이 그의 결정에 반대하여 경멸 어린 마음으로 등을 돌리고 다른 기사들과 함께 그에게 적개심을 보였던 것이다. 대화가 부족해서였을까? 마음과 마음이 이어지는 통로 어딘가에 걸림돌이 있었던 걸까? 협소한 시야, 혹은 절망적인 국면으로 치닫는 상황 때문이었을까? 아니, 이는 분명 애정이 부족한 탓이었다.

필립은 성벽 위에 올라 아래를 내려다보았다. 점점 짙어가는 어둠 속에서 송진을 묻힌 횃불의 불꽃이 하나둘 피어나기 시작했다. 서쪽 성벽 밖으로 돌출한 탑들 위에는 눈을 잔뜩 머금은 구름장이 무겁게 걸려 있었다. 감시병들은 외투로 몸을 감싼 채 매서운 바람에도 굳건하게 버티고 서 있었다. 용감한 철부지 청년 이브는 지금쯤 글로스터에 도착했으리라.

이브의 완고하고 고지식한 모습을 떠올리며 필립은 빙긋이 웃었다. 캐드펠 수사의 말이 옳아. 그런 사람이 뒤에서 몰래 누군가를 죽였다고 생각하다니 내가 어리석었지. 용기와 충성이라는 점에서 그는 또 다른 한 사람을 빼다 박았다. 그렇게 용맹스럽고 저돌적인 이들이 명예롭지 않은 방법으로 파멸의 미궁을 돌파하려는 생각을 할 리 없었다. 그들에게는 백 아니면 흑이다. 다양한 명암을 지닌 뜨뜻미지근한 회색 같은 건 아예 돌아보지도 않는다. 필립은 가만히 생각을 이어갔다. 나 같은 사람, 얼룩덜룩한 잡색의 명암을 지닌 사람들 중 일부가 그런 용감하고 순수한 이들을 위해 밝은 미래를 열어줄 수 있다면, 그렇게 하면 될 일이야. 억울해할 것도 없지. 하지만, 이미 마음먹었으면서도 모든 걸 놓아버리기가 왜 이리 힘든가? 끊임없이 소용돌이치는 마음을 다스리기가 왜 이리 어려운가?

그날 밤에도 라 뮈자르데리성의 일상은 순조롭게 돌아가고 있었다. 축소 모형처럼 조그마해 보이는 사람들이 평소와 다름없이 각자의 일을 하느라 성벽 밑의 건물들과 홀과 본성 사이를 오갔다. 대장간 앞, 용광로에서 새어 나온 빛에 불그레하게 물든 포석을 지나 짙은 색 옷자락을 휘날리며 본성으로 향하는 두 사람이 보였다. 저녁기도를 드리러 가는 신부와 베네딕토회 수사였다. 슈루즈베리에서 온 그 수사는 더없이 흥미로운 인물이었다. 수사이지만 수사가 아니라는 사람. 성직자가 아니라 아버지라 주장하는 사람. 세상 누구나 그렇듯 그 역시 부모에게서 태어났을 테니 청춘 시절에는 자신의 아버지와 자기 나름의 갈등을 겪었으리라. 그리고 스무 해가 넘도록 자신이 아버지라는 사실도 모른 채 지내다가 어느 날 갑자기 다 자란 아들을 만났다고……. 자식의 성장에 으레 따라붙기 마련인 노력과 좌절과 근심의 과정을 전혀 겪지 않은 채 하루아침에 아버지가 된 사람. 지나친 겸허함과 자기 회의만 아니라면 흠결을 찾아볼 수 없는, 거의 완벽한 사람이야, 필립은 씁쓸한 기분으로 생각했다. 나 자신에겐 그 겸허함이 너무나 부족하지.

이제 시간이 다 되었다. 그는 그들과 함께 저녁기도에 참석하기 위해 성벽 아래로 이어지는 좁은 돌계단을 내려갔다.

*

많은 이들이 성의 경비 병력을 강화하고 대장간과 병기고의 작업을 이어가느라 그날 밤 예배당에는 적은 인원만 모였다. 필립은 슈루즈베리에서 온 수사의 「시편」 낭독에 주의 깊게 귀를 기울였다. 그날은 마침 12월 6일, 성 니콜라스 축일이었다.

"땅속에 묻힌 것과 다름없이 되었사오니 다 끝난 이 몸이옵니다...... 저 어둡고 깊은 곳 저 구렁 속 밑바닥에 나를 처넣으시오니......."(「시편」 88편의 내용이다—옮긴이)

저 양반은 미사 중에도 새삼 내 처지를 상기시켜주는군. 그 불길한 예언을 귀담아들으며 필립은 생각했다. 그러나 물론 「시편」의 구절을 낭독하기로 한 건 캐드펠의 결정이 아니었다.

"친지들도 나 보기가 역겨워 멀리 떠나가게 만드셨습니다. 빠져날 길 없이 갇힌 이 몸, 고생 끝에 눈마저 흐려집니다."

하느님께서 깊은 뜻을 가지고 그날의 예배에 적절한 사람의 입을 통해 적절한 말씀을 전하는 것이라 믿기란 얼마나 쉬운가. 이는 또 다른 형태의 '소르테스'(복음서의 페이지를 무작위 펼친 뒤 한 군데를 손가락으로 짚어 신탁을 받는 의식을 말한다. 주교 서임식 등에서 이런 의식을 행하곤 했다—옮긴이)나 다름없었다. 하지만 필립은 그런 것을 믿지 않았다. 이 혼란한 세상은 우연에 의해 움직일 따름이었다.

"당신은 죽은 자들에게 기적을 보이시렵니까? 혼백이 일어나서 당신을 찬양할까요? 주님의 사랑을 무덤에서, 주님의 미쁘심을 저승에서 이야기할까요?"

그래? 필립은 속으로 반문했다. 과연 그런 일이 일어날까?

*

 연회장에서 저녁 식사를 마친 뒤, 필립은 방으로 가서 가장 비밀스러운 열쇠 꾸러미를 챙긴 뒤 외성의 북서쪽 탑으로 향했다. 하늘에서 가는 진눈깨비가 떨어지고 있었다. 희끗희끗한 것들이 길 위에 얇게 쌓이긴 했지만 아직 눈이라 할 수는 없었고, 내일 아침이면 모두 녹을 것이었다. 탑을 지키던 경비병은 구역을 가로지르는 이 키 큰 남자를 가만히 바라볼 뿐 제지하지 않았다. 그가 누구인지, 무슨 일로 그리로 가는지 잘 아는 터였다. 그가 이곳에 모습을 드러낸 것은 몇 주 만에 처음이었다. 감히 입 밖에 내어서는 안 되었지만, 경비병은 탑에 있는 사람의 이름을 기억하고 있었다. 오늘 밤 주군은 무슨 바람이 불어서 그를 찾아왔을까? 하지만 그는 이내 이 일을 마음속에서 지워버렸다.
 첫 번째 열쇠를 꽂자 곧바로 문이 열렸다. 높지만 폭이 아주 좁은 문이라 검을 든 병사 하나와 세 계단 위에 서 있는 궁수만으로도 능히 그곳을 지켜낼 수 있었다. 벽 안쪽 횃대에 걸린 짧은 횃불 하나가 나선형으로 돌아 내려가는 통로에 희미한 빛을 흩뿌렸다. 두 층 아래에서 두꺼운 돌벽을 뚫고 사선으로 솟아오른 환기 통로마저 성 안쪽으로 연결된 터라, 그 아래 갇힌 사람은 쇠사슬을 끊고 좁은 통로를 기어오른다 해도 결국 속절없이 잡혀서 감옥으로 끌려갈 수밖에 없었다. 거기서는 탈출할 길이 없었다.
 제일 아래층에 이른 필립은 높이가 낮고 폭도 좁은 또 다른 문의 자물쇠에 두 번째 열쇠를 끼워 넣었다. 그것 역시 그가 관리하는 다른 모든 것들처럼 조용하고도 매끄럽게 돌아갔다. 필립은 굳이 문을 다시 잠그지 않은 채 안으로 들어갔다.

　바위를 파내어 만든 골방이 꽤 널찍해서, 필립은 쇠사슬에 묶인 죄수의 손이 닿지 않을 만한 거리에 떨어져 섰다. 안이 몹시 싸늘하긴 했지만 습기는 없었다. 환기 통로로 들어온 싸늘한 바람이 벽에 설치된 쇠 그물을 지나 방 안에 들이쳤다. 평평한 바위 위에 설치된 침대와 환기 통로 옆쪽 단단한 벽에 달린 선반 위에서 꾸준히 타오르는 굵직한 초 한 자루가 보였다. 선반 한쪽 끝에는 새 초 한 자루가 비치되어 있었다. 초가 다 타면 죄수가 알아서 새 초에 불을 붙이면 될 것이었다.

　침대에 누워 있던 이는 열쇠 돌아가는 소리에 바짝 긴장하여 문 쪽을 매섭게 노려보았다. 올리비에 드 브르타뉴였다.

　"인사도 하지 않나?" 필립이 퉁명스레 내뱉고는 문을 꼭 닫았다. "오랜만이군. 내가 자네한테 좀 무심하긴 했지."

　"아, 어서 오시지요." 올리비에가 싸늘하게 대꾸했다. 두 사람의 목소리는 멀리서 돌아오는 메아리와 부딪치고 뒤섞이며 좁은 실내를 맴돌았다. 마치 방 안에 또 다른 사람 하나가 있어 그들의 말을 듣고 무어라 대답하는 것만 같았다. "대접해드릴 게 없어 유감이군요. 식사는 이미 하셨겠죠."

　"자네는 했나?" 필립은 씩 웃으며 말을 이었다. "빈 접시들이 나오는 걸 보았네. 식욕을 잃지 않아 다행이야. 나를 죽일 때를 대비해 체력을 온전하게 비축해둬야 하지 않겠나? 의지가 약해졌다면 내게도 아주 실망스러운 일이 될 거야. 아니, 아무 말 말게. 그럴 필요 없어. 나는 자네의 정당성을 인정하네. 다만 아직 죽을 준비가 되지 않아서 말이지. 자네를 볼 수 있도록 가만히 좀 있게나."

필립은 얼마간 주의 깊게 상대를 응시했고, 그동안 올리비에 역시 매의 눈처럼 매서운 황금빛 눈을 들어 필립을 똑바로 바라보았다. 많이 여위었지만 그의 몸은 어느 한 곳 다친 데 없이 말짱했으며, 좌절감과 분노와 증오가 내면에 갇힌 에너지와 뒤섞여 강렬한 기운을 내뿜고 있었다. 서로에 대한 우정을 상실하고 사납게 부딪치기 시작할 때부터 이들의 만남은 매번 이런 식이었지만, 그럼에도 두 사람은 여전히 잘 어울리는 완벽한 한 쌍이었다. 올리비에의 자세는 더없이 단정했으며, 옷차림도 깔끔했다. 두툼한 이부자리는 물론 배설에 쓰이는 돌그릇과 가죽 양동이도 구비된 터라 그는 최소한의 위엄을 지킬 수 있었다. 게다가 손이 닿는 자리에 부싯돌과 쇠붙이, 부싯깃 따위가 들어 있는 상자가 있었다. 죄수에게 제공하기에는 다소 위험한 물건이지만, 이곳 돌벽에는 불을 낼 수도 없을뿐더러 그렇다고 침대나 다른 물건에 공연히 불을 붙였다가는 그 자신도 함께 타 죽을 테니 정신이 똑바로 박힌 이라면 그럴 엄두를 내지 못할 터였다. 그리고 올리비에는 그 누구보다 정신이 똑바로 박힌 사람이었다. 그는 자신의 흠 없는, 그러나 다소 편협한 기준을 통해 세상을 보았으며, 약하고 상처받기 쉬운 이들이 거친 세상 앞에서 동원하는 보잘것없는 책략이나 소망, 절망 같은 것들은 결코 용납하지 못했다.

골방에 갇혀 어쩔 수 없이 분노를 삭이며 지내야 하는 처지에서도 그의 아름다움은 더 빛나기만 했다. 두드러진 골격과 윤기가 감도는 상앗빛 피부, 이국적인 분위기를 풍기는 검푸른 머리칼은 뺨을 어르는 두 손처럼 관자놀이와 움푹 팬 볼을 감싸고 있었다. 경비병이 세숫물을 가져다줄 때마다 그는 마치 바다에 뛰어드는 사람처럼 물속에 황급히 얼굴을 담그곤 했다. 적에게 아무 흠 없는 깨끗한 얼굴을 보여주기 위해서였다. 결코 약해지거나 굴복하거나 비굴해지지 않는 것, 그것이 그에게는 무엇보다 중요했다.

어떤 상황에서도 나약해지거나 무감각해지지 않으며 어떤 모독에도 굴하지 않는 이 사람의 특성은 동방의 어머니에게서 온 것일까? 필립은 그의 모습을 찬찬히 뜯어보며 생각했다. 아니면 그 웨일스 수사로부터 물려받았을까? 그 두 사람 모두 능히 저런 아들을 낳을 만한 품성과 특성을 갖추었으리라.

"내가 그렇게 변했습니까?" 올리비에는 자신을 뚫어지게 바라보는 필립에게 도전하듯 물었다. 그가 몸을 움직이자 쇠사슬이 쩔렁거리는 소리를 냈다. 두 손은 자유로웠으나 발목은 쇠사슬로 단단히 묶인 채였다. 사슬 한쪽 끝은 잠자리 옆 돌벽에 박혀 있었지만, 줄이 꽤 길어 골방 안에서는 비교적 자유롭게 움직일 수 있었다. 필립은 그의 재주와 완력을 잘 알았기에 애초부터 모든 위험에 철저히 대비했다. 쇠사슬이 워낙 튼튼하니 혹시라도 누군가 그를 돕기 위해 침투해 들어온다 하더라도 그걸 끊기는 어려울 것이다. 성이 떠나가도록 요란하게 망치질을 한다면 또 모를까. 그는 올리비에를 모욕하거나 그의 몸을 망가뜨릴 생각이 없었다. 다만 세상으로부터 그를 완전히 차단시키고 싶을 뿐이었다. 누구도 그의 몸값을 지불하여 자유를 주게끔 하지 못하게 할 작정이었다.

"전혀 변하지 않았어." 필립은 그렇게 대답한 뒤 포로가 팔을 뻗으면 닿을 정도의 거리까지 다가갔다. 올리비에는 길게 잘 빠졌으면서도 억센 손을 갖고 있었다. 기회를 보다가 그 두 손으로 필립의 목을 움켜쥘 경우 거기서 빠져 나오기란 쉽지 않을 것이다. 그러나 두 손을 풀어놓은 것이 차라리 다행이었다. 만일 손목을 묶었다면 쇠사슬로 상대의 목을 휘감아 보다 쉽게 숨을 끊어 놓을 수 있었으리라.

올리비에는 움직이지 않았다. 패링던성에서 돌이킬 수 없는 강을 건넌 뒤 필립은 이미 몇 차례나 이런 식으로 그를 유혹한 터였다. 물론 그를 죽였다간 올리비에 자신도 죽음을 면할 수 없을 것이었다. 하지만 그가 과연 그런 결과까지 생각하여 스스로를 억눌렀는지는 알 길이 없었다.

"그래, 전혀 변하지 않았어." 필립은 다시금 되풀이하며, 전에 없이 강한 호기심을 품고 그를 열심히 살폈다. 서로 다른 두 남녀의 어떤 복잡 미묘한 요소들이 결합하여 이런 오만하고 뛰어난 아들을 빚어낸 것일까? "지금 이 성에는 자네를 구출하기 위해 온 손님이 머물고 있다네. 나는 그 사람을 통해 자네에 관한 여러 사실을 알아가는 중이지. 이젠 자네도 그 사실들에 대해 알 때가 된 것 같아."

올리비에는 상대를 가만 노려볼 뿐 아무런 말도 하지 않았다. 누군가 자기를 찾는다는 건 그리 놀라운 일이 아니었다. 그는 자신의 가치를 잘 알았다. 분명 그를 구출하려 애쓰는 사람들이 있으리라. 다만 그로서는 자신을 구하고자 하는 이가 추리에 의해서든 운이 작용해서든 제대로 뒤를 밟아 이곳까지 찾아왔다는 사실이 놀라울 뿐이었다. 로랑스 당제가 보낸 사람일까? 하지만 이는 모든 것을 운에 맡긴 채 눈을 감고 시위를 당긴 것이나 마찬가지인데……. 그렇게 날아간 화살이 과녁을 맞힐 리는 없지 않은가.

"사실 자네의 운명에 깊은 관심을 가진 손님이 둘이나 왔었지." 필립이 다시 입을 열었다. "그중 한 사람은 빈손으로 돌려보냈네. 그는 군대를 끌고 돌아와 자네를 구하겠다 호언장담하더군. 아마 허풍은 아닐 거야. 바로 자네의 친척 이브 위고냉이라는 청년이었네."

"이브가?" 올리비에가 되물었다. 그의 얼굴엔 긴장이 어려 있었다. "이브가 여기 왔었다고요? 어떻게 그런 일이…… 그 아이가 어떻게 여기까지 온 겁니까?"

"우리가 그를 초대했거든. 다소 거친 방식이었지만 초대는 초대였지. 하지만 걱정 말게. 올 때와 마찬가지로 말짱하게 풀려났으니. 지금쯤 글로스터에서 자네를 구출해줄 병력을 끌어모으고 있을걸. 사실은 그 친구와 나 사이에 시비를 가릴 일이 있었네." 그는 완곡하게 말을 이었다. "하지만 내 생각에 약간의 오류가 있었다는 걸 깨달았지. 꼭 그게 아니더라도, 그 건은 해결할 가치가 없는 사안이었어."

"그 아이가 아무 해도 입지 않은 채 무사히 돌아갔다고 맹세할 수 있습니까? 아니, 이 질문은 철회하지요. 당신이 거짓말을 하지 않는다는 건 잘 아니까."

"적어도 자네한테는 거짓말을 하지 않지. 그래, 그 친구는 무사히 돌아갔어. 내게 이를 갈면서 말이야. 그리고, 말했듯이 또 다른 사람이 있네. 슈루즈베리에서 온 베네딕토회 수사님이야. 그분은 스스로의 의지로 아직 이곳에 머물러 계시지. 캐드펠이라는 분이네."

올리비에는 잠시 어리둥절한 표정으로 입술만 달싹여 그 친숙한, 그러나 전혀 예기치 못했던 이름을 거듭 되뇌었다. 마침내 그가 더듬거리며 물었다. "그분이 어떻게 여기에 오신 겁니까? 수도원의 수사는 위에서 지시를 받지 않은 이상 아무 곳에도 갈 수 없는데. 그곳 규칙이 그런 걸 허락할 리 없습니다. 그런데 어떻게…… 하필 이곳에…… 설마 나를 위해 오신 겁니까? 아니, 그럴 리 없어요!"

"그분에 대해 그토록 잘 아나? 그분은 자신을 축복도 받지 않은 채 무단으로 수도원을 벗어난 배교자라 하시더군. 자네 때문에 그런 일을 저지르신 거야. 조금 전 인정했다시피 나는 자네에게 거짓말을 하지 않지." 필립이 싱긋 웃어 보였다. "나는 그 수사님을 코번트리에서 처음 보았네. 아까 말한 그 청년과 함께 자네 소식을 탐문하고 다니시더군. 자네가 여기 있다는 걸 어떻게 알고 찾아오셨는지는 나도 몰라. 하지만 어쨌든 이곳으로 와 자네의 몸값을 치르겠다고 하셨지. 자네도 알아야 할 것 같아 하는 얘기일세."

"그분은 내가 존경하는 분입니다. 딱 두 번 뵈었는데, 그때마다 신세를 졌지요. 하지만 그분은 내게 빚진 게 전혀 없어요."

"나도 그렇게 생각하고 그렇게 말했네. 하지만 그분은 우리보다 많은 걸 알고 계시네. 그분은 정식으로 성에 들어와 자신이 원하는 것, 즉 자네를 내놓으라 요구하셨지. 몸값을 치러줄 사람들이 있다면서 말이야. 그래서 나는 그 금액이 얼마가 되든 치를 수 있겠느냐 반문했지. 그분은 기꺼이 그러겠다 대답하셨고."

"도무지 알 수가 없군." 올리비에는 당혹스러운 얼굴로 중얼거렸다. "이게 다 무슨 얘긴지, 이해가 안 갑니다."

"내가 또 다른 사람의 목숨이 필요할지도 모른다고 하자, 그분은 '내 목숨을 가지시오!'라고 하더군."

올리비에는 한겨울의 추위와 새봄처럼 풋풋하게 밀려오는 추억들 사이에서 오락가락하며 짚자리에 천천히 주저앉았다. 수사복을 걸치고 두건을 쓴 베네딕토회 수사. 자신을 아들처럼 대해

준 수사. 언젠가 브롬필드 수도원에서, 자정 미사 시간을 기다리면서, 그들은 예배당 바닥에 그림을 그려가며 두 아이를 스티븐 왕의 영역에서 빼내어 글로스터까지 무사히 데리고 갈 경로를 상의했다. 그리고 슈루즈베리 수도원의 작업장, 서까래에 매달려 진한 향기를 풍기는 약초 다발 밑에서 그와 함께 앉아 있다가 떠날 시간이 되었을 때, 올리비에는 자기도 모르게 가까운 혈족 사이에나 어울릴 법한 인사를 받기 위해 그에게 뺨을 갖다 대었고, 그 또한 흐뭇한 마음으로 자신의 뺨에 입을 맞추었다.

"내가 그분께 물었지." 필립은 내처 말했다. "어째서 올리비에 드 브르타뉴 대신 목숨을 바치겠다고 나서시는지, 그와 대체 어떤 관계인지 말이야. 그랬더니 그분은 이렇게 대답하시더군. '그 아이는 내 아들이오.'"

한동안 침묵이 이어졌다. 서서히 잦아들던 촛불에서 갑자기 지글거리는 소리가 나는가 싶더니, 심지가 옆으로 기울며 푸르스름한 불꽃이 넓게 퍼졌다. 필립은 새 초를 기울여 심지에 불을 붙인 뒤 죽어가는 불을 훅 불어 끄고는 그 위에 새 초를 세웠다. 잠시 어둠 속으로 물러났던 올리비에의 얼굴이 다시 서서히 밝아졌다. 그는 둥그렇게 뜬 눈으로 먼 곳을 응시하며 조용히 앉아 있었다.

"그게 사실입니까?" 명확한 소리가 되지 못한 채 새어 나온 그 물음은 혼잣말에 가까웠다. 필립이 거짓말을 하지 않는다는 건 그 자신이 누구보다 잘 알았으니까. "한 번도 그런 내색을 하신 적이 없는데…… 왜 내게 말씀하지 않으셨을까요?"

"그분이 자네를 알게 되었을 때, 자넨 이미 말에 올라 빠르게 내달리고 있었으니까. 갑자기 아버지라고 나타나 팔을 붙잡는다면 그건 잘 달리던 자네를 길에서 끌어내는 꼴이 되리라 생각하신 거지. 그분으로서는 다른 도리가 없었어. 게다가 그 사실을 알지 못하는 한 자네는 그분께 아무것도 빚지지 않은 셈이니까." 필립은 열쇠를 쥔 채 문 쪽으로 한두 발짝 물러나다가 문득 걸음을 멈추고 덧붙였다. "그분은 둘 사이의 관계가 순전히 인간 대 인간으로서 자연스럽게 맺어진 것이라 하시더군. 두 사람이 남남이라면 물론 그것만으로 충분할 걸세. 하지만 아버지와 아들 사이에서는 문제가 그리 간단치 않아. 빚은 무섭게 불어나고 그 대가는 엄청나게 크지."

"그분은 나를 구하기 위해 모든 걸 바치고자 하시잖습니까." 올리비에는 당혹감과 분노가 뒤섞인 감정으로 힘겹게 말을 이었다. "허락도 받지 않고 무단으로 수도원을 벗어나, 당신의 소명은 물론이요 수도원의 고요함과 마음의 평화를 등진 채 목숨을 바치려 하고 있어요!"

"이만 가봐야겠군." 필립이 문을 열며 말했다. "잠을 이루기 어렵다면 밤새 잘 생각해보게." 그러곤 조용히 나가 자물쇠를 잠갔다.

10

 성을 나선 이브는 한동안 오만한 자세로 길을 따라 똑바로 나아갔다. 그러다 성벽 위에서 보이지 않을 만큼 숲속 깊은 곳으로 들어서자마자 얼른 방향을 바꾸어 몸을 숨긴 채 성을 살펴볼 수 있을 만한 곳으로 갔다. 저 멀리 보이는 성은 꽤 높고 튼튼했지만 그리 크지는 않았다. 견실한 수비대가 잘 지키고 있다고는 해도 그 수가 얼마 되지 않을 터였다. 필립 또한 기습 작전으로 성을 아주 쉽게 점령하지 않았는가. 포위 공격은 소용없을 것이다. 수비대를 굶주리게 하기까지는 너무 오랜 시간이 걸릴 테니까. 가장 바람직한 방법은 신속히 결단을 내리고 모든 병력을 총동원하여 전면적인 기습을 감행하는 것이리라.
 성은 벌판으로 둘러싸여 있고, 벌판은 다시 울창한 숲으로 둘러싸여 있었다. 벌판의 폭이 그리 넓지 않아 시력이 좋은 이브는 성의 구조와 벌판의 경사도, 성이 안고 있는 약점 따위를 세밀하게 살펴볼 수 있었다. 공격에 도움이 될 만한 정보는 가급적 많이 수집할수록 좋으니, 그 일대를 조사하느라 두어 시간쯤 지체해도 시간 낭비라 할 수는 없을 것이었다.

저들이 머리에 망토를 뒤집어씌우고 손목을 결박하여 외성 탑의 지하 골방에 처넣은 뒤로 그는 줄곧 그곳에만 갇혀 지냈다. 이브는 이제 처음으로 보는 성의 정문 쪽을 한동안 응시했다. 성벽과 이어진 정문 양쪽에는 탑이 높게 솟아 있었다. 그 위에 자리 잡은 궁수들은 시야 확보에 어려움이 없을 것이다. 이브는 자신이 숨어 있는 서쪽 방향, 그러니까 방어하기에 가장 어려운 비탈을 향해 설치된 목조 발코니를 특히 눈여겨보았다. 그런 뒤 말 머리를 돌려 숲 사이로 성을 한 바퀴 크게 돌기 시작했다. 그렇게 가다 보면 마을과 맞닿은 높은 언덕 끝자락에 이를 것이고, 그곳에서 글로스터로 가는 가장 빠른 길을 찾을 수 있을 터였다.

곧 북쪽 탑과 성벽이 눈에 똑똑히 들어왔다. 탑 한쪽에 커다란 덩굴줄기가 자라 있었다. 지금은 이파리를 모조리 떨구고 시커멓게 변색된 채 겨울잠에 들어가 있는, 나무줄기만큼이나 굵고 튼튼한 포도 덩굴이었다. 그러나 수비하는 쪽에서 볼 때 그것은 큰 위험 요소가 아니었다. 기껏해야 한 사람이 어둠을 이용해 살금살금 오를 수 있는 정도가 고작이니까. 두 사람의 몸무게를 지탱하기는 어려울 테고, 설령 가능하다 해도 먼저 올라간 사람은 목숨을 잃을 각오를 해야 할 것이다. 그 위에서 경비병이 탑과 탑 사이를 오가며 감시를 이어가고 있었다. 그의 검에 햇빛이 반사되어 번쩍였다. 하지만 이곳에 포도 덩굴이 있다는 건 기억해둬야겠군, 이브는 생각했다. 네 세대에 걸친 뮈자르 가문 사람들 중 누가 저 포도나무를 심었을까? 이 변경 지방에 포도나무가 처음으로 들어온 건 아마도 몇 백 년 전 로마 사람들을 통해서였으리라.

정문 양편의 탑을 제외하면 성에는 모두 네 개의 탑이 서 있었고, 탑과 탑을 잇는 성벽 통로에는 경비병이 한 명씩 배치되어 있었다. 성 주위를 돌던 이브는 그들 눈에 띄지 않기 위해 이따금씩 숲 안쪽으로 깊숙이 들어가야 했다. 그러면서도 어디 취약한 구석이 없는지 끈질기게 살폈지만 포도 덩굴 말고는 아무것도 눈에 띄지 않았다. 마지막 탑을 살펴볼 즈음, 그는 이미 성보다 훨씬 높은 곳에 이르러 있었다. 이내 마을의 첫 번째 오두막이 시야에 들어왔다. 언덕 위로 드넓고 평탄한 코츠월즈 대지가 펼쳐져 있었다. 양치기로 부유해진 마을들이 자리 잡은 고원지대. 그 언덕 꼭대기에 투석기들을 포진시키면 안성맞춤일 것이다. 야심한 시각, 급경사를 이룬 벌판을 치달려 내려가 성벽 밑에 구멍을 파거나 파성퇴로 성벽을 깨부수기에도 더없이 좋은 장소였다. 아닌 게 아니라, 마지막 탑 밑에는 과거 보수 작업이 이루어졌던 듯 색깔이 다른 돌들이 박혀 있었다. 언젠가 파성퇴로 뚫린 적이 있다면, 이번에도 그곳을 두드려 탑의 일부를 주저앉힐 수 있을 것이었다.

 이제 이곳에서 그가 할 일은 모두 마친 셈이었다. 지형을 세밀히 파악했으니 정확한 보고를 올릴 수 있었다. 이브는 마을을 등진 채 제일 처음 나오는 길에 올라 동쪽으로 향했다. 얼마 후 그는 넓은 대로에 이르렀다. 북서쪽으로 가면 글로스터에, 남동쪽으로 가면 시런세스터에 이르는 길이었다.

*

 이브는 오후 늦게 동문을 통과해 글로스터에 들어섰다. 거리에는 여느 때보다 많은 사람들이 분주하게 오가고 있었다. 대십자상을 향해 걷던 그의 눈에 황후 편에 속한 힘 있는 귀족들의 견장이나 제복이 눈에 들어왔다. 황후의 이복남매인 레지널드 피츠로이, 데번 백작 볼드윈 드 레드버스, 솔즈버리의 패트릭, 험프리드 보언, 의전관인 존 피츠길버트의 부하들이었다. 그는 황후를 가까이에서 모시는 궁정의 신하들 정도나 만날 수 있으리라 예상했으나, 막상 이곳에 와보니 지금쯤 각자의 영지로 돌아갔으리라 생각했던, 그곳에서 멀리 떨어진 곳에 자리 잡은 귀족들이 전부 시내에 들어와 있었다. 이 상서로운 조짐에 그의 가슴이 뛰었다. 잉글랜드 남부와 서부에 근거지를 둔 그들은 주교들이 주선한 회의가 실패로 돌아가자 적들이 먼저 나서기 전에 어떻게든 그 시점을 적절히 이용하고자 다시 모인 듯했다. 황후는 라 뮈자르데리는 물론 그보다 더 큰 성들도 충분히 위협할 만한 군대를 소집하고 있었다. 게다가 이 도시의 성에는 신속하게 이동시킬 수 있을 만큼 가볍고, 효과적으로 사용할 경우 성벽을 무너뜨릴 수 있을 만큼 무거운 돌을 날릴 수 있는 훌륭한 공성 기구들이 갖추어져 있었다. 하지만 황후의 가장 강력한 무기는 변함없이 그녀에게 충성하는 글로스터의 로버트였다. 로버트는 배신자인 아들에 맞서 그 자신의 피로써, 아버지의 권리를 주장함으로써 필립을 무력화시킬 수 있을 것이었다.

필립은 황후를 모셨을 때와 마찬가지로 스티븐 왕을 위해서도 가차 없이 싸웠지만, 아직 제 아버지와 직접 맞붙은 적은 없었다. 이번 내전을 통해 인간이 범할 수 있는 가장 극악한 죄, 단 하나의 대죄는 바로 가까운 혈족을 죽이는 것으로 굳어진 참이었다. 아버지와 아들보다 더 가까운 혈족이 어디 있으랴. 전쟁, 즉 남매의 싸움도 부자의 싸움에 비하면 가벼운 것이리라. 로버트가 목숨을 걸고 라 뮈자르데리성 앞에 나아가 항복을 요구할 경우 필립은 꺾일 수밖에 없을 터였다. 설혹 자존심 때문에 싸우러 나선다 해도, 그것은 결코 진심에서 나온 행동일 수 없다. 그는 아버지와 직접 맞붙는 일만은 한사코 피하려 들 것이었다. 사랑이든 증오든, 부자 관계란 인류를 결속시키는 가장 성스럽고 굳건한 것이었다. 그 무엇도 그들을 갈라놓을 수는 없었다.

이브는 글로스터 백작에게 곧장 가서 일어난 사실을 그대로 이야기하고 공격 계획을 맡기기로 마음먹었다. 대십자상 앞에 이르러, 그는 수도원을 등진 채 사람들이 들끓는 남문을 지나 한겨울에도 여전히 푸른 강가의 풀밭 쪽에 자리한 성으로 향했다. 글로스터 시내의 거리와 방파제, 싸늘한 빛을 띤 드넓은 강물 위로 거대한 성이 어렴풋이 모습을 드러내었다. 황후는 분명 시녀들과 함께 편안하고 안락한 수도원의 접객소에 머물 테고, 로버트 백작은 부하들과 더불어 성안의 검소한 숙소에 자리를 잡았을 것이다. 시내에 수많은 병사들과 귀족의 가신들이 우글거리는 것으로 미루어 짧은 기간이나마 그들을 위해 수많은 민가를 징발해야 했으리라. 병력은 많을수록 좋았다. 그리고 이 도시에는 라 뮈자르데리성을 단박에 들이치고도 남을 만한 병력이 집결해 있었다.

이브는 꿈꾸는 듯한 표정으로 그 거대한 포도 덩굴을 타고 오르는 자신의 모습을 상상했다. 성에 숨어들면 탑의 지하로 내려갈 수 있는 샛문 같은 것을 발견할 수 있을 거야. 경비병을 제압하고 열쇠를 빼앗으면 돼. 가급적이면 싸움을 덜 하고, 시간을 덜 허비하는 것이 좋겠지. 그래야 싸움이 끝난 뒤 그 일을 잊기 쉬울 거야. 잘하면 평화롭게 화해할 수도 있을지 몰라.

성문 앞에 이르기도 전에 몇몇 귀족의 향사들이 이브를 발견했다. 언제 필립 피츠로버트에게 납치된 적이 있었느냐는 듯 환한 표정으로 말을 타고 오는 그의 모습에 다들 놀라 소리쳐 그를 부르기 시작했다. 이브도 반갑게 손을 흔들었지만 시간을 지체할 여유가 없어 빠르게 말을 달려 그들을 지나쳤다. 그는 성문으로 들어가 경비 초소 앞에 이른 뒤에야 비로소 고삐를 당겼다. 그러나 말에서 내리지 않고 그저 안장 위에서 허리만 숙인 채, 한시바삐 소식을 전해야 한다는 조바심과 동료들을 만난 기쁨에 겨워 가볍게 숨을 헐떡이며 물었다.

"글로스터 백작님 안에 계십니까? 어디 가면 그분을 뵐 수 있지요? 급하게 전해야 할 소식이 있습니다."

갑작스러운 질문에 경비대장은 놀라 그를 멍하니 바라보았다. 때마침 데번 백작의 향사 하나가 성안을 오가는 사람들 사이에 섞여 있다가 그를 발견하고는 크게 소리치더니 기뻐서 어쩔 줄 모르는 표정으로 달려와 그의 말굴레를 잡았다.

"이브! 자네 풀려났나? 어떻게 빠져나왔지? 필립에게 사로잡혔다는 소식을 들었는데…… 이렇게 빨리 돌아올 줄은 미처 몰랐네!"

"영원히 못 돌아오리라 생각한 건 아니고?" 이브는 그렇게 말한 뒤 소리 내어 웃었다. 위험한 고비를 넘겨서인지 험한 농담도 가벼운 마음으로 내뱉을 수 있었다. "자네를 괴롭히려고 잠시 빠져나왔지. 자세한 이야기는 나중에 들려주겠네. 지금은 얼른 로버트 백작님을 만나야 해서."

"여기서는 그분을 만날 수 없습니다." 경비대장이 말했다. "백작님은 로저 백작님과 함께 헤리퍼드에 계십니다. 언제 돌아오실지 몰라요. 그렇게 급한 소식이라는 게 뭡니까?"

"여기 안 계신다고요?" 이브는 당혹하여 되물었다.

"그렇게 중요한 일이라면 수도원에 계시는 황후께 직접 말씀드리지 그러십니까? 그분을 오래 모셨으면 의당 아시겠지만, 황후께서는 다른 이의 입을 통해 간접적으로 소식을 듣는 걸 좋아하지 않으시죠. 특히나 이렇게 급히 달려올 정도의 소식이라면 더더욱 언짢아하실 겁니다."

황후와 직접 대면하는 것이야말로 이브가 가장 피하고 싶은 일이었다. 그녀의 총애나 냉대나 섬뜩하기는 마찬가지였다. 황후는 여전히 이브가 자신의 암시에 살인을 저질렀으리라 생각하고 있을 터였다. 그리고 글로스터로 오는 도중에는 이브가 납치되는 바람에 부득이 행렬을 멈출 수밖에 없었으니, 그 일로 인해 약간이나마 불만을 느꼈으리라. 게다가 이브의 새끼손가락에 자신이 하사한 반지가 끼워져 있지 않은 것을 눈치챌 경우 그를 곱게 봐줄 리가 만무했다. 이브는 자신의 두려움을 깨닫고 애써 고개를 흔들어 그 모든 생각을 떨쳐버렸다.

"황후께서는 시녀들과 함께 수도원에 계십니다." 경비대장이 말을 이었다. "내가 당신이라면 가급적 빨리 그리로 갈 겁니다. 황후는 당신이 납치된 것을 알고 몹시 노하셨어요. 그러니 어서 얼굴을 보여드리고, 적어도 그 점에서만은 그분의 마음을 편하게 해드리는 게 좋을 겁니다."

"내 생각도 마찬가지네." 곁에 있던 향사가 맞장구를 치고는 환하게 웃으며 이브의 등을 철썩 때렸다. "어서 숙제를 마치고 와서 편히 쉬게나. 이렇게 멀쩡하게 돌아온 걸 보니 정말 마음이 놓이는군. 다른 동료들도 모두 부르겠네."

"피츠길버트 님도 황후와 함께 계십니까?" 이브가 물었다. 어차피 글로스터 백작을 만나지 못하게 된 마당에, 황후와 단둘이 대면하는 것보다야 누군가와 함께인 편이 나을 것이다. 그리고 피츠길버트라면 이런 기회를 활용하는 방법에 관해 황후에게 적절한 조언을 건넬 수 있는 사람이었다.

"예, 보언 님과 황후의 외숙부이신 스코틀랜드 왕도 함께 계십니다. 황후의 측근들이 모두 모인 셈이지요."

이브는 말 머리를 돌려 다시 남문과 대십자상을 지나쳐 황후가 묵고 있는 수도원으로 향했다. 글로스터 백작이 이곳에 없다니, 실로 유감스러운 일이 아닐 수 없었다. 이는 분명 공격이 지연되리라는 것을 뜻했다. 황후는 그의 조언과 도움 없이 스스로 움직이려 들지 않을 것이다. 올리비에가 감금된 지 벌써 오래되었는데……. 그는 마음이 급했다. 어떻게든 주어진 여건을 최대한 활용해야 했다. 이곳에는 공격 수단이 구비되어 있고, 시내는 병사들로 가득 차 있었다. 황후 자신이 직접 많은 군사를 이끌고 나아가지 않더라도, 라 뮈자르데리성에 몰래 잠입할 지원군을 모집하는 것 정도는 허락해줄 것이다. 이브는 황후의 지략과 통솔력을 그다지 신뢰하지 않으나 그녀의 용기와 대담성에 대해서만큼은 추호도 의심을 품지 않았다.

그는 수도원 정문을 통과해 많은 사람이 오가는 마당을 가로질러 접객소로 갔다. 이곳에서는 무기 휴대와 무장 병력의 진입이 엄격하게 제한되어 있었다. 그러나, 갑옷도 걸치지 않고 무기도 휴대하지 않았지만 군인임이 분명한 사람들이 수사들만큼이나 많이 보였다. 홀의 큰 문으로 이어지는 계단에 경비병이 서 있는 것으로 보아, 황후 일행이 접객소 건물 전체를 사용하는 모양이었다. 신분이 낮은 이들은 어떤 용건으로 왔는지 분명하게 밝힌 뒤에야 안으로 들어갈 수 있으리라. 경비병이 그를 제지하며 용건을 묻자 이브는 순순히 대답했다.

"나는 이브 위고냉이라고 하오. 황후를 모시는 사람으로, 데비즈에 주둔한 로랑스 당제 님이 내 숙부이자 주군이요. 나는 황후께 보고드릴 일이 있어 왔습니다. 성으로 갔더니 그곳 사람들이 여기 와서 황후를 뵈라고 하더군."

"당신이 위고냉입니까?" 경비병이 눈을 가늘게 뜨고 그를 자세히 살폈다. "코번트리에서 돌아오는 길에 납치되었다고 들었는데…… 뜻밖에 일이 잘 풀린 모양이군요. 당신이 무사히 돌아온 걸 보면 황후께서도 기뻐하실 겁니다. 요즘엔 그분께 환영받는 사람이 드물지요. 자, 홀 안으로 들어가시지요. 사람을 보내 황후께 알리겠습니다."

홀 안에는 청원을 하러 온 소귀족 한두 명과 황후를 만나 물건을 팔고자 하는 상인 몇몇이 대기하고 있었다. 황후가 많은 궁중 사람을 거느리고 이곳에서 지내는 동안 글로스터는 경제적으로 큰 이득을 보고 있었다. 게다가 그녀가 거느린 군대는 이 도시의 든든한 방패막이가 되어주기도 했다.

그들 모두 한동안 기다렸다. 30분쯤 지나서야 황후의 응접실로 통하는 문이 열리더니 한 여자가 나와서는 두 사람의 이름을 불러 소귀족들을 안으로 안내했다. 이브는 그 여인을 곧바로 알아보았다. 코번트리에서 그를 면밀히 살핀 뒤 승인하듯 안으로 안내했던, 대담하고 자신만만한 시녀였다. 어두운 적갈색 고수머리와 개암 열매 빛깔의 영롱한 눈. 그녀는 단 한 번의 시선으로 번개같이 상대를 판단하고 제 머릿속에 분류해 넣는 것 같았다. 나이는 이브와 마찬가지로 열아홉쯤 된 것 같았는데, 나이 든 남자들을 싫어하는 듯 응접실로 들어가는 두 소귀족을 못마땅한 눈으로 훑어보았다. 이브에게는 그런대로 호의적인 눈길을 보냈지만 정작 그는 딴 데 정신이 팔려 있어 이를 눈치채지 못했다. 황후의 총애를 받는 시녀인 모양이군, 이브는 여자의 뒷모습을 바라보며 생각했다. 황후의 성격과 개성을 본받은 게 분명해.

다시 30분쯤 지나 이곳 주민들이 황후와의 만남을 단념하고 홀을 떠날 무렵 여자가 다시 돌아와 이브에게 말을 건넸다.

"황후님은 아직 회의 중이세요. 하지만 안으로 들어와 앉아 계시지요. 곧 당신을 부르실 거예요."

그는 여자를 따라 짧은 복도를 지나 햇볕이 잘 드는 넓은 방으로 들어갔다. 방 한구석에 여자 셋이 모여 앉아 자수를 놓으면서 수다를 떨고 있었다. 황후가 있는 방과 커튼 하나로만 막혀 있는 터라 목소리를 낮추었지만, 다들 일은 건성이고 이야기를 하는 데만 정신이 팔린 듯했다. 이브가 생각에 골몰하여 진지한 표정으로 들어서자 여자들의 관심은 즉각 그에게 쏠렸다. 하지만 이브는 그들에게 아무런 관심이 없었고, 그러자 잠시 조용해졌던 방 안에는 다시금 속삭임이 울려 퍼지기 시작했다. 이쪽에는 들리지 않게 자기들끼리 조그맣게 이야기하는 것으로 미루어 그에 대한 이야기가 아닌가 싶었다. 그를 안내한 여인은 그를 그곳에 내버려두고 혼자 내실로 들어갔다.

여인들과 조금 떨어진 벽 앞에 놓인 장의자에는 좀 더 나이 든 여자가 앉아 있었다. 무릎 위에 책이 펼쳐져 있었지만, 이 침침한 곳에서 정말로 독서를 하는 중인지는 알 수 없었다. 그 부인은 황후를 모시는 교양 있는 여자들 중에서도 핵심적인 인물인 듯했다. 역시 이브가 코번트리에서 본 적이 있는 사람이었다. 두 하녀가 고모와 조카딸 사이라고 했지, 그는 기억을 떠올렸다. 남자들만 모이는 살풍경한 회의장에 나온 두 여자. 문득 부인이 고개를 들더니 이브를 알아보고는 싱긋 웃으며 손을 까닥여 불렀다.

"이브 위고냉? 맞죠? 오, 이렇게 자유의 몸으로 무사히 돌아와서 정말 다행이에요! 당신이 행방불명됐다는 얘기는 들었어요. 우리 대부분은 글로스터에 도착한 뒤에야 뒤쪽에서 그런 사건이 일어났다는 걸 알았지요."

조베타 드 몽토르는 어떤 상황에서도 당황해 허둥대는 모습을 좀처럼 상상할 수 없는, 차분한 인상의 여자였다. 그런 사람이 자신을 알아보고 두 눈을 동그랗게 떴으니 이브로서는 그저 얼떨떨할 뿐이었다. 경험 많고 노련한 중년 여자 특유의 현실적인 두 눈이 놀라움과 반가움으로 환하게 빛나자, 순간적으로 가슴 뭉

큰한 감동이 느껴졌다. 그가 목숨을 잃을 위험에 빠졌다 여기고 몹시 걱정을 했던 모양이었다. 이제 아무런 해도 입지 않은 채 글로스터에 무사히 돌아온 이브를 보며 그녀는 몹시 반가워하고 있었다.

"자, 여기 앉아요! 한참 더 기다려야 할지도 몰라요. 당신이 무사히 돌아와 정말 기쁘군요. 코번트리에서 살인 사건에 얽혀 곤란한 지경에 처했지만 우리와 함께 무사히 떠나게 되었으니, 그대로 말썽이 일단락되었나 보다 싶었지요. 아무도 당신이 그런 짓을 저질렀다고 비난하고 나서지 못하리라 생각했어요. 그런 혐의를 뒤집어쓰다니, 정말 운이 나빴어요. 다행히 황후께서 확고하게 당신 편을 들어주어 일이 잘 마무리된 줄 알았는데, 난데없이 그자들이 습격해서는…… 우리는 다음 날이 되어서야 소식을 들었어요. 거기서 어떻게 도망쳐 나왔죠? 그 사람이 당신에게 무슨 짓이라도 할까 봐 다들 걱정했어요."

"도망쳐 나온 게 아닙니다." 이브는 정직하게 대답했지만, 이렇게밖에 말할 수 없는 것에 아이처럼 위축되는 기분이었다. 혼자 힘으로 대담하게 라 뮈자르데리성을 탈출했다면 아주 뿌듯했을 텐데. 하지만 그때는 캐드펠이 성안에 있다는 사실은 물론, 올리비에가 그곳에 갇혀 있으리라는 것도 확신할 수 없었던 처지였다. 어쨌든 이제 와서 그런 게 다 무슨 상관인가. 지금은 올리비에를 구하는 것이 그 무엇보다 중요한 문제였다. "필립 피츠로버트가 저를 석방했어요. 정확히는 쫓아냈다고 해야겠지만요. 그는 제가 드 술리스의 죽음과 무관하다는 것을 인정했고, 따라서 더 이상 저를 붙잡고 있을 이유가 없다 판단했습니다."

"생각보다는 쓸 만한 사람이군요." 조베타 드 몽토르가 조용히 대꾸했다. "이치를 따져 냉정하게 행동했으니 말이에요."

캐드펠의 설득 덕분이었다고 밝혀야 할까? 아니, 굳이 그럴 필요는 없으리라. 어쨌든 필립이 자신의 심경 변화를 인정하고 이치에 따라 행동한 것은 사실이며. 정말로 훌륭한 일이었으니까.

"그는 제가 살인자라 믿고 있었지요. 드 술리스를 높이 평가했고요." 이브는 여전히 남아 있는 분노를 억누르며 말을 이었다. "하지만 그게 아니더라도, 제겐 아직도 그 사람과 시비를 가릴 일이 남아 있습니다. 그건 그리 쉽게 풀릴 문제가 아니에요." 그는 곁에 앉은 부인의 옆모습을 자세히 살펴보았다. 단정하게 땋아 내린 은색 머리칼, 높은 이마와 반듯하고 가느다란 콧날, 우아하면서도 강인한 선을 지닌 턱, 그리고 굳게 다물린, 민감해 뵈면서도 확고부동한 선을 그리고 있는 입술의 위엄 있는 침묵 속에는 그녀가 살아온 50여 년의 세월에 값하는 무게와 품위가 어려 있는 듯했다. "그런데 부인께서는 제가 살인을 저지르지 않았다고 믿으셨습니까?" 이렇게 물은 뒤에야, 이브는 자신이 올바른 대답을 얼마나 듣고 싶어 했는지 깨닫고 내심 놀랐다.

"그럼요!" 부인은 눈을 크게 뜨고 진지한 표정으로 그를 마주 보았다. "절대 그럴 리 없다고 생각했지요."

그 순간 황후의 방 문이 열렸다. 하녀 이자보가 화려한 무늬가 박힌 비단 스커트를 휘날리며 나오더니 문을 그대로 열어둔 채 말했다. "들어오시랍니다." 그러고는 살며시 한마디 덧붙였다. "저는 나가라 하시더군요. 저 안에서 중요한 전략을 논의하는 중이라…… 자, 들어가시지요."

방 안에는 네 사람 말고도 서기 둘이 앉아 큰 탁자 위에 흩어진 필기도구와 양피지를 정리하고 있었다. 어디가 되었든, 황후가 거처로 삼는 곳에는 늘 작성해야 할 문서들과 입회인, 상대의 호의를 사거나 아랫사람을 치하하기 위해 나눠줄 영지와 직함, 그리고 향후 쓸모 있는 존재가 될지 모를 이들을 매수하기 위한 약소한 뇌물들이 따라다녔다. 이는 당파 싸움의 필연적인 부산물이었으니, 스티븐 왕의 진영에서도 상황은 다르지 않았다. 하지만 지금 탁자 위 물건들을 말끔히 치우는 것으로 보아, 오늘은 그들도 제 역할을 마친 모양이었다.

황후는 의자를 뒤로 물리고 팔걸이에 덮인 얇은 비단 천 위에 양팔을 올린 채 잠시 휴식을 취하고 있었다. 숱 많고 결이 고운 검은 머리는 금실과 함께 두 가닥으로 가지런히 땋아 가슴 위에 늘어뜨렸는데, 그녀가 조용히 숨을 쉴 때마다 머리 타래도 생명을 가진 양 작게 꿈틀거렸다. 황후의 얼굴은 몹시 피로해 보였다. 최근 기분 상하는 일을 겪은 뒤 일에 몰두하여 그 우울감을 떨치던 터였다. 황후의 위엄과 권위를 돋보이게 하기 위해서인지 벽에 드리운 휘장들은 아주 어두운 색조를 띠었고, 그 아래 늘어선 장의자에는 화려하고 푹신한 쿠션이 깔려 있었다. 수도원에서 가장 크고 밝은 이 방은 황후가 늘 사용하는 가구와 비품들로 화려하고 장중하게 꾸며져 있었다.

마지막 문서의 초안을 작성하는 일이 끝나자, 입회인의 역할을 맡은 세 사람은 자리에서 일어나 잠시 방 안을 거닐며 휴식을 취했다. 스코틀랜드의 데이비드 왕은 어둑해져가는 창가로 다가가 조카딸로부터 반쯤 고개를 돌린 채 서늘한 공기를 호흡하고 있었다. 기나긴 내전 중 대부분의 시기에 그는 가족의 의리를 지켜 조카딸 편에 섰지만, 그 이면에는 자신과 자기 나라의 이익을 챙기려는 속셈이 숨어 있었다. 노섬브리아 지방의 전략적 요충지를 차지하고 남쪽 티스강까지 국경선을 넓히고자 하던 군주에게 잉글랜드에서 일어난 내전은 그리 나쁜 소식이 아니었다. 그는 유능하고 과묵한 성격에, 덩치가 컸으며, 이제 지긋한 나이에 이르러 머리와 수염이 반백이 되었음에도 여전히 수려한 용모를 유지하고 있었다. 한참이나 탁자 앞에 앉아 따분한 내용이 나열된 지루한 서류들과 복잡한 지도들을 들여다보다가 이제 모처럼 일어나 넓은 어깨를 펴고 기지개를 켠 참이라 그런지, 그는 느지막이 방으로 들어온 이 젊은이가 무엇을 청원하려는지 궁금해하지도 않는 것 같았다.

황후의 집사인 험프리 드 보언과 의전관인 존 피츠길버트는 황후의 양옆에서 조용히 실내를 거닐었다. 황후보다 젊은 그들은 다른 제후들이 전장에서 전공을 세우며 화려한 명성을 떨치는 동안 측근에서 조용히 황후를 보좌하는 든든한 버팀목이었다. 이브는 황후를 모시던 몇 주에 걸쳐 두 사람의 노련하고 듬직한 행동거지를 지켜보면서 그들을 신뢰하고 존경하게 된 터였다. 그들은 이브를 보고 반가운 기색을 띠었지만, 모드 황후는 이맛살을 찌푸린 채 여전히 생각에 잠겨 있었다.

"황후 마마, 이제야 제 자리로 돌아왔습니다." 이브가 몇 걸음 앞으로 나아가 황후에게 깊숙이 절했다. "전해드릴 말씀이 있는데, 지금 고해도 될까요?"

"아, 자네로군." 황후는 그제야 이브를 훑어보며 천천히 입을 열었다. "늦은 시각 디어허스트 근방의 숲속 길을 지나다 그대를 잃어버린 이래 소식을 도통 듣지 못했지. 이렇게 무사히 돌아온 걸 보니 기쁘군. 우리는 그게 피츠로버트의 짓이라 단정했는데, 정말 그랬나? 그동안 어느 성에 갇혀 있었지? 어떻게 빠져나온 건가?" 황후가 열띤 어조로 질문을 던졌다. 이브의 귀환이 반가워서 그러는 건 아니리라. 향사 하나가 잡혀가 고생을 하든 말든, 심지어 그가 죽든 말든, 그녀가 품고 있던 앙심의 무게가 더 커지지는 않을 것이었다. 그저 필립의 이름 하나면 충분했다. 그 이름이 나오는 순간 그녀의 두 눈에서 이글거리는 불길이 타오르기 시작했다.

"황후 마마, 저는 그린햄스테드에 있는 라 뮈자르데리성에 갇혀 있었습니다. 필립이 몇 달 전 뮈자르 가문으로부터 탈취한 성이지요. 저는 제 힘으로 탈출한 게 아닙니다. 그가 저를 풀어주었습니다. 처음에 그는 제가 드 술리스를 살해했다고 믿었지요."

이 대목에서 이브의 얼굴이 화끈 달아올랐다. 황후 역시 그렇게 믿고 있을 것이다. 드 술리스의 죽음에 대해 이야기하는 이브를 보며 그녀는 어떤 생각을 할까? 아마 그가 아주 교활하게 처신한다고 여기리라. "하지만 이후 그런 생각을 바꾸게 되었습니다." 이브는 과감하게 말을 이었다. 이 문제는 더 이상 그에게 중요한 것이 아니었다. "그래서 저를 풀어주었지요. 저 또한 그에게 어떤 원한도 없습니다. 필립으로서는 제게 반감을 품을 수밖에 없었고, 이를 고려하면 제가 그다지 심한 대접을 받은 것도 아니었으니까요."

"쇠사슬에 묶여 있지 않았나?" 보언이 그의 손목을 바라보면서 물었다.

"그랬죠. 당시의 상황으로서는 그러는 게 당연했습니다." 이브는 별것 아니라는 듯 어깨를 으쓱여 보인 뒤 말을 이었다. "제가 고하고자 하는 문제는 다른 것입니다. 저는 그 사람이 제 누이의 남편인 올리비에 드 브르타뉴를 지하 감옥에 가둬두었다는 사실을 알게 되었습니다. 패링던성이 넘어간 이래 줄곧 그렇게 억류하고 있었지요. 그는 그분을 석방시켜달라는 청원을 귀담아듣지 않을 테고, 몸값을 받으려 하지도 않을 겁니다. 올리비에를 감옥에서 빼내기 위해 기꺼이 대가를 치르려는 분들이 많이 계십니다만, 필립은 이를 거부할 겁니다. 황후 마마, 라 뮈자르데리성은 견고한 곳이지만 우리에게 충분한 병력이 있으니 신속하고 효율적으로 공격한다면 그 성을 빼앗을 수 있습니다. 필립이 증원군을 요청할 시간조차 갖지 못하게끔 아주 재빠르게 공격한다면 가능한 일입니다."

"한 명의 포로를 위해서?" 황후가 차갑게 되물었다. "그건 너무 큰 모험인데. 우리에게는 한 사람의 행복보다 훨씬 더 크고 중요한 계획들이 있네."

"올리비에는 우리의 대의를 위해 애쓰던 사람입니다. 아주 유용한 기사이기도 하고요." 이브는 완곡한 표현을 생각해내느라 애썼다. 만일 '우리의 대의'가 아니라 '황후의 명분'이라 말한다면, 이는 비난으로 들릴 것이었다. 황후가 가장 높이 평가하는 사람도 감히 그녀 앞에서 그렇게 말하지는 못하리라. 이어 이브는 황후의 측근들에게 호소하기 시작했다. "여러분께서는 올리비에가 얼마나 기개 높은 사람인지, 얼마나 용맹한 기사인지 직접 보아 아실 겁니다. 패링던성에서 포로가 된 이들 모두가 관례에 따라 몸값을 치르고 풀려났는데 그분만 계속 이렇게 비밀리에 억류당하는 건 너무나 부당한 일입니다. 지금 우리가 그 성을 치면, 최소한 한 사람의 인재를 되찾을 수 있고 더하여 좋은 성도 손에 넣게 됩니다. 기습적으로 공격할 경우 성을 훼손 없이 온전히 가지게 되며, 다수의 병기들도 함께 얻을 수 있을 겁니다."

"급습해서 얻을 수만 있다면 아주 괜찮은 전리품이긴 하지." 의전관이 생각에 잠긴 채 중얼거렸다. "그러나 그리 쉽게 덤벼들 수 있는 일이 아닐세. 작전이 실패로 돌아갈 경우 우리가 입을 막대한 손실을 생각해보게. 게다가 나는 그쪽 지형을 잘 몰라. 자네는 아나? 지하 감옥에만 있었다면 성 안팎을 제대로 살필 수 없었을 텐데."

"돌아오기 전에 성 전체를 한 바퀴 돌아봤습니다." 이브는 열띤 어조로 말을 이었다. "그 도면을 그려드릴 수도 있어요. 성을 둘러싼 벌판에는 장애물이나 엄폐물이 전혀 없지만, 그 범위 밖은 다릅니다. 만일 성 위쪽 능선에 공성 기계들을 배치할 수만 있다면 승산이 있습니다."

"안 돼!" 황후가 날카롭게 말했다. "포로 한 사람을 위해 병력을 움직일 수는 없네. 위험부담은 너무 크고 얻을 것은 너무 작아. 내게 그런 걸 요구하다니 참으로 주제넘군. 자네의 매형은 적당한 때를 기다리는 게 좋을 걸세. 우리에게는 더 큰 당면 과제들이 있으니, 그자의 증오를 떠안은 한 불운한 기사를 위해 옆길로 빠질 수는 없네. 나는 움직이지 않을 작정이야."

"그렇다면 제가 지원군을 모집해 다른 방법으로 성을 공격하는 건 허락해주실 수 있겠습니까? 저는 필립 피츠로버트의 면전에 대고 곧 무장 병력을 끌고 돌아와 올리비에를 구해내리라 맹세했습니다. 제 입으로 그렇게 말했으니 반드시 말한 바를 이행해야 합니다. 황후께서 허락만 해주신다면 기꺼이 제 편에 서서 싸워줄 사람들이 있습니다."

그는 자신의 무슨 말이 황후를 그토록 흥분하게 만들었는지 알지 못했다. 황후는 두 손으로 의자 팔걸이를 꽉 움켜쥔 채 상체를 테이블 위로 바싹 들이밀었다. 그녀의 상앗빛 얼굴은 붉게 달아올라 있었다. "지금 뭐라고 했지? 그자의 면전에 대고? 그자와 마주 보고 얘기했다는 건가? 오늘 아침 그자가 거기에 있었다고? 듣자 하니 그는 며칠 전 크리클레이드로 돌아갔다던데."

"아뇨, 그렇지 않습니다. 그는 지금 라 뮈자르데리성에 있습니다. 거기서 움직일 뜻이 전혀 없어 보였어요." 이브는 제 나름의 근거를 통해 그렇게 확신하고 있었다. 캐드펠 수사가 올리비에 때문에 그 성에 머무르기로 택하지 않았는가. 그러니 필립 또한 당분간 그린햄스테드를 떠날 생각이 없을 것이다. 거기서 이브가 군대를 끌고 돌아오기를 기다릴 터였다. 순간 그는 황후의 마음이 어떻게 움직이고 있는지 알 것 같았다. 황후는 자신의 적이 크리클레이드에 있으리라 믿고 군대를 동남쪽으로 이동시켜 진격할 작정이었다. 하지만 그 근처에는 뱀튼, 패링던, 퍼튼, 맘즈버리 등 스티븐의 진영에 속하는 성들이 고리처럼 둘러서 있었고, 따라서 황후의 군대는 거꾸로 그들에게 포위될 위험부담을 안고 있었다. 반면 그린햄스테드는 이곳과 훨씬 가까우니 과감하고 신속하게 공격할 경우 스티븐 왕 진영의 원군이 오기 전에 성을 탈취할 수 있을 것이었다. 그 놀라운 가능성을 생각하자 황후의 눈에서 불꽃이 튀었고, 땋은 머리에서 빠져나온 머리칼들은 결단과 열정의 기운에 파르르 떨렸다.

"그렇다면 놈은 우리 수중에 든 셈이군." 황후가 낮게 으르렁거렸다. "기필코 놈을 잡고 말 거야! 우리의 모든 병력과 공성 기계를 총동원할 만한 가치가 있고말고."

황후에게 중요한 것은 자신을 위해 헌신적으로 싸우다가 포로가 된 사람을 되찾는 일이 아니라, 자신이 증오하는 사람을 붙잡는 일이었다. 이를 알아차린 순간 이브의 등골이 서늘해졌다. 하지만 정작 필립을 잡은 뒤에는 어찌할 것인가? 황후는 필립을 그의 아버지에게 넘겨줄 수밖에 없을 테고, 로버트 백작은 그를 결박해 잡아 가둘지언정 그 이상 해를 입히지 못할 것이다. 그래, 최악의 일은 일어나지 않겠군. 이브는 가만히 생각했다. 일단 아버지와 아들이 어쩔 수 없이 마주하게 되면 결국 화해에 이를 수도 있겠지.

그러나 황후는 눈빛을 번쩍이며 천천히 말을 이었다. "놈을 잡을 거야. 놈의 부하들이 지켜보는 가운데 내 앞에 무릎을 꿇게 할 거야. 그런 다음……" 그녀는 자신의 증오심을 음미하듯 나직하게 말을 맺었다. "놈의 목을 매달 거야."

*

이브는 너무 놀라 나직한 신음과 함께 숨을 멈췄다. 반박할 말을 찾아 연신 입을 벙긋거렸지만 그 무엇도 소리가 되어 나오지 않았다. 황후의 말은 진심일까? 설마하니 자기 오빠의 혈육이요, 자신의 조카요, 아버지의 손자를 그렇게까지 할 리가 있겠는가. 그러한 행위는 이번 전쟁이 전면적인 살육전으로 비화하지 않게끔 막아준 일말의 양심을 짓밟는 짓이자, 신성한 규칙을 깨뜨리는 짓이 될 것이었다. 혈족을 괴롭히고 속이고 책략을 써서 이길 수는 있지만 죽일 수는 없다. 그렇지만 그녀의 표정은 더없이 단호했을 뿐 아니라, 복수에 대한 기쁨마저 엿보였다. 진심에서 나온 말이 틀림없었다. 황후는 양심의 가책 없이, 상대에 대한 연민도 없이 기필코 그렇게 할 것이다.

 그때까지 창밖의 세상만 초연하게 내다보던 데이비드 왕이 갑자기 고개를 돌려 처음으로 자신의 조카를, 이어 의전관과 집사의 얼굴을 바라보았다. 세 사람은 이해와 체념이 깃든 시선을 주고받았다. 데이비드 왕조차 마음속에 있는 말을 있는 그대로 내뱉지 못하는 듯했다. 그는 황후를 오래 겪어왔고, 누군가 자신을 책망하는 기미만 보여도 격렬하게 반발하는 그녀의 성격 또한 익히 경험한 터였다. 황후는 고집스럽고 완강한 성미를 지녔으며, 따라서 한번 결단을 내리면 좀처럼 그 마음을 접으려 하지 않았다.

 "그게 과연 현명한 일일까?" 마침내 데이비드가 부드러운 어조로 조심스레 입을 열었다. "그가 큰 잘못을 저질렀다는 건 천하가 다 아는 일이지만, 이번만큼은 참는 게 좋을 것 같소. 하나의 적을 제거함으로써 그 열 배나 되는 이들을 적으로 돌리는 셈이오. 더욱이 평화회의를 마친 직후 그런 일을 벌이는 건 싸움을 계속하자는 의미로 비칠 터이니, 전투가 전보다 한층 더 격렬하게 번져나가게 될 거요."

 "그리고 지금은 백작님도 여기 계시지 않습니다." 집사도 단호한 목소리로 거들었다.

 이 순간 이브는 모든 상황을 명확히 예측할 수 있었다. 바로 그런 이유로 황후는 오늘 밤에 병사를 일으킬 것이다. 다른 계획은 전부 폐기하고 모든 공성 기계와 모든 병력을 동원하여, 글로스터 백작이 소식을 듣기 전에 라 뮈자르데리성을 공략하려 할 것이다. 오만하며 이기적인 황후는 기필코 필립의 목을 매달아, 죽은 아들을 로버트 백작에게 내보일 것이다. 능히 그렇게 하고도 남을 사람이다! 하지만 이는 그녀가 내세운 가장 중요한 명분을 무너뜨리고 심각한 분열상을 조장하는 행위였다.

 "황후 마마, 그렇게 하실 수는 없습니다!" 이브가 격렬하게 소리쳤다. "쓸 만한 성 하나를 점령하고 성실한 기사를 구출하여 황후를 위해 복무하게 하는 것으로 족합니다. 필립을 죽여서는 안 됩니다. 그가 죽으면 로버트 백작님은 목숨이 다하는 날까지 슬퍼하실 겁니다. 그를 생포해 백작님께 넘겨주시고 부자간에 얽힌 문제를 알아서 해결하게끔 하십시오. 그것이 공정한 처사입니다. 필립의 목을 매달겠다니, 이는 하셔서도 안 되고 하실 수도 없는 일입니다!"

 황후가 자리를 박차고 일어났다. 무척 격노한 듯했지만, 상대가 건방진 풋내기에 불과한 데다 당장은 쓸모가 있으니 감정을 지그시 억누르려 애쓰는 기색이었다. 그간 황후가 분노에 못 이겨 불운한 이들을 무참히 짓밟는 광경을 여러 차례 봐온 이브는 이제 그 불길이 자신을 향하고 있음을 깨닫고서 울분을 삼킨 채

한 발짝 뒤로 물러났다.

"감히 내가 무엇을 할 수 있다 없다 논하려는 건가? 자네의 역할은 명령에 복종하는 것이야. 이를 거부했다가는 필립의 것보다 훨씬 더 무거운 쇠고랑을 차고 끔찍한 지하 감옥에 처박힐 줄 알라." 황후가 고개를 돌려 두 가신을 바라보았다. "의전관은 솔즈버리와 레지널드, 레드버스를 즉각 이곳으로 부르고, 기사들을 시켜 신속하게 옮길 수 있는 모든 투석기를 모으게 하시오. 그들이 제일 먼저 출발할 것이오. 내일 정오께에는 선발대를 현장으로 보내고 주력 부대를 소집해야 하오. 나는 그 배신자를 반드시 처형할 생각이오. 그자가 목 매달려 죽는 꼴을 볼 때까지는 잠도 자지 않겠소. 그린햄스테드로 가는 길과 그 일대의 지형을 잘 아는 사람이 필요하니, 그런 자를 찾도록 하시오." 이어 그 번뜩이는 눈길이 다시 이브에게로 향했다. "자네는 내가 부를 때까지 곁방에서 대기하게. 라 뮈자르데리성의 도면을 그릴 수 있다고 했지? 그 말이 사실임을 입증해야 할 것이네. 감옥에 처넣지 않는 것만도 고마운 줄 알게. 내게 약속한 일을 소홀히 했다간 무사하기 어렵다는 점을 명심하고 이만 나가보게. 내 앞에서 썩 사라져!"

11

 이제 모든 게 엎질러진 물이었다. 이브로서는 정해진 길을 따라 나아가면서 주어진 것을 최대한 이용해 어떻게든 최악의 사태를 막으려 애쓰는 수밖에 없었다. 물론 라 뮈자르데리성으로 돌아가 올리비에를 구해내리라는 결심에는 변함이 없었으니, 당장은 공격 작전을 뒷받침하기 위해 최선을 다해야 했다. 그날 밤 그는 몇 시간에 걸쳐 성의 구조와 지형을 그리고, 성을 둘러싼 벌판의 넓이를 추산하여 도면에 기록하고, 공성 기계들을 배치하기에 적당한 지점을 표시했다. 예전에 망가져서 보수한 흔적이 있는 탑 밑의 지점도 보았던 그대로 표시했는데, 잘만 하면 그곳을 통해 성안으로 들어갈 수도 있을 것이었다. 올리비에가 풀려난 다음 황후가 그 성에 들어가는 건 괜찮아, 그는 생각했다. 하지만 성주를 죽일 권리는 없잖아. 이브보다 용감하고 신분이 높은 다른 이들도 나서서 말렸으나 황후는 필립의 배신으로 로버트 백작도 심한 모욕을 당했으니 그를 죽이는 것에 반대하지 않으리라는 말로 반박했고, 동시에 자신의 의도가 백작 귀에 들어가기 전에 일을 해치우려고 몹시 서둘렀다. 그녀는 로버트를 두려워하지 않았으며, 로버트 없이는 자신이 제대로 힘을 쓰지 못하리라는 사실도 인정하려 하지 않았다. 황후가 가끔 남들이 보는 앞에서 거만하고 무자비하게 제 오빠에게 모욕을 주곤 한다는 건 널리 알려진 사실이었다. 황후는 글로스터 백작에게 이미 처형이 끝난 시체를 넘겨줄 작정이었다. 이것은 논란의 여지가 없는 기정사실이요, 그녀의 단호하고 절대적인 결의이자 대권 선언이었다. 오랜 세월 로버트 백작의 도움과 지지를 받았건만, 그녀는 그저 그의 뛰어난 능력과 인품을 이용하려만 할 뿐이었다.

  머리가 어수선해 도무지 견딜 수가 없었다. 이브는 뚜렷한 대책도 생각해내지 못한 채 어두운 홀의 장의자에 누워 외투를 뒤집어썼다. 그의 마음이 그토록 힘든 것은, 황후가 기필코 제 의지를 실행에 옮길 경우 그녀를 믿고 따르던 이들의 절반 이상이 혼란에 빠지거나 충심을 접으리라는 추측 때문만이 아니었다. 양측 모두 들고일어나 그렇지 않아도 고약한 전쟁을 한층 격화시키리라는 생각 때문만도 아니었다. 그는 필립의 죽음을 원하지 않았다. 위엄와 호방함을 갖추고 있는 듯 보이나 도무지 속을 알 수 없는 내성적인 사람. 다른 상황에서라면 이브는 그에게 큰 호감을 느꼈을 것이다. 올리비에도, 비록 그 속마음을 제대로 이해하지는 못했으나 그를 무척이나 좋아하지 않았던가.

이브는 동트기 직전까지 자다 깨다를 반복했다. 그러곤 마침내 몸을 일으켜 출전 준비를 마친 뒤 존 피츠길버트가 지휘하는 황후 군대의 본진과 합류하여 라 뮈자르데리성을 향해 출격했다.

*

공격군을 성 주위에 배치하는 일은 의전관이 맡았다. 이런 일에 능숙한 그는 성벽 위에 서서 망을 보는 경비병들이 눈치채지 못하게끔 조용히 움직였다. 기술자들과 공성 기계들은 능선을 따라 자리 잡았고, 병사들은 강둑에서 마을 변두리까지 이어지는 숲속의 전략적 요충지 곳곳에 포진했다. 황후와 시녀들은 시끌벅적한 막사를 피해 마을 신부의 집을 차지하고 들어앉았다. 그린햄스테드 사람들은 대군이 홀연히 나타나 마을을 점거해도 무덤덤하게 받아들였다. 그동안 뮈자르 가문 밑에서 잘 지내온 그들이 필립에게 반감을 품었기에 망정이지, 그렇지 않았다면 몇 시간도 지나기 전에 모든 정보가 성으로 새어들어 작전은 큰 어려움을 겪었을 것이다. 이제 주민들은 마을을 점령한 병사들 사이에 조심스럽게 앉아 전투가 시작되기를 기다리고 있었다.

병력을 배치하는 일은 어둠 속에서도 계속되었다. 그러다 어느 순간, 라 뮈자르데리성에서 망을 보던 경비병들이 언덕 위에 피어난 불꽃을 발견했다. 군대가 막사의 불을 제대로 가리지 못한 탓이었다. 경비병들은 곧이어 성 주위의 벌판을 둘러싼 사방의 숲 곳곳에서 그와 비슷한 수많은 불꽃을 알아보았다.

남쪽 탑에 서 있던 필립 또한 성이 포위되었음을 알리는 조그마한 불꽃들을 지켜보고 있었다. "그 친구가 황후의 군대를 끌고 돌아왔군요." 그는 더없이 차분한 목소리로 캐드펠에게 말했다. "약속을 지키는 청년이에요! 마침 황후가 측근 귀족들과 군대를 글로스터로 불러들였던 모양입니다. 그 군대만 없었다면 나 혼자서도 능히 감당해낼 수 있을 텐데…… 어쨌든 제가 그 친구를 이 향연에 초대한 셈이지요. 불리한 상황이긴 하지만 저도 할 수 있는 한껏 대비했습니다. 내일이면 결과가 어떻게 나올지 알게 될 겁니다." 이어 그가 아주 정중하게 덧붙였다. "이곳을 떠나고 싶으시다면 뜻대로 하십시오. 지금 시간이 있을 때 떠나시는 편이 좋을 겁니다. 저들도 수사님을 존중하고 환영해줄 거예요."

"그런 제안을 해주다니 참으로 고맙군." 캐드펠도 그에 못지않게 정중하게 대꾸했다. "하지만 나는 내 아들과 함께가 아니라면 여기서 나가지 않을 거요."

*

날이 완전히 어두워지자 이브는 숲을 떠나 성의 북쪽으로 갔다. 하늘에 낮게 걸린 구름장이 달과 별을 가리고 있었다. 오늘 밤에는 아무 일도 일어나지 않을 것이다. 라 뮈자르데리성은 이미 황후 측의 소중한 자산이었으니, 그런 곳을 마구잡이로 두드려 깨부수기보다는 내일 아침 항복 요구를 받아내는 편이 나을 터였다. 그 안에 있는 누군가와 접촉하려면 오늘 밤이 기회였다.

이브의 기억력은 뛰어났다. 필립이 지나가듯 말했던 내용이 그의 머릿속에 아직 그대로 남아 있었다. "수사님은 슈루즈베리에 계실 때처럼 여기서도 충실히 예배와 기도를 드리실 수 있어. 한밤중에 새벽기도도 드리실 수 있고 말이지."

병사들이 자신을 골방에서 끌어낸 뒤 본성으로부터 넓은 홀로 데려갈 때 그는 한 신부가 성무일도서를 들고 침침한 석조 복도에서 나오는 광경을 보았었다. 아마 그 어딘가에 예배당이 있을 테고, 전투를 앞둔 밤 캐드펠은 거기서 홀로 조용히 기도를 드리리라.

어둠은 큰 축복이었다. 하지만 짙은 어둠 속에서 그가 검은 외투를 입고 소리 없이 나아간다 해도, 미세한 움직임이나 공기의 떨림만으로도 상대가 이쪽의 거동을 포착할 가능성이 없지 않았다. 앞으로 가로질러 가야 할 경사진 면이 몇 킬로미터나 되는 것처럼 멀게만 느껴졌다. 덤불을 말끔히 벗겨낸 맨땅에도 물 마른 도랑들은 있겠지, 그는 마음을 다잡으며 생각했다. 숲에서 성벽에, 그리고 거대한 포도 덩굴이 자라는 북쪽 탑 밑 그늘진 구석에 이르기까지 그의 통로이자 피난처가 되어줄 만한 지점이 있을 터였다. 그는 두 개의 탑과 그 사이에 가로걸린 성벽을 바라보았다.

경비병의 머리라도 보였으면 싶었지만, 거리가 너무 멀어 아무것도 눈에 들어오지 않았다. 벌판을 절반쯤 지나면 어렴풋한 하늘을 배경으로 시커먼 탑들과 톱니처럼 들쭉날쭉한 성벽의 윤곽이, 그리고 통로를 따라 오락가락하는 경비병의 움직임이 보일 것이다. 그 이상은 바라지 않았다. 그건 그의 모습 또한 상대의 눈에 드러난다는 뜻이니까.

그는 묵직한 검은 외투를 어깨에 두르고 숲을 빠져나가 앞으로 나아갔다. 성 어딘가에서 나오는 횃불 빛이 두터운 구름장 밑에 달무리 같은 희끄무레한 그림을 그려내었다. 그는 거기 시선을 고정한 채, 두 발을 눈 삼아, 보이지 않는 지면을 조심스럽게 디디며 한 걸음 한 걸음 꾸준히 걸어갔다. 외투나 머리카락이 날리면 멀리서도 알아볼 수 있을 텐데 바람이 불지 않아 다행이었다.

하늘을 배경으로 시커멓게 떠오른 성이 점점 더 가까워졌다. 안에서 울리는 소리와 경비병들이 교대를 하면서 내는 희미한 움직임이 감지되기 시작했다. 그러다 갑자기 성벽 위에 횃불 하나가 환하게 피어오르며 누군가 말을 타고 외치는 듯한 소리가 들렸다. 이브는 외투로 머리와 몸 전체를 덮고 땅바닥에 납작 엎드렸다. 벌판에 움직이는 물체가 전혀 없기에, 성벽 위에 있는 두 경비병이 아래를 내려다보기라도 하면 미세한 징후들을 통해 이브의 존재를 금세 눈치챌 터였다. 이브는 주위가 조용해질 때까지 꼼짝하지 않았다. 잠시 뒤, 횃불을 든 사람이 다시 계단을 내려가면서 위기의 순간은 지나갔다.

그는 조심스럽게 일어선 뒤 잠시 가만 서서 호흡을 가다듬다가 다시 앞으로 나아가기 시작했다. 짙은 어둠 속에서도 탑과 탑 사이를 오가는 경비병의 움직임을 식별할 수 있을 만큼 목적지에 가까이 접근해 있었다. 나무 발코니는 탑과 성벽이 만나는 모퉁이에서 시작되었다. 날이 어두워지기 전에 다시금 그것을 자세히 살핀 터였다. 굵은 포도나무 덩굴에서 뻗어 나온 가지들이 성벽에서 돌출한 발코니를 단단히 붙잡고 있으니, 경비병이 반대 방향으로 걸어가는 사이 그 위로 올라서면 될 것이었다.

이브는 무장을 하지 않았다. 장검이든 단도든 포도 덩굴이나 성벽을 타고 오르는 데 하등 쓸모가 없을 뿐 아니라 경비병을 공격할 의사도 없는 까닭이었다. 그가 원하는 건, 아무에게도 들키지 않고 성안으로 들어갔다가 무사히 나오는 것뿐이었다. 코번트리 회의 이후 한층 희박해진 화해와 강화의 불씨를 아예 꺼뜨리지 않으려면 캐드펠에게 황후 측의 계획을 알리고 함께 대책을 강구해야 했다. 이젠 모든 일이 그의 행동에 달려 있었다.

경비병이 반대쪽 탑을 향해 걷기 시작하자 이브는 울퉁불퉁한 지면을 쏜살같이 내달려 성벽 밑에 이르렀다. 성벽을 따라 탑과 성벽이 만나는 모퉁이까지 간 뒤, 그는 복잡하게 뒤엉킨 포도 덩굴에 매달렸다. 이제 발코니는 그에게 위협이 아닌 보호막이 되어주었다. 자정까지는 아직 한 시간쯤 남은 터라 위에서 들려오는 발소리에 귀 기울이며 잠시나마 호흡을 가다듬을 여유가 있었다. 발소리는 경비병이 가까이 다가올 때마다 희미하게 들리다가 이내 사라지곤 했다.

외투를 걸친 채 오르다가는 옷자락이 가지에 걸릴 수 있고, 팔다리를 놀리기에도 불편할 것이었다. 그는 겉옷을 벗었다. 안에도 검은 옷을 입고 왔으니 크게 걱정할 건 없었다. 이브는 숨을 죽이고 서서 경비병이 오가는 간격을 파악했다. 머리 위의 발소리에 가만 귀를 기울이다가, 소리가 저쪽으로 멀어지기 시작하는 순간 포도 덩굴을 붙잡고 몸을 끌어 올렸다.

이파리가 거의 다 떨어진 뒤라 별다른 소리는 나지 않았다. 울퉁불퉁한 줄기들이 마구 뒤엉킨, 아주 질기고 튼튼한 덩굴이었다. 경비병이 다시금 머리 위에 이르러 잠시 벌판을 내려다보는 동안 그는 일체의 움직임을 멈춘 채 가만히 숨죽이고 기다렸다. 발코니에 이를 때까지 그 과정을 몇 차례나 반복해야 할 것이었다. 한번은 저 안쪽 어딘가에서 밝은 불빛이 쏟아져 나오는 바람에 얼른 성벽의 차가운 돌에 몸을 찰싹 붙여야 했다. 그러나 사방은 여전히 고요했다. 다시 조심스럽게 고개를 내밀어 돌 틈으로 안을 살피자 반쯤 열린 문 말고는 아무것도 보이지 않았다. 성벽 위 통로와 탑을 잇는 문이었다. 성이 포위되었다는 사실을 깨닫자마자 이들은 투석기와 노포들을 설치해두었을 것이다. 투석기로 날릴 돌덩어리며 쇠붙이들, 노포로 날릴 굵은 화살들과 단창들도 함께 쌓여 있으리라

이브는 꼼짝하지 않고서 다시 움직일 수 있는 기회를 기다렸다. 라 뮈자르데리성의 탑들은 그리 높지 않아 성벽 위로 약간 더

높이 솟은 정도에 불과했다. 포도 덩굴을 오르던 이브의 손이 마침내 튼튼한 목조 발코니의 난간에 닿았다. 그는 여전히 덩굴에 매달린 채 고개를 내밀어 발코니 위의 동정을 살폈다. 경비병은 그에게서 불과 세 걸음 정도 떨어진 곳에 이르렀다가 다시 돌아섰다. 경비병이 저쪽 탑까지 절반쯤 갔을 때 이브는 난간으로 살며시 손을 뻗어 발코니에 올라섰다. 경비병이 다시 이곳에 왔다가 돌아갈 땐 성벽 위 통로로 건너갈 수 있을 터였다. 그는 납작 엎드려 기다리다가 때가 되자 조심스레 움직여 통로에 올라섰다. 짐작한 대로 그곳에는 돌덩어리와 쇠붙이, 화살과 단창 들이 잔뜩 쌓여 있었지만, 탑으로 들어가는 문이 단단히 잠겨 있었다. 성벽 바로 곁에 무기들을 실어 올리는 장치가 마련되어 굳이 탑 안의 계단을 통해 그것들을 나를 필요가 없었던 것이다. 어찌할 바를 몰라 주위를 둘러보던 이브의 눈에 안뜰과 이어진 계단이 눈에 들어왔다. 그는 경비병이 반대편 끝에서 돌아서기 직전 번개같이 계단으로 달려가 난간을 붙잡고 한 걸음 한 걸음 조심스럽게 내려갔다.

    경비병이 다시 왔다가 멀어지는 사이, 그는 여전히 살얼음판을 딛듯 조심스럽게 계단을 내려가고 있었다. 다행히 계단이 성의 안뜰에서도 가장 깊숙한 곳에 설치되어 있었기에 누군가에게 들킬 염려는 없었다. 멀리 떨어진 병기고와, 홀과 창고와 대장간 사이를 조용히 오가는 사람들의 검은 그림자가 보였다. 자신들을 포위한 병력의 규모조차 제대로 파악하지 못했으나, 그들은 아주 조용하면서도 능률적으로 움직이며 방어 준비를 하고 있었다. 이브는 마지막 단을 내려선 뒤 성벽에 몸을 찰싹 붙였다.

본성까지 그리 먼 거리가 아니라 해도 단번에 내달려 가다가는 누군가의 눈에 띄기 쉬울 것이다. 그는 조급함을 지그시 억누르며 숨어 있던 곳에서 슬그머니 나온 뒤 다른 이들 사이에 섞여 약간 빠른 걸음으로 안뜰을 가로질렀다. 횃불 빛이 환한 곳에서는 슬그머니 고개를 돌린 채, 마치 중요한 볼일이 있는 양 부지런히 걸었다. 만일 누군가 그를 부를 경우 바쁜 일이라도 있는 것처럼 작은 소리로 투덜거리며 얼른 지나치면 될 일이었다. 아닌 게 아니라, 마음이 너무 급해 다른 데 신경 쓸 겨를이 없는 것은 사실이니까. 다행히 아무에게도 제지당하지 않고 열린 문을 통해 본성 안으로 들어갈 수 있었다. 그곳에 무사히 이르러서야 그는 안도의 한숨을 내쉬었다.

이브는 이제 판석이 깔린 좁은 복도를 따라 조심스럽게 나아갔다. 갑자기 앞쪽에 있는 문이 열리더니 한 신부가 불쑥 나왔다. 제단의 등불을 살피고 나오는 길인지, 그의 손에는 조그마한 기름병이 들려 있었다. 미처 몸을 숨길 틈도 없는 데다 무리해서 피했다가는 노신부의 경각심만 불러일으키게 될 것 같아, 이브는 정중하게 벽 쪽으로 물러나 깊숙이 허리를 숙였다. 신부는 그를 보더니 담담한 목소리로 축복의 말을 건넸다. 긴장 때문에 온몸을 떨면서도, 이브는 내심 이를 좋은 징조로 받아들였다. 신부가 그에게 예배당의 위치를 알려준 셈이었다.

*

  그는 겸허한 자세로 제단 앞에 다가가 무릎을 꿇고는 이곳까지 무사히 인도하신 주님의 큰 자비에 감사드렸다. 갑자기 모든 긴장이 풀려, 몸을 숨겨야 한다는 것도, 자기 목숨이 위험하다는 것도, 어떻게 이곳에서 나가야 할지 생각해내야 한다는 것도 잊었다. 이 순간 그는 자신이 목적했던 곳에 와 있었다. 캐드펠은 반드시 그곳으로 올 것이었다.
  예배당은 비좁고 천장이 높았다. 돌벽으로 둘러싸여 서늘했지만, 사면 벽을 두른 두꺼운 모직 휘장들과 문 안쪽에 드리운 커튼이 살풍경한 분위기를 다소 덜어주었다. 마침 문 뒤의 어두운 곳에는 커튼 자락과 휘장이 겹쳐 있어 이브는 그 안으로 들어갔다. 사람 하나가 몸을 숨기기에는 충분한 곳이었다. 예배당으로 들어와 문을 완전히 닫아버리면 누군가 거기 숨어 있다는 사실을 눈치챌 터이나, 이브는 그런 일이 일어나지 않기를 바라며 커튼과 휘장 자락을 잘 여민 뒤 조용히 서서 기다렸다.

*

  라 뮈자르데리성에 머무는 동안 캐드펠은 매일 자정마다 잠자리에서 일어났다. 몸이 기억하는 습관이기도 했지만, 자신이 몸담았던 곳에 의지하고자 하는 마음 때문이기도 했다. 앞으로 다시 성직자 생활을 하지 못하게 된다면, 죽는 날까지 그곳과의 연결 고리가 끊어지지 않게끔 노력하는 것이 한층 더 중요해지리라. 혼자서도 행할 수 있는 예배와 기도의 의무를 꼬박꼬박 지키는 일이 그의 마음을 크게 위로해주었다. 이곳 신부는 일상적인 의식을 빠짐없이 행하면서도 베네딕토회가 규정한 관례에 따른 새벽기도는 드리지 않았다. 노신부가 그 시각에 예배당에 오는 경우는 필립이 새벽기도를 드리고 싶어 할 때뿐이었다.

이날 밤 캐드펠은 줄곧 잠들지 못하다가 평소보다 일찍 예배당으로 왔다. 캐드펠뿐 아니라 라 뮈자르데리성의 수비대원 대부분이 잠을 이루지 못할 것이었다. 그는 기도를 올린다기보다, 그저 침울한 기분에 젖은 채 무릎을 꿇고 앉아만 있었다. 올리비에를 위한 기도는 이미 넘치도록 올렸고, 주님께서 행여 잊으실세라 언제나 마음속으로 간구를 되풀이한 터였다. 게다가 지금은 그 자신을 위해 무언가를 탄원하기에 좋은 시간이 아니었다. 해결할 길 없는 근심과 함께 보낸 하루는 모두 지나가고, 내일의 근심은 아직 닥쳐오지 않은 시간. 미래의 일을 미리 내다보며 걱정할 필요는 없었다.

한동안 무릎을 꿇은 채 앉아 있던 캐드펠이 마침내 몸을 일으켜 돌아서는 순간, 문 뒤의 커튼 자락이 흔들렸다. 곧 손 하나가 나오더니 그 무거운 천을 한쪽으로 밀어젖혔다. 소리 없이 캐드펠의 눈앞에 불쑥 나타난 사람은 다름 아닌 이브였다. 포도 덩굴을 오르느라 얼굴에 얼룩이 지고 머리가 헝클어진 채, 그는 두 눈을 크게 뜨고 캐드펠을 바라보았다. 두 사람은 잠시 아무 말 없이 서서 서로의 얼굴을 응시했다. 이윽고 캐드펠이 한쪽 손바닥으로 이브의 가슴을 살며시 밀어 다시 커튼 너머로 물린 다음 문밖으로 나가 복도 좌우를 살폈다. 필립의 방문은 닫혀 있었다. 복도에도 인기척이 전혀 없었다. 캐드펠의 좁은 방은 거기서 10미터도 채 떨어지지 않은 곳에 있었다. 그는 예배당으로 돌아와 이브의 한쪽 손목을 움켜쥐고는 급하게 자신의 방으로 달려 들어간 뒤 얼른 문을 닫았다. 두 사람은 서로를 끌어안고서 잠시 온 신경을 곤두세운 채 바깥의 동정에 귀를 기울였다. 사방은 고요했다.

"목소리를 낮추면 괜찮을 걸세." 캐드펠이 먼저 입을 열었다. "신부는 옆방에서 자고 있을 거야." 그곳의 방과 방을 가르는 내벽들은 아주 두꺼웠다. "자네 여기서 뭘 하고 있는 건가? 어떻게 들어왔지?" 이브의 손목을 꽉 움켜쥐고 있던 그의 손아귀가 그제야 느슨하게 풀렸다. 캐드펠은 그를 침대에 앉히곤 양 어깨를 잡았다. 마치 그렇게 붙들고 있으면 아무도 그를 건드리지 못하리라 생각하는 것 같았다. "이건 미친 짓이야! 자네가 여기서 뭘 할 수 있겠나? 앞일이야 어찌 되었든 일단 자네라도 이곳을 빠져나가서 다행이라 생각했는데……."

"포도 덩굴을 타고 올라왔어요." 이브가 낮게 속삭였다. "그리고 수사님이 더 좋은 방법을 알려주시지 않으면 나갈 때도 같은 방법을 써야겠죠." 그의 떨림이 두 손을 통해 캐드펠에게로 전해 왔다. 그러나 화살을 쏘아 보낸 활시위처럼, 그 진동도 서서히 가라앉고 있었다. "경비병에게 들키지 않고 발코니까지만 가면 어렵지 않을 거예요. 아무튼 그 얘기는 나중에 하지요. 제가 여기 온 건 수사님께 긴히 드릴 말씀이 있어서예요. 황후가 어떤 생각을 하고 있는지 그 사람에게도 알려야 해요."

"그 사람이라니? 필립 말인가?"

"그럼 누구겠어요?" 이브가 침을 한 번 삼키고서 말을 이었다. "황후를 따르는 제후들이 각자 휘하의 병사들을 이끌고 글로스터에 집결했어요. 솔즈버리, 데번의 레드버스, 피츠로이, 보언, 스코틀랜드 왕까지요. 황후가 동원할 수 있는 대군이 한꺼번에 몰려온 셈이지요. 황후는 그 모든 병력과 장비를 총동원해서 이성을 치려고 해요. 큰 대가를 감수하고라도 기필코 일을 벌이려는 모양이에요. 이 소식이 글로스터 백작의 귀에 들어가기 전에 신속하게 말이지요."

"글로스터 백작?" 캐드펠이 믿기지 않는다는 듯 되물었다. "그는 황후에게 꼭 필요한 사람 아닌가? 그 사람 없이 혼자서는 아무것도 할 수 없을 텐데…… 게다가 반란을 일으켰든 말든, 필립은 그의 아들이야."

"바로 그래서예요!" 이브는 열띤 어조로 말했다. "황후는 이 상황이 끝날 때까지 글로스터 백작이 아무것도 모르는 채 헤리퍼드에 머물기를 바라고 있어요. 기어코 필립을 처형하려는 거죠. 그렇게 하겠다고 맹세했으니 기필코 실천에 옮길 거예요. 글로스터 백작이 이 사실을 알게 될 즈음에는 아들의 시신을 파묻는 것

밖에 할 수 있는 일이 없을 겁니다."

"그럴 리가!" 캐드펠은 나직하게 외쳤다.

"아니, 황후는 반드시 그렇게 할 거예요. 제가 황후의 방에서 황후가 직접 맹세하는 소리를 들었어요! 황후는 필립을 죽이려고 혈안이 되어 있어요. 지금이야말로 그를 죽일 절호의 기회죠. 필립은 이미 목을 물린 셈이니, 글로스터 백작도 황후를 떼어내지 못할 거예요. 아니, 황후가 아예 그럴 기회조차 주지 않을걸요. 백작이 미처 알기도 전에 상황은 끝나버릴 겁니다."

"그 사람 미쳤군!" 캐드펠은 탄식을 내뱉으며 이브의 어깨에 얹혀 있던 두 손을 떨구고 침대에 주저앉아 멍하니 아래를 내려다보았다. 필립이 죽으면 폭력과 살인이 한동안 꼬리를 물고 이어질 것이다. 그나마 남아 있던 왕가에 대한 충성심은 산산조각 나고 친척들은 서로 분열할 것이며, 화해와 온건한 결말을 소망하는 마음들은 죄다 광풍에 갈가리 찢기고 말리라. "그러면 백작도 돌아설 거야. 황후에게 반기를 들겠지."

어쩌면 그런 식으로 내전이 끝날지도 모른다. 합의로는 불가능했던 강화가 무력으로 이루어지는 것이다. 아니, 백작은 차마 제 손으로 황후를 건드리지 못할 사람이야, 캐드펠은 생각했다. 그는 아들을 잃은 슬픔에 젖어, 황후를 쓰러뜨리는 일은 다른 사람들에게 맡긴 채 조용히 전장을 떠나겠지. 이 나라 백성들은 힘겨운 고통을 더 오래 겪으며 절망의 끝까지 내몰릴 테고.

"저도 압니다. 황후는 자신이 내세운 대의를 스스로 파괴하며 양 진영의 모든 사람을 끝없이 파국의 구렁텅이로 몰아넣고 있어요. 그러는 사이, 씨를 뿌리고 추수를 하고 물건을 사고팔며 조용히 자식들을 양육하는 것 말고는 무엇도 바라지 않는 불쌍한 백성들만 점점 더 고통받겠지요. 그분 앞에서도 이렇게 말하고 싶었지만, 황후는 저를 매섭게 몰아쳤어요. 누구의 말도 들으려 하지 않더군요. 그러니 저로서는 이곳에 올 수밖에요."

캐드펠은 고개를 끄덕였다. 이브가 이곳에 온 건 파멸적인 계획을 막기 위해서이기도 하지만, 필립을 죽이는 것이 용서할 수 없는 죄라 생각했기 때문이리라. 그건 어떻게든 막아야 할 야만적인 행위였다. 이브는 필립 피츠로버트가 죽기를 바라지 않았다. 그의 앞에서 맹세했던 대로 군대와 함께 돌아왔고, 올리비에를 구하기 위해 애쓸 테지만, 황후의 잔인한 복수에 공모할 생각은 전혀 없었다.

"그래, 내가 어떻게 해주기를 바라나?" 캐드펠이 물었다.

"그에게 미리 경고해주세요." 이브는 말했다. "황후의 계획을 전부 알려야 해요. 황후는 결코 독한 마음을 풀지 않을 테니 필립 쪽에서 적절히 대응해야 할 겁니다. 황후는 성을 온전한 형태로 손에 넣고 싶을 거예요. 그러니 필립으로서는 라 뮈자르데리성을 순순히 넘겨주는 대가로 목숨을 보존할 수도 있겠지요." 하지만 이브 자신조차 그 가능성을 진심으로 믿을 수는 없었다. 캐드펠 또한 마찬가지였다. "어쨌든 사실을 있는 그대로 얘기해주시면 됩니다. 나머지는 본인이 알아서 하겠죠."

"알겠네." 캐드펠이 심각한 얼굴로 대답했다. "그에게 목숨이 위태롭다는 사실을 알리도록 하지."

"수사님의 말씀이라면 믿을 겁니다." 이브는 한시름 놓은 듯 허리를 펴고 크게 숨을 내쉰 뒤 벽에 머리를 기댔다. "그럼 전 이제 어떻게 이곳을 빠져나가야 할지 고민해야겠군요."

*

라 뮈자르데리성 사람들은 어느새 캐드펠에게 익숙해져 있었다. 그들에게 캐드펠은 성주가 정중히 모시는 손님이요 수사였으니, 다들 존경 어린 태도로 그를 대했다. 캐드펠 역시 그곳 사람들을 자연스럽게 대해 원할 때면 어디든 스스럼없이 다녔고, 누구와도 자유롭게 이야기를 나누었다. 이러한 상황이 이브에게 큰 도움이 되었다.

사람들의 눈길을 끌지 않는 가장 좋은 방법은, 수상한 기미를 일절 내비치지 않은 채 그저 바쁜 일이 있는 사람처럼 태연하게 움직이는 것이었다. 이곳에는 이브와 비슷한 나이의 청년들이 많았다. 낮이라면 상당히 위험한 방법일 테지만 밤중에는, 게다가 성을 포위한 적들에게 이쪽의 방어 태세를 드러내지 않고자 횃불 대부분을 꺼놓은 지금이라면 아주 효과적일 터였다.

이브는 캐드펠과 함께 안뜰을 가로질러 성벽 위로 이어진 계단 발치께로 천천히 다가간 뒤 어두운 구석에 몸을 바싹 붙였다. 캐드펠은 혼자서 계단을 올라가 난간에 몸을 기댄 채 숲 사이로 점점이 흩어져 있는 불빛들을 바라보았다. 잠시 후, 성벽을 지키는 경비병이 캐드펠에게로 다가오더니 잠시 그와 나란히 서서 적진을 살펴보다가 곧 몸을 돌려 저쪽 탑을 향해 걷기 시작했다. 캐드펠은 얼른 그의 곁에 따라붙었다. 아래 있던 이브는 두 사람의 나직한 목소리가 서서히 멀어져가는 것을 깨닫고 급히 계단을 올라 성벽 사이로 빠져나간 뒤 발코니 바닥에 납작 엎드렸다. 구불구불하고 시커먼 포도 덩굴들이 바로 곁에 있었지만, 다시 경비병이 다가왔다가 캐드펠을 남겨두고 혼자서 돌아가기 전까지는 감히 몸을 일으켜 줄기에 매달릴 엄두를 낼 수 없었다.

얼마나 지났을까, 이브의 머리 위에서 친숙한 목소리가 들려왔다. "지금이야! 경비병이 멀리 떨어져 있으니 어서 내려가게!"

이브는 몸을 일으켜 발코니 난간을 타 넘고는 억센 포도 덩굴들 사이로 들어가 저 아래 까마득하게 보이는 지면을 향해 조심스럽게 내려가기 시작했다. 이브의 모습이 사라지고 포도 덩굴들이 흔들리는 소리도 잦아들자, 캐드펠은 몸을 돌려 계단을 내려갔다. 이제 필립을 만나야 했다.

*

필립은 혼자 성을 돌아보며 방어 상태를 확인하고 있었다. 황후 측이 저처럼 많은 병력과 장비를 갖추고 빠르게 공격해 오다니, 그 위고냉이라는 청년이 대단히 훌륭한 말솜씨를 지닌 모양이군, 그는 생각했다. 조금만 더 늦었다면 이쪽에서도 충분한 여유를 가지고 공격에 대비했을 텐데. 하지만 상관없어. 빨리 쳐들어올수록 결론도 빨리 날 테니.

내일 아침이면 휴전 깃발을 든 적의 사자가 다가올 길을 내려다보며 성문 위 방벽 통로를 따라 걸어가고 있을 때, 캐드펠이 그를 발견하고 빠른 걸음으로 다가왔다.

"수사님 아니십니까?" 필립은 놀란 얼굴로 그를 바라보았다. "이미 몇 시간 전에 잠드신 줄 알았는데요."

"해야 할 일을 전부 마무리하기 전까지는 잠들 수 없지. 꼭 전해야 할 말이 있어서 이렇게 찾아왔소. 가급적이면 내 말을 진지하게 들어줬으면 하오." 캐드펠은 심각한 표정으로 말을 이었다. "이브 위고냉이 성주께 호언장담한 대로 자기 친구이자 매형을 구하고자 저들을 끌고 왔소. 하지만 황후의 속셈은 다른 데 있더군! 이 성을 빼앗겨야 하겠지만, 그것이 황후의 최종 목적은 아니오. 황후는 한 사람을 잡아 교수형에 처할 심산으로 여기 온 거요."

잠시 무거운 침묵이 흘렀다. 필립은 여명이 움터올 동녘을 바라보다가 조용히 입을 열었다.

"물론 그렇겠지요. 그 사람이 그렇게 나오리라는 점에 대해서는 추호의 의심도 들지 않습니다. 하지만…… 수사님은 많은 걸 알고 계시는 듯하니 하나 여쭙지요. 제 아버지도 같은 생각이십니까?"

"성주의 아버지는 여기 계시지 않소. 로저 백작과 함께 헤리퍼드에 계시지. 그분은 군대가 이동했다는 사실조차 모르오. 황후는 로버트 백작이 없는 사이에 행동을 개시했소. 아마 이곳에서의 상황이 종료될 때까지 그분이 아무것도 눈치채지 못하도록 할 거요. 그 이유는, 자신의 첫째가는 적, 바로 성주를 잡아 죽이기 위해서요." 캐드펠은 차분하고도 초연한 어조로 말을 이었다. "백작께 이번 일을 한사코 숨기려 하는 것으로 미루어, 성주에 대한 백작의 마음을 확신하지 못하는 듯하오."

다시금 두 사람 사이에 침묵이 내려앉았다. 한참 뒤에 필립이 고개를 돌리지 않은 채 말했다.

"황후를 잘 아는 제게는 그 말씀이 그리 놀랍지 않군요. 황후가 이런 식으로 나왔다면, 그 속에 어떤 생각이 도사리고 있는지야 뻔하지요. 제가 스티븐 왕 쪽으로 돌아선 건 황후의 힘을 대단치 않게 보았기 때문입니다. 황후에겐 국면을 전환시킬 만한 힘이 없어요. 바로 그게 제 배신의 이유입니다. 노르망디의 경우에는 문제가 다르지만, 이곳 잉글랜드에서는 스티븐 왕의 세력이 우세합니다. 그리고 어차피 스티븐 왕이 승리할 거라면, 이 혼란스러운 소모전을 끝내기 위해서라도 가급적 많은 이들이 황후에게서 등을 돌려야 하지요. 하루빨리 전쟁을 끝내고 사람들이 마음 놓고 농사를 짓거나 장사를 하며 살아갈 수 있게끔 하는 것이 한 군주의 명분이나 승리보다 훨씬 중요하잖습니까. 오랫동안 스티븐이 우위를 보였고 지금도 그러하니, 저로서는 모드 황후보다 스티븐 왕 편에 서는 게 더 나으리라 생각한 겁니다. 하지만 황후의 마음도 이해는 합니다. 그 사람이 제게 앙심을 품는 것도 당연하다 생각하고요. 그 사람에겐 저를 미워할 충분한 이유가 있으니, 저로서는 그걸 감내할 수밖에 없지요."

필립이 이토록 허심탄회하게 자신의 심경을 밝히는 건 처음이었다. 그 말과 표정에서 후회나 자책의 기미 같은 건 조금도 찾아볼 수 없었다.

"황후가 성주님을 수치스럽게 죽이고자 한다는 사실을 전했으니, 내가 할 일은 다한 셈이군." 캐드펠이 말했다. "그러한 상황과 직면하는 일은 성주께서 알아서 하리라 믿지만, 감히 조언을 하나 드리겠소. 황후는 앙갚음을 하는 동시에 성도 빼앗고자 마음먹었소. 그러니 성주께서 원하다면 거래가 가능할지 모르오."

"문제는 제가 거래를 원하지 않는다는 것이지요." 필립은 그렇게 대꾸한 뒤 캐드펠을 향해 싱긋 웃어 보였다.

"그렇다면 다른 이야기를 해보지. 황후에 대해 솔직히 말해주었으니, 이제 올리비에에 대한 속내도 듣고 싶소."

이에 필립이 눈길을 피했다. 그는 아무 말 없이, 마치 누군가의 영상을 그려보듯 동쪽의 어둠을 묵묵히 바라볼 뿐이었다.

"내가 먼저 얘기해보겠소." 캐드펠이 말했다. "나는 내 아들을 잘 알고 있소. 아주 단순한 아이지. 그런 아이에게 성주께서 너무 많은 걸 요구한 것 같소. 그동안 성주께서는 올리비에와 더불어 위험한 고비를 수없이 넘겼을 거요. 두 사람은 서로를 의지하고, 또 높이 평가하게 되었지. 그러다 성주께서 편을 바꿨을 때 그 아이는 성주와 함께할 수 없었고, 두 사람 모두 상대가 자신의 길을 따라주지 않는다는 생각에 혹심한 단절과 환멸을 느꼈던 거요. 올리비에는 성주가 배신했다고 생각했으며, 성주께서는 그가 성주 자신의 마음을 이해해주지 않는다고 느꼈소. 그 역시 성주께는 배신이나 마찬가지였지."

"그건 수사님의 추측일 뿐, 제 생각이 아닙니다." 필립이 차분하게 대꾸했다.

"성주의 말에는 모순된 점이 하나 있소. 조금 전, 황후의 앙심에 대해 아무런 유감이 없다 하지 않았소? 한데 어째서 내 아들에게는 그런 너그러운 마음을 품을 수 없는 거요?"

필립에게서는 아무런 대답이 없었다. 하지만 굳이 대답을 들을 필요가 없었다. 황후에게 아무런 감정도 느끼지 못하는 반면, 그는 올리비에를 무척이나 사랑하고 있었다.

12

새벽이 밝아올 무렵, 의전관이 몇 명의 부하들과 함께 숲에서 나와 성문으로 이어지는 길에 접어들었다. 하얀 깃발을 든 기사가 앞장섰고, 피츠길버트는 세 명의 장교를 거느린 채 뒤를 따랐다. 편지나 무기를 지참하지 않은 것으로 보아 공격할 의사가 없는 듯했으나, 상대로부터 신통한 대답을 들으리라 기대하지도 않는 듯했다. 그들의 모습이 나타나자마자 병사가 서둘러 필립을 깨웠고, 그는 이내 성문 좌우 양쪽 탑 사이에 설치된 통로로 나갔다.

캐드펠은 성의 홀 앞에 서서 그들 사이에 오가는 이야기에 귀를 기울였다. 다른 모든 이들도 걸음을 멈춘 채 숨을 죽인 터라 주위가 폭풍 전야처럼 고요했다. 두려움이라기보다는, 그동안 무수히 겪어 이제는 습관처럼 일어난, 심지어 반가움마저 내포된 강한 흥분의 전율이 사방을 채우고 있었다.

의전관은 닫힌 성문 앞 몇 미터쯤 떨어진 곳에서 말을 멈춘 뒤 고개를 들고 외쳤다. "피츠로버트, 성문을 열고 황후 마마의 사절을 받아들이시오."

"잘 듣고 있으니 그 자리에서 용건을 전하시오." 필립이 대꾸했다.

"좋아, 그렇다면 말하겠소." 피츠길버트는 힘차게 말을 이었다. "나는 이 성이 완전히 포위되었음을 알리러 왔소. 그대를 도울 원군은 안으로 들어갈 수 없으며, 황후가 허락하시지 않는 한 아무도 그곳에서 빠져나올 수 없소. 그러니 부디 오판하지 않기를 바라오. 그대가 계속 고집을 부린다면 우리는 공격을 시작할 것이고, 그대는 절대로 무사할 수 없을 것이오."

필립은 눈썹 하나 꿈쩍하지 않았다. "제안할 것이 있으면 하시오. 그런 게 없다면 난 내 할 일을 하러 가겠소."

"좋소." 피츠길버트 또한 더없이 침착했다. 내전 기간 동안 온갖 전략과 전술을 다 겪어왔기에, 그는 상대의 어떤 말이나 반응에도 흔들리는 일이 없었다. "황후께서는 당장 이 성을 양도할 것을 요구하시오. 만일 거부한다면 공격을 시작할 거요. 성을 고스란히 넘기지 않을 경우 그대는 이 성과 함께 파멸의 운명을 겪으리란 얘기요."

"조건은?" 필립이 짧게 물었다. "조건을 말하시오."

"조건이라니? 황후께서는 무조건적인 항복을 원하시오. 그대 자신과 그대가 거느린 모든 병력을 그분께 넘겨야 하오."

"아니, 나는 더 이상 그 사람이 짖으라면 짖는 개가 아니오. 만일 합리적인 조건을 내건다면 다시 생각해보겠지만, 그럴 경우에도 그대의 확실한 보증이 있어야 할 거요."

"흥정의 여지는 없소." 의전관은 단호하게 말했다. "항복하든, 대가를 치르든, 둘 중 하나를 선택하시오."

"황후에게 전하시오. 본인이 치러야 할 대가가 아주 클 수도 있다고. 우리는 그리 쉽게 주저앉지 않을 거요."

의전관은 어깨를 으쓱이고는 말 머리를 돌렸다. "잊지 마시오. 우리는 분명 경고했소!" 그는 어깨 너머로 그렇게 외친 뒤 전령을 앞세우고 부하들을 거느린 채 다시 숲을 향해 나아갔다.

*

오래 기다릴 필요도 없었다. 곧 성을 둘러싼 사방의 숲 가장자리에서 공격이 시작되었다. 솜씨 좋은 궁수들이 쏘아 보낸 화살들이 성벽까지 날아와 부주의하게 모습을 드러낸 이들을 위협했다. 언덕 위 마을과 가까운 서남쪽 탑에 있던 캐드펠이 보니, 공격군은 아낌없이 화살을 쏘아대고 있었다. 그들로서는 화살이 떨어질 염려가 없으니 그렇게 해도 상관없을 것이다. 하지만 성을 지키는 쪽은 화살이 바닥날 경우 보충할 길이 없었다. 그들은 엄폐물에서 벗어난 적병이 보일 때만 간간이 화살을 쐈다. 큰 화살이며 단창, 노포 등은 아예 손에 쥘 엄두도 내지 못했다. 많은 사람이 무리 지어 들어올 땐 그런 무기가 효과를 내겠지만 개별적으로 움직이는 사람들을 향해 사용하는 건 낭비나 다름없기 때문이었다. 그 육중한 기계들은 서남쪽 성벽에 네 대, 동쪽과 서쪽에는 한 대씩 배치되어 있었다. 투석기는 두 대뿐이었지만 그것으로도 충분했다. 의전관이 많은 병력을 한꺼번에 투입하여 성벽을 두드려 부수기 시작하면 위에서 그 투석기로 무거운 돌을 날려 보내면 될 일이었다. 그러면 공격 대열은 산산이 흩어질 테고, 적은 수많은 병력을 잃게 되리라.

처음 몇 시간 동안 전투는 산발적으로 진행되었다. 이미 수비군 측에서 한두 명의 부상자가 나왔으나, 부주의한 젊은이들이 성벽 사이로 잠시 모습을 드러냈다가 가벼운 찰과상을 입은 정도였다. 공격군 측에서도 숲 가장자리에 있던 사람 몇 명이 화살을 맞았을 것이다. 양쪽 모두 아직은 준비운동 단계에 불과했다.

얼마 후 돌 하나가 날아와 발코니 밑에 있는 성벽을 두드렸다. 돌은 별다른 피해를 주지 못한 채 몇 개의 조각으로 부서지며 튕겨 나갔다. 그러나 이어 공격군이 기계들을 숲 가장자리로 끌고 나와 성을 향해 연신 돌과 큰 화살을 날리기 시작했다. 그들은 몇 차례 돌을 날리면서 사정거리를 파악한 뒤, 오래전 무너져 보수한 흔적이 있는 곳, 즉 캐드펠이 올라가 있는 탑의 아랫부분에 집중하여 공격을 퍼부었다. 무거운 돌이 연이어 허공을 가르면서 날아와 성벽을 두드려댔다. 낮 동안 그곳을 겨냥하여 포격을 이어가다가 밤이 되면 파성퇴로 두드려 기어이 통로를 만들어낼 심산인 듯했다. 그사이 황후 측은 기술자 한 명을 잃었는데, 그는 공격에 열중한 나머지 숲 밖으로 함부로 모습을 드러냈다가 화살을 맞았다. 캐드펠은 그쪽 사람들이 기술자의 시신을 수습해 숲 속으로 들어가는 광경을 목격했다.

그린햄스테드 마을을 가려주는 높은 언덕 쪽에서 병력이 이동하는 광경과 숲속에 숨겨진 공성 기계들이 캐드펠의 눈에 들어왔다. 그가 이곳에 있어서는 안 되었다. 공격군이든 수비군이든, 수도복을 입은 그로서는 어느 쪽에도 물리적인 도움을 줄 수 없었다. 피를 흘리는 인간이라는 점을 빼면 그들과 그 사이에 어떠한 공통점도 없었다. 그러니 캐드펠은 스스로를 정당화할 수 있는 단 한 가지 방법으로 수비군을 도와야 했다. 그는 노련한 병사처럼 성벽과 성벽 사이를 재빨리 가로지르며 수비 진영을 살폈다. 필립이 궁수들과 노포들을 적절히 배치했군, 그는 생각했다. 이곳 병사들은 매우 효과적으로 성을 지키고 있었다.

홀 안에서는 신부와 나이 든 집사 하나가 몇몇 경상자들을 돌보았다. 성벽을 때리고 튀어 오른 돌 조각에 맞아 멍이 들거나 베인 청년들, 성벽 가장자리로 노출된 팔과 어깨에 화살을 맞아 살이 찢긴 청년들이 여럿 있었으나 아직 중상자는 보이지 않았다. 그러나 캐드펠은 조만간 중상자가 나오리라는 걸 알고 있었다. 몇 시간에 걸쳐 부상자들을 치료하면서, 그는 자신이 여기서 별로 할 일이 없다는 사실에 큰 위안을 받았다. 그러나 정오 무렵 상황이 격화되었다. 피츠길버트가 전투를 빨리 종결하기 위해 동원할 수 있는 공격 수단을 총동원하라는 명령을 내린 모양이었다.

공격군은 투석기로 서쪽 탑 밑을 두드리는 동시에 성문을 향해 정면 공격을 감행하기 시작했다. 성문 위에 탑재된 노포들이 단창 세례를 퍼붓는 바람에 공격군은 부득불 부상자들을 끌고 후퇴할 수밖에 없었으나, 이 공격이 주의를 분산시켜 수비군은 정문 쪽으로 많은 수의 병력을 이동시켜야 했다. 언덕 위에 포진하고 있던 공격군은 그 틈을 잡아 가장 육중한 투석기를 숲 밖으로 전진시킨 뒤 견고한 돌벽에 비해 약한 목조 발코니를 주요 표적으로 삼아서 가장 무거운 돌덩어리와 포탄 들을 계속 날려 보냈다. 성안에 있던 캐드펠은 돌이 날아올 때마다 홀이 흔들리고 대기가 불길하게 요동하는 것을 느꼈다. 이어, 공격군이 투석기의 사정거리를 높였는지 돌덩어리와 포탄이 성안의 건물들 위로 떨어지기 시작했다. 부상자들을 돌로 된 견고한 본성 안으로 어서 옮겨야 할 것 같았다.

한 젊은 궁수가 피에 젖은 소매를 늘어뜨린 채 성벽에서 내려왔다. 캐드펠이 부상 부위의 천을 찢은 뒤 살을 소독하고 붕대로 싸매는 동안 그는 앉아서 진땀을 흘리고 숨을 헐떡이다 입을 열었다. "팔을 다쳐 시위를 당기지 못하게 되었지만 노포는 쏠 수 있습니다. 다른 사람이 쇠뇌를 먹여주기만 하면 돼요······ 발코니가 꽤 많이 상했어요. 난간이 부서진 바람에 투석기 한 대가 미끄러져 떨어지려는 걸 우리가 성벽 위로 간신히 끌어 올렸습니다. 그때 성벽 밖으로 팔을 너무 길게 뻗다가 바람에 화살을 맞은 거예요. 보언의 궁수들은 기막힌 솜씨를 지녔더군요."

다음번에는 발코니의 부서진 곳으로 불화살이 날아들겠군, 캐드펠은 그의 팔에 붕대를 감아주며 생각했다. 이 청년이 제 몸으로 증명했다시피 발코니가 있는 구역은 공격군 궁수들의 사정거리 안에 있었다. 지금은 바람이 없는 데다 대기가 무척 건조하니 그곳 목재는 부싯깃처럼 바싹 말라 있으리라.

"혹시 공격군 병사들이 발코니 아래쪽 성벽으로 접근하려 하지는 않았소?" 캐드펠이 그에게 물었다.

"아직은요." 청년은 붕대가 감긴 팔을 조심스럽게 구부려보다가 자리로 돌아가려는 듯 몸을 일으켰다. "총공세를 펼치기 전이지만, 확실히 서두르고 있긴 해요. 아마 밤이 되면 더 적극적으로 나올 겁니다."

*

무거운 구름이 낮게 깔려 달도 보이지 않는 저녁, 캐드펠은 본성 밖 성벽 위에 올라가 몸을 숨긴 채 탑과 성벽이 만나는 자리에 기우뚱하니 걸려 있는 발코니를 바라보았다. 경사진 벌판을 둘러싼 숲속 이곳저곳에 반짝이는 불빛들이 보였고, 이따금 한번씩 불길이 피어오를 때면 거기 웅크린 시커먼 공성 기계들의 윤곽이 드러나곤 했다. 거리가 멀어서 장난감처럼 작아 보이긴 했지만, 그것이 지닌 위협적인 면모는 조금도 줄어들지 않았다. 침묵에 가까운 소강상태가 한동안 지속되자 성벽 위에 포진하고 있던 수비군 병사들이 조심스럽게 몸을 빼고 위쪽 능선과 그 너머 마을 쪽을 살폈다. 그쪽 불빛은 아주 멀리 떨어져 있어서, 누군가 햇불빛을 배경으로 전신을 노출하지 않는 이상 공격군의 궁수가 활을 당길 성싶지는 않았다.

그즈음 수비군에서도 사망자들이 나와 본성 예배당의 차디찬 돌바닥에 누워 있었다. 지금으로서는 그들을 매장하기 어려울 것이었다.

캐드펠은 어스름 속에서 잔뜩 긴장한 채 침묵을 지키는 병사들을 지나 탑과 탑 사이의 통로를 걸어갔다. 한쪽으로 기운 발코니 근처에 필립이 서 있었다. 갑옷으로 무장한 그는 어둠 너머 공성 기계들이 웅크리고 있는 숲 가장자리를 살펴보는 중이었다.

"내 얘기 기억하오?" 캐드펠이 그의 곁으로 다가가 입을 열었다.

"기억하고말고요." 필립은 고개도 돌리지 않은 채 대답했다.

"혹시 그 말을 의심하지는 않았고?"

"전혀요." 그가 싱긋 웃어 보였다. "지금도 마음 깊이 명심하고 있지요. 하늘의 도움으로 황후의 의표를 찌를 수만 있다면, 여기 있는 사람들을 위한 대책이 마련될 겁니다." 그는 비로소 고개를 돌려, 여전히 미소를 머금은 얼굴로 캐드펠을 응시했다.
"수사님은 제가 죽기를 바라지 않으십니까?"
"전혀, 바라지 않소."
멀리서 작은 불꽃이 번쩍이는가 싶더니, 갑자기 붉은 불길로 확 살아났다. 일순 부산하게 움직이는 사람들의 그림자가 일렁이며 작은 소용돌이를 일으켰다. 근처에 뒤엉켜 있던 나뭇가지들이 레이스 무늬를 그리며 후루룩 타오르다 이내 어둠 속으로 사라지고, 이어 무엇인가 쉭쉭 소리를 내면서 솟구쳐 올랐다. 긴 꼬리를 끌며 날아가는 무서운 혜성 같았다. 10미터쯤 떨어진 곳에서, 공성 기계가 무엇인지조차 모르는 소년 궁수 하나가 홀린 듯 그것을 바라보고 있었다. 필립이 놀라 크게 소리치며 번개처럼 달려가더니 소년을 끌어안고 탑 아래쪽으로 몸을 날렸다. 필립과 소년과 캐드펠, 더하여 주위의 다른 사람들까지 모두 바닥에 납작 엎드렸다. 그 순간 사방으로 불꽃을 떨구며 날아온 혜성이 손상된 발코니의 중심부를 맞히면서 폭발했다. 불타는 타르가 발코니 전체를 뒤덮고 성벽에 난 길 위로도 우박처럼 떨어져 내렸다. 곧 발코니 목재에 불이 붙어 부서진 널빤지며 쪼개진 난간 전체가 화염에 휩싸였다.
"괜찮나?" 필립이 자리에서 일어난 뒤 소년을 잡아 일으켰다. "움직일 수 있겠어? 그렇다면 어서 내려가 도끼들을 가져와!"
화상을 입은 이들이 여럿 있었지만 당장은 불부터 꺼야 했다. 소년은 미친 듯 계단을 굴러 내려갔고, 필립은 허리를 숙인 채 포탄이 떨어진 곳으로 달려가 사람들을 일으킨 뒤 크게 다친 몇몇을 아래로 내려보냈다. 포탄을 맞은 발코니는 도끼로 쳐내 끊어버려야지, 그대로 두었다간 불길이 성 내부로 옮겨붙을 것이었다. 불타는 타르가 다른 건물들에 튈 수도 있었다. 캐드펠은 신음하는 한 청년을 부축하여 자신의 망토로 그의 몸을 감싼 뒤 계단으로 이끌었다. 불에 그슬린 살냄새를 맡으며 두 사람은 한 발 한 발 조심스럽게 발을 옮겼다. 계단 아래서 몇몇이 기다리고 서 있다가 그 청년과 다른 부상자들을 인계하여 은신처로 데려갔다. 캐드펠은 잠시 자리에 서서 망설였다. 성벽으로 다시 올라가야 할까? 필립이 저 위에서 부하들과 함께 성벽에 매달려 있는 들보를 끊어내느라 불씨를 피해가며 도끼질을 하고 있는데…….

아니, 그는 수비대의 일원이 아니었고, 이번 싸움에서 어느 쪽을 편들 권리도 없었다. 그러니 은신처로 가 화상 입은 이들을 치료해주는 편이 좋으리라.

그로부터 30분쯤 지났을 때, 캐드펠은 코를 후비듯 파고드는 화재의 악취에 시달리면서 홀 안 짚자리에 누운 부상자들 사이를 돌아다니다 마침내 목재 들보가 부러지는 소리를 들었다. 발코니를 지지하던 튼튼한 나무가 우지끈하고 떨어져 나가는 소리, 거대한 화염 덩어리가 된 채 바람을 가르며 떨어지며 소리, 탑 밑의 돌밭에 내려앉으며 산산조각 나는 소리가 이어졌다.

*

곧 필립이 모습을 드러냈다. 불길과 연기에 휩싸인 채 일을 하느라 몸 전체가 온통 시커멓게 그을려 있었다. 하지만 그는 자신의 상태에 아랑곳없이 부상자들부터 일일이 돌아본 뒤에야 캐드펠의 손길에 몸을 맡겼다.

"날이 밝기 전에 성벽에 구멍을 내려는 모양입니다." 그가 말했다.

"상처 자리가 계속 화끈거릴 거요." 캐드펠은 별다른 대꾸 없이 심하게 탄 그의 팔에 연고를 발라주었다.

"놈들은 과감하게 나올 거예요. 밤의 추위 속에서 몇 시간 동안 애쓴 결과가 기껏 목조 발코니 일부를 파괴한 것뿐이니 부아가 치밀겠지요. 아마 이젠 총공세를 통해 전투를 빨리 종결지으려 할 겁니다."

"보호 장비도 없이?" 파성퇴와 병사들을 둘러싸 보호해주는 육중한 나무틀을 글로스터에서부터 이곳까지 끌고 오기는 어려웠을 것이다.

"아마 그걸 만드느라 낮 시간의 대부분을 보냈겠죠. 나무는 얼마든지 있으니까요. 발코니가 반밖에 남아 있지 않으니 우리에겐 꽤나 불리한 상황입니다."

필립은 불에 그을리고 상처가 난 어깨 위로 갑옷을 끌어 올리더니 적의 동태를 살피기 위해 다시 성벽으로 올라갔다. 캐드펠은 그제야 부상자들 사이에서 한숨을 돌린 뒤, 자정이 가까워졌으리라 짐작하고는 짧게나마 간절한 새벽기도를 드렸다.

 황후의 군대는 새벽빛이 밝기 전에 공격을 재개했다. 그들은 나무틀도 없이 파성퇴를 끌고 왔지만 빠른 속도로 그 불리함을 보완했다. 숲속에서 대군이 몰려나와 성벽을 향해 경사진 언덕길을 맹렬히 달려왔다. 수비군이 노포들로 큰 화살을 쏘아 대열에 몇 개의 구멍을 만들었음에도, 이내 그들은 탑 밑, 바닥에 떨어진 발코니가 빨간 숯으로 변해 여전히 타고 있는 지점에 이르렀다. 이제 발코니의 길이가 짧아져, 성벽 너머로 무거운 돌을 내던지거나 기름과 불붙은 나무를 떨어뜨리기 위해 수비군 병사들은 부득이 몸을 드러내지 않을 수 없었다. 캐드펠은 전투가 어떻게 진행되는지 알지 못한 채 홀 안에서 부상자들을 치료하느라 정신없이 움직였다. 파성퇴가 성벽을 두드려 커다란 소리를 울리며 지축을 흔들었다.

 새벽녘, 필립이 캐드펠에게 사람을 보냈다. 버클리 부근 출신의 기사로 필립 바로 밑에서 성을 관리하는 가이 캠빌이라는 사람이었다. 그는 피로에 지쳐 앉은 채로 꾸벅꾸벅 졸고 있던 캐드펠의 어깨를 가볍게 쳐서 깨우고는, 전투가 잠시 소강상태에 접어들었으니 본성의 조용한 방으로 돌아가 한두 시간이라도 눈을 붙이라고 권했다.

 "수사님은 수사님과 아무 상관도 없는 싸움터에서 이미 충분히 많은 일을 하셨습니다." 그가 걱정스레 말했다.

"아니." 캐드펠은 간신히 몸을 일으키면서 씁쓸한 얼굴로 중얼거렸다. "우리 가운데 올바른 방향을 잡아 제대로 일한 사람은 아무도 없소."

*

공격군은 날이 완전히 밝기 전에 파성퇴를 끌고 물러갔으나, 그땐 이미 성벽이 아니라 탑 밑에 구멍 하나를 뚫어낸 뒤였다. 날이 밝을 때 나무틀도 없는 상태에서 공격을 재개할 경우엔 많은 희생을 각오해야 할 터이니, 아마 다음 전투에 쓸 나무틀을 완성하기 위해 지금도 열심히 일하고 있으리라. 아직은 함부로 병사들을 안으로 들여보내지 않지만, 나무틀을 완성한 뒤 성 밑에 접근하여 불붙은 나뭇가지나 화목들을 밀어 넣는다면 쉽사리 진입할 수 있을 것이었다. 이제 성이 함락되는 것은 시간문제였다. 적의 작업을 방어하고 날이 어두워지기 전까지 그들이 엄폐물에서 나오지 못하게끔, 필립은 서남쪽 성벽 위에 투석기들을 집결시켜 숲 가장자리를 계속 공격하게 했다.

캐드펠은 전투에 참가하지 않은 몇몇 사람들과 더불어 부상자들을 치료하는 한편 열심히 전황을 관찰했다. 머지않아 이 전투는 끝날 듯했다. 공격군과 수비군의 상황이 너무도 달랐다. 수비군의 경우 단창이나 돌 같은 무기가 떨어지면 보충할 길이 없지만, 황후 측은 사방으로 뚫린 길에 진영을 세운 데다 많은 마차를 보유하고 있으니 필요한 물자를 얼마든지 보충할 수 있을 것이었다. 필립 또한 이를 잘 알고 있었다. 산만하게 진행되어온 내전 기간 동안 황후가 어느 한 성에 모든 병력과 물자를 동원하여 이처럼 맹공격을 퍼붓는 것은 처음 있는 일이었다. 자신이 증오해 마지 않는 적이 코앞에 있는 지금, 그녀는 막대한 경비와 무수한 인명을 아낌없이 쏟아부을 작정이었다. 필립을 죽일 수만 있다면 그 무엇도 아깝지 않은 것이다. 황후의 증오야 놀라울 것도 없었으나, 이를 알리기 위해 커다란 위험을 무릅쓰고 와준 이브에게 캐드펠은 새삼 커다란 감사와 기쁨을 느꼈다.

이쪽에서 구멍을 메우는 사이 공성 기계들을 동원해 이따금씩 성을 공격하던 공격군이 갑자기 양동작전을 펼쳤다. 일부가 돌덩어리로 탑 밑을 두드리는 동안 다른 일부는 탄도를 높여 돌덩어리와 타르를 성벽 너머로 날려 보내기 시작한 것이다. 그 바람에 성에 있는 건물 지붕에 두 차례나 불이 붙었지만 두 번 다 금방 진압하여 큰 피해는 막아낼 수 있었다. 성벽 위에 포진한 수비군 궁수들은 그렇지 않아도 부족한 화살을 쓸데없이 낭비하지 않기 위해 표적을 조심스레 골랐다. 주요 표적은 공성 기계를 조작하는 기술자들이었는데, 가끔 그런 사람들을 명중해 기계를 무력화해도 공격군 측에 숙련된 기술자들이 워낙 많아 이내 다른 사람이 그 빈자리를 채우곤 했다.

성안 사람들은 성벽에 붙은 모든 건물의 지붕에 물을 뿌리고 부상자들을 안전한 본성으로 이동시켰다. 마구간에 불이 붙을지도 모르니 말들도 모두 홀 안으로 옮겨야 했다. 이곳저곳에서 돌덩어리와 포탄 들이 날아오는 와중에 사람들은 죽을 위험을 무릅쓰고 부지런히 안마당을 오갔다.

날이 어두워질 무렵, 필립은 필연코 닥쳐올 야간 공격에 대비해 모든 수비 작업을 마친 뒤 밖으로 나왔다. 구멍은 방책으로 막아두었고, 탑과 성을 연결하는 문들에는 자물쇠를 채우고 빗장을 질렀다. 설사 적이 탑 밑의 구멍으로 들어온다 해도 적어도 얼마간은 건물 안에 진입할 수 없을 터였다. 그의 곁에는 심부름을 도맡아 하는 병기 기술자의 어린 조수가 서 있었다. 병기 기술자와 대장장이는 모든 문을 철저히 막기 위해 이미 성벽 위로 올라간 뒤였다. 소년이 필립 앞으로 나서서 본성 문을 향해 달려가려 하자 필립이 손을 들어 제지했다. 두 사람은 잠시 성벽 밑에 바싹 붙어선 채 기다리다가 이내 빠른 걸음으로 안마당을 가로질렀다.

안마당을 반쯤 지났을 때 포탄이 대기를 가르며 날아오는 소리가 들렸다. 시커멓고 투박하고 흉측하게 생긴 그것은 성벽을 넘어 필립과 소년의 바로 앞에 떨어졌다. 필립은 달아날 시간이 없겠다 판단하여 소년의 몸을 두 팔로 끌어안은 채 돌아서서 땅바닥을 향해 몸을 날렸다. 그 순간 나무로 엉성하게 감싼 큼직한 포탄이 돌로 포장된 바닥에 떨어져 폭발하며 못과 뒤틀린 쇳조각, 용광로에서 나온 쇠 찌꺼기, 사슬 조각 따위를 사방으로 튀겼다. 피로에 지쳐 늘어져 있던 수비군 병사들은 벽 안쪽에 재빨리 몸을 숨기고는 폭발로 인한 진동이 완전히 사라질 때까지 꼼짝하지 않았다.

필립 피츠로버트는 황후가 선사한 두 개의 쇳조각을 맞아 머리와 몸이 찢긴 채 바닥에 그대로 엎어져 있었다. 그의 몸에 깔린 소년은 공포에 질려 가쁘게 숨을 헐떡였지만 다친 곳은 전혀 없었다.

*

필립은 본성에 있는 자신의 검소한 방으로 옮겨졌다. 캐드펠이 뒤늦게 달려왔을 땐 몇몇 사람들이 그를 둘러싸고 갑옷과 속옷을 어렵사리 벗겨내는 중이었다. 캐드펠을 보자 그들은 순순히 길을 내주었다. 이 노수사가 이미 뛰어난 의술로 부상자들을 맡아 치료해온 터였다. 그는 왼쪽 옆구리가 찢어져 피 얼룩이 진 근육질의 여윈 몸과 날카롭고 예민한 인상의 검은 얼굴을 가만히 내려다보았다. 용광로에서 나온 쇠 찌꺼기에 옆구리를 강타당해 최소한 갈비뼈 두 대가 부러진 듯했고, 왼쪽 관자놀이에는 뒤틀린 창끝이 단단히 박혀 있었다. 캐드펠과 의사는 더 이상 상처를 내지 않게끔 신중을 기해 간신히 그것을 빼냈다. 하지만 파편을 뽑아낸 뒤에도 두개골의 정확한 상태는 도무지 알 수 없었다. 그들은 환자의 가쁜 호흡 소리에 가슴을 졸이며 옆구리의 환부를 붕대로 촘촘히 감았다. 응급처치를 하는 내내 필립은 아무런 반응도 보이지 않았다. 머리의 상처를 닦아내고 붕대를 다 감을 때까지도,

그의 눈꺼풀과 얼굴 근육에는 전혀 움직임이 없었다.

"살아나실까요?" 문 앞에서 몸을 떨고 있던 소년이 조그맣게 물었다.

"주님이 살펴주신다면." 캐드펠은 짧게 말한 뒤 소년의 어깨에 한 손을 얹어 문 밖으로 그를 내보냈다. 아이에겐 비교적 희망적인 대답을 들려주었지만, 저 꼿꼿하고 완강한 젊은이의 앞에 놓인 운명을 생각하면서 그는 우울한 심경에 젖어들었다. 설사 주님이 그를 살리고 싶어 하신다 해도, 그게 과연 좋은 일일까? 우리 중 누가 그의 삶과 죽음에 대해, 어느 것이 좋고 어느 것이 나쁜지 감히 재단할 수 있겠는가?

필립 대신 전투를 지휘할 책임을 짊어진 가이 캠빌이 와서 몇 마디 짧은 질문을 던지고 의식을 잃은 필립의 얼굴을 물끄러미 내려다보다가 고개를 절레절레 흔들었다. 오늘 밤이 이번 전투에서 최대의 고비가 될 것이었다.

"주군께서 의식을 되찾으시면 즉시 제게 알려주십시오." 캠빌은 그렇게 말한 뒤 성주 대리로서의 의무를 다하기 위해 다시 밖으로 나갔다. 이제 부상자가 더욱 많아져, 나이 든 몇몇 사람들과 비교적 상처가 가벼운 이들이 중상자들의 치료를 떠맡았다. 캐드펠은 혼자 필립의 침대 곁에 남아 힘겨운 호흡 소리에 귀를 기울이고 있었다. 상태가 워낙 위중한 터라 아직은 그 고통스러운 혼수상태에서 깨워낼 수가 없었다. 캐드펠은 그가 오한이 들지 않게끔 이불 여러 개로 그의 몸을 잘 덮고, 수건에 물을 적셔 꾹 다

문 그의 입술과 붕대 아래 드러난 멍든 이마를 연신 축여주었다. 그토록 위중한 상태에 빠져 있음에도 필립의 얼굴은 더없이 엄숙하고 평온해 보였다.

자정 가까이 이르렀을 즈음, 비로소 필립의 눈꺼풀이 바르르 떨리는가 싶더니 양쪽 눈썹을 꿈틀거렸다. 그는 숨을 깊이 들이쉰 뒤 신음하기 시작했다. 캐드펠이 벌어진 입술 사이로 포도주를 조금 흘려 넣자 그는 갈증에 시달리던 사람처럼 달게 받아 마셨다. 곧 필립이 눈을 뜨고 멍하니 허공을 응시하다가 방을 둘러보았다. 눈빛이 서서히 밝아지는 것으로 보아 의식이 제대로 돌아온 모양이었다.

"그 소년은…… 무사합니까?" 낮지만 또렷한 목소리가 그의 입에서 새어 나왔다.

"그래, 무사히 잘 있소." 캐드펠은 허리를 깊이 숙인 채 대답했다.

그는 알겠다는 듯 머리를 살짝 움직여 보인 뒤 잠시 침묵을 지키다가 다시 입을 열었다. "캠빌을 불러주십시오. 처리해야 할 일이 있어요."

그게 전부였다. 캠빌을 기다리는 동안 그는 줄곧 눈을 감은 채 입을 다물고 있었다. 맑은 정신을 유지하고 힘을 비축하기 위해서였다. 캐드펠은 그가 기력을 완전히 잃으면 어쩌나 걱정스러웠지만, 이상하게도 마음 한구석에서는 모든 일을 제대로 마무리하기 전까지는 그렇게 되지 않으리라는 믿음이 피어나는 것을 느꼈다.

"탑은 무사합니다!" 급하게 달려온 가이 캠빌은 주군이 가장 듣고 싶어 할 소식부터 황급히 전했다. "적은 아직 성으로 들어오지 못했어요. 하지만 나무틀이 완성되었으니 곧 쳐들어올 겁니다."

필립은 이 소식에 반가운 기색을 내비치며 부관을 끌어당겨 침대 곁에 앉혔다. "이제 자네에게 모든 책임을 맡기네. 성을 지킬 가능성은 없어. 황후가 원하는 건 라 뮈자르데리가 아니라 바로 나일세. 나를 넘겨준다고 하면 강화에 응할 거야. 날이 밝는 대로 휴전 깃발을 세우고 피즈길버트를 만나 교섭하자고 하게. 최대한 유리한 조건을 얻어내고 황후에게 항복하는 걸세. 나를 넘겨주기만 하면 다른 사람들은 무사히 빠져나갈 수 있네. 그들을 잘 인솔해 크리클레이드성으로 가게. 황후는 자기가 원하는 걸 얻었으니 뒤쫓지 않을 거야."

"안 됩니다!" 캠빌이 단호하게 외쳤다.

"아직은 내가 이 성의 책임자일세. 그렇게 해, 가이! 황후가 나를 잡느라 우리 쪽 사람들을 죄다 도륙하기 전에 모두 무사히 빠져나가게끔 해야 해."

"하지만 주군의 목숨이―"

"정신 차려, 이 사람아!" 필립이 사납게 그의 말을 끊었다. "이제 내 목숨은 이 안에 있는 수비대 중 한 사람의 것만도 못해. 어차피 죽음이 눈앞에 있으니, 나로서는 아무런 유감이 없어. 내가 소중히 여기는 많은 이들이 나 때문에 이미 목숨을 잃었네. 곧 세상을 뜰 사람 때문에 더 이상 누군가를 죽게 만들 수는 없지. 휴전을 청하고 어떻게든 자네가 얻을 수 있는 모든 걸 얻어내게! 날이 밝는 대로, 백기가 보일 만큼 환해지자마자 그렇게 하는 거야. 알겠나?"

더는 반박이 불가능했다. 맨정신으로 힘주어 자기 뜻을 밝히는 주군 앞에서 캠빌은 묵묵히 앉아 있을 뿐이었다. 그가 체념 속에 방을 나서자 몸 안의 모든 공기와 힘이 한꺼번에 빠져나가기라도 한 듯 필립은 축 늘어졌다. 캐드펠이 수건으로 그의 이마와 입술을 닦아주고 입속에 포도주를 흘려 넣었다. 필립은 한동안 메마른 숨소리를 밭게 뱉어내다가 문득 실낱같이 가느다란, 동시에 무섭도록 또렷한 목소리로 그를 불렀다.

"캐드펠 수사님?"

"나 여기 있소."

"할 일이 하나 더 있습니다. 저 옷장…… 저걸 열어보세요."

캐드펠은 영문을 모른 채 그가 시키는 대로 했다. 급하게 처리해야 할 일은 이미 끝났다. 그는 수비군을 자신의 운명에서 놓아주었다. 그러나 여전히 그의 마음을 무겁게 짓누르는 무언가 남아 있는 모양이었다.

"세 개의 열쇠가…… 안쪽 자물쇠 밑에 걸려 있을 겁니다. 그것들을 가져다주세요."

옷장을 열어보니 정말로 열쇠가 있었다. 크고 화려한 장식이 달린 것과 비교적 평범한 것, 작고 투박하게 생긴 열쇠까지 모두 세 개였다. 캐드펠은 그것들을 꺼낸 뒤 옷장을 닫고 필립의 침대 곁으로 다가갔다.

"이제 어떻게 할까? 원하는 게 뭔지 얘기하시오. 그대로 할 테니."

"첫 번째 것은 서북쪽 탑 문 열쇠고, 두 번째 것은 같은 탑 지하 2층에 있는 방의 열쇠입니다. 세 번째는 그 사람을 결박한 족쇄의 열쇠고요." 필립은 잠시 말을 멈추었다. 모든 것을 꿰뚫을 듯한 검은 두 눈이 캐드펠의 눈을 똑바로 응시하고 있었다. 이윽고 그가 힘겹게 말을 이었다. "황후가 성에 들어올 때까지는 그 친구를 그대로 두는 게 좋을 겁니다. 저를 향한 원한의 불똥이 조금이라도 그에게 튀어서는 안 되니까요. 하지만 수사님은 최대한 빨리 그리로 가 아드님을 만나보시지요."

13

 신부가 들어올 때까지 캐드펠은 열쇠를 쥔 채 꼼짝도 하지 않았다. 환자 또한 움푹 꺼진 푸르스름한 두 구덩이에 박힌 눈을 껌벅이며 그를 바라보기만 할 뿐, 놀라거나 왜 당장 가지 않느냐고 묻는 듯한 표정을 짓지 않았다. 이제 그가 할 일은 다 한 셈이니, 캐드펠의 일은 캐드펠에게 맡기면 되었다. 이내 필립은 다시금 의식의 표면 밑으로 잠겨 들어갔다. 그에겐 더 이상 아무 힘이 없었다. 해결하지 못한 일들은 주님의 처분에 맡겨야 할 것이었다.
 캐드펠은 그의 양쪽 광대뼈 밑으로 움푹 꺼진 볼과 창백한 이마, 양옆으로 당겨진 입술, 그리고 얼굴에 배어 나오는 진땀을 바라다보았다. 쉽게 불어 끌 수 없는 완강하고 질긴 목숨. 그는 아직 죽지 않을 것이다. 라 뮈자르데리성에 입성한 피츠길버트에게 포로로 잡힐 내일 정오, 어쩌면 하루 이틀 뒤 황후가 입성할 때까지 살아 있을지도 모른다. 하지만 그것이 마지막이리라. 황후는 결코 결심을 꺾을 생각이 없었다. 그는 황후를 무시했고, 황후는 그에게서 받은 상처를 철저한 보복으로 갚아줄 생각이었다. 부상을 입어 거의 살아 있다 할 수조차 없는 사람이라 해도 다른 모든 이들의 본보기로 삼기엔 충분했다.

그러니 임박한 죽음에 앞서 중요한 일을 마무리해야 했다. 누가 그 일을 처리해야 좋겠는가?

신부가 들어오자 캐드펠은 열쇠를 들고 비교적 조용한 본성을 나와 전투의 소음으로 가득한 안마당에 들어섰다. 공격군은 약화된 지점에 대한 공격을 재개한 터였는데, 이번에는 파성퇴와 기술자를 보호하는 나무틀과 함께였다. 일정한 리듬에 맞추어 성벽을 두드리는 파성퇴의 울림 속에서 수비군 병사들은 반쯤 파괴된 발코니 밑으로, 혹은 성벽 너머로 돌덩어리나 쇳덩어리를 떨어뜨리고 있었다. 그것들이 나무틀 지붕을 두드리는 소리가 파성퇴 소리와 서로 엇갈리며 지축을 흔들었다. 성벽 위에서 이따금씩 쏟아지던 화살들은 더 이상 보이지 않았다. 이제 궁수는 별 쓸모가 없었다.

파괴된 탑 아래쪽에서 일어난 요란한 금속성 소음과 많은 이들의 함성이 성벽과 성벽 사이를 오가며 파도처럼 메아리치고 본성을 휘감아 돌다가 서북 탑 밑에 이르러 잦아들었다. 올리비에가 쇠사슬에 묶여 있는 곳이었다. 구멍이 뚫린 자리 주변에서는 긴

창이나 검, 단창으로 무장한 사람들이 서로 뒤엉켜서 육박전을 벌였다. 캐드펠은 치열하게 싸우는 병사들의 머리 위를 바라보았다. 부서진 외벽의 들쭉날쭉한 모서리 너머, 여전히 타오르는 불길에 벌겋게 물든 희미한 하늘이 눈에 들어왔다. 부서진 문짝과 석재들이 탑 안마당에 진을 친 수비군 병사들의 발치 곳곳에 널려 있었다. 탑의 구멍은 그리 크지 않았고, 적병들을 밀어붙이는 수비군의 기세로 보아 공격도 곧 잦아들 듯했다. 내일 아침이면 이곳을 넘겨줘야 하니 굳이 보수할 필요는 없겠지만 더 많은 이들의 죽음을 막기 위해서라도 아직은 성을 굳게 지켜야 할 것이다. 그래, 어쨌든 필립은 성주로서 해야 할 역할을 했어, 캐드펠은 고개를 끄덕이며 생각했다. 자기 목숨을 버리는 대가로 수많은 부하들을 그곳에서 벗어날 수 있게끔 조처하지 않았는가. 그것으로 충분하지.

어둠이 내리자 공격군은 더 이상 돌덩어리나 포탄을 날리지 않았다. 몇몇 건물의 지붕에 불을 내어 수비군의 주의를 흐트러뜨리려는 듯 이따금 한 번씩 불화살만 쏘아 올릴 뿐이었다. 그래도 안마당에서 이동할 땐 건물 벽에 바싹 붙어 다니는 편이 좋았다. 캐드펠은 본성의 벽을 돌아 인적이 끊기다시피 한 서북쪽 마당에 이르렀다. 거기 들어서자 구멍 난 성벽 부근에서 일어나는 소음이 이상하리만치 멀게만 느껴졌다. 밤공기는 그리 쌀쌀하지 않았다. 내일 성을 넘겨주면 죽은 이들을 매장하고 부상당한 많은 사람들을 편히 쉬게 할 수 있으리라.

그는 탑 밑에 있는 문에 첫 번째 열쇠를 끼워 돌렸다. 문은 소리 없이 열렸다. 캐드펠은 계단을 따라 올리비에가 갇힌 지하 2층으로 내려가기 시작했다. 나선형 계단 중간쯤에는 햇불이 하나 걸려 있었다. 적의 공격을 받는 와중에도 이곳 사람들은 사소한 것 하나 소홀히 하지 않은 듯했다. 지하 골방 앞에 이른 그는 잠시 걸음을 멈추고 길게 심호흡을 했다. 벽이 너무 두터워 안에서 아무 소리도 들려오지 않았다. 그저 희미한 햇불 빛만 조용히 아른거릴 뿐이었다.

떨리는 손으로 열쇠를 끼우는 순간, 그는 문득 두려움을 느꼈다. 골방 안에서 뼈만 앙상하게 남은 참혹한 몰골의 아들을 발견하게 될까 봐서는 아니었다. 그런 두려움 따위는 이미 오래전에 사라졌다. 그가 두려워하는 것은, 이번 여행의 목적을 이룬 뒤 겪어야 할지 모를 참담한 전락의 과정이었다. 수도원으로 돌아가는 길이 기나긴 어둠 속으로 끝없이 추락하는 고통스러운 과정이 될까 봐, 수십 년 동안 지켜온 조용한 일상을 결국 잃고 말까 봐 그는 두려웠다.

절망감으로 잠시 눈앞이 아득했지만 그 순간은 오래가지 않았다. 자물쇠 속에서 금속음이 울리는 순간 두려움이 거짓말처럼 사라지며 뭉클한 감동 같은 것이 목구멍으로 솟구쳐 올라왔다. 그는 문을 활짝 밀어젖히고 맨바닥 건너편에 있는 올리비에와 정면으로 마주쳤다.

감방 문이 열리는 순간, 잔뜩 긴장한 채 꼿꼿이 서 있던 올리비에는 예기치 못한 인물을 마주하고 얼떨떨한 표정이 되었다. 그도 안마당과 골방을 이어주는 환기 통로를 통해 바깥의 소음을 듣고 저 위에서 무슨 일이 일어나고 있는지 몹시 궁금해하며 자신의 무력한 처지를 한탄하던 중이었다. 당혹감으로 동요하던 그의 눈빛이 이내 부드럽고 차분하게 바뀌었다. 필립에게서 미리 귀띔을 받은 터라 그는 자신의 눈앞에 있는 사람이 유령이나 환영이 아님을 알았다. 하지만 도무지 실감이 나지 않았다. 올리비에는 캐드펠을 환영하지도 거부하지도 않은 채 그저 황금빛 두 눈만 동그랗게 뜰 뿐이었다. 그의 두 발에 묶인 족쇄의 사슬이 철컹 소리를 내었다가 조용해졌다.

캐드펠은 여위었으나 그만큼 한층 강인해진 그의 얼굴을 조용히 응시했다. 출구를 찾지 못해 억제된 에너지로 충만한 두 눈은 불을 뿜는 듯했다. 바위 선반에 고정된 촛불이 그 얼굴의 모든 윤곽들을 한층 선명하게 부각시키며 의혹과 놀라움으로 크게 확대된 황금빛 눈동자를 비추었다. 단정한 옷차림과 깔끔히 면도한 얼굴, 그에게서 흐트러진 구석이라곤 찾을 수 없었다. 족쇄만 아니라면 누구도 그를 포로라 생각할 수 없으리라. 자물쇠에서 열쇠 돌아가는 소리가 들리기 전까지 줄곧 침대에 누워 있었는지, 다소 흐트러진 검은 머리가 올리브빛 양 뺨을 단단히 감싸고 있었다. 도드라진 광대뼈 밑으로 드리운 푸르스름한 그늘도 눈에 들어왔다. 캐드펠은 이토록 아름다운 그의 모습을 본 적이 없었다. 브롬필드 수도원의 열린 문 너머, 이제는 그의 아내가 된 한 여인을 지키며 늠름하게 서 있던 모습을 보았을 때도 이처럼 감동을 느끼지는 못했다. 필립도 그랬던 게지, 캐드펠은 생각했다. 자신에게 결연히 등을 돌린 사람임에도, 그로서는 이처럼 우아한 몸과 마음을 존경하고 소중히 여기지 않을 수 없었던 거야.

캐드펠은 불빛을 향해 크게 한 걸음 다가갔다. 방은 그가 예상했던 것보다 훨씬 넓었다. 어두운 한구석에 붙여놓은 낮은 장 하나와, 그 위에 가지런히 놓인 옷가지며 소지품들이 눈에 들어왔다. 그는 머뭇거리며 입을 열었다. "올리비에, 내가 누구인지 알겠나?"

"압니다." 올리비에가 낮은 목소리로 대답했다. "필립에게 들었어요. 수사님은…… 제 아버지이시지요." 그는 열린 문 쪽으로 시선을 돌렸다가 캐드펠의 손에 들린 열쇠 꾸러미를 바라보았다. 그러곤 자신에게 한꺼번에 몰아닥친 일들의 의미를 파악하려는 듯 힘겹게 말을 이었다. "전투가 벌어진 것 같던데요. 어떻게 된 일입니까? 그는 죽었나요?"

필립. 그가 말하는 사람이 필립 말고 또 누구겠는가? 올리비에는 필립이 죽기 전에는 감옥의 열쇠가 다른 이의 수중에 들어갈 수 없으리라 여기고 즉시 옛 친구의 안부부터 물은 것이다. 그 목소리에서 호기심이나 만족감 같은 것은 찾아볼 수 없었다. 그저 어찌할 수 없는 사실을 있는 그대로 받아들이려는 사람의 담담한 체념만이 느껴질 뿐이었다. 캐드펠은 가슴 저린 애정으로 아들을 바라보았다. 자신에게서 이토록 복잡다단한 존재가 태어났다는 사실이 새삼 기이하게 여겨졌다.

"아니, 그는 죽지 않았어." 캐드펠은 부드럽게 말했다. "그가 이 열쇠들을 내게 주었지."

그는 새를 놀라게 할까 두려워하는 사람처럼 조심스럽게 다가가 두 팔을 벌리곤 살며시 아들을 끌어안았다. 올리비에의 뻣뻣했던 몸이 금세 풀리면서 따뜻해졌고, 그 역시 열렬히 아버지를 끌어안았다.

"그 말이 사실이었군요!" 올리비에가 감격에 겨워 입을 열었다. "하긴, 그는 결코 거짓말을 하지 않는 사람이니까. 아버지는…… 전부 알고 계셨나요? 왜 제게 말씀해주지 않으셨죠?"

"다른 이의 삶에 느닷없이 뛰어들 이유가 어디 있겠어? 이미 훌륭하게 성장하여 영광스러운 길을 향해 가고 있는데. 쓸데없이 바람을 일으켜 너를 제 길에서 벗어나게 할지 모른다고 생각했다." 캐드펠은 두 팔을 뻗어 거리를 둔 채 아들을 자세히 살피다가 그의 우묵한 뺨에 입을 맞추었다. "네겐 이미 아버지가 있었어. 어머니에게서 들은 이야기 속의 아버지, 진짜 아버지보다 더 훌륭한 아버지였겠지. 하지만 이렇게 진실은 드러났고, 나는 그저 기쁠 뿐이다. 이리 와서 앉으렴. 그 족쇄부터 풀자."

그는 침대 곁에 무릎을 꿇고 앉아 족쇄에 마지막 열쇠를 끼웠다. 곧 쇠사슬이 날카로운 불협화음을 내며 떨어져 나가 바위벽에 늘어졌다. 올리비에는 반짝이는 황금빛 눈으로 캐드펠의 얼굴을 응시하며 두 사람의 혈연적 연관성을 드러내는 요소들을 열심히 찾아보았다. 이윽고, 그가 질문을 던졌다. 자신이 마주한 당혹스러운 진실 자체보다는 그 진실을 알게 된 정황에 관한 질문이었다.

"어떻게 아셨죠? 아버지가 저를 알아보실 만한 어떤 얘기나 행동이 있었나요?"

"네 엄마 이름을 언급했잖니. 게다가 네가 말한 시간과 장소가 내 기억 속의 내용과 꼭 들어맞더구나. 그리고 네 옆모습. 거기서 나는 네 엄마를 봤다."

"그런데 한마디도 하지 않으셨군요! 언젠가 휴 베링어 님이 그런 말을 한 적이 있어요. 수사님이 저를 꼭 아들에게 하듯 대하신다고요. 그땐 별생각 없이 들었지요. 전 아무것도 몰랐으니까요. 필립이 진실을 알려주며 아버지가 이곳에 오셨다는 얘길 했을 때도 말도 안 되는 소리라 생각했어요. 윗분들의 지시가 떨어지지 않는 한 아버지는 그곳을 떠날 수 없잖아요. 하지만 저를 구하기 위해 종규를 어기고 축복도 받지 못한 채 수도원을 무단으로 이탈하셨다고요…… 그 얘기를 듣자 화가 나더군요!" 올리비에는 까닭 없이 괴로웠던 그 순간을 떠올리며 말을 이었다. "나를 위해서 당신이 소중히 여기던 모든 걸 그렇게 내던지고 추방당한 죄인 신세가 되어서는 안 된다고 생각했어요. 게다가 목숨까지 내놓으시다니요! 제게 그렇게 엄청난 빚을 지우다니, 도무지 공정한 일이 아닌 것 같았어요. 저는 평생 그 빚을 갚지 못할 테니까요. 그 모든 게 저에겐 상처와 고통만 준다고 여겼어요.

죄송해요 아버지, 정말로 죄송합니다! 이제는 그렇게 생각하지 않아요."

"빚이라니, 그런 건 없어." 캐드펠은 몸을 일으키면서 말했다. "우리 둘 사이에 계산이나 거래 따위는 성립할 수 없다."

"저도 알아요! 하지만 그땐 지나친 은혜를 입었다는 생각에 자존심이 상했죠. 이제 그런 감정은 들지 않아요." 올리비에는 침대에서 일어나 감방 안을 이리저리 오갔다. "설령 제가 아버지를 위해 할 수 있는 일이 아무것도 없다 해도, 아버지가 제게 주시는 건 뭐든 감사하게 받을 겁니다."

"글쎄, 지금 내가 원하는 게 하나 있긴 하지. 그 방법은 아직 알 수 없지만······."

"그래요? 그게 뭐죠?" 그는 머릿속의 상념들을 얼른 털어버리고 열정적으로 묻더니 침대로 돌아와 캐드펠을 제 옆에 끌어다 앉혔다. "여기서 어떤 일이 일어나고 있는지 말씀해주세요. 아버지는 그가 죽지 않았다고 하셨죠. 필립 말입니다. 그에게서 열쇠를 받으셨다고요······ 누가 이 성을 공격하고 있는 겁니까? 그에게 적이 많다는 건 저도 알아요. 하지만 이건 몇몇 개인이 아니라 군대의 공격이 분명해요."

"황후의 군대야." 캐드펠이 씁쓸하게 대답했다. "유력한 귀족들도 합류한 터라 군사력이 아주 막강하지. 이브가 여기 붙잡혀 있다가 풀려난 뒤 글로스터로 갔었어. 너를 구해달라고 청하기 위해서였지. 황후는 즉각 요청을 들어주었지만, 그건 널 위해서가 아니었어. 필립이 여기 있다는 사실을 알자 기필코 이 성을 무너뜨리기로 결심한 게지. 그녀는 필립을 붙잡아 성탑에 그의 목을 걸겠다고 맹세했어. 황후가 맹세를 철회할 리 없을뿐더러, 설령 철회하고 싶다 해도 이미 수많은 이들 앞에서 호언장담 한 터라 그러지 못할 거야. 아직 좋은 방법이 떠오르지는 않았지만, 내가 반드시 이를 저지할 작정이야."

"어찌 그런 짓을……." 올리비에의 낯빛이 창백해졌다. "어리석고 사악한 짓이에요! 그 일이 알려지면 이 땅의 모든 유능한 젊은이들이, 심지어 이미 무기를 버린 이들까지 모두 다시 전쟁터로 달려들 겁니다. 자신이 싸워 이겨 포로로 잡은 이를 죽이다니, 어떤 사악한 이가 그런 짓을 벌일 수 있죠? 황후가 그런 맹세를 했다는 걸 아버지는 어떻게 아셨습니까?"

"이브에게서 전해 들었어. 이브가 그 자리에서 직접 들은 얘기니 의심할 여지가 없지. 황후의 결심은 확고해. 황후는 필립이 자기를 배신했다 믿고 누구보다 그를 증오하고 있어."

"배신한 건 사실입니다." 하지만 그의 말투는 아주 부드러웠다.

"일반적인 규범들에 비추어보자면 그렇지. 그의 행동에 다소 과격한 구석이 있었던 것도 사실이고. 하지만 그것을 단순히 배신으로 간주하기에는 조금 무리가 있지 않나 싶은데." 캐드펠이 진지하게 말을 이었다. "얼마 지나지 않아 양 진영에서 가장 훌륭하고 유능한 이들 또한 배신자라는 비난을 받게 될 거야. 상대방과 싸우려 들지 않고, 검을 칼집에 꽂은 채 살육 행위를 거부한다는 이유로 말이지. 나는 그것이 잘못된 행동이라 생각하지 않아. 하지만 황후는 기필코 필립을 붙잡아 처형할 생각이지."

올리비에는 이맛살을 찌푸린 채 잠시 생각에 잠겨 손가락 마디를 깨물다가 이윽고 입을 열었다. "누군가 나서서 이를 저지해야 합니다. 다른 사람들은 둘째치고, 황후 자신을 위해서라도 말이에요." 그는 곤혹스러운 기색으로 캐드펠을 바라보았다. "아버지, 제게 모든 사정을 털어놓으신 게 아니죠? 이번 공격은 어느 정도까지 진행된 겁니까? 설마 그들이 이미 성으로 들어온 건가요?"

황후 측 군대를 '그들'이라 표현하는군, 캐드펠은 생각했다. 이 감옥에 구금되어 자신이 충성을 맹세한 이를 위해 싸우지 못하는 상황이기에 그렇게 말하는 것일까? 공격군과 어느 정도의 거리감을 느껴서? 아니, 캐드펠에게는 이 말이 '우리'에 대응하는 표현으로 여겨졌다. 이 순간 올리비에게 '우리'란 그 자신과 캐드펠을 뜻하는 것이리라.

"탑 하나에 구멍을 뚫긴 했지만 아직 성으로 들어오지는 못했어. 내가 이곳에 올 때까지는 그랬지." 그는 조심스레 말을 이었다. "필립은 항복하기를 거부했지만, 황후가 자신을 어떻게 할 심산인지 아는 상태야."

"그는 어떻게 그걸 알았습니까?" 올리비에가 재빨리 물었다.

"내가 이야기했으니까. 이브가 목숨을 걸고 성에 들어와 그 소식을 전하며 필립에게 꼭 알리라고 부탁했거든. 하지만 보아하니 필립은 이미 예상하고 있었던 것 같아. 자신이 하늘의 도움으로 황후의 의표를 찌를 수만 있다면 부하들을 구해낼 대책이 마련되리라 생각하더군. 그리고 실제로 그렇게 했어. 자기 부관인 캠빌에게 지휘권을 넘겨주면서, 성을 황후에게 양도하는 대신 여기 수비대원들을 무사히 빠져나가게 하라는 조건을 걸라고 명했지. 내일이면 강화가 이루어질 거야."

"하지만 황후 쪽에서 응하지 않을 경우에는……." 올리비에가 순간 말을 멈추더니 크게 소리쳤다. "잠깐만요, 그가 죽지 않았다고 하셨잖아요!"

"그래, 그는 죽지 않았어. 중상을 입어 위중한 상태지만 금방 죽지는 않을 거야. 아마 제때 죽지 못하여 황후의 올가미에 걸리고 말겠지. 황후는 그의 상태가 어떻든 무조건 제 맹세를 지킬 테고. 필립은 자신의 수치스러운 죽음을 무릅쓰고 부하들을 구하기로 한 거야. 황후야 필립만 붙잡으면 그의 부하들이야 어떻게 되든 전혀 신경 쓰지 않을 테니. 성과 무기들만 징발하고 수비대원 모두를 순순히 내보내주겠지."

"그가 그런 조건에 동의했다고요?" 올리비에가 속삭이듯 물었다.

"그렇게 하라고 명령했지."

"부상 정도는 어떻습니까?"

"갈비뼈가 부러졌어. 부러진 뼈들이 안의 장기들을 상하게 했을 거야. 게다가 머리에도 부상을 입었고. 공격군이 쇳조각들과 못 쓰는 창이며 용광로에서 나온 찌꺼기들을 날려 보냈는데, 그 게 폭발할 때 필립이 바로 곁에 있었어. 날아온 창에 맞아 머리를 다쳐 의식을 잃었지. 그러다 의식을 되찾자마자 부하들을 구해낼 대책을 마련하더군. 아주 명확하고 구체적으로 명령을 내렸으니 부하들은 순순히 따를 거야. 내일 공격군이 성으로 들어오는 즉시 그는 황후의 포로가 될 테지. 피츠길버트는 약속을 충실히 지키는 사람이니, 그를 제외한 다른 수비대원들은 모두 무사히 나갈 것이고."

"그렇게 심하게 다쳤나요? 말을 탈 수 없을 정도로요? 일어서거나 걸을 수도 없고요?" 이어 올리비에는 맥없이 중얼거렸다. "하기야, 그럴 수 있다 해도 큰 의미가 없겠군요. 그는 그냥 도망쳐버릴 사람이 아니니까요. 적어도 본인의 의지로 도망치는 짓은 절대로 하지 않을 겁니다. 저는 그를 잘 알아요! 하지만…… 그의 상태를 보고 혹시 황후가 마음을 고쳐먹을 가능성은 없을까요?" 그가 캐드펠의 얼굴을 바라보며 자신 없이 물었다. "황후가 정말로 그런 짓을 할까요?"

"필립은 황후의 자존심을 건드렸어. 황후는 마음을 바꾸지 않을 거야. 내가 이곳에 오기 전, 필립은 다시 의식을 잃었어. 아마 몇 시간은 깨어나지 못할 것 같아. 머리 부상이 심각하니 어쩌면 며칠 동안 그 상태로 누워 있을지도 모르지."

"의식을 잃은 동안 그를 다른 곳으로 옮길 수 있으리라 생각하시는군요?" 올리비에가 그의 내심을 알아채고 고개를 끄덕였다.

"하지만 황후의 군대가 사방에 쫙 깔려 있어 나가기가 쉽지 않을 텐데요. 저는 이곳 구조를 몰라요. 성에 샛문이 있을까요? 어찌어찌 그런 곳을 찾아 빠져나간다 해도 마차가 필요할 겁니다. 저 위쪽 마을에 아는 사람들이 있긴 하지만 그들은 필립에게 호의를 베풀려 들지 않을 거예요. 윈스턴 마을의 물방앗간까지 간다면 모를까…… 그곳엔 마차가 여러 대 있거든요." 그가 생각에 잠겨 말을 이었다. "어쨌든 한밤중에 한 사람 정도 빠져나갈 틈이 있으면 가능할 겁니다. 내일 아침 양측의 휴전이 이루어지고 경비가 소홀해진 틈을 이용하면 돼요."

"공격군이 탑에 낸 구멍이 있긴 해. 하지만 이제 모두들 거기 몰려 있으니, 누군가 빠져나가다가 눈에 띄는 즉시 죽고 말겠지."

"저라면 가능해요!" 올리비에는 환한 표정으로 벌떡 일어섰다. "왜 안 되겠어요? 저는 그들의 일원인걸요. 다들 제 충성심을 잘 알죠. 여기 이 벨트에 황후의 표식이 붙어 있고, 제 망토와 외투는 황후군의 제복이에요. 그들 중 저를 아는 사람들도 몇 명 있을 겁니다." 그가 옷장으로 가 칼과 칼집을 집어 들었다. 가벼운 쇠사슬 갑옷을 덮고 있던 망토를 벗겨내자 갑옷에서 쩔렁거리는 소리가 났다. "보이시죠? 패링던성에서 끌려 나올 때 갖고 있던 모든 것이 그대로 있어요. 헨리 왕이 딸을 조프루아와 결혼시키며 넘겨준 사자 문장紋章이 뚜렷이 박혀 있으니 그들은 제가 황후 편 사람이라는 걸 금방 알아챌 겁니다. 이 갑옷을 입고 무장한 채 어두운 성 밖으로 나가면 아무도 절 의심하지 않을 거예요. 혹시 누군가 절 알아볼 경우 혼란 통에 몰래 성을 탈출했다고 하면 되고, 제게 신경 쓰는 사람이 없으면 그저 조용히 윈스턴의 물방앗간으로 가는 거예요. 거기서 일하는 레이널드가 저를 도와 필립을 수레로 나를 겁니다. 하지만 제가 이곳에 돌아오는 건 날이 밝은 뒤에야 가능하겠죠." 그 대목에 이르러 올리비에는 말을 멈추고 잠시 이맛살을 찌푸렸다. "그다음에는 어떻게 해야 하죠?"

"진심으로 그를 살려내고 싶다면야 방법은 얼마든지 있지." 캐드펠도 그 못지않게 흥분하여 말했다. "일단 휴전이 성립되면 많은 사람들이 성을 들락거릴 테고, 마을과 성 사이를 오가는 사람들도 많을 거야. 내가 알기로 성의 수비대원들 중에는 이 지역 출신 사람들이 있으니, 성문이 열리면 자연스레 사람들이 와서 가족의 소식을 알아보려 하겠지."

올리비에가 캐드펠에게 가까이 다가왔다. "황후는 지금 어디 있습니까?"

"저 위쪽 마을에 숙소를 준비하고 있다더군. 황후는 금방 입성하지 못할 거야. 이곳 거처를 아늑하게 꾸미고 성대한 입성식을 준비하려면 적어도 하루 이틀쯤 걸리겠지. 그렇더라도 우리에게 주어진 시간은 오늘 밤, 그리고 휴전 이후 양편이 뒤섞여 우왕좌왕하는 몇 시간 정도일 테지만."

"그 시간을 잘 활용해야죠. 일이 순탄하게 풀릴 경우, 그를 어디로 데려가는 게 좋을까요? 제대로 치료받을 수 있을 만한 곳이어야 할 텐데요."

그에 대해서는 이미 생각해둔 바가 있었다. "시런세스터에 아우구스티누스 수도회가 있어. 그 수도회의 참사회원과 정기적으로 서신 연락을 해온 호먼드 수도원의 원장에 의하면, 그곳에 뛰어난 의사들이 많다고 하더구나. 수도원은 신성불가침의 영역이니 거기 들어가면 아무도 못 건드리지. 하지만 여기서 15킬로미터 이상 떨어진 곳이라……."

"거기까지 가는 지름길이 그린햄스테드와 많이 떨어져 있으니 괜찮을 거예요." 올리비에는 이 근사한 계획에 기뻐서 어쩔 줄을 몰랐다. "일단 윈스턴을 가로지르면 곧장 시런세스터로 갈 수 있어요. 문제는, 살아 있는 사람을 어떻게 성 밖으로 무사히 빼돌리느냐예요."

"죽은 사람이라면 상관없지." 캐드펠이 천천히 말을 이었다. "성문이 열리면 그들은 제일 먼저 사망자들을 성 밖으로 내보내 매장 준비를 할 거야. 이쪽에서는 사망자가 몇이나 되는지 알지만 피츠길버트는 모르지. 그 시체들 중 윈스턴 출신의 병사 하나가 끼어 있을 거야. 이어 그의 친척이 그를 마을로 옮기기 위해 마차를 끌고 나타나는 거지."

올리비에가 빛나는 눈으로 캐드펠의 얼굴을 주시하면서 가장 꺼림칙한 마지막 질문을 던졌다. "만일 그 순간 필립이 의식을 되찾는다면요? 만에 하나 그런 사태가 벌어진다면 어떻게 하죠?"

"그럴 경우엔 그를 예배당으로 옮겨야지. 교회 역시 신성불가침의 영역이니 황후도 함부로 들어오지 못해. 지금 생각해낼 수 있는 건 거기까지야. 이곳엔 환자를 몇 시간 동안 재울 수 있는 약이 없고, 설사 있다 하더라도 그걸 쓰긴 어려워. 필립은 자신이 아무것도 모르는 상태에서 불명예를 안게 되었다며 괴로워할 거야. 나로서도 그에게 선뜻 그런 약을 쓸 마음이 없고."

"그야 그렇겠죠……." 올리비에는 작게 중얼거리다가 갑자기 활짝 웃어 보였다. "그가 의식을 잃은 사이 일을 마무리하는 게 최선이겠네요. 이 역시 필립이 반가워할 만한 일은 아니지만, 그 문제는 나중에 따지기로 하죠. 자, 어차피 갈 길이라면 서두르는 게 좋겠어요. 이번만은 아버지가 제 향사가 되어 제가 무장하는 것을 거들어주시겠어요?"

올리비에는 쇠사슬 갑옷을 착용한 뒤 그 위에 앙주 백작의 사자 문장이 선명한 린넨 상의를 걸쳤다. 캐드펠은 아들의 허리에 칼집을 채우고 잠시 그를 끌어안았다.

캐드펠을 제외하면 필립이 올리비에를 석방했다는 사실을 아무도 알지 못했다. 자칫 흥분한 수비군 병사가 검으로 그를 내리칠지도 모르니, 성에서는 필히 겉에다 망토를 두른 채 움직여야 했다. 망토의 어깨에 황후 측의 독수리 문양 견장이 붙어 있긴 하지만 견장도 옷도 모두 짙은 색이라 눈에는 잘 띄지 않았다. 어두운 탑에 몰려 있는 수비군 사이에 끼어 있는 동안에는 그것을 잘 걸치고 있다가, 탑 밖으로 나가기 직전에 벗어버려야 할 것이다. 밝은 빛깔의 린넨 상의에 찍힌 사자 문장을 보면 공격군 병사들도 그가 자기네 편이라 믿어 의심치 않으리라.

"시간이 많지 않아요." 올리비에가 사슬 갑옷의 무게에 눌린 넓은 어깨를 쭉 펴고 허리에 두른 벨트를 어루만지며 힘차게 말했다. "어서 시작하죠."

두 사람은 감방 문을 잠근 뒤 나선형 계단을 올라갔다. 탑의 문 앞에 이르자 캐드펠은 한 손으로 아들의 팔을 잡아 뒤로 물린 다음 조심스럽게 문을 열고 밖을 내다보았다. 안뜰은 본성의 어두운 그림자에 잠겨 있었다. 보이는 것이라곤 성벽 위를 오가는 경비병들의 실루엣뿐이었다.

"수비군 병사들이 있는 곳에 이를 때까지 벽에 붙어서 이동하다가 적당한 기회가 나면 알아서 합류해야 해. 황후 쪽 병사들이 재공격을 시도하고 이를 막기 위해 수비군이 탑으로 몰려갈 때 슬쩍 끼어드는 게 제일 좋을 거다. 작별 인사 같은 건 생략하고 가는 거야, 주님의 은총과 함께!"

"작별 인사라뇨, 그런 건 필요 없습니다. 내일 다시 만날 테니까요." 긴장과 떨림, 자신감과 흥분이 그에게서 캐드펠에게로 전해졌다. 오랫동안 억눌려 있던 그의 에너지가 한꺼번에 분출해 나오며 요동하고 있었다. "제 본모습으로든, 변장한 모습으로든 곧 뵙게 될 거예요. 과거 필립과 등을 맞댄 채 적과 싸운 적이 참 많았는데, 본인이 원하든 않든 이번에도 주님과 아버지 덕분에 그렇게 해야 할 모양입니다."

그들은 마당을 가로질러 본성 벽에 붙은 뒤 어둠 속에 몸을 숨겨가며 반대편 탑 쪽으로 접근했다. 그곳 역시 전투의 소동이 가라앉아 비교적 조용했다. 그러나 수비군 병사들은 언제 다시 공격이 시작될지 몰라 귀를 곤두세운 채 경계를 이어가고 있을 것이다. 찰랑대는 잔물결 같은 움직임, 서로 낮게 주고받는 속삭임. 다들 들쭉날쭉한 구멍 너머 적의 동태를 주시하고 있는 게 틀림없었다. 주위에는 파성퇴를 맞아 부서져 나간 돌덩어리와 파편이 즐비했지만 구멍은 그리 크지 않았다. 여전히 일렁이며 타오르는 몇 개의 횃불 빛과 파성퇴의 나무틀에서 타오르는 불길을 받아 불그레하게 물든 하늘 때문인지, 성은 한층 짙은 어둠 속에 잠긴 듯 보였다.

갑자기 적의 공격을 알리는 외침이 일었고, 곧 수비군 병사들이 탑을 향해 달려가기 시작했다. 대열 끝에서 기다리던 올리비에가 재빨리 떨어져 그들과 합류하는 순간 캐드펠은 흡사 육체의 일부가 떨어져 나가는 듯한 느낌을 받았다. 올리비에는 기민하고 재빠르게 수비군 대열에 끼는가 싶더니 어느 틈에 캐드펠의 시야에서 사라져버렸다.

캐드펠은 전투 현장으로부터 조금 떨어진 곳에 서서 공격군이 물러나기만을 참을성 있게 기다렸다. 탑 속에서 치열한 전투가 벌어졌지만 공격군은 단 한 명도 성으로 밀고 들어오지 못했다. 30분 뒤, 수비군은 그들을 완전히 격퇴해 성벽에서 몰아내는 데 성공했다. 전투 후 찾아온 기묘한 고요 속에서 수비군 대열의 선봉에 자리했던 이들이 성으로 돌아왔다. 다음 공격 때까지 얼마간 숨을 돌리기 위해서였다. 올리비에의 모습은 보이지 않았다.

혼란과 어둠을 틈타 공격군 사이에 무사히 끼어든 모양이었다. 지금쯤 숲속 어딘가로 들어가, 기회를 보아 강을 건너 윈스턴의 물방앗간으로 이어지는 도로에 들어설 채비를 하고 있으리라.

캐드펠은 필립이 누워 있는 방으로 돌아왔다. 신부가 그의 곁에 앉아 꾸벅꾸벅 졸고 있었다. 필립의 숨결은 가슴에 덮인 시트조차 움직이질 못할 만큼 너무도 가늘고 미약했다. 얼굴은 흙빛이었지만 아주 평온했고, 이마나 입술에서도 고통의 흔적은 찾아볼 수 없었다. 그는 임박한 위험이나 분노, 두려움과 같은 사소한 문제들을 전혀 의식하지 못할 정도로 깊은 혼수상태에 빠져 있었다.

'주여, 이 사람이 당분간은 이러한 상태에 머물도록 도와주소서.' 그의 몸을 다른 사망자들의 시신이 있는 곳으로 옮기려면 누군가의 도움이 필요했다. 다만 그를 돕는 이가 이상한 낌새를 채어서는 안 되었다. 캐드펠은 신부에게 부탁할까 생각하다가 이내 고개를 저었다. 황후가 알면 가만있지 않을 것이니, 그렇지 않아도 피로에 지친 노인을 위험한 일에 끌어들일 수는 없었다. 이 일은 누구도 책잡히지 않고 고통 당하지 않는 방식으로 처리해야 할 터였다.

지금으로서 그저 조용히 앉아 기도하면서 때를 기다릴 수밖에 없겠군. 그는 방 한구석에 앉아, 꾸벅이며 졸고 있는 노인과 잠보다 더 깊은 늪에 빠져 있는 필립을 물끄러미 바라보았다. 그렇게 얼마나 시간이 지났을까. 구슬픈 나팔 소리와 함께, 여명 속에서

라 뮈자르데리성의 탑들에 백기가 내걸렸다.

*

피츠길버트가 전령을 앞세우고 부관들을 거느린 채 마을에서 내려왔다. 가이 캠빌이 성문 앞으로 나가 그를 맞이했다.
"필립 피츠로버트는 어디 있소?"
그것이 피츠길버트의 첫마디였다. 둘 사이에서 오가는 이야기를 듣고자 안마당에 나와 있던 캐드펠은 그 질문에 그리 놀라지 않았다. 분명 황후에게서 무슨 지시를 받은 것이리라.
"주군께서는 부상을 당하셨소." 캠빌은 조용히 입을 열었다. "성의 양도를 전제로 당신네 군대와 강화조건을 협의하는 일은 내가 위임받았소. 당신들 쪽에서 합리적이고 온당한 조건을 제시할 경우 우리는 라 뮈자르데리성을 기꺼이 황후께 양도하겠지만, 수치스럽고 가혹한 조건들까지 무조건 수용할 만큼 절박한 입장은 아니오. 우리에게는 부상자와 사망자들이 있소. 나는 휴전을 요청하며, 휴전이 성립되면 즉각 성문을 열겠다고 약속하는 바요. 우리가 모든 무기를 내려놓고 휴전협정을 준수하는 모습을 당신 눈으로 직접 확인할 수 있을 것이오. 하지만 그 뒤에는 우리가 성의 질서를 회복하고, 부상자들을 돌보고, 사망한 이들의 시체를 밖으로 실어갈 수 있게끔 정오까지 시간을 주기 바라오."
"귀하의 요구는 모두 합당하오." 의전관이 짧게 대답했다. "다른 조건이 있다면 이야기하시오."

"먼저 공격을 가한 쪽은 우리가 아니오." 캠빌은 거침없이 말했다. "또한 우리는 주군께 충성을 맹세했기 때문에 그를 따라 싸웠을 뿐이오. 따라서 나는 우리 수비대원들이 아무 제지도 받지 않고 정오까지 무사히 이곳을 떠날 수 있게 해달라고 요청하는 바요. 더하여 몸을 움직일 수 있는 모든 부상자도 데리고 나가게 해주시오. 중상을 입은 이들의 경우 당신들이 적절히 치료해주고, 사망자는 우리가 직접 매장하게 해주기 바라오."

"그 조건들을 받아들이지 않겠다면?" 피츠길버트가 물었다. 하지만 그 느긋한 어조로 미루어, 그는 더 이상의 수고나 시간 낭비 없이 성을 얻어낼 수 있다는 사실에 만족을 느끼는 게 분명했다. 성에 주둔한 일반 병사들을 포로로 잡아봐야 먹여야 할 입만 늘어나고, 자칫 일이 어긋날 경우에는 예기치 못한 위험을 떠안게 될지 몰랐다. 지금 그들을 떠나보내는 편이 훨씬 나았다.

"그러면 당신들은 빈손으로 돌아가게 될 거요." 캠빌은 대담하게 응수했다. "우리는 최후의 한 사람까지, 마지막 화살이 다 없어질 때까지 싸울 것이고, 당신들이 현명한 선택을 했을 경우 온전하게 얻었을 모든 것들을 완전한 폐허로 만들어버릴 거요."

"개인 병기를 포함한 모든 무기는 이곳에 남겨둬야 하오. 공성 기계들도 마찬가지고." 피츠길버트가 말했다. 애초부터 상대가 완강하게 나올 경우에는 한발 뒤로 물러설 생각으로 던진 질문이었다.

"좋소. 우리는 무장을 해제한 채 떠나겠소."

"지금까지는 순조롭군. 당신들이 철수할 때까지 기다리겠소. 딱 한 사람만 빼고. 필립 피츠로버트는 여기에 남아야 하오!"

"조금 전 귀하는 우리와 함께 갈 수 없는 부상자들을 치료해달라는 요청에 응했소." 캠빌이 말했다. "그 조건에 예외를 두지는 않겠지? 나는 우리 주군이 부상을 입었다는 사실을 이미 전했소."

"피츠로버트에 대해서는 무엇도 보장할 수 없소." 의전관은 퉁명스럽게 대꾸했다. "당신들은 그의 신병을 황후께 넘겨야 하며, 이를 거부할 경우 강화는 성립되지 않을 거요."

"그 문제에 관해서는 주군께서 이미 내게 지시를 내리셨소. 내가 여기 나와 당신과 협상을 하고 있는 것도 바로 그분의 명령 때문이오. 그분을 넘기는 건 귀하의 요구가 아니라 그분의 뜻이라는 점을 알아두시오."

한동안 위태로운 침묵이 이어졌다. 그러나 의전관은 내전 과정에서 많은 경험을 한 노련한 인물로, 전쟁에서 일어나는 돌발 사태에 적절히 대응할 수 있는 능력을 갖추고 있었다.

"좋소! 이제 휴전이 성립되었다는 사실을 군사들에게 정식으로 통보하겠소. 정오까지 떠날 준비를 갖추도록 하시오. 우리는 당신들이 무사히 떠날 때까지 지켜보되, 성문 밖에 군대의 일부를 주둔시켰다가 시간이 되면 정식으로 입성하여 당신들이 모든 시설을 고스란히 보존하고 병력을 완전히 철수시켰는지 확인하겠소."

"모든 조건이 제대로 지켜질 거요." 캠빌은 쏘아붙이듯 말했다. "그러면 우리가 다시 싸울 일은 없겠지. 이제 성문을 여시오. 성의 상태를 직접 살펴보고 싶소."

성이 아니라 필립의 상태를 확인하고 싶은 거겠지, 캐드펠은 생각했다. 그가 정말로 중상을 당해 꼼짝할 수 없는지, 정말로 황후의 감시망을 피해 빠져 달아날 수 없는 처지인지 직접 확인하려는 게야. 캐드펠은 서둘러 필립의 침상 곁으로 돌아왔다. 아니나 다를까, 이내 피츠길버트가 그곳에 도착했다. 캠빌과 피츠길버트가 방 안으로 들어왔을 때 필립의 침대 양쪽에는 신부와 수도사가 조용히 서 있었다. 필립은 이미 한참 전부터 목구멍과 가슴에서 가르랑거리는 소리를 내며 얕고 가쁜 호흡을 이어가던 터였다. 그의 두 눈은 여전히 감긴 채였고, 반원형의 눈꺼풀은 석고처럼 새하얗게 변해 있었다.

피츠길버트가 가까이 다가와 필립의 수척한 얼굴을 묵묵히 내려다보았다. 이 순간 그의 심중에 떠도는 것이 만족감인지 죄책감인지 캐드펠로서는 가늠할 수 없었다. 이윽고 그가 얼굴을 굳히곤 말문을 열었다. "그러면……." 하지만 그뿐이었다. 피츠길버트는 이내 입을 다물고 어깨를 으쓱이며 휙 돌아섰다. 곧 본성의 복도를 울리며 안마당으로 나가는 그의 발소리가 들려왔다. 그 정도면 필립의 상태는 충분히 확인된 셈이었다. 그는 침상에서 일어나 말을 타고 도망치기는커녕, 자기 목에 드리운 올가미를 걷어내기 위해 손가락 하나 까딱할 수 없는 처지였다.

의전관이 떠나자 양쪽 군대 사이에 펼쳐진 풀밭을 가로질러 기세 좋게 울려오던 나팔 소리도 그쳤다. 캐드펠은 심호흡을 한 뒤 신부 쪽으로 돌아섰다.
"상태가 더 악화되지는 않을 겁니다. 고비는 지나갔어요. 신부님은 밤새 고생하셨으니 그만 가서 쉬시지요. 이제부터는 제가 병상을 지키겠습니다."

14

 필립과 단둘이 남게 되자 캐드펠은 마차를 타고 가는 동안 그가 오한이 들지 않게끔 궤짝과 옷장 속에서 모직 천 여러 개를 찾아내어 그의 몸을 잘 덮고, 호흡에 방해가 되지 않도록 신경을 쓰며 시트로 온몸을 포장하듯 싸맸다. 이제 시신 매장 준비를 마친 셈이었다. 이대로 그를 다른 시신들이 안치된 예배당으로 옮기면 되겠군, 캐드펠은 생각했다. 아니, 이미 몇 구의 시신이 옮겨진 성 밖의 풀밭으로 곧장 내가도 괜찮을 테지. 그곳에서 필립의 부하 몇몇이 공동묘지를 조성하고 있으리라. 하지만 방 안에 있자니 바깥 사태가 어떻게 돌아가는지 확실히 알 수가 없었다. 누군가 지나가다가 이 방을 들여다보고 의심을 품을지 몰라 문을 굳게 잠가둔 터였다. 오전 중반, 지금쯤 수비대가 철수를 위해 집결하고 있을 거야. 피츠길버트는 성의 피해 상황을 대충 돌아보고 구멍 난 탑을 대충이라도 보강하기 위해 급히 석공들을 불러들일 테고. 하지만 제대로 된 보강 작업은 시간을 두고 천천히 시작하겠지.

그는 자물쇠에 열쇠를 꽂아 돌리고 문을 연 뒤 조심스레 복도를 내다보았다. 수비대원 두 사람이 창문에서 떼어낸 나무판자에 수의를 입힌 시신 한 구를 얹은 채 본성 바깥문을 향해 가고 있었다. 시신을 옮기는 작업은 꽤나 빠르게 진행되었다. 두 병사는 이제 무장을 모두 해제했지만, 어쨌거나 목숨만은 건진 셈이었다. 그들은 씁쓸한 표정으로 불운한 동료의 시신을 정중히 옮기고 있었다. 그 뒤에서는 의전관의 부하 하나가 그 마을 출신으로 보이는 건축 기술자와 함께 이야기를 나누면서 걸어왔는데, 소매 없는 가죽조끼를 걸친 그 기술자는 자신의 능력에 대단한 자부심을 가진 듯 단호한 어조로 말하고 있었다.

"받침목이 준비되자마자 곧바로 구멍을 보강해야 합니다. 돌로 메우는 건 나중에 할 일이에요. 오후에 일꾼을 시켜 받침목을 갖고 오게 할 테니, 입성하시면 사람들이 일절 그곳에 접근하지 못하게 해주세요."

그들이 지나가자 그린햄스테드 마을 근처에 잔뜩 널려 있는 목재 냄새가 훅 풍겨 왔다. 듣자 하니 우선 성벽 안팎에 받침목을 댄 다음 석공들을 시켜 구멍을 메울 작정인 듯했다. 그들보다 먼저 그곳에 가 상태를 살펴보는 게 좋을 것 같았다. 돌무더기들이 널려 있는 그곳 어딘가에 제국의 독수리 문장이 박혀 있는 망토가 버려져 있으리라. 지금 공격군 장교들에게 티끌만 한 의혹의 여지라도 주어서는 안 되었다. 어쩌면 성으로 진입하려던 공격군들 중 누군가의 망토라 여길 수도 있겠지만, 조금만 생각해보면 파성퇴를 밀고 가던 사람이 그런 거추장스러운 걸 걸쳤을 가능성은 거의 없다는 사실을 눈치챌 것이다. 아무튼 의심을 사지 않는 게 좋았다.

하지만 그보다 이곳에서의 일이 더 시급했다. 누군가 방을 들여다보기 전에 한시라도 빨리 손을 빌려 필립을 옮겨야 했다. 조금 전에 지나간 장교는 기술자를 본성 앞까지만 배웅한 뒤 돌아서서 걸어오고 있었다. 캐드펠은 문을 활짝 열어 복도로 나갔다. 몸에 걸친 수사복이 그에게 시신을 다룰 권리는 물론이요, 가벼운 도움을 요청할 권리까지 부여해줄 터였다.

"시신 옮기는 걸 좀 거들어주시겠소?" 캐드펠은 공손하게 말했다. "나 혼자서는 아무래도 힘들군."

장교는 너그럽고 친절한 50대 남자로, 더는 라 뮈자르데리성을 두고 싸움을 벌이지 않아도 된다는 것을 큰 다행으로 여기고 있었다. 다른 이들을 감독하는 일 말고는 특별한 임무가 없었기에, 그는 별다른 호기심 없이 열린 문 안을 들여다보더니 호의적인 얼굴로 어깨를 으쓱였다. 본성 내의 홀과 주거 구역에서 그보다 훨씬 더 아늑하고 화려하게 꾸민 방들을 많이 보았을 테니, 이 살풍경하고 싸늘한 방이 성주의 거처이리라고는 상상도 할 수 없을 것이었다.

"기꺼이 도와드릴 테니 수사님께서는 친절한 한 군인을 위해 기도해주십시오." 그가 말했다. "그러면 앞으로 제게 도움이 필요할 때도 누군가 나서서 도와주겠지요."

"여부가 있겠소! 다음 기도 시간 때 잊지 않고 기도드리리다." 캐드펠은 진심 어린 마음으로 대답했다.

그렇게 황후 측 군인은 침대로 다가와 허리를 숙이곤 시트로 감싼 필립의 어깨를 잡았다. 필립은 정말로 죽은 사람처럼 꼼짝 않고 누워 있었다. 캐드펠은 혹시 그가 정말 죽었을지도 모른다는 생각을 애써 떨쳐내는 한편, 성을 벗어나기 전까지는 제발 그 상태로 있어주기를 바랐다. 의식을 잃고 고요히 누워 있는 사람과 영혼이 빠져나가 영원한 침묵 속에 잠긴 사람을 구분하기란 쉬운 일이 아니지, 그는 묘한 슬픔을 느끼며 생각했다. 마치 글로스터의 로버트가 아니라 자신의 아들을 잃은 듯한 기분이었다. 하지만 필립이 죽었을 리는 없어, 캐드펠은 마음을 다잡으며 애써 그런 감정을 떨쳐버렸다.

"몸 대신 짚자리를 잡는 게 좋을 거요." 그가 장교에게 말했다.

장교는 캐드펠이 시키는 대로 짚자리를 잡아 가볍게 들어 올렸다. 캐드펠이 다리 부분의 짚자리를 잡고 앞장서서 복도로 나가자, 장교는 문 밖으로 따라 나온 뒤 한 손을 뻗어 문을 닫았다. 주님께서 도와주시는군, 캐드펠은 마음속으로 감사를 드렸다. 누군가 우연히 방을 들여다보고 필립의 시신이 사라졌다는 사실을 알아챌지 모른다는 생각에 자신이 방문을 잠그려 했지만 혹시라도 장교의 마음에 의심을 불러일으킬까 봐 걱정하던 참이었다.

그들은 사람들이 분주히 오가는 안뜰을 가로지르고 성문 앞의 경비실을 지나쳐 12월의 흐릿한 햇살 속으로 나왔다. 작은 광장에 서 있던 경비병이 무심한 눈길로 그들을 훑어보았다. 그들은 죽은 사람에 관심이 없었다. 그저 수비대가 떠나면서 무기나 귀중한 장비들을 반출하지 않는지, 혹시 필립 피츠로버트가 부상자들 틈에 섞여 빠져나가는 건 아닌지만 눈을 부릅뜨고 지켜볼 뿐이었다. 돌로 포장된 길 왼쪽 작은 빈터에서는 수비군 병사들이 구덩이를 파고 있었다. 그 한쪽 곁에 가지런히 늘어선 시신들도 눈에 들어왔다.

빈터와 숲 가장자리 사이에서 그린햄스테드 마을 사람들과 더 먼 곳에서 온 이들이 모여 호기심 어린, 그러나 초연한 눈빛으로 그 광경을 지켜보고 있었다. 그들은 양 당파의 어느 쪽에도 무관심했으니, 그저 자신들에게 불똥을 튀길지 모를 전투가 끝났다는 사실이 반가울 따름이었다. 뮈자르는 그린햄스테드로 돌아와 있을까? 네 세대에 걸쳐 이곳에 거주해왔으니, 이웃들은 그를 환영할 것이다.

멀리서 들려오는 소리에 캐드펠은 시선을 돌렸다. 말 두 마리가 끄는 마차 한 대가 강 골짜기에서 성으로 이어지는 경사로를 따라 천천히 올라오고 있었다. 마부는 무성한 턱수염을 기른 살집 좋은 50대 사내로, 짙은 색 홈스펀 옷에 어깨를 덮는 망토를 걸치고 초록빛 두건을 썼는데, 곡식 가루가 날리는 곳에서 일하는 사람인지 옷이 하나같이 허옇게 바래 있었다. 그의 뒷자리에 앉은 키 큰 남자는 시골 청년들에게서 흔히 볼 수 있는 평범한 암갈색 상의와 바지 차림에 어깨에는 마포로 된 망토를 걸쳤고, 머리에도 마포 두건을 쓰고 있었다. 그들의 모습을 보고 캐드펠은 조용히 주님께 감사드렸다.

두 남자는 풀밭에서 진행되는 작업과 늘어선 시신들을 물끄러미 바라보았다. 사람들이 막 또 다른 시신 한 구를 옮겨 와 다른 시신들 곁에 내려놓은 참이었다. 신부는 어깨를 축 늘어뜨린 채 우울한 표정으로 저 뒤에서부터 터덜터덜 걸어오고 있었다. 그들은 정문의 경비병들을 지나쳐 곧장 매장지로 다가왔다. 나이 든 사내가 마차에서 성큼 뛰어내려 걷기 시작하자 뒤에 남은 청년은 마차를 몰아 천천히 그의 뒤를 따랐다. 곧 물방앗간 주인이 신부의 귀에도 들릴 만큼 큰 소리로 캐드펠에게 말을 걸었다.

"수사님, 캠빌 대장의 부하로 이 성에 복무하는 제 조카 녀석을 보러 왔습니다. 성에서 사망자와 부상자가 나왔다는 얘기를 들은 터라······." 그는 더 가까이 다가오며 말을 이었다. "녀석이 무사한지 확인할 수 있을까요?" 자못 태연한 표정이었지만 속으로는 틀림없이 잔뜩 긴장하고 있으리라.

"물론이오." 캐드펠은 속내를 감춘 예리하고 빈틈없는 그의 눈을 마주 바라보며 흔쾌히 대답했다. 신부는 조금 떨어진 곳에서 피츠길버트 휘하의 경비 장교와 이야기를 나누고 있었다. "일단 나와 함께 이곳에 당신의 조카가 없는지 확인해봅시다. 미리부터 최악의 경우를 상상할 필요는 없을 거요." 서둘렀다가는 의심을 받을지 몰랐다. 그들은 낮게 이야기를 주고받으며 천 하나하나를 들추어 시신의 얼굴을 확인했고, 그때마다 사내는 고개를 가로저었다.

"이 사람도 아니에요. 제가 그 아이를 못 알아볼 리는 없습니다." 제 자식이 아니니 오랫동안 가슴 저리게 슬퍼하지는 않겠지만, 그래도 혈육은 혈육이라 잃고 싶지는 않다는 표정. 그는 진짜 외삼촌인 양 근심스러우면서도 여유로운 태도로 말을 이었다. "녀석은 서른 살쯤 먹었습니다. 얼굴이 검고 활솜씨가 아주 좋죠. 착한 아이지만 싸움을 기피할 성격은 아니니, 전투가 벌어졌을 때 제일 먼저 뛰어들었을 겁니다."

이윽고 그들은 필립이 누워 있는 짚자리에 이르렀다. 그 모습이 너무나 고요해 캐드펠은 심장이 철렁 내려앉는 것 같았지만, 잠시 후 그의 몸에 가벼운 경련이 이는 것을 눈치채고 보이지 않는 손으로 가슴을 쓸어내렸다.

"맙소사, 여기 있네요!" 물방앗간 주인이 외마디 소리를 지르더니 한 걸음 뒤로 물러났다가 이내 시신 쪽으로 고개를 숙였다. 캐드펠은 얼른 곁으로 다가가 그럴싸하게 연기하는 사내의 모습을 가리고 섰다. 사내는 필립의 얼굴에서 시트를 끌어 내린 뒤 얼굴을 건드리지 않고 한동안 가만히 들여다보다가 천천히 일어나며 분명하게 말했다. "맞습니다. 이 아이가 제 누이 낸의 아들이에요." 그 어조에는 슬픔과 분노가, 더불어 예기치 않게 죽음이 닥쳐오곤 하는 혼란스러운 땅에서 오랜 세월을 살아온 사람다운 체념이 깃들어 있었다. "정말로 죽어버렸군요…… 하지만 어쩌겠습니까? 한탄한다고 죽은 아이가 살아날 것도 아니니."

"친척의 죽음을 보는 것도 못 할 짓이죠." 근처에서 무덤을 파던 사람이 허리를 펴고는 연민 어린 얼굴로 말을 이었다. "그를 데려가 조상들이 있는 곳에 매장하시겠습니까? 저 사람들한테 부탁하면 허락할 겁니다. 묘비도 없이 이곳에 묻히는 것보다는 그 편이 낫겠지요."

그 말에 경비병들이 주의를 돌렸다. 캐드펠은 장교가 이쪽으로 오기 전에 자신이 나서는 편이 좋을 거라 생각하고 얼른 입을 열었다.

"당신의 뜻이 그렇다면 내가 가서 부탁해보리다. 불행한 영혼을 잘 돌봐주는 것이야말로 기독교인다운 행위이니 저들도 동의할 거요." 캐드펠이 성문으로 향하자 물방앗간 주인도 부지런히 그의 뒤를 따라왔다. 장교는 걸음을 멈춘 채 그들을 기다리고 있었다.

"이분은 강 건너 윈스턴 마을의 물방앗간 주인이오." 캐드펠이 그에게 말했다. "여기서 죽은 이들 중 그의 조카가 있소. 그를 데려가 가족묘에 매장해도 되겠소?"

장교는 무심한 눈길로 사내를 훑어보았다. 요즘에는 그런 일이 너무나 흔하니 대수로울 것도 없었다. 그는 잠시 생각하다가 어깨를 으쓱여 보였다. "좋을 대로 하시오. 시체 하나 더 있으나 없으나 마찬가지지. 차라리 누가 한꺼번에 모아 가져가 줬으면 좋겠소. 시체를 가져가요. 이제 어디에서든 피 흘릴 일도, 남의 피를 볼 일도 없겠군."

윈스턴에서 온 사내는 허리를 깊이 숙이며 적절한 말로 감사의 뜻을 표했다. 그 과장스러운 태도에는 일종의 조롱이 섞여 있었지만 장교는 눈치채지 못한 모양이었다. 이어 사내가 마차를 향해 눈짓을 보내자 마포 두건을 쓴 키 큰 청년이 마차를 몰아 시신 곁으로 바싹 다가왔다. 두 사람은 경비병들이 지켜보는 가운데 필립이 누워 있는 짚자리를 들어 조심스럽게 마차에 실었다. 그동안 말고삐를 잡은 채 기다리던 캐드펠은 딱 한 번 청년이 쓰고 있는 마포 두건 속으로 눈길을 던졌다. 그곳에는 애정 어린 마음과 의기양양한 승리감으로 빛을 발하는 황금빛 눈이 믿음직스럽게 자리 잡고 있었다. 두 사람은 한마디도 주고받지 않았다. 올리비에는 마차 안으로 들어가 얇은 짚자리에 놓인 머리를 제 무릎 위에 얹었다. 곧 물방앗간 주인이 말에 올라 누렇게 물든 풀밭을 향해 천천히 내려가기 시작했다.

*

정오 무렵, 피츠길버트가 한 떼의 병사들을 거느리고 성문 앞에 나타났다. 부상자들 중 상태가 나쁘지 않은 이들은 말에 올랐고, 위중한 이들은 마차로 옮겨졌다. 수비대원들은 이 말과 마차들을 대열 중간쯤에 배치한 뒤 양옆에 구호 인력을 두어 필요할 경우 적절히 돕게 했다. 캐드펠은 그 북새통에 자칫하면 휴가 빌려준 밤색 말을 잃어버릴지도 모른다는 생각이 들어 얼른 마구간으로 가 그 안에 머물러 있었다. 뻔히 눈뜬 채로 말을 징발당했다간 휴가 그의 귀를 베어버리려 들 터였다. 정오가 한참 지나서야 수비군 대열 끝에 위치한 병사들이 잔뜩 긴장한 모습으로 성문을 통과했고, 그렇게 캐드펠은 라 뮈자르데리성에서의 철수 과정을 처음부터 끝까지 목격한 증인이 되었다.

황후 측 병사들은 양쪽에 늘어선 채 자기들 앞을 지나가는 수비군의 대열을 면밀히 살피고, 마차를 일일이 세워 활이나 검, 창 등을 숨기지 않았는지 샅샅이 조사했다. 캠빌은 비웃는 기색으로 이를 지켜보다가 그들이 부상자들을 함부로 다룰 때면 앞으로 나서서 제지하기도 했다. 이윽고 병사들이 모두 철수하자 그는 부하들과 함께 동쪽의 강으로 나아갔다. 윈스턴 마을을 가로지른 뒤 로마군의 옛길로 들어서 크리클레이드로 갈 모양이었다. 그 성은 수비가 튼튼한 데다 스티븐 왕이 장악하고 있는 다른 성들, 즉 뱀튼, 패링던, 퍼튼, 맘즈버리 성으로 이루어진 둥근 고리형 전선의 중심에 놓여 비교적 안전했다. 크리클레이드에 이르면 그곳과 주위의 다른 성들로 휘하의 병력과 부상병들을 골고루 분산시킬 수 있으리라. 올리비에와 물방앗간 주인도 같은 길로 갔지만, 목적지까지의 거리가 훨씬 가까우니 이미 그곳에 도착했을 것이었다.

  캐드펠에게는 할 일이 남아 있었다. 먼저, 중상을 입었거나 기력이 너무 약해 동료들과 함께 떠날 수 없는 몇몇 사람들이 의전관의 부하들에게 제대로 보살핌을 받는지 확인해야 했다. 더하여 필립이 탈출했다는 사실이 드러나기 전에 그곳을 떠나는 것 역시 스스로 용납할 수 없는 일이었다. 황후가 수비군 측 사람들을 마구잡이로 죽이려 할 수도 있지 않은가. 그는 사태를 지켜보고 황후의 분노가 완전히 가라앉을 때까지 남아 있을 작정이었다.

  이제 몇 분 뒤면 황후 휘하의 병력이 들어와 성 전체에 퍼져 텅 비다시피 한 마구간과 숙소를 채우고 무기를 점검할 터였다. 캐드펠은 급히 안마당으로 돌아가 탑에 생긴 구멍 속으로 살그머니 들어갔다. 벽에서 떨어져 나온 석재와 돌 부스러기 사이를 조심스럽게 걷다 보니 커다란 석재들 사이에 끼워진 망토가 눈에 들어왔다. 전날 밤 올리비에가 공격군들 틈에 섞이기 직전에 그것을 벗어 거기 끼워둔 모양이었다. 망토의 어깨에는 제국의 독수리 문양이 박힌 견장이 달려 있었다. 캐드펠은 그걸 둘둘 말아 품 안에 집어넣고 자기 방으로 갔다. 올리비에의 온기가 여전히 남아 있는 듯 망토는 무척 따뜻했다.

  황후와 측근들을 제외한 휘하의 병력 전원은 날이 저물기 전에 입성했다. 그중 일부는 진작부터 들어와 본성에서 가장 넓고 아늑한 방을 골라 휘장을 달고 양탄자나 방석을 까느라 분주하게 움직이고 있었다. 홀은 예전의 화려한 모습을 되찾았고, 요리

사들과 하인들은 필립의 군대를 상대할 때 그랬듯 냉정하고 담담한 태도로 새로운 군대를 먹이고 재울 준비에 여념이 없었다. 병사들은 구멍 난 탑을 잘 마른 목재들로 튼튼하게 받친 뒤, 누군가 무심코 들어가지 못하도록 그 앞에 경비병 하나를 세워두었다.

필립의 침실 문을 열어본 사람은 아직 없었다. 그의 침상을 지키던 베네딕토회 수사가 지난 서너 시간 동안 묘지와 안뜰 사이에서 오가고 있다는 걸 알아챈 사람 역시 아무도 없었다. 모두가 각자의 일로 분주해 누가 필립을 돌보고 있는지 궁금해하지도 않는 듯했다. 다른 사람이 피해를 입지 않도록 하려면, 그 방이 비어 있다는 사실을 가장 처음 발견하는 사람은 캐드펠 자신이어야 했다. 그와 함께 이를 목격할 증인이 있으면 더 좋을 것이었다.

저녁기도까지 한 시간쯤 남았을 때, 그는 주방으로 가서 필립에게 먹일 포도주와 가죽 양동이 가득 더운물을 담아달라고 한 뒤, 허드렛일을 하는 청년에게 무거운 양동이를 날라달라고 부탁했다.

"몇 시간 전 묘지에 가느라 방을 나설 때 보니 그분께 열이 있더군." 청년과 함께 마당을 가로질러 본성 복도로 들어서며 그가 말했다. "몸을 닦아주고 입안에 포도주를 조금 흘려 넣어주면 열이 내릴지도 몰라. 같이 들어가서 거들어주지 않겠나?"

커다란 체구에 헝클어진 머리를 한 그 청년은 입을 꽉 다문 채 속내를 알 수 없는 무표정한 얼굴로 잠시 캐드펠을 곁눈질했다. 성의 주인으로 새로 들어온 사람들이 어떻게 나올지 몰라 불안한 눈치였다. 이윽고 그가 웅얼대듯 대답했다. "그렇게 그분이 걱정되면 이 성에서 내보내는 편이 나을 텐데요."

"자네도 그걸 바라나?" 캐드펠도 청년을 흉내내어 웅얼대듯 물었다. 대화의 기술이라 할 것까지는 아니지만, 가끔 그런 것이 쓸모 있을 때가 있었다.

청년은 대꾸가 없었다. 하긴, 굳이 대답을 들을 필요가 있을까. "긴장 풀게! 그리고 때가 오면 자네가 본 대로만 얘기해주게나."

그들은 아무도 없는 침실 앞에 도착했다. 캐드펠은 한 손에 포도주 병을 든 채 문을 열었다. 어둡고 을씨년스러운 방에 텅 빈 채 덩그러니 놓인 침대와 그 주위에 널린 침대보가 한눈에 들어왔다. 캐드펠은 놀란 척 포도주 병을 떨어뜨릴까 생각했다가 다소 과장스러운 반응인 것 같아 이내 마음을 고쳐먹었다. 게다가 우연히 만난 이 젊은 친구에게 속내를 드러낸 지금 굳이 그의 앞에서 속임수를 쓸 이유도 없었다. 필립 밑에서 일했던 사람들 중에는 그의 탈출을 기꺼워할 사람들이 얼마간 있는 게 분명했다.

두 사람은 약속이나 한 듯 잠시 묵묵히 선 채 의미심장한 눈빛을 주고받았다.

"가세!" 캐드펠이 큰 소리로 말했다. "이 일을 보고해야 해. 양동이를 그대로 들고 따라오게나. 우리 이야기의 신빙성을 높여줄 만한 도구가 될 거야."

캐드펠은 여전히 포도주 병을 단단히 움켜쥔 채 반쯤 달리다시피 앞장섰고, 청년은 양동이의 물을 조금씩 흘리며 부지런히 그를 뒤쫓았다. 홀 앞에 이르자 캐드펠은 문을 열어젖힌 뒤 다짜고짜 뛰어들어 보언의 기사들에게 안기다시피 다가섰다.

"의전관은 어디 계시오?" 그가 숨을 헐떡이며 다급하게 물었다. "그분께 급히 드릴 말씀이 있소. 방금 피츠로버트의 방에 가봤는데, 그가 거기 없었소. 침대에서 감쪽같이 사라졌다는 얘기요."

*

느닷없이 던져진 소식에 넓은 홀에 모여 있던 의전관과 황후의 집사, 그리고 대여섯 명의 귀족들은 어찌할 바를 몰라 서로 얼굴만 마주 보았다. 캐드펠이 당황하고 낭패한 표정으로 상황을 죽 늘어놓는 동안 그와 함께 온 영리한 청년은 시종 얼빠진 얼굴을 한 채 잠자코 서 있었다.

"나는 우연히 이곳에 들러 며칠 머물던 수사인데, 환자를 치료하는 기술을 좀 가진 터라 자진해서 필립을 간호하고 있었소." 캐드펠이 의전관을 향해 말했다. "그러다 오늘 정오 무렵 시신을 처리하는 신부를 돕기 위해 성 밖으로 나가느라 그 사람 곁을 잠깐 떠났소. 내가 방을 나설 때 그는 혼수상태였소. 부상을 입은 이래 대부분의 시간을 그런 상태로 있었기에, 잠시 곁을 떠나도 되겠다 생각했지. 의전관께서도 오늘 아침에 직접 그 사람을 보셨잖소? 그런데 조금 전 돌아가보니……." 캐드펠은 믿기지 않는다는 듯 고개를 설레설레 흔들며 말을 이었다. "어떻게 이런 일이 일어날 수 있는지…… 분명 깊은 혼수상태에 빠져 있었는데 말이오. 조금 전 나는 주방에 가서 포도주와 그의 몸을 닦아줄 더운물을 받고, 이 청년에게 나와 같이 가서 좀 도와달라고 부탁했소. 한데 우리가 가보니 그 사람이 사라지고 없었소! 직접 몸을 일으키는 것조차도 불가능했을 텐데 말이오. 하지만 그는 분명 사라졌소! 이 청년도 똑똑히 보았소."

"모두 사실입니다!" 청년은 헝클어진 머리가 얼굴 위에서 요동칠 정도로 세차게 고개를 끄덕였다. "방이 텅 비어 있었습니다. 그분은 감쪽같이 사라졌어요."

"사람을 보내 확인하게 하거나 의전관께서 직접 가서 보도록 하시지요. 절대로 우리가 잘못 본 게 아니오."

"그가 사라졌다고!" 의전관이 사납게 으르렁거렸다. "어떻게 그럴 수가 있지? 그 방을 떠날 때 문을 잠그지 않은 겁니까? 다른 사람을 시켜 지키게 하지도 않았고요?"

"나로서는 그렇게 할 이유가 없었소." 캐드펠은 정색을 하고 대답했다. "그는 손가락 하나도 까딱할 수 없는 상태였으니까. 게다가 나는 이 성의 하인이 아니고, 누구에게서 그런 지시를 받은 적도 없소. 자진해서 그를 치료해주었을 뿐이지."

"그 점은 아무도 의심하지 않아요. 하지만 몇 시간이나 그를 혼자 내버려두었다니, 저로서는 이해가 안 갑니다. 중상을 입어 움직일 수 없는 사람을 그렇게 적극적으로 보살펴주려 했던 분이 말이지요."

"이 성의 신부에게 물어보시오. 그분도 같은 얘길 할 거요. 필립은 혼수상태에 빠져 곧 죽을 것 같아 보였소."

"그렇다면 당신들은 기적을 바라고 있었던 모양입니다." 보언이 끼어들어 비꼬듯 말했다.

"그 점은 부인하지 않겠소. 우리로서는 기적을 바라고 믿을 충분한 이유가 있으니 말이오." 이어 캐드펠은 충고하듯 덧붙였다. "당신들도 그 점에 대해 깊이 생각해보는 게 좋을 거요."

의전관은 주위를 두리번거리더니 눈에 띄는 장교 몇 사람을 불렀다. "성문의 경비병에게 피츠로버트 비슷한 사람이 부상자들 틈에 끼어 나가지 않았는지 물어보게."

"그런 일은 없었습니다." 보언은 확신을 갖고 대답하면서도 부하 세 사람에게 손짓하여 성문으로 보냈다.

"수사님은 나와 함께 그 기적의 현장으로 다시 가보시지요." 의전관이 그렇게 내뱉은 뒤 홀을 빠져나가자 그의 부하들도 근심스러운 표정으로 줄줄이 따라붙었다. 캐드펠과 이제는 거의 비어버린 양동이를 든 청년도 그들을 따라갔다.

방문은 그들이 떠날 때 그랬듯 활짝 열려 있었다. 가구도 거의 없는 좁은 방이라, 문지방을 넘어가지 않고도 안에 아무도 없다는 것을 알 수 있었다. 잔뜩 쌓여 있는 시트들 덕분에 짚자리가 사라졌다는 사실은 눈에 띄지 않았다. 굳이 그것을 들추어보려는 사람도 없었다.

"멀리 갔을 리 없어." 의전관이 중얼거리더니 단호하게 돌아섰다. "경비병들의 감시가 엄중하니 그는 성을 빠져나가지 못했을 거야. 성 구석구석을 샅샅이 수색해 기필코 그를 찾아내야 한다."

이어 그의 주위에 있던 모든 이들이 성 곳곳으로 흩어져 필립을 찾기 시작했다. 캐드펠은 청년과 다시금 의미심장한 눈짓을 주고받았지만 감히 말을 나누지는 못했다. 청년은 자못 얼빠진 얼굴로, 그러나 속으로는 감사의 기도를 올리며 느긋하게 주방으로 돌아갔고, 줄곧 긴장감에 억눌려 있던 캐드펠은 온몸이 노곤해지는 것을 느끼며 예배당으로 피신했다.

의전관의 엄중한 지시를 받은 부하들은 성 구석구석을 이 잡듯이 꼼꼼히 수색했다. 피츠길버트는 무척 노한 듯 사납게 설쳐댔으나, 캐드펠이 보기엔 그 역시 필립이 사라지자 내심 안도한 듯했다. 연민이나 동정심 때문은 아니리라. 정말로 그를 교수형에 처했다간 이후 더 많은 사람들이 죽음을 맞이할 것이며, 그동안 진심으로 충성했던 이들조차 황후의 대의명분에 반기를 들 가능성이 있다는 사실을 잘 아는 까닭이었다. 의전관은 기필코 필립을 잡아내겠다는 표정으로 열심히 그를 찾는 척했다. 수색이 실패로 돌아갈 경우엔 저녁 무렵 황후에게 사람을 보내어 그 사실을 보고해야 할 것이었다. 황후는 라 뮈자르데리에 입성해 자신이 마음대로 살리고 죽일 수 있는 힘없는 이들을 상대하기에 앞서 대귀족들에게 화풀이를 할 테고, 그 과정에서 적개심과 노여움이 어느 정도는 누그러들리라.

노신부의 지친 목소리를 들으며 캐드펠은 예배에 정신을 집중하고자 최선을 다했지만 좀처럼 뜻대로 되지 않았다. 지금쯤 올리비에는 아우구스티누스 수도원에 무사히 도착하여 한때 깊은 우정을 나누었던 친구요, 자신을 잡아 가둔 적수를 돌보고 있을 터였다. 그들의 관계에 대해 무어라 말할 수 있을까? 여러 차례의 굴곡을 겪은 두 사람은 상대를 전혀 이해하지 못하는 동안에도 서로에게서 마음을 거두지 않았고, 앞으로도 등을 마주 댄 채 세상에 당당히 맞서나갈 것이다.

참 이해할 수 없는 관계야, 캐드펠은 생각했다. 아니, 굳이 이해하려 들 필요도 없지. 그저 그들의 관계를 믿고 존중하고 사랑할밖에. 그러나 그 자신은 어떤가. 그는 가장 믿고 존경하고 사랑하는 것을 버린 채 떠나왔으며, 과연 다시 그것에 다가갈 수 있을지조차 의문이었다. 그의 아들은 온전한 상태로 해방되었고, 제 동료를 얼싸안아 주님의 손에 맡겼다. 단절되었던 그들의 관계는 틀림없이 복원될 것이었다. 그들에게는 더 이상 캐드펠의 존재가 필요치 않았다. 그리고 캐드펠 자신은 더없이 간절하게 주님을 필요로 하고 있었다. 앞으로 살아갈 시간은 꾸준히 줄어가고, 그가 진 빚은 작은 흙더미에서 산처럼 부풀어 오를 것이다. 그의 마음은 고향을 갈망하고 있었다.

"주님, 우리의 정진이 주님의 은혜에 합당한 것이 되기를 간구합니다. 우리의 죄를 용서하시고 은총을 내려주소서……."

결국 그의 긴 여행은 축복을 받은 셈이었다. 집으로 돌아가는 길이 멀고 험하더라도, 그곳에 이르러 거부당할지라도, 그가 과연 이 여행에 대해 한마디라도 불평할 수 있을까?

*

 이튿날 오후, 황후는 불쾌하고 우울한 표정으로 라 뮈자르데리에 입성했다. 하지만 자신이 얻은 전리품을 살펴보는 순간 잔뜩 찌푸려졌던 이마가 다소 펴졌으니, 주어진 현실과 타협하고 잃어버린 것을 억지로나마 기억에서 지워버리기로 마음먹은 듯했다.
 입성 행렬을 지켜보던 캐드펠은 황후가 제왕의 풍모를 갖춘 사람이라는 점을 인정하지 않을 수 없었다. 심기가 불편한 상태임에도 불구하고 그녀는 압도적인 아름다움과 위엄을 갖추고 있었다. 황후가 일단 상대의 마음을 사로잡고자 마음먹을 경우 그에 저항하기란 참으로 어려울 것이었다. 아닌 게 아니라, 이브와 같은 수많은 청년들이 그 불가사의한 매력에 빠져들었다가 그녀의 잔인성과 냉혹함을 경험하고서야 겨우 벗어나곤 했다.
 황후는 화려하고 장중한 차림으로 우아하게 말을 몰고 들어왔고, 말을 탄 시종들이 그녀와 시중드는 여인들의 옆과 뒤를 호위했다. 캐드펠은 코번트리에서 보았던 황후의 하녀 두 사람을 알아보았다. 그들은 글로스터에서도 여전히 황후의 곁에 붙어 있었다. 남편을 잃고 오랫동안 황후를 모셔왔다는 60대 부인은 이제 노년에 접어든 사람답게 얼굴이 여위고 머리도 거의 은빛으로 변했지만 젊은 시절의 아름다움을 여전히 간직하고 있었다. 조카인이자보가 그녀를 꼭 닮았으니, 아마도 조베타 드 몽토르의 청춘 시절 모습이 바로 그러했을 터였다. 발랄하고 매혹적인 여인. 코번트리에서도 잘생기고 품위 있는 많은 청년들이 그녀를 따라다니곤 했다.

황후와 두 여자가 성에 들어와 멈춰 서자 피츠길버트와 잘생긴 기사 대여섯 명이 앞다투어 달려와 그들을 거들어 안장에서 내리게 한 뒤 미리 준비된 숙소로 안내했다. 라 뮈자르데리는 그렇게 새로운 성주를 맞이했다.

옛 성주는 지금 어디에 있을까? 몸 상태는 괜찮을까? 그 짧고도 위험한 여정을 무난히 견뎌냈다면 필립은 목숨을 건질 수 있으리라. 그리고 올리비에는 필립의 안전을 확신할 때까지 그의 곁을 떠나지 않을 것이다.

캐드펠은 이브를 찾아 이리저리 둘러보았다. 그는 안장에서 가볍게 뛰어내려 말을 끌고 마구간으로 가는 중이었다. 자유 시간이 주어지면 이내 캐드펠을 찾아 나설 것이다. 아마 그동안의 이야기를 듣고 싶어 안달하고 있으리라.

*

두 사람은 캐드펠의 좁은 침대에 나란히 걸터앉아, 포도 덩굴 곁에서 마지막으로 헤어진 이후로 일어났던 일들에 대해 이야기를 나누었다.

"저도 어제 필립이 감쪽같이 증발했다는 얘기를 들었어요." 이브는 놀라고 흥분하여 벌겋게 상기된 얼굴로 말했다. "대체 어떻게 된 일이죠? 그 사람은 중상을 입어 일어설 수도 없었다면서요. 어쨌든 그 덕에 황후는 로버트 백작과 갈라서지 않을 수 있었어요. 그리고…… 더 고약한 사태와 맞닥뜨리는 것도 피했지요. 그의 탈출이 황후에게는 큰 도움으로 작용한 셈이에요. 수사님, 대체 무슨 수를 쓰신 거예요?" 이브는 두서없이 말을 던지다가 문득 심각한 표정으로 물었다. "그리고, 올리비에는 어떻게 됐습니까? 여기 오면 그를 만나게 될 줄 알았는데…… 보언의 집사한테 포로들은 어찌 됐는지 물었더니 무슨 포로냐고, 여기 포로 같은 건 없었다고 하더군요. 올리비에는 대체 어디 있는 거죠? 그가 여기 있다고 필립이 그랬잖아요."

"필립은 거짓말을 하지 않는 사람이지." 필립을 아는 사람에겐 당연한 얘기였다. "그는 우리에게 있는 그대로 말했어. 올리비에는 이 성의 어느 탑 지하에 있었어. 그리고 지금은, 모든 일이 잘 풀렸다면 말이지만, 아마 시런세스터의 아우구스티누스 수도원에 있을 거야. 그래, 일이 잘 풀리지 않았을 리 없지. 이 일대에는 그의 친구들이 많으니까!"

"성이 넘어가기 전에 수사님이 그를 감방에서 구해내신 건가요? 하지만 왜 떠났죠? 성에 입성한 피츠길버트와 황후가 자신의 편이잖아요."

"올리비에를 구해낸 사람은 내가 아니라 필립이야. 부상당하여 목숨이 위험해지자 필립은 부하들의 안위부터 염려하더군. 그래서 성을 넘겨주는 대신 그들 목숨과 자유를 보장해준다는 조건을 내걸라고 캠빌에게 지시했지."

"자신은 살아날 길이 없으리라 생각했군요." 이브가 말했다.

"자네 얘기를 전해 듣고 황후의 계획을 알았으니까. 다른 사람들은 다 놔줘도 자기만은 꼭 붙잡을 거라 확신했지. 그는 올리비에에게도 마음을 썼어. 내게 열쇠를 주면서 올리비에를 풀어주라 하더군. 나는 그가 시키는 대로 했을 뿐이야. 그런 뒤 올리비에와 합심해서 필립을 시런세스터에 있는 수도원으로 무사히 빼돌렸고. 아마 지금쯤 그는 주님의 은총 덕에 거기서 잘 치료받고 있을걸세."

"어떻게요? 황후 측 군대가 성문을 지키고 있는데 어떻게 그를 성 밖으로 빼돌린 겁니까? 게다가 필립이 순순히 응했을 리 없을 텐데요."

"필립으로서는 선택의 기회가 없었어. 부하들의 목숨을 구하라고 지시한 뒤 의식을 잃었거든. 내가 혼수상태에 빠진 그의 몸을 시트로 싸서 시체로 위장하고 성 밖으로 옮겼다네. 의전관의 부하 하나가 아무것도 모르는 채 그 일을 도왔고. 아, 그때 올리비에는 이미 성에 없었어. 어젯밤 황후 측 군사들 틈에 섞여 성을 빠져나갔지. 그는 윈스턴 마을로 간 다음, 그곳 물방앗간 주인과 함께 마차를 몰고 돌아왔네. 그들이 조카의 시신을 데려가겠다고 청하자 경비병들은 순순히 허락하더군."

이브는 감탄 어린 얼굴로 캐드펠을 바라보았다. "저도 수사님과 함께 있었으면 좋았을 텐데요."

"아니, 자네는 이미 충분한 역할을 했어. 자네까지 이 아슬아슬한 전투 현장에 있었다면 내 속이 더 타들어갔을 거야. 이제 모든 게 다 잘 마무리됐으니 아무 문제 없네. 올리비에가 떠나기는 했지만 오늘은 자네가 내 곁에 있잖나. 최악의 사태는 막았으니, 우리는 이 모든 상황을 은혜로 받아들이고 감사해야 해." 캐드펠은 심한 피로감을 느끼며 말을 맺었다. 근심에서 놓여나자 그동안의 긴장이 한꺼번에 그의 몸을 짓누르는 듯했다.

"올리비에는 돌아올 거예요." 이브가 힘차게 말했다. "우리는 다 같이 에르미나가 기다리고 있는 글로스터로 돌아갈 겁니다. 그러고 보니 얼마 안 있어 아기가 태어나겠네요. 수사님께 또 하나의 대자가 생기겠군요." 그 아기가 캐드펠과 영적으로뿐 아니라 혈연적으로도 긴밀하게 연결된 사이라는 것을 이브는 아직 모르고 있었다. "수사님, 이왕 수도원에서 멀리 떠나오셨으니 우리와 함께 글로스터에 가서 얼마간 머무르시죠. 다들 크게 반길 거예요. 며칠만 할애하시는 정도도 죄가 될까요?"

"그럴 수는 없어." 캐드펠은 마음을 다잡고 단호하게 고개를 저었다. "코번트리를 떠난 순간부터 이미 나는 죄인이야. 나를 그곳 회의장으로 보내주신 원장님의 은혜를 배반한 셈이지. 아직 해결하지 못한 사소한 문제가 남아 있긴 하지만, 어쨌든 소명을 저버리면서까지 이루려 마음먹었던 것은 거의 다 이루었네. 여기서 더 이상 지체한다면 우리 수도회와 원장님, 그리고 형제들에 더하여 나 자신에게도 불충을 범하는 일이 될 걸세. 이브, 언제고 우리는 다시 만나게 될 거야. 하지만 그 전에 먼저 응분의 죗값을 치르고 참회해야 하겠지. 내 앞에서 슈루즈베리 수도원의 대문이 다시 열릴지 어떨지 알 수 없지만, 아무튼 내일 난 수도원으로 돌아가려 하네."

15

여명이 움틀 무렵 캐드펠은 얼마 되지 않는 소지품을 꾸린 뒤 의전관을 만나러 갔다. 막 성주가 바뀐 참이니, 아무 제지 없이 순조롭게 떠나기 위해서라도 인사를 고하는 편이 좋을 터였다.

"이제 길이 열렸으니 나는 내가 속한 수도원으로 돌아갈까 하오. 이곳 마구간에 슈루즈베리성에서 빌려 온 말이 있고, 그게 내 말이라는 사실은 마부들이 증언해줄 거요. 지금 떠나도 되겠소?"

"수사님 뜻대로 하시지요. 가는 길에 주님의 축복이 깃들기를 바랍니다."

캐드펠은 마지막으로 예배당에 들렀다. 자신의 자리로부터 멀리 떠나온 지금, 무사히 여행을 마치고 다시 그곳에 돌아갈 수 있을지, 돌아간다 해도 그곳에서 자신을 받아줄지 그로서는 알 길이 없었다. 자기 손으로 자른 인연의 끈을 다시 이어 붙이기란 쉽지 않을 것이다. 그럼에도 캐드펠은 돌아갈 수 있으리라는 희망을 품고서 겸허한 마음으로 주님께 간구했다. 두 눈을 감은 채 무릎 꿇고 앉아 있는 그의 머릿속에 제대로 해낸 일들과 해내지 못한 일들이 주마등처럼 스치고 지나갔다. 오래전 언젠가 그랬듯 이번에도 시골 청년으로 변장한 아들이 방앗간 주인의 마차 안에서 적의 머리를 무릎 위에 얹어놓던 모습을 떠올리자 마음이 따뜻해지며 감사의 기도가 흘러나왔다. 행복한 아이러니군. 그 두 사람이 서로에게 품은 적대감은 오래 지속될 수 없을 거야.

딱딱한 돌바닥과 싸늘한 실내 공기 때문인지 무릎이 뻣뻣해지기 시작했다. 그가 상체를 일으킨 순간 가벼운 발소리가 들리는가 싶더니 문이 활짝 열렸다. 황후의 시녀였다. 성에 여자들이 들어온 이후 예배당에는 수놓은 제단 천과 초록색 방석이 깔린 기도대가 마련되어 있었다. 조베타 드 몽토르는 은빛으로 곱게 물든 머리를 아름다운 망사로 감싼 채 양손에 무거운 은촛대를 하나씩 들고 들어와 제단 앞으로 다가왔다. 캐드펠과 눈이 마주치자 그녀가 고개를 살짝 숙이며 싱긋 웃어 보였다.

"안녕하세요, 수사님." 그러다 부인은 문득 걸음을 멈추고 캐드펠의 얼굴을 빤히 들여다보았다. "전에 뵌 적이 있는 분 같군요. 코번트리 회의 때였지요?"

"그렇소, 부인."

"다시 뵈어 반갑습니다." 그녀가 한숨을 내쉬며 말을 이었다. "그 회의가 아무 소득 없이 끝나서 유감이에요. 그런데 이렇게 먼 곳까지 와 계시다니, 무척 중요한 일이 있으셨나 봐요? 수사님은 슈루즈베리 수도원에서 오셨다고 들었는데."

"뭐, 그런 셈이지요."

"일은 잘됐나요?" 부인은 제단으로 다가가 양쪽에 촛대를 하나씩 내려놓은 뒤, 벽에 붙어 있는 궤에서 초 몇 자루와 유황 성냥개비 하나를 꺼냈다. 제단 중앙의 십자가 앞에 놓인 조그만 등잔의 심지에 불을 댕기려는 모양이었다.

"일부는 그렇소."

"일부만요?"

"이제는 덜 중요한 일이 되었지만, 그래도 아직 해결하지 못한 문제가 하나 남았거든. 코번트리에서 살인을 했다고 비난받았던 청년을 부인도 기억할 거요."

그녀는 하얗고 말끔한 얼굴을 그에게 돌리곤 짙푸른 눈을 크게 뜬 채 캐드펠을 응시했다.

"예, 기억해요. 하지만 이제 그는 혐의를 벗었지요. 글로스터에서 그와 얘기를 나눈 적이 있어요. 듣자 하니, 필립 피츠로버트가 그의 결백을 인정해 감옥에서 풀어줬다고요. 그 얘길 듣고 기뻤어요. 사실 전 황후께서 코번트리에서 그를 무사히 데리고 나오셨을 때 모든 게 잘 마무리되었다고 생각했거든요. 그러다 글로스터에 도착한 뒤 그가 필립에게 납치되었다는 걸 알았죠. 그런데 며칠 뒤 그가 돌아와서 이 성을 공격하자고 했어요."

부인은 촛대에 초를 꽂고는 고개를 한쪽으로 기울인 채 몇 걸음 물러나 촛대들 사이의 거리가 적당한지 살폈다. 성냥에 불을 붙이자 바지직 소리와 함께 빨간 불꽃이 피어나 푸르스름한 핏줄이 비치는 그녀의 여윈 왼손을 환하게 밝혔다. 불꽃이 일어난 뒤에도 그녀는 여전히 불붙은 성냥개비를 든 채 촛불들이 서서히 키를 높이는 광경을 응시했다. 캐드펠은 부인의 손가락을 바라보았다. 가운뎃손가락에 오목새김 반지가 끼워져 있었다. 흑옥으로 된 조그마한 반지였지만 성냥의 불빛을 받아 정교하게 새겨진 문양이 뚜렷이 드러났다. 양식화된 불꽃 둥지 속에 들어앉은 작은 불도마뱀. 반지의 도마뱀은 반대쪽을 바라보고 있지만, 종이에 찍어낸다면 캐드펠이 갖고 있는 그림 속 도마뱀과 같은 쪽을 향할 터였다.

부인이 갑자기 말을 멈추곤 깊은 침묵에 빠져든 채 캐드펠의 시선을 좇았다. 그러나 성냥개비 불빛에 선연히 드러난 반지를 감추려 하지는 않았다.

"저는 그의 무고함을 추호도 의심하지 않았어요." 그녀가 다시 입을 열었다. "아마 수사님도 그러셨겠죠. 제겐 그렇게 생각할 만한 확실한 이유가 있었는데, 수사님은 무슨 근거로 그를 믿으셨죠?"

캐드펠은 자신의 생각을 조목조목 들려주었다. 브라이언 드 술리스는 자신이 잘 알고 믿었던 사람에게 죽었을 거라고, 아무 의심도 받지 않고 그에게 접근할 수 있었던 사람이 그를 죽인 게 분명하다고, 이브 위고냉이 드 술리스를 증오한다는 사실은 이미 알려져 있었으니 그는 그렇게 가까이 접근할 수 없었을 거라고, 그에게 두려움을 안겨주지 않을 만한 누군가, 그가 완전히 신뢰하는 다른 남자가 그런 짓을 했을 것이라고 그는 말했다.

"아니면 여자였거나요." 조베타 드 몽토르가 덧붙였다. 심상한 이야기를 하듯 아주 차분하고 조용한 어조였다.

캐드펠로서는 생각지 못한 가능성이었다. 그곳에 여자라고는 단 세 사람뿐이었으며, 황후를 제외한 두 여인은 내내 제 주인의 영역 안에 있지 않았던가. 그중 젊은 하녀가 드 술리스와 위험한 장난을 즐기는 듯 보이긴 했지만, 그뿐이었다. 그녀가 누군가를 암살했을 리는 없었다.

"오, 물론 이자보는 아니에요." 그의 속내를 짐작이라도 한 듯 조베타 드 몽토르가 말했다. "그 아이는 아무것도 몰라요. 그저 건성으로 그의 청에 응했을 뿐 그를 만날 생각이 전혀 없었어요. 드 술리스도 반신반의하며 약속 장소에 나타났을 거예요. 어두운 시각, 망토를 걸치고 두건까지 쓴 여자를 보고 나이를 짐작하기란 어려운 법이지요." 그녀는 캐드펠을 향해 빙그레 웃어 보였다. "모두 짐작하고 계셨던 것 아닌가요? 아무튼 저로서는 그 청년에게 피해를 돌릴 생각이 전혀 없었어요."

"나도 지금에야 사정을 알았소." 캐드펠이 말했다. "부인의 반지…… 패링던성을 넘겨주기로 한 서류에 그것과 똑같은 도장이 제프리 피츠클레어의 명의로 찍혀 있었지. 그는 이미 죽은 뒤였는데 말이오. 하지만 그를 죽이고 그 대신 도장을 찍은 드 술리스도 죽었으니, 제프리 피츠클레어는 원한을 푼 셈이군." 그래, 이제 와서 새삼 죽어가는 불씨를 되살릴 이유가 어디 있을까.

"제프리 피츠클레어와 저의 관계에 대해서는 묻지 않으시네요."

캐드펠은 침묵을 지켰다.

"그는 제 아들입니다. 아, 우리 부부 사이엔 자식이 없었어요. 제가 다른 사람에게서 그 아이를 얻었지요. 아주 오래 전, 헨리 왕이 노르망디를 정복하고 그곳에 자리 잡은 뒤, 그리고 루이 왕이 프랑스 왕좌에 올라 또다시 전면전을 시작하기 전의 일이에요. 헨리 왕이 정복한 땅을 지키기 위해 그곳에 이태 넘게 머무는 동안 워런 휘하의 군대도 왕과 거기 있었어요. 워런의 부하였던 제 남편은 줄곧 집을 떠나 있었답니다! 사랑이라는 감정을 인간이 의지대로 억누를 수는 없는 법이잖아요. 외로움에 지쳐가던 저를 리처드 드 클레어는 무척이나 따뜻하게 대해줬어요. 저는 은밀한 보살핌을 받아 무사히 아이를 낳았고, 리처드는 자신의 책임을 다했지요. 그 아이를 자기 자식으로 인정하고 집으로 데려갔거든요. 남편은 물론이고 다른 누구도 그 사실을 알지 못했어요. 하지만 리처드는…… 그 아이가 아버지를 가장 필요로 할 나이에 저세상으로 떠났지요. 그래서 제가 보호자로서의 책임을 맡기로 한 겁니다." 그녀의 목소리는 시종 차분했다. 자랑이나 변명의 기미는 전혀 느껴지지 않았다. 그녀는 캐드펠의 시선이 여전히 불길 속에 웅크린 불도마뱀 문장에 가 있는 것을 보고 다시금 빙그레 웃었다. "그 아이와 저를 연결하는 물건이라곤 이것 하나뿐이었어요. 제 아버지 쪽 조상들로부터 전해 내려온 문장인데, 오래전부터 거의 사용되지 않았죠. 아마 본 사람도 거의 없을 거예요. 저는 리처드에게 이걸 주면서 아들의 문장으로 써달라고 부탁했어요. 그는 늘 우리 모자에게 잘 대해주었지요. 그의 적자인 길버트 백작 역시 그 아이를 호의적으로 생각해주었고요. 두 형제는 이번 내전에서 서로 다른 쪽에 섰지만 여전히 좋은 친구이자 형제 사이로 지내고 있었어요. 그러다 제프리가 죽었고, 클레어 집안 사람들은 그를 자기 집안의 일원이자 소중한 식구로 여겨 잘 매장해주었지요. 하지만 그 죽음의 진상에 대해서는 아무도 몰라요. 수사님은 물론 아시겠지만요."

"그렇소, 알고 있소." 캐드펠은 그녀의 눈을 똑바로 응시하며 대답했다.

"그렇다면 새삼 구구하게 설명하거나 변명할 필요는 없겠군요." 부인은 돌아서서 초 한 자루를 촛대에 꽂은 뒤 불 꺼진 성냥개비를 보이지 않는 곳으로 치웠다. "앞으로도 누가 드 술리스의 죽음에 대해 그 청년을 가리키며 손가락질하면 수사님이 나서서 당당하게 변호해주시리라 믿어요."

"제프리가 부인의 아들이라는 걸 아무도 모른다고 했소?" 그가 물었다. "제프리 자신도 몰랐던 거요?"

부인은 문을 향해 걸음을 옮기다 말고 잠시 고개를 돌리더니,

짙푸른 눈으로 더없이 차분하게 캐드펠을 응시하며 미소 지었다.
"이제는 알겠죠."
 그렇게 두 사람은 라 뮈자르데리성의 예배당에서 헤어졌다. 앞으로 다시는 서로를 만나지 못할 것이었다.

*

 이브가 먼저 마구간에 도착해 있었다. 밤색 말의 등에 안장을 얹는 그의 모습이 무척이나 외롭고 우울해 보였다. 캐드펠의 만류에도 불구하고 그는 강여울까지 배웅을 하겠다고 나섰다. 이브 때문에 염려할 필요는 없을 것이다. 가장 어두운 그늘은 이미 걷히지 않았는가. 캐드펠과의 작별로 인한 슬픔이나 황후를 향한 환멸 같은 감정은 곧 떨쳐낼 수 있으리라. 앞으로 황후를 대하는 그의 태도는 전과 같지 않겠지만, 그렇다고 충성의 대상이 달라지지는 않을 것이었다. 거개의 사람들이 하루에도 수십 번씩 마음을 바꾸는 시대에도 이브처럼 단순하고 용감한 청년들은 남아 있었다.
 성문 앞길을 따라 여울에 면한 숲으로 내려가는 동안 두 사람은 에르미나와 올리비에, 그리고 곧 태어날 아기에 관해 이야기를 나누었다. 그들을 다시 만난다는 생각에 기쁜지, 이브도 차츰 활기를 되찾았다.
 "제가 도착하기도 전에 아기가 태어날지 모르겠네요. 그런데 올리비에는 정말 괜찮은 건가요? 아무 데도 다치지 않은 거죠?"

"그래, 만나보면 자네도 알 거야. 변한 구석이라곤 전혀 없지. 올리비에 역시 자네에게서 변한 모습을 찾을 수 없을 테고. 우리가 주어진 운명 속에서 그런대로 일을 잘해낸 것 같아." 이는 이브보다 캐드펠 자신을 향한 위로였다.

고향까지는 멀고 험한 여정이 남아 있었다. 강여울에서 그들은 헤어졌다. 이브가 허리를 숙이자 캐드펠은 그의 뺨에 입을 맞추었다. "내가 가는 걸 지켜보지 말고 이제 그만 돌아가게. 다시 만날 날이 있겠지."

*

캐드펠은 여울을 건너 잔디밭을 지난 뒤 숲속으로 들어갔다. 숲을 빠져나오자 윈스턴 마을을 가로질러 동쪽으로 뻗은 큰길이 보였다. 하지만 그 앞에 이르렀을 때 그는 튜크스베리와 슈루즈베리로 이어지는 왼쪽이 아니라, 시런세스터로 이어지는 오른쪽으로 방향을 틀었다. 아직 할 일이 더 남아 있다는 생각이 들어서였다. 아니, 그보다는 자신의 태만을 정당화할 수 있을지 모른다는 비합리적인 기대에 이끌린 것인지도 몰랐다.

그는 우울한 기분에 젖어, 납빛 하늘이 무겁게 내리깔리고 간간이 진눈깨비가 쏟아지는 코츠월즈 대지를 가로질렀다. 구중중하고 칙칙한 겨울 빛깔들이 주변 풍경들 위에 잿빛 안개처럼 드리워 있었다. 여행의 즐거움 같은 건 느낄 수 없었다. 다들 아늑한 곳을 찾아 오두막으로 피신했는지 사람들도 동물들도 보이지 않았다.

그는 오후 시간이 꽤 지나고서야 시런세스터에 도착했다. 로마인들의 전설적인 자취가 남아 있는 곳이자, 이후 강인하고 영리한 모직 상인들이 독자적으로 교역을 벌이며 번성한 유서 깊은 도시. 하지만 캐드펠에겐 생소하기만 한 장소였으니, 그는 몇 번이나 걸음을 멈추고 사람들에게 물어가며 아우구스티누스 수도원을 찾아야 했다. 수도원은 그의 예상대로 상당히 크고 웅장해 보였다. 헨리 왕이 세속 참사회원들의 예배당이 있던 자리에 성당을 재건했으나 기부금이 거의 들어오지 않아 소리 없이 쇠락하던 중 아우구스티누스 수도회 사람들이 들어오면서 모든 것이 바뀐 터였다. 훌륭한 정문, 널찍한 마당, 웅장한 성당이 그곳 수도회 사람들의 열정을 웅변하는 듯했다. 오늘날의 모습으로 부활한 지 채 30년도 되지 않았으나, 지금 이곳은 잉글랜드에 있는 수도원들 중에서도 으뜸가는 곳이었다.

캐드펠은 정문 앞에 내려선 뒤 말을 끌고 문지기실로 다가갔다. 한동안 혼란스러운 전투 현장에 머물다가 을씨년스럽고 삭막한 길을 지나온 참이라 그런지 이곳의 질서와 고요함을 맞닥뜨리자 마음이 푸근해졌다. 여기서는 모든 것이 짜임새 있게 돌아가고 있었다. 사람들은 캐드펠 자신이 추구하는 것과 다르지 않은 목적과 규율하에 움직였고, 시간과 사물 또한 제 목적에 맞게 원활하게 기능했다. 캐드펠이 속했던 곳, 이 순간 그의 마음이 간절히 향하고 있는 슈루즈베리 수도원도 꼭 이와 같았다.

"저는 슈루즈베리에 있는 베네딕토회의 성 베드로 성 바오로 수도원 수사입니다." 캐드펠은 문지기 수사 앞에 이르러 겸손한 태도로 입을 열었다. "제 나름의 이유가 있어 전투가 벌어졌던 그린햄스테드에 갔다가 이제 돌아가는 길입니다. 성이 함락될 때 그곳에 머물렀지요. 혹시 이곳 진료소 담당 수사님을 뵐 수 있을까요?"

살집 있는 몸에 매끄러운 피부를 가진 문지기 수사가 냉정하고 초연한 눈빛으로 그를 바라보았다. "하룻밤 묵어가고자 하십니까?"

"아닙니다. 제가 속한 수도원으로 가던 중 잠시 들른 것뿐이니 잠자리는 신경 쓰시지 않아도 됩니다. 사실 제가 그린햄스테드에서 중상을 입고 위독한 상태에 빠진 필립 피츠로버트를 다른 사람에게 맡겨 이곳으로 보냈거든요. 이곳 진료소 담당자와 그의 상태에 관해 이야기를 나눴으면 합니다." 이어 그는 자신 없는 목소리로 덧붙였다. "그가 아직 살아 있는지 모르겠지만요."

베네딕토회나 슈루즈베리 수도원이라는 말이 나왔을 땐 심드렁하기만 하던 문지기 수사가 필립 피츠로버트의 이름을 듣는 순간 회색 눈을 동그랗게 떴다. 처음부터 그들이 필립을 기꺼이 맞아들였는지, 혹은 불가피한 상황이라 여겨 마지못해 받아들였는지는 알 수 없으나, 아무튼 그의 아버지의 보이지 않는 손길이 거기까지 미쳐 굳게 닫혀 있던 문이 열린 모양이었다. 하긴, 자기 영역을 철저히 지키려는 이들을 나무랄 수는 없었다.

"진료소 담당 수사를 불러오겠습니다." 문지기 수사는 그렇게 말한 뒤 진료소 쪽으로 황급히 걸음을 옮겼다.

진료소 담당 수사는 곧바로 달려왔다. 활달하고 친절해 보이는 얼굴에, 나이는 서른 중반쯤 되어 보였다. 그는 캐드펠을 위아래로 재빨리 훑어보더니 고개를 끄덕였다. "수사님이 오실 거라는 얘기는 들었습니다. 그 젊은 분이 다 설명해줬어요. 수사님의 외모에 대해 어찌나 자세히 묘사해주었는지, 어디서 뵈어도 단박에 알아봤겠네요. 잘 오셨습니다."

"그들이 여기 너무 늦게 도착한 건 아니었던 모양입니다." 캐드펠은 그렇게 말하며 안도의 한숨을 내쉬었다.

"예, 때맞추어 도착했어요. 물방앗간 주인이 마차로 두 분을 모시고 왔는데, 이 근방에 이르러서는 전속력으로 달렸다더군요. 그분들의 사정도 있었지만 자신의 생업과 식구들의 안위에도 신경을 쓰느라 있는 힘을 다해 달려온 모양이에요. 오는 동안 별다른 위험은 없었다는군요. 아무튼 마차는 돌아갔고, 두 분은 여기 무사히 있습니다."

"앞으로도 계속 무사하길 바랄 뿐입니다." 캐드펠은 힘주어 말했다.

"참 훌륭한 사람이에요." 진료소 담당 수사가 상냥하게 말을 이었다. "이 세상에 악한 사람들만큼 좋은 사람들도 많으니 그저 주님께 감사드려야지요. 그리고 쭉 그래왔듯 앞으로도 항상 선한 사람들이 승리할 겁니다."

"필립은 어떻게 됐습니까? 살아 있지요?" 캐드펠은 다급히 물은 뒤 가슴 졸이며 대답을 기다렸다.

"살아 있을 뿐 아니라 치료하는 동안 의식도 되찾았습니다. 완전히 회복되기까지는 시간이 더 걸리겠지만, 아무튼 그분은 다시 건강을 되찾을 거예요. 자, 함께 가서 직접 보시죠!"

*

진료소 한쪽에 마련된 방 앞에서는 진지하고 성실해 보이는 젊은 참사회원 하나가 무릎 위에 독서대를 놓은 채 커다란 책을 들여다보고 있었다. 표정은 온화하지만 아주 건장한 체격이 인상적인 청년이었다. 그는 병동 복도로 다가오는 발소리를 듣고 재빨리 고개를 들더니, 진료소 담당 수사와 다른 수사가 나란히 걸어오는 것을 확인한 뒤 이내 무표정한 얼굴로 다시 책 속에 시선을 묻었다. 병실을 지키는 그의 진지함과 성의에 캐드펠은 내심 감탄했다. 아우구스티누스 수도회 사람들은 자신들의 특권은 물론 환자들도 성의껏 보호할 준비가 되어 있었다.

"혹시 몰라 문지기를 세워뒀지요." 진료소 담당 수사가 조용히 말했다.

"더는 아무도 그들 뒤를 쫓지 않을 겁니다."

"그래도……" 진료소 담당 수사는 어깨를 으쓱인 뒤 한 손으로 방 앞에 드리운 커튼을 젖혔다. "나중에 후회하는 것보다야 미리 조심하는 편이 낫죠! 자, 들어가시죠, 수사님. 환자분 의식이 돌아왔으니 수사님을 알아보고 이야기도 나눌 수 있을 겁니다."
 캐드펠이 방 안으로 들어가자 커튼 자락이 다시 내려왔다. 비좁은 방에 작은 침대가 하나 놓여 있었는데, 무력한 환자를 돌보기 수월하도록 매트의 상체 부분이 들린 채였다. 필립은 부러진 갈비뼈에 부담이 가지 않게끔 등에 베개를 받치고 모로 누워 있었다. 전에 비해 많이 수척해지기는 했지만, 일체의 긴장감에서 놓여난 덕인지 더없이 평온하고 차분한 얼굴이었다. 그가 인기척을 느끼고 고개를 돌리자 머리를 감싼 붕대 밖으로 뻗쳐 나온 검은 고수머리가 베개 위에서 뒤틀렸다. 푸르스름한 눈자위에 깊숙이 박힌 두 눈에 놀란 기색은 전혀 없었다.
 "캐드펠 수사님!" 그가 힘차고 또렷한 목소리로 입을 열었다. "수사님이 오실지도 모르겠다고 생각은 했습니다. 하지만 수사님껜 더 중요한 일이 있을 텐데요…… 수도원으로 곧장 가시지 그러셨습니까. 이렇게 시간을 지체하면서까지 찾아볼 만큼 제가 가치 있는 사람이었던가요?"
 캐드펠은 말없이 침대로 다가가 감사와 기쁨에 환히 밝아진 얼굴로 필립을 내려다보았다. "당신이 살아 있다는 걸 확인했으니 이제 수도원으로 돌아가야지. 진료 담당 수사께 듣자니, 곧 말짱하게 회복할 거라더군."

"나아서 좋을 게 뭐 있다고요! 부자父子 두 분이 괜한 고생을 하셨습니다." 필립이 씁쓸한 미소를 지어 보였다. "아, 올가미에 걸리기 직전 저를 빼내주신 것에 불만을 품은 건 아니니 염려하지 마십시오. 물론 제가 원한 바는 아니지만, 그렇다고 그 친구처럼 '수사님이 나를 속였어!' 운운하며 징징댈 생각은 없습니다. 이왕 오셨으니 좀 앉으세요. 잠깐이면 됩니다. 제 안위를 확인하셨으니 금방 일어나 다른 볼일을 보셔야지요."

캐드펠은 침대 곁에 놓인 등받이 없는 의자에 앉았다. 두 사람의 얼굴이 무척 가까워졌다. 그들은 탐색하듯 상대의 눈을 지그시 들여다보았고, 곧 캐드펠이 먼저 입을 열었다. "누가 당신을 이리로 데려왔는지 이미 알고 있는 모양이오."

"예, 압니다. 마차를 타고 큰길을 달리는 동안 딱 한 번 잠깐 눈을 떠서 그 친구의 얼굴을 봤어요. 미처 무어라 말을 꺼내기도 전에 다시 까마득한 나락으로 떨어진 터라 올리비에는 제가 자기를 봤다는 것도 모를 겁니다." 그가 잠시 말을 멈추곤 캐드펠을 빤히 바라보았다. "제 목숨은 두 분의 것이니 이제 제가 무엇을 해야 할지 말씀해주세요."

"당신의 목숨은 여전히 당신 것이니 스스로 바람직하다고 생각하는 일을 하면 되겠지. 당신은 누구보다 자기 삶에 대해 확고한 관점을 가진 사람 아니오?"

"아뇨, 저는 더 이상 과거의 제가 아닙니다. 제가 죽으려고 마음먹었던 것 기억하시죠? 그러니 지금의 목숨은 수사님이 주신

선물인 셈이지요." 그는 나지막이 말을 이었다. "지난 며칠 동안, 전 죽음과 다름없는 상황에 들기까지 일어난 모든 일을 되새겨보았습니다. 한 존재에서 또 다른 존재에게로 충성심을 돌리면 무언가 해결되리라 믿고 절망적인 도박이나 다름없는 짓을 벌였지요. 결국 아무 소득 없이 모든 게 끝나버린 지금에야 제 생각이 잘못되었음을 깨달았습니다. 황후든 왕이든, 그들에게서는 구원을 기대할 수 없어요. 그러니 이제 저는 어쩌면 좋겠습니까, 수사님? 그리고 올리비에 드 브르타뉴는 이 모든 일에 대해 어떻게 생각하고 있을까요?"

"그거야…… 주님만이 아실 일이지."

"물론 그분은 아시겠지요. 하지만 우리 가운데 주님의 뜻을 전하는 사자들이 있잖습니까. 누군가는 나서서 제가 나갈 길을 예시해줘야지요." 맑은 웃음을 머금은 그의 얼굴에 조롱의 기색이라곤 전혀 없었다. "저는 이 나라의 두 군주에게 기대를 걸었다가 완전히 탈진해버렸습니다. 자, 말씀해보세요. 이제 제가 가야 할 곳은 어디일까요?" 병상에서 일어나는 순간 그에겐 새로운 삶이 시작될 것이니, 선물과도 같은 그 삶으로 무엇을 할지 고민하는 것도 당연했다. "참, 다른 사람들은 어떻게 됐나요? 수사님이 저를 빼낸 뒤 일이 어떻게 돌아갔는지 말씀 좀 해주시지요."

캐드펠은 의자에 편안히 자리 잡고 그의 부하들이 어떻게 운명의 소용돌이를 헤쳐나갔는지 들려주었다. 그들 모두 적군에게서 어떤 능욕도 당하지 않고 자유롭게 성을 떠났다고, 무장해제 된 상태이긴 했으니 부상자들도 무사히 데리고 나올 수 있었다고. 자신의 목숨을 버리고 부하들을 구하고자 한 필립의 결심대로 된 셈이었다.

넓은 마당에 요란한 말발굽 소리와 함께 마구의 금속음이 울렸지만 두 사람 모두 이를 듣지 못했다. 자갈 포장로를 빠르게 걷는 발소리도 듣지 못했다. 방이 건물 벽 안으로 깊숙이 들어간 탓에 그들의 귀에는 어떤 소리도 들리지 않았다. 잠시 후, 복도에서 울리는 군홧발 소리를 듣고서야 캐드펠은 말을 멈추고 긴장 어린 얼굴로 허리를 꼿꼿이 세웠다. 하지만 커튼 너머에 있는 경호 수사는 조용했다. 복도 끝까지 훤히 볼 수 있는 곳에 앉아 있으니 분명 누군가 이리로 오고 있다는 걸 알 텐데, 캐드펠은 귀를 기울이며 생각했다. 곧 의자 끌리는 소리가 들리는 것으로 보아 그가 일어나 길을 내주는 모양이었다.

커튼이 힘차게 열리는가 싶더니, 불그레하게 상기된 얼굴이 나타났다. 올리비에였다. 그는 문 앞에서 걸음을 멈추곤 흥분과 긴장이 뒤섞인 기색으로 방 안을 바라보았다. 그의 눈과 필립의 눈이 마주쳤다. 따뜻한 눈빛이 오가는가 싶더니 이윽고 올리비에의 긴 입술에 희미한 미소가 어렸다. 하지만 그는 안으로 들어오는 대신 옆으로 비켜나면서 커튼을 완전히 열어젖혔다. 필립이 그의 어깨 너머를 바라봤다.

필립은 아무런 반응도 보이지 않았다. 환희와 거부의 분위기가 미묘한 균형을 이룬 가운데 무표정한 얼굴로 깊은 침묵을 지킬 뿐이었다. 그러나 올리비에는 자신의 노력이 헛되지 않음을 알 수 있었다.

글로스터 백작 로버트가 들어오자 캐드펠은 자리에서 일어나 방 한구석으로 물러났다. 건장한 체격에 조용하고 인내심 있는 성품을 지닌 글로스터 백작은 이 순간에도 평소의 차분함을 유지하고 있었다. 백작은 말없이 침대로 다가가 작은아들을 내려다보았다. 그의 어깨 뒤로는 주름진 두건이 늘어져 있었고, 숱진 갈색 머리 사이로 보이는 흰머리들과 짧은 갈색 턱수염 사이로 두 가닥 줄무늬를 그리고 있는 은빛 수염은 비를 맞아서인지 어두운 실내에서도 한층 도드라져 보였다. 그는 걸쇠를 풀어 망토를 벗은 뒤 침대 곁에 있는 의자를 끌어당겨 아들 곁에 앉았다. 마치 자기 집에 막 당도한 양 지극히 차분하고 자연스러운 태도였다.

"백작님의 아들이요 종이 인사드립니다!" 필립이 떨리는 목소리로 예의를 갖추어 정중하게 말했다.

백작은 허리를 숙여 아들의 뺨에 입을 맞추었다. 더없이 위태로운 분위기와 도무지 어울리지 않는, 아버지와 아들 사이의 평범한 인사였다. 캐드펠이 조용히 방을 빠져나가 복도로 나오는 순간, 필립은 제 아버지를 뜨겁게 끌어안았다.

*

그렇게 모든 일이 끝났다. 그 누구도, 심지어 황후조차도 글로스터의 로버트가 축복한 사람을 감히 건드리지는 못할 터였다. 부자는 흡족한 기분으로 포옹을 풀고 마당으로 나왔다. 날이 이미 어둑했지만, 캐드펠은 더 컴컴해지기 전에 조금이라도 가야 한다는 생각에 마구간으로 들어가 밤색 말을 끌고 나왔다. 얼마쯤 가다가 양 우리 같은 곳에서 잠깐 눈을 붙이면 되리라.

"저도 아버지와 함께 떠나겠습니다." 올리비에가 말했다. "글로스터까지는 같은 길을 가야 하잖아요. 중간에 남의 집 창고 같은 곳에서 함께 잠을 자도록 하죠. 윈스턴으로 가면 물방앗간 주인이 하룻밤 재워줄 수도 있을 겁니다."

"나는 네가 이미 글로스터로 가서 에르미나와 함께 있을 줄 알았는데."

"아, 가긴 갔었습니다. 에르미나를 만나 재회의 입맞춤까지 나눴지요. 제가 아무 탈 없이 무사한 것을 자기 눈으로 직접 확인하고는 흔쾌히 다시 보내주더군요. 그래서 그 길로 곧장 헤리퍼드에 있는 글로스터 백작을 만나러 갔습니다. 예상했던 대로 그분은 기꺼이 저와 함께 와줬어요. 혈육은 역시 혈육이고, 또 그 부자처럼 가까운 사이는 다시없죠. 이제 일이 잘 마무리되었으니 저도 느긋한 마음으로 집에 돌아갈 수 있겠습니다."

*

그들은 이틀 낮을 함께 달렸고, 이틀 밤을 함께 보냈다. 하룻밤은 베이즌던 근방에 있는 양치기의 오두막에서, 또 하룻밤은 카울리에 있는 물방앗간에서, 각자 망토로 몸을 감싼 채 나란히 누워 잠을 잤다. 그리고 사흘째 되던 날 오전, 그들은 글로스터에 이르렀다.

자신과 함께 가자고, 사랑하는 사람들과 함께 몇 시간이나마 소중한 시간을 나눈 뒤 떠나라고 설득과 애원을 거듭하던 이브와 달리, 올리비에는 그저 캐드펠을 묵묵히 지켜보면서 아버지의 결정을 기다릴 뿐이었다.

"나는 이미 엄청난 태만의 죄를 저지른 몸이야." 캐드펠은 부드럽게 입을 열었다. "이미 큰 잘못을 저지른 마당에 또 하나의 잘못을 보태서는 안 되겠지. 이만 헤어져야겠구나."

올리비에는 고개를 끄덕이고 글로스터 북쪽 변두리까지 묵묵히 캐드펠을 배웅했다. 거기서 길은 멀리 레민스터를 향해 북서쪽으로 뻗어 있었다. 낮 시간이 절반 넘게 남아 있는 데다 회색빛 하늘은 고요하고 바람도 거의 불지 않아 어두워지기 전에 몇 킬로미터쯤 더 갈 수 있을 것이었다.

"아버지를 붙잡고 싶은 마음을 억누르기가 쉽지 않군요." 마침내 올리비에가 운을 뗐다. "하지만 마음의 평화를 절실히 원하시는 아버지의 앞길을 가로막아서는 안 된다는 것 잘 알고 있습니다. 제 걱정일랑 내려놓으시고 그저 무사히 돌아가기만 하세요. 나중에 다시 뵐 날이 있을 겁니다. 아버지가 저를 찾아오지 않으면 제가 아버지를 찾아가겠습니다."

"주께서 기뻐하시는 일이라면 반드시 그렇게 될 게다!" 캐드펠은 두 손으로 아들의 뺨을 잡아 입 맞추었다. 주께서 올리비에 같은 아이를 보고 어찌 기뻐하시지 않겠는가. 이 세상에 이런 아이가 더 있다면 말이지만.

짧은 작별 인사가 끝나자 올리비에는 등자를 잡고서 캐드펠이 말에 올라타기를 기다렸다가, 말굴레 곁에 붙어 선 채 다정한 눈으로 그를 바라보았다. "제게 하느님의 축복을 빌어주세요. 가시는 길에 주님의 은총이 함께하시길!"

캐드펠은 허리를 숙여 그 넓고 반듯한 이마에 성호를 그었다. "손자가 태어나면 소식 전해다오."

16

　수도원으로 돌아가는 긴 여정 내내, 캐드펠은 피로와 좌절감으로 허덕이면서 힘겹게 나아갔다. 이따금씩 엷은 눈발이 흩날려 땅을 살짝 덮었다가 이내 녹아내리는 정도에 그쳤던 온화한 겨울 날씨가 서서히 악화되어, 어느 때는 앞이 안 보일 정도로 심한 눈보라가 휘날리는가 하면 어느 때는 비가 억수같이 쏟아졌다. 강물이 불어난 탓에 여울을 건널 때마다 큰 위험을 감수해야 했다. 캐드펠은 꼬박 사흘을 보내고야 레민스터에 도착했다. 그는 그곳 수도원에서 이틀 밤을 머무르며 휴의 말이 충분한 휴식을 취할 때까지 기다렸다.
　거기서부터의 여정은 조금 나았지만, 눈과 서리가 물러난 대신 보슬비가 줄곧 내려와 아주 수월하다고 할 수는 없었다. 나흘째 되던 날 러들로 근방에 있는 래시 영지와 모티머 영지로 접어들자 눈앞에 익숙한 풍경들이 나타나기 시작했다. 그러나 수도원에 가까워질수록 그를 그곳으로 잡아끄는 인연의 끈은 점점 더 팽팽해지며 가슴을 아프게 옥죄는 것만 같았다. 그곳이 자신을 반겨주리라는 확신을 도무지 가질 수 없었다.

　나는 죄인이야. 매일 밤 잠들기 전 그는 되뇌곤 했다. 나 자신의 의지로 수도원에 들어가 서약을 했건만 스스로 수도원과 교단을 저버리다니. 원장님의 지시를 무시하고 내 욕구가 지시하는 대로만 따라가다니. 아들을 자유롭게 하기 위한 일이었다 해도, 내가 자발적으로, 기꺼이 받아들였던 의무보다 내 욕구를 앞세운 것은 틀림없는 죄야. 하지만 그 모든 일이 이전으로 돌아간다 해서 과연 내가 다르게 행동할 수 있을까? 아니, 똑같이 할 것이다. 수백 번 되풀이한다 해도 달라지지 않아. 그럼에도 그것은 여전히 죄일 것이다.

　정도의 차이는 있지만 우리는 모두 죄인이야. 그 짐을 인정하고 받아들이는 것이 옳겠지. 인정하고 받아들이되 수치나 후회의 감정은 멀리해야 할 거야. 다시 돌아간다 해도 나는 같은 행동을 할 거고, 그러니 다른 누군가 나로서는 이해하지 못할 일을 한다는 이유로 쉽게 판단하거나 비난해서는 안 돼. 그런데, 주께서는 이를 어떻게 생각하실지 우리가 어떻게 알 수 있을까? 우리의 머리로는 그분의 판단을 헤아릴 수 없어. 최후 심판의 날 주님은 조베타 드 몽토르에게 어떤 판결을 내리실까? 그 부인 또한 자기 나름의 이유를 가지고 아들의 복수를 위해 살인하지 않았는가. 자식에 대한 애정을 이 땅의 법이나 교회의 계율보다 우선시했다는 점에서는 나와 다르지 않아. 그녀 또한 다시 돌아간다 해도 똑같이 행동할 거라고 대답하겠지. 우리가 올바른 일을 하려는 간절한 의지를 갖고 저지른 행동, 결코 후회하지 않을 행동을 과연 죄라는 단순한 말로 표현할 수 있을까?

그에게 이것은 너무나 심오한 문제였다. 캐드펠은 매일 밤 너무 피곤해서 저절로 곯아떨어질 때까지 이 문제와 씨름했다. 결국 그로서는 부끄러움도 후회도 없이, 이미 이루어진 일을 주님께 분명하게 고할밖에 달리 할 수 있는 것이 없었다. 제가 여기 있습니다. 저는 이런 인간입니다. 주께서 적당하다고 생각하시는 처분을 저에게 내려주십시오. 그것은 주님의 권리요, 저의 의무는 그 모든 행동에 책임을 지고 대가를 치르는 것입니다.

*

참회의 여정을 떠난 지 닷새째, 그는 슈롭셔 서남쪽으로 뻗은 긴 산자락에 펼쳐진 친숙한 고장에 들어섰다. 이미 늦은 시각이라 이쯤에서 하룻밤 더 묵었다 가는 편이 좋겠지만, 목적지를 눈앞에 두고 더 지체하기가 싫어서 캐드펠은 짙은 어둠을 헤치며 내처 나아갔다. 세인트자일스 앞에 이르렀을 때는 자정이 훨씬 지나 있었다. 어둠에 눈이 충분히 익은 데다 하늘의 구름이 걷힌 터라 구호소와 성당의 모습을 뚜렷하게 볼 수 있었다. 무섭도록 고요하고 깊은 밤, 심야의 추위로 인해 야행성 동물들조차 밤나들이를 포기하고 안식처에 깊숙이 파묻혀 있었다. 수도원 성문 앞 길에 선 사람은 캐드펠 하나뿐이었다.

그의 복귀를 허락하든 않든, 수도원 사람들은 자비 어린 마음에서라도 피로에 지친 휴의 말을 안으로 들여 쉬게 할 것이었다. 이 시각이면 마시장터에서 공동묘지로 이어지는 샛문에 빗장이 걸려 있겠지. 캐드펠은 긴 담장을 빙 돌아 정문으로 나아가며 생각했다. 그래도 괜찮아, 조금 돌아가는 게 무슨 상관인가. 그는 마시장터 모퉁이에서 정문까지 길게 이어진 수도원 담장을 왼쪽에 끼고서, 마치 염주를 세듯 한 걸음 한 걸음 옮길 때마다 감사기도를 올렸다. 경내에 우뚝 솟아오른 예배당의 모습이 마치 겨울밤을 훈훈하게 덥히는 난로처럼, 혹은 따사로운 축도처럼 은혜롭게 다가왔다.

수도원 안은 고요했다. 예배당 위쪽 창 너머로 아무런 빛도 새어 나오지 않는 것으로 미루어 새벽기도와 찬송 시간은 이미 지나간 모양이었다. 지금은 제단 등불만이 빛을 밝히고 있으리라. 수사들은 각자 잠자리로 돌아가 아침기도 때까지 나오지 않을 것이다. 아, 다행이군! 마음의 준비를 할 시간이 주어진 셈이었다.

하지만 캄캄하고 쥐 죽은 듯 고요한 문지기실을 보자 심장이 오그라들며 공포가 그를 덮쳤다. 그 어둠과 침묵이 자신을 힘껏 밀어내는 것만 같았다. 수도원에 있는 모든 이들이 그가 들어갈 길을 완전히 차단해버린 듯한 기분이었다. 경내의 고요한 분위기를 깨는 것이 몹시 꺼려졌지만, 결국 그는 힘겹게 줄을 당겼다. 문지기 수사가 일어날 때까지 몇 분간 가슴 졸이면서 기다려야 했다. 이윽고 안에서 샌들을 끄는 희미한 소리와 함께 빗장을 젖히는 소리가 반가운 음악처럼 들려왔다.

쪽문이 열리더니 문지기 수사의 얼굴이 불쑥 나타났다. 막 잠에서 깨었는지 정수리 가장자리의 머리칼이 이리저리 뻗치고 오른쪽 뺨에는 베개 주름이 새겨져 있었다. 그는 졸음기 가득한 두 눈으로 한밤의 손님을 살폈다. 친근하고 평범하고 온화하고 진지한 사람. 언제고 캐드펠을 형제처럼 따뜻하게 맞아줄 사람이었다. 서약을 어기고 떠났다가 뒤늦게 나타난 그가 이곳에 들어갈 권리를 다시 얻을 수만 있다면 말이다.

"늦은 시각에 오셨군요." 문지기 수사가 말 그림자에 가린 어둑한 형체를 바라보며 인사를 건넸다. 차가운 공기 속으로 허연 입김이 뿜어져 나왔다.

"아니면 너무 이른 시각에 왔는지도 모르지. 나를 모르겠소?"

문지기 수사의 눈이 동그래졌다. 목소리를 알아들은 것일까? 아니면 마침내 얼굴을 확인한 것일까? 그가 반가운 목소리로 외치듯 물었다. "캐드펠 수사님? 정말 수사님입니까? 아! 우리는 수사님이 영영 떠나신 줄 알았어요. 그런데 이 시각에 이렇게 느닷없이 나타나시다니!"

"내가 지나치게 혹사시킨 이 짐승을 불쌍히 여겨서라도 안에 좀 들여보내주시오." 캐드펠은 씁쓸하게 말을 이었다. "원래는 성에 있는 녀석이지만, 오늘 밤은 이곳 마구간에서 쉬게 해야 할 것 같소. 내일 원장님께서 어떤 처분을 내리시든, 내가 직접 이 녀석을 성으로 돌려보내겠소. 내 잠자리는 신경 쓸 필요 없으니, 문을 열고 나를 들인 뒤 다시 잠자리로 돌아가도록 하시오."

"왜 그렇게 부탁하듯 말씀하시는 겁니까." 문지기 수사가 말했다. "워낙 늦은 시각이라 침대에서 일어나는 데 시간이 좀 걸리기는 했지만 수사님을 들이지 않을 생각 같은 건 꿈에도 하지 않은걸요." 그는 얼른 열쇠를 돌리더니 대문을 잡아당겨 반쯤 열었다. "말을 들이신 뒤 괜찮다면 제 방으로 오셔도 좋습니다."

피로한 밤색 말은 포석을 울리는 작은 발굽 소리와 함께 수도원 경내에 들어섰다. 뒤에서 육중한 대문이 다시 닫히고 열쇠 돌아가는 소리가 들려왔다.

"형제는 그만 들어가서 자도록 해요. 다른 일은 내일 아침까지 미뤄둡시다. 나는 이 녀석을 돌보고 예배당에 가서 날이 밝을 때까지 그곳에 있겠소. 주님과 위니프리드 성녀님께 드릴 말씀이 있어서." 이어 캐드펠은 불쑥 한마디 덧붙였다. "혹시 이곳 명부에서 벌써 내 이름이 지워졌소?"

"무슨 말씀을요!" 문지기 수사가 놀라 손사래를 쳤다. "그런 일은 있을 수 없지요!"

하지만 그들은 캐드펠이 다시 나타나리라 생각하지 않았을 것이다. 코번트리에서 혼자 돌아온 휴를 보고 캐드펠과 가깝게 지내던 수사들은 그가 영영 돌아오지 않으려나 보다 싶어 슬픔에 잠겼을 테고, 그리 사이가 좋지 않았던 다른 이들은 그에 관한 기억을 가볍게 털어내버렸으리라. 혼자서 약초밭을 돌보던 윈프리드 수사는 배신당하고 버림받았다는 생각에 괴로워했을지도 모른다.

"그렇다면 다행이고." 캐드펠은 안도의 한숨을 내쉰 뒤 지친 말을 끌고 넓은 마당을 가로질러 마구간으로 향했다.

따뜻한 밀짚이 들어찬 마구간의 칸막이 안으로 들어가자 한층 마음이 편안했다. 캐드펠은 주위의 다른 말들이 움직이는 소리에 귀를 기울이며 느긋하게 말을 보살폈다. 적어도 이 밤색 말은 이곳 슈루즈베리에서 환영받을 것이었다. 그는 말의 어깨에 머리를 기댄 채 오래오래 털을 빗질하고 닦아주었다. 너무나 피곤해 하마터면 그대로 잠이 들 뻔했지만 아직은 그럴 때가 아니었다. 캐드펠은 생생한 온기를 전해주는 말의 따뜻한 몸에서 마지못해 빠져나왔다. 그런 뒤 싸늘한 바깥으로 나가 넓은 마당을 가로질러 안마당으로, 다시 성당의 남문으로 걸음을 옮겼다.

바깥의 추위가 칼날같이 예리하고 선연한 추위라면, 어둡고 더없이 적막한 석조 예배당의 그것은 무겁고 엄숙한 추위라 할 만했다. 교구 제단 위에서 불그레한 등잔불이 가물거리고, 그 너머 성가대석에서는 두 자루의 초가 희미한 불을 밝혔다. 캐드펠은 아무도 없는 예배당에 홀로 서서 자신의 내면을 응시했다. 저녁 기도 때마다 느끼곤 하던 충만함이 떠올랐다. 전 인류가 상속받은 모든 병고와 재난에 종속된 늙은 육신의 허물을 벗고, 빛조차 도달할 수 없는 드높은 궁륭의 모든 구석, 모든 갈라진 틈까지 영혼이 확장되는 듯한 신비한 기분. 하지만 이제 그는 은둔의 낙원으로 인도하는 계단을 올라 성가대석으로 나아갈 자격이 없는 사람이었다. 그가 있어야 할 자리는 속인들의 자리였으며, 그는 이에 대해 아무 불만이 없었다. 가장 비천한 사람들 중에서도 대주교들보다 고결하고 백작들보다 품위 있는 영혼을 지닌 이들은 수없이 많았다. 다만, 이곳 공동체의 고즈넉한 평화와 예배를 절절히 갈구하는 마음이 죽음만큼 고통스러울 뿐이었다.

그는 몸을 낮추어 성가대석의 낮은 계단 앞 차디찬 타일 바닥에 이마를 갖다 대었다. 삭발한 정수리에서 웃자란 뻣뻣한 머리칼들이 가시처럼 그의 살을 파고들었다. 흡사 물에 빠진 사람이 물결을 떠다니는 잡초에 매달리듯, 그는 두 팔을 활짝 펼쳐 일정한 문양이 그려진 타일 바닥을 움켜잡고 엎드린 채 두서없이 기도를 올렸다. 정의와 편법 사이에서, 의무와 가책 사이에서, 대지를 향한 애정과 하늘의 외면 사이에서 갈등하는 모든 이들을 위해. 조베타 드 몽토르를 위해. 냉혹한 계산속을 지닌 자에게 살해된 그녀의 아들을 위해. 환멸과 절망의 파도를 헤쳐나가면서 평화를 이루고자 애쓰는 로베르 보스와 다른 많은 사람들을 위해. 어디로 가야 할지 알지 못하는 젊은이들을 위해. 온갖 노력을 다해 길을 찾다가 결국은 모든 것을 포기해버린 늙은이들을 위해. 교활한 방법으로 농간을 부리는 자들에 대한 경멸을 감추지 못하는 순수한 청년 올리비에와 이브를 위해. 한때 슈루즈베리의 성 베드로 성 바오로 수도원 수사였다가 제자리를 떠나 세속에서의 임무를 다한 뒤 이제 그 대가를 기다리고 있는 그 자신을 위해.

그는 잠들지 않았다. 그러나 동트기 얼마 전, 그의 맑게 깨인 영혼 속으로 꿈처럼 아련한 것이 깃들었다. 바람에 날리는 산사나무 꽃잎들로 가득한 5월 아침, 때 이르게 떠오른 따사로운 태양과도 같은 느낌, 혹은 앵초 꽃처럼 눈부신 황금빛을 발하는 긴 머리를 지닌 여인이 환하게 웃으면서 맨발로 풀밭을 가로질러 오는 듯한 느낌. 속죄를 받지 못했기에 감히 성가대석에 있는 위니프리드 성녀의 제단으로 다가갈 생각조차 하지 못했건만, 그는 그분이 일어나 자신에게 다가오는 환상을 보았다. 성녀는 그의 머리 바로 곁에 있는 계단을 하얀 맨발로 딛고 선 채 허리를 숙여 그를 어루만져주었다. 바로 그 순간, 아침기도 시간을 알리는 종소리가 울려왔다.

*

라둘푸스 원장은 평소보다 일찍 잠에서 깨어 예배당으로 향했다. 동쪽 지평선 위로 싸늘한 핏빛 태양이 막 고개를 내밀고, 서쪽에서는 어스름한 하늘을 배경으로 희미한 별들이 남은 빛을 발하며 가물거리는 시각이었다. 남문으로 들어서자 성가대석 바로 앞에 십자가 형태로 엎드린 수사복 차림의 남자가 눈에 들어왔다.

 원장은 걸음을 멈추고 한동안 묵묵히 서 있다가 이내 앞으로 나아가 엎드린 이를 내려다보았다. 삭발한 정수리 주위로 자란 갈색 머리칼에 그의 시선이 머물렀다. 그를 마지막으로 보았을 때보다 흰머리가 훨씬 더 많아진 것 같다는 생각이 들었다. 캐드펠은 줄곧 얼굴을 감춘 채 엎드려 있었다.

 "누군가 했는데, 그대로군." 원장이 마침내 입을 열었다. 수용이나 거부의 기미가 담기지 않은, 지극히 담담한 어조였다. "좀 늦었구려. 소식은 진작 전해 들었소. 세상은 아직도 혼란 속에 있다고."

 "원장님!" 캐드펠은 여전히 한쪽 뺨을 돌바닥에 댄 채 고개를 돌렸다. 이 순간 그의 마음엔 어떤 의문도, 결심도, 후회도 없었다.

 "하루 이틀 더 일찍 출발했더라면 날씨가 더 괜찮았을 것을……." 라둘푸스는 잠시 생각에 잠겼다가 이내 말을 이었다. "백작과 그의 작은아들이 마침내 서로를 용서했다 들었소. 그 덕에 많은 이들이 쓸데없는 전투와 죽음을 면한 셈이지. 아직 평화는 오지 않았지만, 그런 일들이 이루어졌다는 것만으로도 주님께 감사할 뿐이오." 캐드펠은 여전히 고개를 들지 않았고, 원장은 신중하고 사려 깊은 어조로 나직하게 이야기를 이어갔다. "필립 피츠로버트는 이후 이 땅의 권력 싸움에는 일절 끼어들지 않을 것이며, 십자군에 들어가겠다고 서약했다더군."

 필시 군주들의 싸움에 환멸을 느껴 그런 마음을 먹었으리라.

하지만 그동안 잉글랜드를 위한다는 명목으로 전횡을 저질러온 두 군주와 부대꼈다면, 앞으로는 기독교 세계를 위한답시고 권력을 함부로 휘두르는 이들을 만나게 될 것이다. 캐드펠은 숨을 깊이 들이쉬어 예배당 안의 공기를 음미했다. 수도원의 질서와 평화가 과거 어느 때보다도 절실한 순간이었다. 이곳에서도 천국과 지옥의 싸움이 벌어지겠지만, 이는 피비린내 나는 무기를 통해서가 아니라 마음과 영혼이라는 무기를 통해서 이루어질 터였다.

"그만하면 됐소!" 라둘푸스 원장은 말했다. "이제 일어나서 다른 형제들과 함께 성가대석으로 갑시다."

주

1   스티븐 왕 King Stephen(1092 또는 1096~1154)
정복왕 윌리엄 1세의 외손자이며 잉글랜드 노르만 왕조의 네 번째 국왕. 외숙부이자 잉글랜드 왕인 헨리 1세가 살아 있을 때 헨리 1세의 딸인 모드 황후의 왕위 계승을 돕겠다고 서약했으나 1135년에 헨리 1세가 죽자 약속을 깨고 잉글랜드 군주의 자리를 차지했다.

2   모드 황후 Empress Maud(1102~1167)
마틸다(Matilda of England)라고도 불린다. 정복왕 윌리엄의 아들인 헨리 1세의 딸로, 신성로마제국 황제 하인리히 5세와 결혼했다가 그가 죽은 뒤 앙주 백작 조프루아 5세와 재혼해 헨리 2세를 낳았다.

3   라눌프 백작 Earl Ranulf(1099~1153)
1129년에 체스터 백작의 작위를 4대째 이어받아 잉글랜드의 3분의 1에 달하는 지역을 다스렸다.

4   라둘푸스 수도원장 Abbot Radulfus(?~1148)
헤리버트 수도원장의 뒤를 이어 1138년부터 1148년까지 슈루즈베리 수도원의 수도원장을 지냈다.

5 슈루즈베리 성 베드로 성 바오로 수도원 the Shrewsbury abbey of Saint Peter and Saint Paul

잉글랜드 슈롭셔주에 위치한 수도원으로, 원래 성 베드로에게 헌정된 작은 목조 교회였으나 11세기 후반 성 베드로와 성 바오로 두 사도에게 헌정된 석조 건물로 개축되었다.

6 헨리 주교 Henry of Blois(1096?~1171)

윈체스터의 주교. 정복왕 윌리엄의 딸 아델라와 블루아 공 스티븐 사이에서 태어난 넷째 아들로, 스티븐 왕의 막냇동생이다. 외숙부인 헨리 1세와 로마 교황의 힘을 등에 업고 막강한 권력을 누렸다. 형 스티븐을 왕위에 올리는 데 커다란 공헌을 했으며 이후에도 왕정 체제 수호를 위해 혼신의 힘을 쏟았다.

7 성 위니프리드 Saint Winifred

홀리웰에 살았던 위니프리드에 관한 이야기는 중세 전설에 근거를 두고 있다. 그녀는 성 베이노의 조카이자 테비트라고 불리는 기사의 외동딸이었다. 크래독 왕자가 그녀를 겁탈하려 하자 달아났고, 분노한 왕자는 그녀의 목을 잘랐다. 하지만 성 베이노가 그녀를 되살렸고 새 생명을 얻은 위니프리드는 로마로 순례를 떠났다가 웨일스로 돌아와 귀더린 수녀회의 수도원장이 되었다고 전한다.

8 베네딕토회 Benedictine

베네딕토 규칙을 바탕으로 공동생활을 하는 가톨릭 공동체. 6세기 '누르시아의 베네딕토(성 베네딕토)'가 몬테 카시노에 창설하여 전 유럽에 퍼진 수도회의 일파다. 청빈, 순결, 복종을 맹세하고 규율이 매우 엄격한 삶을 강조했다. 집단적인 예배도 중요시하여, 수사들은 하루에 일곱 번씩 모여 찬송하고 기도하는 성무일도를 수행했다.

9 로버트 페넌트 부수도원장 Prior Robert Pennant(?~1168)
12세기 전반에 슈루즈베리 수도원의 부수도원장을 지냈고, 1148년부터 1168년까지 슈루즈베리 수도원의 수도원장을 지냈다. 성 위니프리드의 귀더린 순례를 담은 『성 위니프리드의 생애』를 남겼다.

10 세인트자일스 Saint Giles
슈롭셔의 교회이자 구호소. 설립 시기는 12세기경으로 추정된다. 1857년까지 슈루즈베리 수도원의 사제가 파견되어 이곳의 일을 도맡았다.

11 글로스터의 로버트 백작 Earl Robert of Gloucester(1090~1147)
헨리 1세의 서자이자 모드 황후의 이복형제로, 1135년 스티븐 왕이 왕위를 찬탈한 이후 모드 황후의 편에서 싸웠다.

12 헨리 1세 Henry I(1100~1135)
윌리엄 1세의 막내아들로 큰형 노르망디 공 로베르를 물리치고 왕위에 올랐다. 유일한 딸인 모드 황후에게 왕위 계승을 약속했으나, 3년 뒤 앙주 백작 조프루아와 재혼시키며 프랑스로 떠나보냈다. 이에 그가 총애하던 조카 스티븐이 왕위에 오르며 잉글랜드 내전이 시작되었다.

13 마틸다 왕비 Matilda(1105?~1152)
스티븐 왕의 아내이자 스코틀랜드 왕 맬컴 3세의 손녀. 부친이 사망한 뒤 잉글랜드에서 가장 강력한 주 가운데 하나인 불로뉴를 물려받아 잉글랜드 권력의 한 축으로 성장했으며, 1135년 남편 스티븐이 왕위에 오르면서 왕비로 등극했다. 스티븐 왕이 모드 황후에게 구금되어 있을 때 자신의 군대로 황후를 몰아내고 왕을 구출했다.

14 마도그 압 메레디드 Madog ap Meredudd(?~1160)
포위스 지역의 군주. 가문의 마지막 군주였던 그는 오아인 귀네드의 영토 확장을 저지하는 일에 평생을 바쳤다.

캐드펠 수사 시리즈 20
캐드펠 수사의 참회

초판 1쇄 발행. 2003년 1월 27일
개정판 1쇄 발행. 2025년 6월 30일

지은이. 엘리스 피터스
옮긴이. 김훈
펴낸이. 김정순
편집. 홍상희 허영수
마케팅. 이보민 손아영

펴낸곳. (주)북하우스 퍼블리셔스
출판등록. 1997년 9월 23일 제406-2003-055호
주소. 04043 서울시 마포구 양화로 12길 16-9(서교동 북앤빌딩)
전자우편. editor@bookhouse.co.kr
홈페이지. www.bookhouse.co.kr
전화번호. 02-3144-3123
팩스. 02-3144-3121

ISBN. 979-11-6405-316-2 04840

옮긴이. 김훈
전문 번역가. 고려대학교 사학과를 졸업하고 1981년 동아일보 신춘문예 희곡 부문에
「빈방」으로 당선된 뒤 극작 활동과 번역 작업을 병행했다. 현재 부여에서 번역 작업을
하면서 지속 가능한 자연 생태 농업에 관심을 갖고 파트타임 농부로 일하고 있다.
옮긴 책으로『아메리카 인디언의 가르침』『패디 클라크 하하하』『희박한 공기 속으로』
『매디슨 카운티의 추억』『피아니스트』『바람이 너를 지나가게 하라』
『세상 끝 천 개의 얼굴』『성난 물소 놓아주기』『그런 깨달음은 없다』『모든 것의 목격자』
『켄 윌버, 진실 없는 진실의 시대』『늘 깨어나는 지금』외 100여 권이 있다.